郎文庫 20

日本の文學史

新学社

装丁　水木　奏
カバー書　保田與重郎
文庫マーク　河井寛次郎

目次

日本の文學史

使用テキスト　保田與重郎全集第三十二巻（講談社刊）

序説

一

私が日本の美術史を書き了へたのは、昭和四十二年の秋だつた。その明け方の晩秋のけしきをよく覺えてゐる。二年に亙る著作をまづまづをはつたといふ安堵感もあつたからだらうか、その朝のわが山の家の風物は、これが今生かと思ふばかりのものだつた。秋の黄葉は、春の花より化粧賑かである。近づく冬の支度に、いくらかつみ重なつた敷松葉は、朝の露にぬれ、あけぼのの光りにあつて、くれなゐに匂つてゐる。冬の庭の敷松葉に、朝日夕陽のさす時は、眞紅に近い色彩となる。芭蕉翁が自然の日本の風物の中で考へたわびさびの美觀には、滿目冬景色の中に、敷松葉のくれなゐを見るやうな色があつたのだらう。かういふ色がなければ、無といふものもないと思つてゐる。このうへもないもの、このうへもない世界の中で、おのれといふものは忘れられてしまふのである。全く無なのである。そのころには早い年なら、愛宕のいただきに雪が見られ、その雪が、眞紅にかがやく時がある。富士山のすばらしさは、その山容の色彩が季節と時間によつて千變萬化するときいてゐる。その片鱗は見たことがあるが、私の今生の願ひを一つ申せと言はれるなら、富士山の眺められる富士川の畔に家居して、この靈峰のいのちの粧ひを拜する日々を、わが世の終瀬としたいと思つてゐたことがあつた。

　舊著のことから書きだしたのは、私が日本の文學史を書かうと思つた因縁として、申さねばならぬ思ひがあるからだ。その朝のわが家のかみの池や田邑《タムラ》のみささきの秋色の花やかさ、この自然のおごりの、いささかの滅びの豫感もふくまぬ世界は、造形美術を以てしてはうつすことが出來ない。假りの相として、約束ごとのやうに抽象してみても、まことに心細い。俗世のしくみにまぎれこんでゐたら、それでも繪だ、美だ、眞だといつてをられようが、私が今立つてゐる世界では、もうそんな輕薄さは、まづおのが心が第一番にうけ入れてくれぬ。むかしの人は、凡そかういふ自然界でくらして、一切の人工をむなしとするやうな諦觀に安んじてゐたと思ふ。しかしここで、不立文字ときめてかかつたものを、私は憎みはせぬが、輕んずる、憐れむ。

　愛宕のみねの雪の赤さをどのやうに彩るかといふことも、私の寫生の知識では全くわからぬことである。日本の代々の名工たちは、私に日本の風景の美しさを教へてくれたが、彼らは謙虚だつたので、てびきだけだと云つた。宗教上の偶像にしても、さういふ觀念のものだつたのが、その結果の高貴な品格では、世界に類がない。人くささの毛頭もない人の姿を描けたのは、この謙虚さが原因だつた。西國の上人が富士山を寫したといつて、この繪は富士山の頂上からもちかへつた雪消の水を以て描くと註してあつた。これは富士山のものにちがひない。をかしいが苦しい。墨繪の小品だつた。ここまで書き出して少し休むと、愛宕より近い小倉山の方でほととぎすの聲がしきりに聞えてきた。今は丁度午前四時になるところである。寅の刻はむかしの風俗では最も神聖な時刻とされてゐた。奈良京の以前の史書にも、神祭の行事が動き出すのは寅の刻だつた。今からでは昨日となる、けふから梅雨に入つたと當地方の氣象臺は發表した。わが家の庭へは無數の鳥がきて囀る。座敷で坐つて話をしてゐる人が、野鳥も多いでせうなどといつてゐる時は、さかんに鳴いてゐるのだつた。聞かうとせぬものには聞えぬやうである。いつも心に用意してゐるものには、聞かうといふ態度を意識せずとも、耳へ入つてくるものだなどと、武藝の心得のやうなことを私は云ひはしない。いまもたまたま耳に入つてきたので、私はよい氣分になつてゐる。

ここへ移つた當座のことだが、ある日の午前中、ひるを寢てゐる私は、何ともいひやうない、いやな雨の音に驚いて起きあがり、雨戸をひらくと、それは高い空をわたつてゆく多數のほととぎすの聲だつた。唐土の詩人がほととぎすを亡靈のやうな陰氣なものとしてゐたことは、これだつたのだと私は思つた。これをなつかしいものとしたのは、奈良の都以前、そしてその後はもつぱら大伴家の風雅な生活の所産である。當時の大伴氏は最も斬新な教養の中でくらしてゐた。傳統の武力を蓄へて、大陸との外交通商の實權を掌握してゐた大伴の人々は、海彼の文藝や風雅の方を喜んだ。大伴氏にうちかたうとした淡海公の家族らが、政治經濟法制といつた學藝の新官僚を養成したのとは、人生に對する態度を別にしてゐた。興味ふかいところである。ともあれ、ほととぎすをなつかしんだといふ一事だけでも、日本文學といふもののありやうを、獨自のものとして示すのである。奈良京の中ごろには、當時の世界中の珍貴な物産や美術工藝品は、奈良の都へきてゐた。みな最高のものだつたことは、正倉院といふ傳世の博物館でわかる。この博物館は千二百年以上傳世された。記録のままに完全に傳へられた。代々の天皇陛下の御使ひが、これをしらべて又封じたのが傳世の事實であり、また原因だつた。ここには、他國を征服したり、他民族を侵略して、奪取してきた珍寶といふものは何一つない。さういふ意味で、西歐の博物館といふものと全く由來の異るものだつたのである。この奈良京の時代には、外國の文藝や思想も我國へ入つてきた。日本人はさういふものも尊敬し、書籍のために圖書館をつくり、又教のために寺をたてた。しかもその反面では、のちの源氏物語のやうな文學を、殆ど豫見したと思へる文藝も、すでに出てゐた。つまり「源氏物語」はもうあつたのである。

　このことは「萬葉調」といふやうな固定觀念をたてた人々にはわかつてゐない。明治大正昭和となつてもまだわからなかつた。私は中學生の時代に萬葉集をよむ時、土佐の鹿持雅澄翁の「萬葉集古義」に學んだので、萬葉集と王朝文學が一つだつたところをまづ教はつたのは全く幸ひだつた。雅澄翁は本居宣長翁の學問が國内有志の間にゆきわたつてから後の學者だつたので、何かにつけて先人の徳用《サキハヒ》を身一杯にうけたのである。明治の文藝改革の新人たちは、その少年時代に漢學や洋學を旨として、皇國の古典にくらかつたやうである。さういふ人々が國粹家となつたことは、思ひがけない影響をまきちらし、私の考へでは、朝廷の風儀といふ文明をゆがめて解釋したやうに思ふ。また私の考へでは、近世國學の文明論や文藝觀が、その基礎にした、皇國の道義と言靈の風雅は、おしくるめて朝廷の風儀といふことばで包括できると思ふ。さういふ立場で私は言立《コトダテ》をすすめる。

　來朝の外國人文士が、みかどの文化と將軍の文化とを別つた考へ方は、朝廷《ミカド》の風儀《テブリ》を理解する序論となるが、もう少し國の歴史をわきまへると、室町幕府この方、江戸の將軍家でも、究極に於て朝廷の風儀の外觀を營中にとりいれるといふ努力を、ほどほどに成立させた。むかし太宰府が、經濟外交軍事を掌握し、朝廷の天子は、さういふいやしい浮世事にかかはらず、美しい儀式、美しい行儀作法で動作することによつて、國のまつりごとを正しくはこぶこととされてゐた。眉目の美しい、神の近くにゐる人たちが、儀式を運ぶといふ形で、まつりごとを行ふといふ考へ方とその實體の政治は、當時の唐土にも天竺にもあつたわけでない。わが古神道の行事にあつたといふことは、わが國の朝廷が、佛教にひろい道を與へ、儒教を國元來のもののやうにうけとつた理由である。これらの思想も信仰も、わが國へ入つた時には、さほどの抵抗といふものがなかつた。なかつたことについての理由を考へることも、われわれが古を明らめるための營みとなるのである。

　その海彼文物渡來のころのわが國では、國家の體制はすでにととのひ、國力は十分に充實してゐたから、尋常ならば相當の抵抗を以て迎へるべき政治的性格をもつ状態だが、それが凡そになかつたといふことが、皇國《スメグニ》といふことばであらはされた國の風儀である。皇國といふのは、天皇陛下が絶對神聖の權力をもたれて國土國民を所有される國などと云つてきた解釋は間違つてゐる。しかしこの間違つてゐる考へ方が、近代では殆どの國民を支配してゐる。この點では明治の學藝は墮落低下してゐたのである。その低下の結果である。元來皇國の傳統では、天皇は無所有である。財産といふものをもたれない。何ももたれてゐないのが、天皇の尊貴の意味であつて、だからむかしの信仰では、天皇は一であつて、代がいく代替らうとも、數でなく、時間もなく、個々といふものもなかつた。このかみ御一人の思想を、誰がいつの世にどうして發明したか、私には想像する方法さへない。代々の天皇は、ただ一人の皇孫《スメミマ》だといふ考へ方は、無所有の事實とともに、不思議な尊い考へ方だと私は思ふ。しかしこれがあたりまへのことかもしれぬ。政治の理念はさういふものであり、人間のあり方の理想も、さういふものかもしれぬ。かういふ大本にふれると、佛教の無の考へ方も、簡單と思へる。しかもわが國のみちは、老莊の思想が、道を帝力と對比させ、對立として考へたことにくらべたとき、この對立の發想のないところがありがたい。わが古神道と老莊は殆ど同じものだが、神道は老莊の教典の成立する環境より、遙かの太古の世界だつたわけである。教典が生れるについては、生れる條件があつた。道がうすれてゐたのである。

　儒教の方で、論語學而第一章、卽ち論語の冒頭にのべられたことを、村々の民俗祭禮に關する記述でないかと思ひついたのは、清朝の學者によつてだつた。わが國では久しく朝廷の風儀だつたのである。そのうへわが國では朝廷の風儀としてのまつりごとと、村々のまつりは全く同一のもので、造形のちがひがあるだけである。かういふ點について、ただその造形だけを云々してゐることは、歴史研究として、本質本體にせまらぬといふもどかしさがある。私が日本の美術史を著述しつつ、時々嘆息したのは、かういふ點だつた。私は傳教大師を文學史で多少知つてゐたから、一乘寺の御影にあこがれることとなみなみでなかつたのである。これがあながち個人的な問題でないといふことに氣づいたのは、美術史の敍述が近世に入つてからだつた。

維新直前の畫壇は、文人畫の時代だつた。書畫に詩文といふ、三絶をよくするといふことが、畫人の資格とされた。文人の道であり、その風儀とされた。この思想をあくまで固守されたのは、近世では鐵齋先生が、その最大最高の人にて、御當人は世間から畫人といはれることを嫌ひ、自分では文人學者を以て任ぜられた。日本の美術史の近世に於て、ただ一人のこの偉人をしるしつつ、美術史にのせることを御本人は本意なく思はれてゐるにちがひないなどと考へて、私はため息をもらした。しかしこの時點で、私は美術史といふものを、多少わが本意ないもののやうに思つたことである。近世に於ても、畸人の畫人を傳することは出來るが、「歷史」の信と眞を未來に印しようといふ志の面から考へると、私の美術史は、近世以降に於て、全く舌たらずの輕いものとなつた。私は年少の日から、自分の文學の立場を、後鳥羽院以後の隱遁詩人の志といふものにおいてきた。後鳥羽院以後隱遁詩人の系譜を描く時、私の心はいきいきと躍つた。その印象はきのふの如く、けふも少しもうすれてゐない。後鳥羽院以後の造形藝術の流れの上には、忽ち十指に餘る程の大作家はあらはれてゐる。しかしその一人を、芭蕉翁や宣長翁にくらべた時が問題なのである。信友翁ほどの存在さへあつただらうかと、私は自問自答せねばならぬ。後鳥羽院の近世でのおん生れ替りのやうに拜される後水尾院が、今の世の美術工藝を見ると、むかしに及ぶものはまれにてと嘆かれたのは、まだ王者の大樣さである。批評としてなら、批評家といはれるほどのものならば、古に及ぶものなしと憤るにちがひない。

私は日本の美術史をかきすすんで、近古近世に及んだ時、わが執心の本意をいふのに、文學史でなければならぬと感じたのである。

二

終戰の直後の私は、なすことも少いままに、神々が地上を遊幸されてゐたころの歴史を考へてゐた。さういふ時の私の態度は、少くとも千年以上以前に記録されるか、ないしそのころの傳承と考證しうるものに限つた。私は人間の世界の歴史のまへの、神々の國の地理や風景を描き出し、さういふものの二三は文章にし、それは極く僅の人のこころをひいたことを知らされた。

何をするといふこともない日々に、私は戰時中の徵用によつて荒廢させられた水田を復元して、そこへ米を植ゑた。また山へいつて薪を伐つたりしてゐた。以前の私は文章や文字は、空にかけるものであることを知らなかつた。私はそのころさういふことを發明したのである。私の家は、誰も知らないころからの、田畑や山林を保有してゐた。さういふことがあたりまへのくらしだつた時代から、それが幸ひだつたといはねばならぬ時代へ、時は移つてゐた。私にはさほど幸ひの實感はないが、客觀的にはさういつて、これを特權視する者も今は多いやうである。私は非常に閑があつたので、空に字をかいて手習ひをしてゐた。空にかく字はすうつと空に消えてゆき全く氣持よい。この時ほど本氣で字をかくことを習つたことはなかつた。それには筆墨も手も腕も必要なかつたからだ。その時目をつむつてかくといふことに私は氣づかなかつた。それは長谷川の上流の谷あひの空があまり美しかつたから、とても目をつむることなど出來ない。私は青い空に小さい字をかいてゐた。その時目をつむるといふことに慣れてをれば、三山先生晩年盲ひられるころの筆蹟や、わが年來の舊友老大人の目を閉ぢてかかれる合目の書のまね位を獲たかもしれぬと、このごろになつて氣づいたことである。

そのころ、十人位の人がよんでくれるかもしれぬと思ふやうな、歷史の考證を書いた。それをよんでくれた一人の舊友が、十人といふことはあるまいと云つた。それらの文章は何篇か出來て、今も私はそれに滿足してゐるのである。以前私は親房卿の神皇正統記の思想を批評したことがあつた。又泪をこらへてその一節を幾度も誦したこともあつた。批評するといふことは何でもないことである。しかし巖に玉子といつた西洋の哲人のことばが、こんな時の批評の相である。私は巖に玉子をぶちつけるのが好きでないが、幾度もした。そのことの結果は無意味かも知れぬが、そのこと自體には意味がある。私はそれを今も信じてゐる。はや頽齡を感じて幾星霜をへた今では、私にはもはや思ひ及ばぬことかもしれぬが、若い人がする時に、私はこれを止めるべきでないと思ふ。それは自分を破壞することだ。誰でもしばらく考へると、ものの變革や革命は、まづ自分を破壊することから始るものである。最も素朴なところでは、維新の志士の革命行動の第一歩は、脱藩といふことだつた。このことを私は今日の世相に照らして皮肉を云つてゐるのでない。私は今日の世相の多くについて口にしたくない、口にするのが恥づかしい。これを逃避といふなら、私は「コギト」や「日本浪曼派」のむかしから、逃避の道一筋を危く渡つてきたやうなものだ。

私は親房卿に玉子をぶちつけて、そして泣いてゐたのである。ずゐ分遠い年少客氣の日の思ひ出である。しかし契冲阿闍梨が室生の龍穴の岩にわが頭をうちつけて死をはかつたことが、私の明治維新史では、非常に重大な第一頁である。この時契冲は死なれなかつたのである。それが重大なことになつた。そこで死んでもかまひはせぬ。しかし死なれなかつたのは、天命だつたのだらう。室生の龍穴は勿論空海の寺のはるかの古からあつた聖地で、いつの代に誰人が齋《いつ》ひ初めたかわからぬが、王朝時代になつてからも、いよいよ最後の雨乞といふ時には、ここへ敕使が立つた。都から二十餘里の行程だつた。

北畠の親房卿が「神皇正統記」を著されたのは、關東僻地の孤城で、四面みな敵の重圍下にあつた。ただ絶體絶命の敗滅がその運勢のやうに思はれた。出撃は狂者のなすところ、逃走は愚者の計だつた。さういふ死を待つやうな絶對の場に當つて、親房卿は一部の史料ももたないで歴史の書を著述された。これがまことの歴史の書として、日本人がかつて著した無數の書籍の中でも、かけかへのない尊い文學であつたが、その志を思ふ時、同じ民族の一人として、私は耐へ難い感動にうたれる。私はそれに安心して玉子をうちつけてゐたのである。

その時の状態は、絶望といふものである。敗亡なすすべがない。さういふ時に當つて、道義と人倫を未來に恢弘するためになしうる唯一つの方法を、親房卿は實踐して教へられた。私はこのことを終戰の直後にくりかへし思ひかへし、獄中で自國の歴史を著述したアジア近來の革命名士のことをあはせて思ひ起した。その人は子らを信じて、絶望の獄中で國の歴史を營々としるしてゐた。

それは敗亡の状態でなく、永遠の状態である。そこには未來が輝く、希望がわき上つてゐる。しかしこの心の状態は、四圍の牢獄、敗亡といふ客觀の中のすがたとあまりにも對蹠的だ。しかも本人は、そこで一體何であつただらうか。いのちとか、生命といふものを理解する方法を、さういふ酷薄の状態で考へるといふことや、考へられる機會に逢ふといふことは、かりそめごとでない。雄《ヲ》ち無きものすら、近年の激しい時の動きの中で、このやうなかりそめごとならぬ人生の經驗のもとで、萬葉集や、源氏物語や清少納言、さらに和泉式部のやうな對象まで考へさせられたのである。さういふ非常にあつて、經驗上の磨きが何もかからないといふこととなれば、人間の考へる文學論といふものもはかないと思はねばならぬ。しかもあげくの果に、貫道してゐるものがにじみ出てくれば、人の志は珍重せねばならぬ。

閉された密室に端座して、運勢は殆ど閉塞され、前途はまつくら、そんな中で、かの民族の指導者は、自分自身が燈となる。それをはたから見れば必ず光り輝いてゐたと思ふ。理想を以て、人倫の恢弘を期した東方の革命家は、いつもさびしい心を生きつづけたにちがひない。さうでなければ、「歴史」といふ文學は描き得ない。山陽が外史をかいて、多數の參考書目をかかげたが、本文には一行の衒學もない。しかし「日本外史」は「神皇正統記」にくらべると、我が兩手でさげられる程の石のやうである。

私は「歴史」とは何であつたかを思ひ、ある時點で唯一つのなすべきこと、なしうること、そしてなさねばならぬことを教へられた。なさねばならぬといふのは、私が文人だからかく申すのである。その次に私は方法を知らされた。自身の血に潛流する何ものかに、國と民の歴史をきくすべである。わが内臓の中に象られた國土山河の地理と、血を形成する悠久の生命の歴史、さういふものを私は痛切に思ひ知らされた。眞の歴史家は詩人でなければならぬ、眞の歴史書は詩文學の最も壯烈の作品だ、こんな云ひ方は、少し氣障で輕いが、大體云ひ得てゐるところがあると思はれる。

私は現今の歴史研究の方法や、歴史論文の方法をすべて無意味とはいはないが、大體無關心と斷言する。若い學生の場合には、氣の毒と思ふ。これは歴史に限らぬ、文學研究に於て、個々作家研究に於て、さういふ無意味な努力が多きに過ぎる。過去の人を語る時に、何といふことなく、われと同じ人を求めるやうなことがあつて、古人をわれの丈に合せるやうなことが多い。これは文士自戒の第一項である。それを守り得なければ、文士はただの賣文者となり、低俗文學の生產者となり、また一段と惡い時は多額納稅者となるものだ。

舊來東洋の美觀では、文人儒者は貧乏を德とし、富めることを恥とした。それは富者の天國に入る難さを云ふやうな、深い教理もなく、もつともなまくらな者の沒我の見識だつたのである。心に世界を藏するものが、假相にして限界をもつ王侯の權勢富力を欲するいはれがない。心は無限だが、現世に無限はない。宇宙の大さへ無限でなく有限であるといふ。心だけが無限にもとづいて考へられるが、現世現實は、有限との考へ方に於てしか、その思考の體系は成立しないのである。

私は終戰後は、さういふ歷史書の構成を考へ、時々昂奮することもあつたが、それも概して懶惰を日常としてゐた。大和から京都へ遷り住んで多少落着いたころに、日本の美術史をかいたのは、年來心に藏してきたものを形ある文章にするだけのことだつたが、齋藤十一さんの直接の機緣がなければ、これも出來なかつたのである。そのころ京都の古い町に殘つてゐる世ばなれたやうな、古い人情のしきたりをかき綴つて、わが歷史へのこころをうつすといふことを、菅原國隆さんからいはれてゐたところへ、これをきいて、うむもなく日本の美術史にかへたのは齋藤氏の强氣だつた。わが三十代の始めに芭蕉をかいたのも齋藤氏の押しつけがあつたからだつた。とてもその力もないといふ私の言訣けを、彼はききいれなかつた。その時から三十年、私はこの舊著をひらいたことはないが、それをしておいて悔いない感じのする書物である。因緣といふものは限りなくたどれて、上下左右に及ぶ、卽ち時間空間にわたり、自他の別さへなくなる。日本の美術史が近世にすすんで、私のこころはゆきなづみ、私は齋藤氏にその嘆息をもらした。それが今度の日本の文學史執筆の動機である。私にとつては、このいきさつはなかなか大事なことだつたので、これを云つて安堵しておきたい。私は日本の文學史では、近世を旨として、文人の志の系譜をたどりたい。「日本文學」といふべきものは、後鳥羽院まで、さういふ日本文學が、どういふ形で國の人々の心に生き、國の人々のこころを生かしたかといふ、二つの事理のやうな、しかも大本は一つのやうな、そんな文學史を私はかいてみたいと思つた。日本浪曼派の出來たころ、佐藤先生を中心にしてそのころの仲間が集り、そのあとで寄書をしたことがあつたさうだ。その寄書は平林英子さんがもつてゐるが、私はその時は、遠方へ旅行中で集りに會へず、後日英子さんに云はれて寄書のあとへ書いたのは、順徳院さまの百敷や古き軒端のの御製だつたさうだ。すつかり忘れて了つてゐることを、つい最近、三十何年ぶりに證據つきで英子さんに云はれた。その時私は、この御歌で日本文學は終つたのです、と云つたといふことを、英子さんがおぼえてゐたのには、もつとびつくりした。私はこの話に、はるかな時空の他人事のやうに感動したのである。

神話

一

文學もはじめは聲から聲へと傳へられた。そのころはのちのち文學といはれるものは、みな聲の傳へだつた。聲がそのまま、美しい詩や美しい音樂よりさらに美しかつた。それらはのちの文學の物語や、あるひは噺の語りより、もつと生命の切ない、しかもいかめしいものだつたからとも思はれる。さういふ一つの民族の永遠の信につながる意味が、わが古典をみても、胸の痛いほどによくわかるのである。誰にも考へやうない遠く遙かな、そして大なる御祖たちから、傳つたままが、いきづかひのありやうさへ、ひしひしと味へた。誰が、何が、さういふ聲を傳へたのだらうか。わが國の後の考へ方の「語部」の發生は、考へても詮ないことであり、わかるわけもないことだが、このやうな勘考を了へたうへで別に考へてみよう。これが後の世のものの學びごとであると云はれたのが、近昔の本居大人だつた。さういふ考へ事を、あの厖大な古事記の傳の中で、どれほど執拗に、子細に、今生今世の人各々の生理萬般に亙つて振舞はれたかといふことは、それを文學論とか、古典の批評などといふ、當節のわれわれの俗なことばで云つて了ふには、まことに怖ろしいほどの心のはたらきだつた。解釋しても詮ないことばかりだが、かといつて解釋をせぬといふのでは甲斐がない。考への及ぶかぎり試み論じてみて、すれば時に中《アタ》ることや、まぐれといふこともあるかもしれない、かういふ大様な心構で、あの細心緻密の大著をなされたのである。私は年少の旺んな日にこの大著を素讀し、それ以來時々の心の動きから、この書物をひもとくことが少くない。このごろになつては、どの一章をよんでも、わが行路の日暮れて道遠しの嘆きに耐へない。「祝詞講義」をかかれた鈴木重胤が、その敍述の途中で本居大人こそまこと神なるかと嘆息せられたことさへ、もつとも至極とうべなひ、已には、日暮れてといへるほどのものさへなかつたのでないかと反省したりする。重胤大人の「祝詞講義」も、何人を目當として著されたかと思ふ時、その心のたけだけしさ、近い昔ながら怖ろしい人々だつた。

　本居翁が古事記冒頭の天地の初めの一句を釋くのに、師の「久爾都知考《クニツチノヘ》」に悟つて、都《ツ》知《チ》と久爾《クニ》の異同をこと分けられた一つの例をとつても、古人の態度に誠あるきびしさの一端がのぞかれるやうだ。天つ神・國つ神、天つ社・國つ社、あるひは天の某の神・國の某の神といふ形の對象が、わが古典の常態にて、天《アメ》に地《ツチ》を對としたものは、萬葉集の歌の他にはないのである。されば古事記冒頭の「天地の初め」も、阿米久爾《アメクニ》の初めとよむべきでないか、宣長は以前にはさう思つたことだつたと誌してをられる。萬葉集の歌では都のひとも、東國の防人《サキモリ》も、天地を阿米都知《アメツチ》と云つた。しかも東國の防人はこれを阿米都之乃《アメツシノ》となまつてゐる。この訛をそのままに文字にとどめられた大伴の家持を私は敬拝するのである。提出された原作をみだりに改めることなく、その訛のままを記録されたことは、いろいろ大切なことわりの證となつたのである。眞淵は、京の知識人《モノシリビト》の歌よりも、却つて古言のよりどころとすべきものありと、そのよろこびのこころのはずみさへわかることばでしるされてゐる。

しかし京の物知人が、漢意《カラゴコロ》によつて古傳をあつさりとかきかへ、しかもそのすぐのつづきに、またさらりと古傳のままを記してゐるのは、今からは何が何だつたかわかりかねる。「日本書紀」のかういふ事實は、いつの時代にもある、いたつて單純な文化感覺のあらはれかもしれぬ。今人の場合なら、いくらもあることで、大凡さういふ淺薄なものが、いつの代にも當世風といふものかもしれぬなどとも考へられるが、しかし古人の場合は、その多方面の志をくらべると、一つだけをとり出して輕蔑できぬものだつた。

口から口へ、息《イキ》のままで傳へられたことばも、書契ありてよりこのかた、古を談《カタ》ることを好まず、浮華競ひ興つて、却つて舊老を嗤ふやうになつた、齋部廣成卿がこのやうに嘆かれたのは千二百年以上の昔だつた。文字といふものが入つて以來、この同じ嘆きを、我々は千何百年もくりかへし來つた。しかも國史は依然として斷絕しない。浮華の風も、ほどほどにして道は恢弘されるやうに見える。亂極つて治到るやうな天道循環の理が、わが國では行はれてゐる。この東洋の生命卽信念は、ただわが國のみで實現してきたのである。それがわが國の歴史の大根だつた。

二

古事記にふくまれてゐる内容は、單純に一つのものでない。それを説話の型で分類して、その様相や風儀を別つと、大ざつぱに云つても五つ以上となるだらう。それらは異る民族のもつてゐた説話ともいはれる。これが血統と出所の異る民族、即ちけふの概念でいふ「異民族」のものといへるかどうか。あるひは物語と文學の異同といふべきだらうか、また同じ文學藝能の異同も、「異民族」のものとして考へるべきか、時代の新舊として考へるべきか、さらには奉仕した神社の藝能集團の品位として考へるべきか、かうした見地で、ことさらに私見を立てるやうなことは私の本題の目的とするところでない。それは歴史の説《セツ》とも、又歴史の考《カウ》とも思つてゐないのである。しかし下から始つたものが、上へゆくといふことは、わが國風のやうであつた。文藝といふやうな點では、これがことにあらはで甚しい。これも亦よほどに「歴史」が古いことの證である。國土人民を支配する主權者の次々に變つた國や、異民族が交替で國の中原を支配したといふ類の國には、かうした古い歴史はあり得ないやうに思ふ。政治經濟の上で、さういふ古い歴史、實にまことの「歴史」といふものが、必要ないのでないかといふ議論は、議論としてなり立つかもしれぬ。議論とはかういふ性質のものである。しかし私はわが日本の文學の歴史を實證するのが目的である。これが先人の悲願を後代へうけつぐものと考へてゐる。

國の初めに出來た伊勢の皇大神宮の建物が、一番うつくしい建物だといふことが、絶對的な觀念となる時、一體われわれの造形美術の歴史は何だつたかと、かうしたことを考へると、われわれの心は一種のあやしさにまぎれておぼれる感がする。國の初めは何千年何萬年の昔にあつたかわからぬ。皇大神宮の建物は「歴史」より古い、「歴史」の知らぬ以前に、一箇の完成のものとしてすでにあつたのだ。神宮の建物は今の形の完成をいつの世になしたかわからぬのである。しかもそれは日本最古の木造の建物として尊ばれてゐるわけでない。この古いものがもとのままに殘つたのも、大略二十年毎の建てかへの遷宮といふ營みのくりかへしによつてであつた。人工の物が古くなり、さび色が加つて、つまり人工の人くささが、年月風雨の力で消されたゆゑに美しくなつたといふ、通常の造形作品のうける自然の恩惠と無關係だつたことも、驚異の一つである。

これと同じ事情が、古事記のあるところどころでいへるのである。かういふ云ひ方は大へん誤解を伴ふもので、柰りに古事記を分割し、それが學問とか、その方法のやうに思つてゐるとうけとられかねない。この辯解は抽象的にしてみても何のことはない。ただ美的藝術として皇大神宮の造形をうけつぐ思ひ、さういふものが志としてわが美術史の根幹にあると私には云ひ得なかつた。文學の場合には、古事記から始つて、古の王朝を一貫してきた文藝の道と、それをうけつぐだけを悲願とした代々の文人の流れがあつた。それを云ふだけで、わが生き甲斐ともなるほどの、きらめくやうな人の心と志の歴史である。

古事記の成立ちは、飛鳥淨御原宮の御代の敕語の舊辭を、舍人《トネリ》稗田阿禮が誦み習ひ來つたものにて、和銅五年正月二十八日太安萬侶が錄して獻上した。飛鳥淨御原宮に於て、國の歴史が精密に編纂されたことは、壬申亂後の人心を正常に恢弘するための當然の、しかし重大な決意をこめた政事だつたのである。

「古事記」冒頭の、「上の件《クダリ》、五柱の神は別天《コトアマ》つ神なり」とある迄は、正しく神語である。これを「日本書紀」の序章とくらべると、その間の事情がわかる。「書紀」の記述は、そのころの人爲流行のものである。ある時代の合理的思辨に、永久な合理といふもののある例はない。永久な生命は、流行の合理主義にあらはれることなく、みな時代のものにして且つ不變の詩や文學に現はれた。「古事記」の傳には別天《コトアマ》つ神についての解釋はない。しかも文言は、凜然として深奥である。調子に詩の至上のものがある。この時五柱の神の出現は、初めの三柱と、あと二柱に別れてゐる。三神出現の時は、天地未分、卽ち天も地も無いのである。やがて天地分れて、そのうちに國稚く、まだ國が固くなつてゐないほどの時に、二柱の神があらはれる。いづれも獨《ヒト》り神成《ガミナ》りまして身を隱したまふ。まだ形もない、陰陽もない。この言の傳へは、いやにけふの理にもかなふやうな不思議のものである。ついで國の固まりかけた時に神代七代の神々が出現される。しかしここでも初め二神は、獨り神成りまして身を隱し給ふとある。疑ふところ厘毫もない傳へと思はれる。神々の御名の號へにしても、同じ古事記の例へば後の代の大國主命の皇子たちの御名の稱へにくらべて、詩の句を見るやうな格調高い氣分が濃い。それらを、五柱の神は別天つ神なり、と言葉を先人の聲のままに、わが聲で後れ生れてくる者に傳へてゐた時代の古さは、想像することも出來ない。

この別天つ神なりととなへた章句のやうなものが、日本の文學の大本の根子《ネコ》だつた。根子といふことばも、大倭朝廷では千年ないし二千年の大昔に、くりかへされ強調された。天皇《スメラミコト》を、最大なる根子とたたへ奉るのである。しかし根子といふことばを使つての根子へのあこがれは、東よりの山地の國々の奥深いところ、高山にかこまれた高原の國には、今日でもわづかに殘つてゐる。

別天《コトアマ》つ神の傳への章句はまことに太古を思はせるものだつた。神々の御名のたたへは、すがすがしい、全くの詩である。この異同を、書紀の冒頭をくらべると、人のことばと、神のことばの異同さへよくわかる。日本書紀には漢意《カラゴコロ》多しと申されたのは、別してそれ以外に上手に適切にいふ方法がなかつたのである。今日では當時にくらべて語彙大いに増加したが、ことばの系統のちがふところから、この最も單純な傳へを釋き明すことはなほ十分に出來ないのである。

大凡に云つて、人のことばと、神のことばを、說き分つところに「文學」のあり方やあり場所が、了知されるやうである。紀貫之が千年以前に整頓された日本文學の根幹の思想は、敍述は平明簡單だが、いふところの深奥精緻のものだつた。元祿の芭蕉が、わが今生の人生と國の全歷史を一身に荷つて、薄氷をわたつて行つたやうな行程も、このけぢめの「文學」の了解なくては、危きに遊ぶとまで申された心意氣のわかるわけはない。その翁に從つた多くの同時代の精神の、急迫した無常迅速とも云ふべききびしさも、わかるすべないと思はれる。世が平穩になると、志のきびしさは忘れられる。心のさびしさはわからない。貧しい人や怠けた人がなくなるのは、一面浮華平和の世の淺ましさでもある。

三

神世《カミヨ》七代の神々の一番あとで成りますのが、伊邪那岐神《イザナギノカミ》と伊邪那美神《イザナミノカミ》で、この二神が婚されて、まづ國を次々に生み、ついで神々を次々に生み給ふ。やがて伊邪那美神は火の神を生みましによつて病み、遂に神避《サ》りますのである。この時生みたまうた火の神の名《ミナ》は、「火《ヒ》の夜藝速男《ヤギハヤヲ》の神」亦の名は「火《ヒ》の炫毘古《カガビコ》の神」亦の名は「火《ヒ》の迦具土《カグツチ》の神」と申した。これは火の状態と、その生產《ムスビ》や生活《クラシ》とのかかはりを象徵してゐるのである。わが神々の御名は、基本の形では、かうしたむすびのくらしを象徵したもので、それはある意味では、はたらきを示し、從つてここに詩句そのままの美しさがある。しかし事物を眺めて形容をほめたたへるやうな御名もあつて、これはわが民族神話の傳承の一つでないこと、それが一つに融合し、しかも人爲の權力的政治的統一の如き作爲のなかつたことを現はしてゐる。だから神名の考へを、一つの思想によつて統一するやうなことは虛しい我意だと私は思ふのである。もつとも嚴肅宏遠な神名の系譜が、わが大倭朝廷を中心としたものだつたことと、その神名の系譜が詩文學をよむやうな氣分で誦される、誦すべきであるといふことは、古事記下卷に出てくる、歷代の天皇の御代を、ただその戀愛の物語で記錄していつた歷史態度と合せ考へると興味ふかい。その意味を考へるとさらに深奧である。天皇《スメラミコト》の戀愛の物語を峯として、皇統の歷史をうつすといふことは、王朝文學時代に忽ち發現し忽ち完成された考へ方でなく、すでに飛鳥の都の以前、大倭朝廷の歴史の考へだつたのである。これらは文學の形容といふ點でもととのつてゐるが、神の系譜にあらはれる言靈の詩美を、根源の「文學」として考へるといふことは、代々の日本人の一つの詩情を形成するものだつたのである。それは通常の國人の氣分だつた。古事記の神々の系譜の傳へは、日本人の詩文的感情の土臺に、なつかしくかなしいことばのしらべとして殘つてゐたのである。これはわが國語の情緒を最も素朴單純に考へ味つた時の判斷にすぎない。「古事記」や「神名帖」が、わが文學の歴史に無縁だつたと思ふのは、淺薄と評さるべき文學史觀だが、遺憾なことには、近代以來の日本文學史とは、學者が外國の方法をまねて著したものが多いので、芭蕉が奥の細道の旅に「神名帖」一つをたづさへていつたことの、文學上の重大さや、文人創造の機微といつたことを直觀することが出來なかつたのである。

伊邪那岐神が、女神の崩御を悲嘆される條は、わが日本の文學の最高のものである。あたかも皇大神宮の建物が、いつの代ともわからぬ太古にすでに完成されたものとしてあつて、今日これ以上のものがないといはれる事情に似てゐる。かういふ嚴とした事實の自覺の上で、我らも、わが先人も、國の文學を志してきたのである。王朝後期の人々はかういふ見地から、すでに萬葉集を心の底にひそめてゐた。院政時代の末になつて、萬葉集をまねるやうになつたといふことも、その證の一つである。源家の右大臣など、年わかく心すなほだつたので、定家卿の敎を直截にうけた證をのこされた。しかし中世の遁世の旅の詩人たちが、古今源氏を旨とし心の灯としたのは、十分當然の理由があつた。その果に宣長翁が、「古事記」をあきらかにされたのは、國の歴史といふことを思つた時に、云ひやうもない重大事の開顯だつた。「源氏物語」を、この翁ほどによくよく讀みあきらめられた先人も無かつたのである。その上で、それあつて、古事記を說かれた心のあり樣は、想像して解釋するものでなく、ただ敬拜していくらかの恩惠にあひたいと思ふたぐひのものである。日本の文學とか、文學史の大根の思ひはここで始めてと云つてよいほどにまで、正しくよくわかつたのである。先人がその上で考へ、又その中で生きてきた道が道としてわかつた。教へられたのである。

四

「かれここに伊邪那岐命、詔《ノ》り曰《タマ》はく。『愛《ウツク》しき我《ア》が汝妹《ナニモ》の命や、子《コ》の一木《ヒトツケ》にかへつるかも』とのりたまひて、御枕べにはらばひ、御足《ミアト》べにはらばひて、哭《ナ》きたまふ時に、御涙に成りませる神《カミ》は、香山《カグヤマ》の畝尾《ウネヲ》の木《コ》の本《モト》にます、名《ミナ》は泣澤女《ナキサハメ》の神。

ここに伊邪那岐命、御佩《ミハカ》せる十拳《トツカツルギ》劍を拔きて、その子《ミコ》、迦具土神《カグツチノカミ》の頸《ミクビ》を斬りたまふ。ここにその御刀《ミハカシ》のさきにつける血、湯津石村《ユツイハムラ》に走《タバシ》りつきてなりませる神の名《ミナ》は、石拆神《イハサクノカミ》。つぎに根拆神《ネサクノカミ》。つぎに石筒《イハツツ》の男神《ヲノカミ》。

つぎに御刀《ミハカシ》の本につける血も、湯津石村《ユツイハムラ》に走りつきてなりませる神の名《ミナ》は、甕速日神《ミカハヤビノカミ》。

つぎに樋速日神《ヒハヤビノカミ》。つぎに建御雷《タケミカヅチ》の男神《ヲノカミ》、またの名《ミナ》は建布都神《タケフツノカミ》、またの名は豐布都神《トヨフツノカミ》。

つぎに御刀の手上《タカミ》にあつまる血、手俣《タナマタ》より漏《ク》き出てなりませる神の名は、闇淤加美神《クラオカミノカミ》。

つぎに闇御津羽神《クラミツハノカミ》。

上件《カミノクダリ》自石拆神以下、闇御津羽神以前《マデ》、并八神者、因御刀所生之神者也。

殺さえまし迦具土神の頭《ミカシラ》になりませる神の名は正鹿山津見神《マサカヤマツミ》。つぎに胸《ミムネ》になりませる神の名は淤縢山津見神《オドヤマツミ》。つぎに腹《ミハラ》になりませる神の名は奥山津見神。つぎに陰《ミホト》になりませる神の名は闇山津見神。つぎに左手《ヒダリノミテ》になりませる神の名は志藝山津見神《シギヤマツミ》。つぎに右手《ミギリノミテ》になりませる神の名は羽山津見神。つぎに左足《ヒダリノミアシ》になりませる神の名は原《ハラ》山津見神。つぎに右足になりませる神の名は戸《ト》山津見神。

かれ斬りたまへる御刀の名は、天《アメ》の尾羽張《ヲハバリ》といふ。亦の名は、伊都《イツ》の尾羽張《ヲハバリ》といふ。」

以上、古事記の本文である。迦具土神は火の神である。この章はその調子の高さ、構成の苛烈なところ、實に壓巻である。演劇として、音樂としても、至上のものと思はれた。この嚴肅さは、さきの八神のうち二神は石村《イハムラ》に依りなりました神々にて、石より火の出る状態がここで思ひ描かれる。次の甕速日、樋速日は火の神の火によつてなりました神々にて、闇淤加美は水の神、谷なる龍神、闇御津羽も谷の水の神である。これが建御雷といふ專ら御刀によつてなりました神の徳用《サキハヒ》に集中する。これは石《イハ》と火と水の本性に卽して、はげしい形と、沈着なことばに、音響の激しい交錯まで描き出してゐる。この敍述は嚴肅で莊重である。しかも一種の沈痛のひびきがある。それがさらに迦具土神の五體と陰から同じく八神がなります。いづれも山の神、山祇《ヤマヅミ》である。また天の尾羽張は、この迦具土を斬つた御刀そのものの名で、神の名ではない。

この一條が、泣澤女《ナキサハメ》から始つてゐるところが、感動と情緒のふかいものがあり、この構成はとてものことに人の考へ及ぶところでない。この條は古事記の精髓を示すやうな神語の神話である。この莊重にして雄大な章句は、詩の高潔な品位に於ても申し分ない。しかもここに太古の文藝の民話的な幼稚さがないのも有難い。この壯大な詩篇に、人臭さがそぶりにもないことは、「神樂歌」の清醇とも異るところで、ここには破裂がある、地底に沈んでゆくやうな悲劇のしらべが、至高美として、驚異的な象徴體をなしてゐるのである。日本の國と日本人を形成する中心となつた血統が、最も古い時代にもつてゐたものは、すでに最高のものだつたのである。ここに於て、文藝も文章詩篇も、すべて天造のもの、天成にして人爲人工でなり得ないことを知る。神なくしてならないものを、神のことばのままに、口から口へ、聲によつて傳へたことは、まことに尊いといふばかりか、絶對のやうにさへ思はれる。

五

ここに火の神、水の神、石の神がなりまして、さらに山祇《ヤマツミ》がことごとく成りました後も、伊邪那岐命はなほ悲嘆に耐へず、さらに女神のみあとを追つて黄泉國《ヨミノクニ》に赴かれた。そこで女神の禁めを破つてかいま見た女神の御體には、蛆が無數にたかつてゐて、頭には大雷《オホイカヅチ》をり、胸には火雷《ホノイカヅチ》をり、腹には黑雷《クロイカヅチ》をり、陰《ミホト》には拆雷《サクイカヅチ》をり、左手《ヒダリノミテ》には若《ワキ》雷をり、右手には土《ツチ》雷をり、左足には鳴《ナル》雷をり、右足には伏《フシ》雷をり、あはせて八雷神のなりをるのを、伊邪那岐命は見て終はれる。

このあたりからあとは、趣きが變化して非常に文學的になつてゐる。物語說話の風儀で、この文學的といふのは、人のことばの加るといふ意味である。さうした意味の「文學」の生成を私は否定してゐるのではない。別のたてまへではむしろ希望するところだつた。ただ鑑賞審美の點からは、ことの定めだけは筋を立てておくべきだと思ふ。

歐洲人文史上で近代の始りといひ、さらに近代の創始と云ひかへるのがふさはしいとも考へられる獨逸の初期浪曼派が、文學の歷史を考察し、その文學觀を立てた時、音樂（みゆじく）童話（めるへん）を諸藝能の上とし、なほその至上に神話（みゆとす）を奉戴した。この發想が私には不思議でならなかつた。私は少年の日に獨逸人から彼の民族神話を學んだ時、その物語自體については、何の感想もうけなかつた。後に齋藤忠氏の反譯になる北歐神話をよんで、少からぬ感銘をうけた。しかしその意味といふか、原因といふものを考へ、その譯文が、わが古典の莊重な文脈にもとづき、それに多少悲劇調をふくめた文章なることがその感嘆の因だと思つた。舊譯の「聖書」の文脈も、趣きを異にしつつ、これに似た性格のものである。わが舊同人の服部正己が、獨逸の民族神話は、馬琴のしらべを基として、飜譯すべきほどのものだらうと教へてくれたことは、今も極めて印象的である。彼は異國語の學習では、同窓中の卓越した天才だつた。

初期獨逸浪曼派の發想の因は、私には全く見當がつかなかつたが、私の見解としては、神話は通念としての文學にくらべて、遙かに尊い異質といつてもよい「文學」であり、如何なる音樂よりも無限雄大な音樂である。これを比較すれば大宇宙の調和であり、そのまま形にも音にも現はせるもののやうに思つた。天心先生は、古今東西の學藝に通じてをられたが、わが國の古典と、朝廷の風儀、おしくるめて東洋の禮樂の精神と樣相を旨と考へられることがなかつたので、一切の學藝と造形美術に於て、東洋の異質的優秀さを確信しつつ、ただ音樂に於て西洋に對して卑下の情をもつてをられた。

伊邪那岐命が黄泉國から逃歸られる物語の部分は、神話の域を離れて、もはや濃厚の「文學」である。天地の初めになりました神々の系譜を傳へた、われらの知りやうもない何千、萬年の大昔の、祖々にもわかつてゐない黄泉の神が、小門《ヲド》の阿波岐《アハギ》原のみそぎから始る神話のつなぎの契點として出てくる。しかし案外にこの怖ろしい女神の姿の描寫が、人の好みの文藝的と思はれるかもしれない。しかも始めの黄泉神《ヨモツカミ》とあとの黄泉津《ヨモツ》大神とは、はつきり別箇だつたのである。かういふことは、建速須佐之男命のあと、大國主神を中心とする、出雲びとの文藝的な巧みな物語の場合にも似てゐる。

かりそめな考へ方をすれば、古事記三卷は、いろいろの小說や文藝の集大成といふ解釋の出來るやうなところがあつた。作品の長短といふことにこだはらないなら、下照姫の夷《ヒナ》振《ブ》りといはれた歌の由來一つでも、十分な小說だ。しかしかういふ輕薄な關心を、すつかりさとされたのが宣長だつた。

八千矛神《ヤチホコノカミ》の妻求《ツママギ》の物語は、大倭びとの傳承にくらべると、比較にならぬ近い代のもののやうに思はれる。「いしたふや　天馳使《アマハセツカヒ》、事の語り言も、こをば」といふやうな句は、職業的な傳承者を思はせ、その歌謡たるの性格を示してゐるが、「わが心　浦渚《ウラス》の鳥ぞ、今こそは　千鳥にあらめ」かういふ歌句ともなると、最も古いものだらう、それが今日でも十分新しい共感にふさふ感情をもつてゐる。この情緒は纖細である。古典といふものの典型のやうなことばである。

しかしかりそめに、大倭びとの神話と出雲びとの神話といふ、二つの大本があつて、それを巧みに作爲してつなぎ合せた、と言ふやうな云ひ方はあまりおだやかでない。かしこいことでもない。眞理にそぐはない感がある。さう定めて了ふには、それがあまりに巧みに出來てゐる。俗に云ふ政治的とか、權力的必要からなされたやうな作爲では、神話全體のつじつまの合ひ方が、天降りから肇國までの場合にしても、「幽契」といふことばでいはれる一種の因縁を、かくまで整合することは不可能だ。さらにいろいろの傳承や、異る古典の記述が、相補つて、この民族神話を一つの融和に治めてゐる。この融合の事理を知ることの方が重要事とも思はれる。

おそらく數箇を越えた異型傳承のあつた證據は、今日でも古事記の中に指摘できる。しかも作爲の統一や目的のもとの編纂といふ政治性のものはなく、ただ自然なおほらかな融和がこの上ないものだといふことは、日本人といふものの成立の原因を考へる上でも大切なことと思ふ。多くの異種の民が、みな消えて了ひ、一つの日本人となり、その差別をなくしたといふことは、世界の歴史上に比類がない。それは必ずしも國の歴史の古さといふただ一つの理由によるものでないと思ふ。このやうな考へ方は本末を誤つてゐるやうだ。

國に尊い中心があつて、人道の祈願にかなふに至つたのである。中心の尊さを虚心に知つたことは、他の尊さに於て、自己の尊さを無限大化するものだつた。別に何の理由もない。この中心の相は力でなく、文明だつたのである。ここにあるといふものは、方法や議論でなく、事實である。このただあたりまへの事實は、考へ方ではこの上なく大なる史蹟といはねばならない。わが國の神話を中心とした最古の文學は、驚くべき融和を示してゐるのである。そのことから考へるより他ない現象としては、古事記の下巻、國家は開化して時局多事な時代に入るころとなり、ただ優美な戀物語に、天子の逸話だけをしるした、あげくには色々事件の多い時代の歴朝をしるすのに、ただ皇子王たちの血脈だけを記録し、他のことは一切しるさぬ。しかもたてまへとしては歴史の書だつたのである。これは深厚に考へる必要のある、ある時のある思ひの現はれと思ふ。要は何が一番大事なものかといふことを、宏遠に、緻密に、同時に素朴に、單純に、かくいろいろに考へることは、當然だと思ふ。

神詠

一

天照皇大神《アマテラススメオホミカミ》が天《アメ》の石屋戸《イハヤド》を開けて出現せられた時、上天《アメ》初めて晴れ、衆倶に相見ると、面がみな白く、明るく輝いてゐた。そこで手を伸して、歌ひ舞ひ、互に稱へて云つたことばは、

あはれ
あなおもしろ
あなたのし
あなさやけ
おけ

このことばは、「古語拾遺《コゴジフヰ》」にのこされてゐて、語句の一つ一つについての註がつけられてゐる。あはれとは天晴《アメハレ》なり、あなは古語に、事の甚切《イトセチ》なるを云ふ、たのしは手をさし伸べて舞ふ、今、舞事をたのしといふのもこれに起原する、さやけは竹葉の聲である、おけ

は木の葉をふる調である。このやうに脚註されてゐる。古語に、聲である、調であるといふ三つの字句に傍點をつけたのは、これらの語に、心してよみとつて欲しいものがあつたからである。それによつて古人の考へ方に即することが出來るからである。

しかし近古の國學家の中には、この詩句をふくむ一章は中古の神道家の插入でないかと考へたものもあつた。これは間違つたひがごとだと、池邊眞榛《マハリ》は考證した。眞榛は徳島の下士の出身で、文化三年三十四歳徳島の獄中で死んでゐる。眞榛の考證では、上天晴れて以下の文も、註の文も、廣成宿禰がしるされたものだが、それは後人附會のひが言に、宿禰が誤られたものにて、「あはれ、あなおもしろ、あなたのし、あなさやけ、(おけ)」といふ歌は、天鈿女命の神懸《カムガカリ》の詞にて、これだけが齋部氏に傳へた尊い古語だと云はれてゐる。千二百年以上昔の人の著述に對し、その著者は後人附會の説を誤つてとり入れて了つたと云ひきる眞榛もはげしい氣象の人だつたが、この詞を歌と云つたのはよい。この脚註はともあれ、上天云々の條は、その時の高天原の有樣今も見る如く、かくもあつたかと思はれる。又脚註の中にも、古の心をさとるうへから、すてがたいもののあることは、愚意によつて誌した如くである。

齋部宿禰廣成がこの書を上奏されたのは大同二年、平城天皇《ならのみかど》の勅をうけて、正史にもれた家の古傳を記錄し上つたものである。時に宿禰は八十を超える老翁だつた。その人がここで古語と申されたのは、茫漠測り難い古のことを傳へられたものだらう。

「蓋し聞く、上古の世、いまだ文字あらず、貴賤老少、口々に相傳へ、前言往行、存して忘れず。書契ありて以來《コノカタ》、古を談ることを好まず、浮華競ひ興り、還りて舊老を嗤ふ、遂に人をして、世を歴ていよいよ新に、事代を逐ひて變改せしむ。顧みて故實を問ふに、根源を識ることなし。國史家牒、其の由を載すといへども、一二委曲猶遺れることあり。愚臣言《マヲ》さざれば、恐《カシコ》けれども絶えて傳ふること無からむ。幸ひに召問を蒙《カガフ》りて、畜憤を攄《ノ》べむと欲す。故に舊説を錄して、敢へて以て上聞すと云爾《マヲス》。」宿禰は本書冒頭の序にこのやうに誌された。

近世に入つてからの多くの國學者はこの書を尊んだが、わけても平田篤胤はこの遠世人の志と思ひに感動極るものを味はれたのである。この感動と思ひをおのれの志とすることは、わが世に於ても、いふところの日本文學の大悲願であらうと、私は心に期しておもふ。ここに廣成卿がきびしい言葉で表現された畜憤の事實、その鬱積した憤りには、歴史的に、學問的に、さらに舊來名門氏族の長老としての個人的立場からも、いろいろのものがあつただらうが、それについてはここにあへて語ることをしない。

平城天皇は、新しい平安京をつくつた勢力に對し、その變革を平城遷都を通じて達成せんと慮られた。ことの結末は精神的な崇高さによつて、悲劇といふことばにふさふものがある。かの高岳親王は平城天皇の皇子にて、嵯峨天皇の皇太子に立ち、やがて廢され給うた。佛門に入りその後入唐せられ、さらに天竺に渡らんとして、現今のシンガポールの邊で薨去されたと傳へる。この御行狀は、當時に於て、さらに後世にわたつて、入唐の多數高僧名僧の場合とは異つた心情に發したものと拜察せられ、同時代の高僧玄賓僧都の場合と併せて、私の見解と感情では、いづれもわが日本の文學史上の尊い特異の人とするのである。

書契以來、わが國で著述編輯せられた書册は、つねの想像よりはるかに多かつたと思ふ。その殆どが廢滅した中で傳つたものは、たまたま傳つたにすぎないといふものではない。古人の聲をわが聲とし、古人の調をわが調として、わがおのれを假宿とし後々に傳へようといふ心は、何からどうして生れた念願のものかわからぬが、これが人生今生の生命の相であり、歴史そのものの核をなす志だといふことは文明の大事實である。淡あはとした、定つた形もない文學といふものを、大きく太くたくましくする永久の力、そのもとの力のはかり知れぬいのちといふものも、考へるとこの心であつた。後の世もなべてまことの文學といふものは、さういふ人のこころ以上の、おぎろなく、またいかめしく、しかも時に切なく、時にあはれな思ひに發するものと思はれる。これは近代の文學觀とは異質の思想である。近代とは西洋の時代である。それは多殺兵器によつて、野蠻が文明を支配し征服した闘爭のくりかへし、この時代に革命といふかぐはしい東洋のことばさへ、財物をうばひあふ方法の達成とされた。この近代に於て珍重される意志の强剛さといふのは、無明のもののつよさである。

書契以來無數の書物があつた中で、編纂の國史と詩歌樂譜の集や經典の註釋等の僅少が殘存する中に、一人の衰頽した氏族の長老の著作が、ただ一つの個人の志の强烈の著述として、確實に殘つたことは、まことに一箇の不思議である。しかもそれが國の悠久の古事を傳へる最も尊い古典をなしてゐることは、國人の思ひのそこにあつたゆゑであらう。國の歴史の願ひがあつたからであらう。しかしこれをしるした人の祈りがそのさきに立つといふことなくしてはかなはぬことである。私は日本文學の志といふものを、神慮といふ畏怖と過激のことばをかりて、改めてここで今生の願ひとしてしかとたしかめておくものである。

二

天《アメ》の石屋戸《イハヤド》がひらかれた時、上天初めて晴れ、衆倶に相見るに、面皆明白《アカル》し、この一句は大變なことばである。空が晴れ、衆人（神々）の顏がみな明るい、この明白《アカル》いとは眉目がみなうつくしいのである。上天が明るいので、人の面にいのちが充滿し、それで美しい。わが國の文學が、この歌の風景から始つたことを私は歡喜して無上のことと思ふのである。眉目美しいのは、いのちの豐滿によるが、それは人力の意志のみで現はれない、その相は起らない。上天の輝きをうけ、それと一體調和して、初めて文學の風景がなるのである。歌が生れ、世界が歌そのものとなる。この助けや恩惠は、異常な宗教儀禮を以て乞ひ禱《ネ》ぎて得たものでなく、その前景で八百萬神がどつと笑はれたといふ、ただ一つの自然、もののなりなる世界の風景である。わが日本の文學の詩は、ここに始つた。

そのさき開闢の初めに天の御柱をゆき廻り國産《クニウ》みをされた時の男神女神の唱和、

あな　美哉《ニヤシ》

可愛《エ》　少女《ヲトメ》を
あな　美哉《ニヤシ》
可愛《エ》　壯子《ヲトコ》を

「え少女を」このをが無限である。をの下には無限のもの、永劫のものしか附かない。無といつても虛といつてもよい。しかし心緒に無盡藏を生産《ムスビ》する無である。このをは、何に、何處に、向ふをだらうか。日本武尊が足柄《アシガラ》の坂の手向に立たれた時、走水の海で皇子の身がはりに入水された弟橘姫命を嘆かれた歌、

吾妻《ア》はや

「愛少女《エヲトメ》を」にくらべられるこの絶唱は人の世のただ一つの終末の詩だらう。しかしこれを並べくらべると、日本武尊のこの絶句の詩には、神と人とが分れてゆく、時間のおごそかな移りが、人生永劫の寂寥の哀愁によつて彩られてゐる。皇子がこの旅の終り、都に到りつくまぎはに、旅の宿りでなくなられる臨終の御歌、

孃子《ヲトメ》の　床《トコ》の邊《ヘ》に
吾《ア》が置《オ》きし　つるぎの大刀《タチ》
その大刀はや

この歌はまことに美しくかなしい。この歌一つで、後々の日本文學の全部に匹敵するまで年少のこころから私は思つた。一つとすべてをかへてもよい、またはすべてを失つてもこの一つでよい、さういふ激情は年少のこころである。これを口誦んでゐると、わが世

もさきもないやうな心持だつた。この少女とは、尾張の美夜受《ミヤズ》ひめ、太古は既婚の女性も未通女《ヲトメ》と呼んでゐた。また劍の大刀とは申すも畏き草薙の御劍、今も熱田の神と齋かれいます。旅路の臨終に、少女の床の邊の劍を歌はれたのが、少年の私に無我の感動だつた。少年の私は、この皇子こそ日本文學史上第一の詩人と心に銘じた。東國の人々が、皇子《ミコ》の「吾妻はや」の由緣によつて、その土地を「アヅマ」と呼ぶに至つたといふ古い語り傳へは、うれしい大昔よりの東人《アヅマビト》の美しい心情だつた。

しかし日本武尊の御歌は、泪雨の如く思はれる。このこころに對し、天石屋戸開《アメノイハヤドビラキ》の歌や天御柱《アメノミハシラ》の唱和の詩句は現はれの上では全くことなる神ながらの風景である。「神詠」といふものを、かうした形で私は考へた。素戔嗚尊の妻ごめ歌を「神詠」典型とした中世歌學の神詠觀念と、私のいふところは、全く水と油ほどもちがつてゐるかもしれぬ。

天の御柱の御唱和については、さきに女神がとなへられたのがいけなかつた。よい子が生れなかつたので、二神は天《アマ》つ神にわけをただしにゆかれる。この時天つ神は、神ながら太卜《フトマニ》に卜《ウラ》へて、女神がさきに男神をほめられたのがいけないのだと教へられた。わが神話では天つ神さへ絕對唯一神でないのである。かういふ一大事に太卜にトへられるのである。ここで二神が日直《ノリナホ》しをされた。このの〻り直しの御唱和によつて、可愛少女のほめことばが可愛壯子のことばに先行することとなつた。これによつてまことに美しい詩句がととのつた。

わが日本文學は天御柱《アメノミハシラ》と天石屋戸開《アメノイハヤドビラキ》の二つの詩から始つた。この二つは神詠である。宣長翁が、神代のころには、國中に天御柱といふものはあちこちに澤山立つてゐたと思はれると考證されてゐるのは、まことにめでたい説である。類推は、説とならない。考證といふその手續きが出來てゐないのは、獨斷である。獨斷によつて古心をうることはかなはないだらう、古道をさとることもないだらう。

「日本書紀」には天石窟《アメノイハヤ》と書かれ、天石窟戸《アメノイハヤド》と書かれてゐることから、まことの石窟のやうなるものと思ふのは、古意にあはない、これは尋常の殿だと、本居大人は考證された。これを知つて私は初めてわかつたのである。全く宣長大人は神代の人だつたと思つた。

「古事記」では天石屋戸《アメノイハヤド》としるされてゐる。この石《イハ》といふのは堅牢性と永久性をいふ修辭的なことばだといふことを考證された。さうして考證の方法といふものも初めてわかつた。天照大神は非常に堅牢な殿の、堅牢な戸を内から閉されたのである。我々の時代には、子供の繪本などで、石窟の石扉を手力男の神がひらかれてゐる繪で、天石屋戸の物語をおぼえた。「古事記傳」をよんで、これが大神の立派な御殿の、堅牢な屋戸を内から閉されたのだといふことを初めて知つた時は、私は驚き、又感嘆した。それはこの時初めて天石屋戸開の光景が風景として眼のまへにあらはれたのである。大神が石窟などへかくれられないと思ふ子供心があつたのであらう。

神詠とは天御柱《アメノミハシラ》と天石屋戸開《アメノイハヤドビラキ》の時の二つの詩歌の意である。日本武尊の御歌は、いづれもみな二つなき詩歌の絶品であるが、それらは人の世に、人のいのちの泪にぬれて、その泪の限りないものがある。

神詠は今はただ思ふばかりのものである。唐《カラ》の聖人が、新調の春衣に、童子三四と春の野に出て、琴をひいて遊ぶやうな理想境を考へられたのも、あるひは、農耕人のくらしに政治權力は無緣と語られたのも、これら二つの觀念は、あはれ、あなおもしろの世界をはぐれて、浮世この世の姿の中の我執の觀念と思はれる。神詠の世界、その風景の中に立てば、思無邪の觀念には、なほ現世假相が下心にあると思はれた。

この我執を難ずるのでない。私は我執の深淵の水上に、その水の面を歩いてゆくやうなものこそ、文學の末期の姿と思つた。末世に文學をなすものの思ひと志である。神詠に始つた文學が、さういふ我執の水面をかち渡つてゆくところに、日本文學の念々と文人の志があると信じ來つた。神詠を思ひつつ、日本武尊を敬拜するところに日本文學の志を念じた。私の初めて上梓した文學論は、詩人としての日本武尊を讃へ奉つたものだつた。しかもこの間の事情に通ふものとして、私は萬葉集の場合は、雄略天皇御製に神詠の風景を味つた。この御製についてはよしもあしもない、ほめことばさへ知らない、それは私の少年時代の一切である。この歌を思ふ時、わが全生命、全歡喜のやうな、ただ悠久な思ひがする。少年の囘想のすべてである。この御製を萬葉集卷頭にかかげ奉つた大伴家持卿に、私は文學論上からも感動し、その古の英雄の大き志に身ながらな同情を、わが心一つに年久しくやきつけてきたのである。

三

天石屋戸の異常な大事件にもかかはらず、一度石屋戸がひらかれた時の衆人《モロモロノカミ》の光景はすばらしい風景だつた。この狀態から國が始り、その時に詩歌といふほぼ形式をそなへたものが、聲と調と舞といふ三つの觀念を具してあらはれてゐた。日本文學の開闢である。ここで思ふことは、わが國と民の開闢の日にうまれた詩歌が、その時すでに絶對とか最高とか究極といふに當るものだつたといふことである。造形の美術史に於て、皇大神宮の建築に咏嘆したと同じことを、文學史といふ建てまへの上でも云はねばならぬのである。これがよろこばしいことか、悲しいか、口惜しいか、また嘆息すべきことか、私は定めようと思はない。ただそれらの感動が、こもごも到るといふ感である。

詩の開闢の風景は未來永劫に、泰平の理念にて、理念となしうるものである。しかし太古の建築といふ造形は、如何なるものであらうか。かの風景に對し、この用途をくらべることは、どこかに論理の錯亂めくものもある。最も末梢的な素朴な考への上で、古の高貴な造形も、けふの用途にあはなくなつてゐるといふ事實は、必ずしも第一義の意味ではないが、否定を強ひることも出來ないと思ふ。文化遺産と稱して、生活から遊離させたり、遊離してゐるものには、當然一つの限界があるだらう。日本人の一番古い文學にはさういふ限界がない。今も生命にあふれ、美しくたのしく、またうれしい、未來泰平の理念にそのままのものである。そのままで、今世と未來へつづくのである。今日新しいつもりの文學が、その用を失ふことがあつても、過去の人々の輝かしい文藝が用途をなくす日が來つても、さらに云へば、さういふ日をめざしてわが世に志ある文人は生命を燃やしてゐるとも考へられるのだが、さういふ一切の用のなくなる日、このままどんな生活の状態や様式の中でも、最終的の理想としてかへつてくるものが、文學にはあつたのである。神詠はさういふ古典である。

この神詠には人間の意志の無明にもとづく濁りはかけらもない。人ぐささ何一つなくして、人の眉目はみな美しく、人の聲は詩か音樂のそのもの、くさの聲と木の調がそれに加へて、この美しい、ただよろこばしいのみの廣大無邊の世界を現出する。ここには王朝の淨土現前の觀念のさらに根源的原初的なものの風景があつた。わが國と人の生活も、ここから始つたのである。

皇大神宮三座の相殿神については、天石屋戸開を象るか、天孫降臨を象徴するか、古來兩説並び行はれてゐる。そのいづれかを決定する時、多くの學人は、殆ど我意に陷り、或ひは政治的偏向の立場を現はしたものである。天石屋戸開と天孫降臨と、さらに神武肇國は、外形に多少差異あつても、根本全く一つの循還である。その神話は人爲人工の期し難い合致を循還によつて象られてゐるのである。むしろこの天造の合致を知ることに意味があると私は思ふ。これがまた私の文學の立場である。

天石屋戸開に直接活躍されたのは天鈿女と手力男の兩神である。わが國の藝能所作にはこの兩神から出たものが多い。その振舞ひから出たものの外に、これらの兩神のもたれた性格を抽出して、誇張變貌して造形し、それを可笑しとするものが多い。一つの例では、水商賣などの巷びとが好んで祭る福助《フクスケ》は、天鈿女から出たものである。この女神から生れ出たものだが、それは人の母が子を產むやうにして、神の產まれた子ではない。天地間の萬物、生物も無生物も、水や石や風さへ、一つの生產《ムスビ》で考へてゐるわが神話では、生物のやうな生命のない、また情のないものの行つてゐる生產といふいかめしい事實を、神話開闢の始めに考へた。この考への發するところは人爲人工の智惠でなく、神慮といふより他ないものだ。比較神話學といふ、まだ少年期を低迷してゐるやうな學問をしてゐる若い學生に、私はこの點についてはよく考へて欲しいと思ふ。

大倭びとのもつてゐた傳承の神話は透徹した神話だつた。その神々の御名をとなへる時、ただ清醇にして高貴であつた。宗教儀禮や呪法のつけ入る餘地のないすきとほる詩である。あまりにすきとほつてゐるので、人ごころをふとかすめて、一種の悲壯美のただよひさへ味つた。神々の御名から藝能事をひき出すことの出來たのは出雲びとであつた。その祭る神々の性行にもよつた。素戔嗚尊が高天原にをられた時は、神話の千磐破《チハヤ》ぶる神、泣いてばかりゐる幼兒のやうな神、子供のいたづらを亂暴にされるをさな神だつたが、出雲へ移られてからは、もう多少ならずくだけた文學に人ごころかなしく描かれる。大國主の神の戀の御物語と、神倭磐余彥《カムヤマトイハレビコ》の天皇《スメラミコト》の御物語の色あひの異りも、それを現はしてゐるといへさうである。さういふ系統が、藝能と文學にわかれてゆく過程は、神話の時代にすでに始つてゐる。

大和びとの詩歌文藝が、悲痛とか悲劇の色彩にかつてゐるのは、日本武尊、柿本人麻呂とよめばわかることである。出雲びとの藝能は、滑稽な身ぶり振舞ひを好んだ。それは國讓り以前からすでにもつてゐた傾向である。しかしこれらの藝能も、天鈿女がもとで、そこからの分離だと申せぬことではない。天鈿女が天石屋戶のまへで神憑りに踊られた時、八百萬の神々がどつとわらはれたのは、ただ滑稽といふものでなく、悲痛の性質がある。しかし八百萬神々の中ゆゑ、ただ滑稽とうけとつて笑つた神々も當然あらう。これを一言に不謹愼といふのは自然に反する者だ。さういふ考へは强權や統制に結びつく。萬事に一言だけをいふ人を、初め畏怖し、ついで敬遠し、やがて輕んじ、はては蔑視するといふ移行形は、わが神話の中にも出てゐる。このはてに滑稽な藝能におちつくこともある。ただそれは人の代もかなり時をへてから出てくるのは、その作者があるなら、心憎い作者といふべきだつた。そんな心憎い個人作家など、幸ひあつたためしがない。

四

日本の國の開闢は、同時に日本文學の開闢だつた。しかし我々の祖先の長い歲月には、いつかは人として成長してゆかねばならなかつた。わが日本の神話では、神々と人々とは、肉親の血のつながる親子として、人は神から直接に生れた子である。西方の教にも、佛の教典にも、この親子關係は殘つてゐない。神々はもともと親神だ、無理に云はずとも、ただの親でよいではないかといふ、神々に對してのうけとり方は、支障なく無事にわが國でそのまま傳へられてきた。君臣が親子といふまへに、神と人の關係は嫡出の親子だつた。草も木も生物も、國土山河も人も、同じ神を親とする子どもだつた。すでに日神生誕の前に、地上に青人草を生みふやすといふ諸神の神語が、黄泉の大神に對し、宣べられた。神と人がいつか分れるだらうといふことは、原始から漠然と知られてゐた。しかし今日でも、三歳の童男童女は、まだ神の如くに扱はれてゐる。わが國の神の觀念は淡泊で、實體は切なくなつかしい。すなほな日本人は、さういふことをあまり考へずに日々をくらしてゐるので、問ひかへされてびつくりする。そして自國の宗教が幼稚だつたやうに思ふ。さういふことは、院政終焉このかた、わが國人が度々出會つた經驗で、その時々に何かの新興宗教をおこし、國際宗教に對抗しようと、それを加味して作りあげた。この才能分別はすぐれてゐるが、さらに云ふなら侘びしいことである。千何百年間にくりさへされた文明開化であり、明治の文明開化時代にも、宗教はその主役の一つだつた。

　神代には地と天上を往還する天の御柱がいたるところにあつたと、先代の國學の大人は申され、私はこの説明に感嘆したのである。天孫降臨の時には神の約束があつた。この地上に高天原の風儀をそのまま實現せよと曰《ノタマ》ひ、高天原の稻の種子をこと寄さされた。かうして神代から人の代に移るころは、天と地のゆききをとざすことが必要となりつつあつた。

　國の初めのころは、まだ神と人とのけぢめがあまり明瞭でなかつたのである。天皇《スメラミコト》は天《アマ》照皇大神《テラススメオホミカミ》と、同じ殿、同じ床に住まはれてゐた。これを同殿共牀といふことばでことの傳へを殘しておかれたのが、廣成の宿禰である。しかし神と人を分つといふことは、今生をゆき貫く便法として、人爲を以て考へられたのでなく、すでに皇孫《スメミマ》が天降《アモリ》されるさきに、天上で神の「幽契《カクリヨノチギリ》」としてあつた。たまたまその時がきたしるしは、磯城《シキ》の瑞垣《ミツガキ》の朝に至り同殿共牀がすでに安からずなつてをられた。天照皇大神が宮中から出御されるといふことは、かういふ狀態と雰圍氣の中で、もつぱら天上での幽契に從はれたのである。皇大神宮は伊勢の五十鈴川の川上に鎭坐されるまへに、國內の各地を數多巡幸せられた。瑞垣宮の御時、宮中を出て最初におちつかれた場所が、大和の笠縫《カサヌヒ》の邑《ムラ》だつた。ここに磯城《シキ》の神籬《ヒモロギ》を立て、天照皇大神と草薙劍を遷し奉り、皇女《ヒメミコ》豐鍬入姫命《トヨスキイリヒメ》が齋ひ奉らる。

　かうして神と帝《ミカド》が別々の殿に住まはれるやうになるといふことは、實に重大な大事件だつたのである。これからあと、神と人とがつひにはつきりと分れてゆくのである。神武天皇が橿原宮を立て、鳥見山中に靈畤をつくられた。この建國の祭事によつて、天皇を人代の第一代とされる。しかし磯城瑞垣宮の崇神天皇より後を、いちじろき人代とする考へ方もふるくからあつた。必ずしもこれをただのひがごとと云へない。

　神武天皇の御東征も、神々の幽契として、天上では初めから定まつてゐた。國讓りの時の大國主命は、その約束のもとで、御東征の下こしらへを大和の各地になされてゐた。大國主命のこの幽契の事柄については、出雲國造が家の代替り毎に上京して奏する賀詞《ヨゴト》に、ことの由がしるされてゐる。「乃《スナハチ》大穴持命《オホナモチノミコト》の申《マヲ》し給はく、皇御孫命《スメミマノミコト》の靜《シヅ》まり坐《マサ》む大倭《オホヤマト》の國と申《マヲ》して、己命《オノレミコト》の和魂《ニギミタマ》を八《ヤ》咫鏡《タカガミ》に取り託《ツ》けて、倭の大物主櫛𤭖玉命《オホモノヌシクシミカタマノミコト》と名《ミナ》を稱《タタ》へて、大《オホ》御和《ミワ》の神奈備《カミナビ》に坐《マ》せ、己命《オノレミコト》の御子《ミコ》阿遲須伎高彦根命《アヂスキタカヒコネノミコト》の御魂《ミタマ》を、葛木《カツラギ》の鴨《カモ》の神奈備に坐《マ》せ、事代主命《コトシロヌシノミコト》の御魂を宇奈提《ウナテ》に坐《マ》せ、賀夜奈流美命《カヤナルミノミコト》の御魂《ミタマ》を飛鳥《アスカ》の神奈備に坐《マ》せて、皇御孫命の近き守神《マモリガミ》と貢《タテマツ》り置《オ》きて、八百丹杵築宮《ヤホニキツキノミヤ》に靜《シヅ》まり坐《マ》しき」これは嚴肅な神のことばである。この嚴肅には詩美の極致をなす凜然とした調がある。卽ち生命の原始から無窮を貫くやうな詩語のしらべをいふ謂である。この大國主神の神語が、神武天皇御東征の幽契である。しかし神武天皇はそれを全く知られず、數々の悲劇に遭ひ、萬難辛苦して大和の地に入られる。このさま、神と人との分離を象徵する。しかし天皇が丹生の川上で顯齋《ウツシイハヒ》される時は、人でなく神にあらせられたのである。

崇神天皇の朝に至つて、ここではつきり神皇分離が、天上の幽契のままに實現せられた。この大事實が日本武尊の悲劇に象徵され、皇子の詩歌に現はれるのである。卽ち日本文學は皇子の御名によつて、最も高い頂上に立つたのである。遠い太古の山河の中にである。

天照皇大神を笠縫の邑へ遷し奉るといふことは、太古の人々、君にも臣にも民にも、いかに畏き一大事だつたかは、いくら想像しても足りぬほどのものだつたであらう。しかしこの大事も、天上の幽契のまにまにつつがなくをはり、その夜朝廷の宮人はみな笠縫の宮居に參集し、終夜宴《ヨモスガラトヨノアカリ》樂した。豐《トヨ》の明《アカ》りとは、美酒に頰があかくなる謂である。この終夜の宴に、宮人がそろつて手をうつて歌つた歌が、「古語拾遺」に出てゐる。それにつけてもまことに「古語拾遺」は日本の文學史上でも大切な本であり、廣成宿禰は日本文學の上でも殊に尊い先人であつた。この歌は、

宮人《ミヤヒト》の　大夜《オホヨ》すがらに　いさとほし

ゆきの宜《ヨロ》しも　大夜すがらに

夜すがらは終夜の意味、ゆきは齋酒《ユキ》、神酒だらうといふ解釋が無難、いさとほしはまだはつきりと解釋した人はない。凡そに丈夫の雄こころにはやり、魂を太くするやうな感じをうけることばである。

この歌の脚註に廣成は「今の俗《ヨ》に歌ひて曰、宮人《ミヤヒト》の大裝衣《オホヨソコロモ》　膝通《ヒザトホ》し　行《ユキ》の宜しも　大裝衣」。宮人の大裝衣の美麗なるを庶民たちの讃め羨む意である。この歌は神樂歌として、宮中大歌所でも大嘗鎭魂の直會《ナホラヒ》などに歌はれた。國始つての一大事の事無く終了した夜に、夜を徹して歌はれた歌が、奈良京時代の民衆によつて、くだけたざれ歌にかへ歌されてをり、平安京の大歌所でさらにかへてうたひつがれた。事が事だけにおほらかな國ぶりである。その「神樂歌」は「大前張《オホサイバリ》」に「宮人《ミヤビト》の大裝衣《オホヨソゴロモ》　膝《ヒザ》通し　膝通し　著《キ》の宜しもよ　大裝衣」となつてゐる。奈良朝の替歌は、王朝時代になつて、四句が少し變化してゐる。「建久三年皇太神宮年中行事」の六月十七日の項の續きに、「同日、祭使參宮之間事ノ條、大和舞ノ歌」として「水無月《ミナヅキ》の　大裝衣　膝つきて　萬代までに　奏で遊ばむ」これも一種の替歌といふべきか、本歌取りとしては變則の調子のものである。

日本武尊

一

日本武尊の西東にわたる大旅行のさきには、磯城瑞垣宮（崇神天皇御代）の御時、四道將軍の派遣があつたが、それよりもさらに古く重い事實が、倭姫命の御巡幸だつた。皇大神宮を奉じての御巡幸のあとは、畿內といふ地域より東、西、北に少しづつ伸び出てゐる。この御巡幸の御遺跡は、千數百年このかたの記錄傳承として殘つたものである。日本武尊の御遠征も、記錄傳承の上では千數百年來のものである。倭姫命の「世記」の成立は、平安末期ごろまで遡ることがないといふのが、舊來の通說だが、事がらの傳へや、地理の現場を求めると、まがふことのない古傳が多い。國々の遺跡傳承は、時にもつとも絕對的なものを現はすのである。この倭姫命の御巡幸は、日本武尊の大旅行のおごそかなさきぶれだつた。

日本武尊の御旅行の傳承は、國史の記述の他にも、常陸國の確かな傳承をのべた風土記は、奈良朝の撰である。海道から東國にかけて、皇子にゆかりの地名傳承の多い上に、皇子を祭つたといふ傳への神社は、推定して百を超えると思ふ。新古の定かでないものの他に、明治神祇官で推しあてられた御祭神もあるかもしれぬが、動かし難い御遺跡の數々が、ほぼ確實のものとしても千數百年來のむかしこの方に殘されてゐる。

日本書紀の紀年にはひきのばしがあるといふことは、早く近世の學者が指摘してゐる。元祿六年に刊行された松下見林の「異稱日本傳」は、支那の古い書物に見えてゐる日本に關する重要な記事を殆ど網羅してゐて、本邦の史實と外國の記事とをひき合せる仕事をしてゐる。神功皇后や仁德天皇の御在世の時代は、いくつかの外國の史料でほぼ推定することは、もう常識だつたのだ。しかし日本武尊の時代は、同じ方法で推定できない。この紀年のひきのばしの事實がわかつてゐた上で、日本書紀の紀年も通つてゐたのである。このひきのばしが讖緯の說によつたといふことも、以前から多少歷史や古傳や上代文學に思ひをよせたものの周知だつた。「異稱日本傳」は戰前は刊本として廣く行はれてゐた。

桓武天皇の延曆九年の、歸化の百濟びとの上表文に見える百濟肖古王の實年代は、大凡西曆の三百四十六年から七十五年にわたつてゐる。この肖古王の時に百濟は日本にたよつてきたといふことを、平安初期の百濟歸化人が上表したのである。ざつと四百五十年昔かららの傳承を申上げたのである。その時代が神功皇后の御代といふことは、古くからしらべあげられてゐるのである。しかしこれがわかつたからといふだけで、日本武尊の年代を簡單に定めることは出來ない。

日本武尊の詩歌には、藝能風のくさみがなかつた。さはやかな詩歌の文學である。しかも平安時代の神樂歌のやうに人くささを放下した文學でもない。皇子の御振舞ひもあはせて、その詩歌には特に悲劇の色合がしめやかで、國の文學の開闢にこの高雅とこの清醇があつたことは、人智のはかり難い不思議を思はせる。しかも詩情は凛然としてゐるし、その底に愁ひをひそめてゐる。古典の記述に、この詩歌は「片歌」といふとの註がつけられてゐることから、短歌の原始の形のやうに思ふのは、おだやかな考へ方とは云へない輕薄である。

わが古典では、神代の素戔嗚命、人代に入ると神武天皇が、多少の語弊はあるが、ある形の文武の英雄であらせられた。その詩歌も傳へて、神武天皇の場合は特に豐富だが、日本武尊の詩歌に見るやうな多彩と悲調を味ふことは出來ない。

私が人の世に於ける文學の第一章に日本武尊を拜したことは、通常の文學史の見地としてではなかつた。それは神の天造の詩歌でなく、人が今世今生に思ふ述志に即した文藝の世界のものとしてである。三十餘年の前、私は日本武尊の御事蹟と詩歌についての感動をしるした。日本の文學と文人の志の系譜を明らめる思ひからだつた。皇子《ミコ》の詩歌は神ながら神のことばでも、神の歌でもなかつた。あるひは神を祭る人氣《ヒトケ》のない文學でもない。もう一言いへば、遁世者に通ずる藝能事でもない。ここでいふ藝能とは、近來の用語であつて、中世の藝論に藝能二面といはれた藝と能をさすのではない。今日では藝能といふ言葉は、本義を離れて、所作や振舞ひのある種のものとしてうけとられてゐる。

日本武尊は、少年の日は、西國の征旅に、御身を少女の姿にやつして、日本一の强者を倒された。その九州の敵を倒すまへに、山陰の敵をうたれてゐた。九州の英雄は自分《オノレ》こそ日本一の英雄と思つてゐたので、その死ぬ時に、皇子こそ日本一の勇者と讃へた。最も強剛の勇者が、豪傑の面體をせず、少女のやうに眉目美しいといふことは、由來わが國人の傳統的な理想である。美觀の根柢にて、さらにそれは憧憬である。この憧憬は日本武尊の詩歌にふれる時、間然するところがない。

　日本武尊は少女の姿にやつして九州の強豪を倒し、都へかへられると、又も東國の賊をうたねばならないこととなるのである。天皇がそれを命ぜられたのである。皇子は伊勢の國にゆき、皇大神宮の御杖代《ミツヱシロ》と奉仕される御叔母君の倭姫命に對面され、今度の敕命は、自分に死ねと曰《ノタマ》ふのと同じだと嘆かれる。この時、倭姫命は皇子に「愼而莫怠《ツツシミテオコタルナカレ》」といふことばでなぐさめられ、征旅の無事を念じて、火を燧り出す石と、神器の一つなる草薙劍をこと寄《ヨ》さされる。この皇子と倭姫命との御對面の場はまことに美しい。いのち生死の、死に最も近くゐて、死がもうなくなつて了つたやうなほのぼのした美しさがある。一番はげしい生の狀態が美しい永劫となつて實在してゐる。草薙劍はその時はまだ天の叢雲劍《ムラクモノツルギ》と申してゐた。この御劍は素戔嗚尊が、出雲の少女奇稲田《クシナダ》姫《ヒメ》のために高志《コシ》の八俣《ヤマタ》の大蛇《オロチ》を退治して、獲られたのを、天照皇大神に獻じられた。久しく宮中の同殿に齋かれてゐたが、皇大神宮の笠縫遷座の時、共に宮中を出御されたものだつた。後に皇子はこの御劍を尾張の美夜受《ミヤズ》媛のもとへ置かれたまま都への歸途につかれた。凡慮ではわからぬところである。そして旅路でなくなられる時、「その大刀はや」とよばはつて、何をひきよせられたかはわからぬままに、何か非常にかなしい、その極みのもののやうに思へる。詩歌とはかういふ心のものであらう。

しかしこの御劍は人との戰ひに、人に向つて血を見たことはなかつた。燒津では賊の放つた野火を拂ふために草を薙ぎ倒された。それから草薙劍と申すやうになる。兵器としての役用をせず、いはば農業の用具の德用をされたといふことは、わが神話の構成上から、まことに天造の象徵を示したものである。

皇子は西に東に旅して、强豪の敵を次々に倒されたが、御最後はいたましく疲れはてて、道に倒れられた。この敗北は偉大な敗北だつた。それは御用作家の描く勝利でなく、詩人のうたふ光榮の敗北である。年少にして絕大な强敵を數々次々に打負かし、忽ちに天下國中を風靡し、しかも何の現世榮達の代償もなく、早くいたましい敗亡に身を置くといふことは、わが國の英雄の一つの系列である。これは詩人に通ふ天命のやうにも思へる。時代が下つた武士の世になれば、義仲、義經、あるひは顯家、正行、みな美しい青年にして天下を風靡し、その風靡したことも知らず、何一つ現世の利得を思ふことなく、得ることなく、天が下を風靡することはそのまま疾風迅雷の敗亡につながつてゐる。わが國の民衆はさういふ年わかい英雄の生涯を詩として憧憬としたのである。この浪曼主義と理想觀は間違つてゐない、それは國の民の歷史が證してゐる。しかし史上の文武の英雄の中にも、皇子ほどの「詩人」は一人もゐなかつたのである。

皇子の薨去の時の御齡は、國史によれば三十歲、または三十二歲とも云ふ。これこそ日本の國民性の正しい絶對的な史實であつた。

二

わが國の神話では、超越した神と人とを考へ、その間を仲介するといふことはない。人は神を親としてこの世界にうまれた。わが古神道では宗教の必要がなかつたわけである。國際宗教といふ場合は、宗教があつて神話が生れるやうな形をとる。基督教の聖書を見ても、新約の方は教訓書として、調子は低くとも、文藝作品として無害のものであるが、舊約の方は道德の見地を別としても、すすめるにふさはしい文學でない。善意の少女小說風な感傷は新約の系列、惡意の近代文學は舊約の系統、といふやうな分類法が出來るやうに思はれる。近時國の內外で行はれてゐる流行の文學は、近代文學が陋劣となり墮落したものであるが、近代文學の無明の意志や力の强さは、もともと舊約のもつ文學性格に發するものであつた。それが東洋と西洋の、文明と無明の差異である。支配征服を第一義とせず、憎惡とか復讐とかいふことにそれほど强烈でなくとも、一民族は存立しうると思ふことは、有史以來環海に守られた島國の民の氣安さや、人の良さの現はれだつたのだらうか。この小さいいとしいもの、美しいわが大八洲の島々は、わが民と同じく、われらの天上の神が產まれたものだつた。我々の祖先はかく信じきたつた。

さういふ島國の人の中でも、多少さかしらで、政治的で、しかも若干の外國の姿や外の情勢論から、國を憂ふる一つの表現を知る人々が、わが神話の天御中主《アメノミナカヌシ》の神を、超越神として恣意の神學をつくつた例はあるが、いつか中絶えて、永くつづかずひろくのびなかつた。國の最高最重大な祭祀が、天照皇大神の奉齋にあつたことは、建國以前より變りない國の姿である。

わが國の神話で、神武天皇建國の本義は、高天原の稲穂を天つ神より事寄《コトヨ》された天孫降臨の實現にあつた。天降《アモリ》の時の神の約束は、この稲の種子を地上に植ゑ、高天原の神々のされてゐる農事のままを地上で行へば、地の上も高天原と同じ天國が實現するといふことだつた。この事寄さしといふことは、委託とか委任とかいふものでなく、神も人もともにその天上の風儀を守り、神のなすところに人が仕へ、人のなすところを神が手助けするとの願望である。この神話は、傳統のわが農業の祭儀や行事として傳へられ、農業の祭りの藝能面では一段と露骨にとなへられ、うたひあげられてゐる。

わが神話は、農の開始とともに始つた。これは人間の文明のきざした時とともに始つたといふことである。後世の見解から、以前の時代を、人爲と人工によつて作爲した「科學」主義の、少しもないのがありがたい。しづかに云へば神道は決して宗教でない。神と人との中を執《ト》れといふ神敕から、所謂宗教の司祭職は出てこない。代々の神宮の祭主にあたられた高貴の姫宮の稱《トナ》へ名の御杖代《ミツエシロ》も、この意味を現はしてゐる。

農とともにあつた天降《アモリ》神話だつたから、そのなり立ちが、そのまま道徳、そして文明、これが永遠な絶對平和の根基の生活をのべてゐる。平和の生活的な根據をとへば、農の生活以外にない。そのうへこの農は、わが神話では、水田に稲をつくり、それによつて生きるといふ農である。この米のみのりによつて祭りがあり、祭りをひろくとり行ふことが政《マツリ》事《ゴト》だつた。わが國の道はあまりに單純だつたから、異國の道徳教理説や宗教的教學の、さかしらごとのまへに卑下したものもあつた。眞理といふもの、そして道のあらはれといふものは、最も單純にして明白なものである。

わが紀元節の根據としては、橿原宮即位を記念し、今日これを建國記念日といつてゐる。神武天皇が、天降の神敕のままに國土平定の復奏をされたのは、紀元四年二月と「日本書紀」はしるしてゐる。この即位より三年の間に國土を開發し、農業を起し、それが安定した時、その生産物を展陳して、鳥見山中に靈時を建てて、ここに神敕をつがなく奉行した所以を奏上された。これが國初めの大嘗祭にて、國土をひらき、産業を興し、その物産を展陳して、天降の時の天つ神の事寄さしを竟へたことを奏上されたのが、祭りの意味である。私は以前より、橿原宮即位よりも、鳥見靈時の大祭の方が、天孫降臨の神敕を全くふみ行つた建國の記念すべき日と考へてきた。私は鳥見山の北畔の地で生れ育ち、この靈時大祭の日を、新暦でかぞへた四月十三日は、郷里の祭りの日だつたこともあつて、特にこれに思ふものである。この時の産業開發の状を子細にしるしたのが、「古語拾遺」だつた。記紀にそのことにふれて一行のしるすところないのは、自明としたのであらう。傳統の自明は、外來教學の急流の中で、僅數十年にして忘却される懸念におかれた。廣成宿禰が特にこれを子細に記述された理由である。「愚臣言《マヲ》さざれば、恐《カシコ》けれども絶えて傳ふること無からむ」と宿禰の述べられたところ、文學の心である。よしんばたとへ一人の生涯の小さい思ひ出でも、それが「文學」なるか否かは、作品といふ成果の上で、當人を離れて考へられ、それによつて當否決着するものである。

三

日本武の皇子の悲劇は、神と人との分離を象徴した時の悲劇である。これはわが神話の成り立ちそのものがあかしてゐる。人の今世の、人の生命の、切なくしかも最もきびしくあらはれた眞の文學がもつところの、永劫の眞理とも、又性格に附隨するものともいへる。

同殿共牀といふことと、それの神皇分離といふことの意味は、必ずしも上御一人に限ることでなく、萬の國の民の身の上にかかはる神話だつた。わが國のなり立ちでは、天皇《スメラミコト》は萬世《ヨロヅヨ》にただ御一人であつた。唯の一者といふことは無といふことにも通ずる。この無は無窮の無であり、萬物生産の原因の無でもある。この世にものが現はれ、生命が現はれた原始は無だつたといふことは、すでに太古原始の人々が知つてゐた、わが神話の理だつたのである。今日その理が堂々と通行し、疑はれないのは、恐らく文學といふ場所だけであり、今では佛教の現實には無くなつたやうである。神道や黄老の宗徒の雰圍氣にも稀薄のやうに思はれる。そしてこの原因については、特に考へる必要がないと私には思はれる。

平安朝の朝廷で、天皇が無所有であり、個人としての姓は勿論なく、萬代にかけて常にただ御一人、代々はあつてしかも永劫に一といふ考へが、神としての幼帝を、朝廷の女官が美麗に祭るといふ形に、政治といふものまでもつていつたといふことは、恐らく私の考へでは人類史上の盛儀と思ふ。そこには政治さへ整然とした行儀とされ、美しい動作の作法しか存在しない。物語の愛憎はことばの遊びである。政治といふものをかういふ形にまで高めるのに、わが古神道は、儒佛の教理をも行儀作法として、ただの禮式に消化した。聖徳太子以降五百年足らずの歳月だつた。しかも太子の憲法制定時の御考への究極の一點の祭祀をここに實現したのである。時には一歳の幼帝が即位された、今日の滿年齡でいふと零歳である。

天降《アモリ》といふことは、今生世界に永遠を象徴したが、その瞬間はまだ神人分離を意味してゐなかつた。しかし現在に至るまで、當今の今上陛下の御即位は天降を、當代といふ時點で再現されたものである。高御座《タカミクラ》は天降の時の御座に上られる御事實を新しくされるものであり、ついで行はれる大嘗祭は、新嘗の用をなす國々を定めて、神武天皇建國の時の鳥見靈畤の大嘗行事をくりかへされるのである。わが國本とはこれを永久にくりかへすことである。ゆゑに天皇は、近代の所謂個性とか人格よりはるかに象徴的な御存在であり、天降の後の國見のあとこの方、あきらかに人間にあらせられるが、時にはまだ神である。一番簡單に人と神との間をゆききしうる御存在といふ意味で、多くの日本人に通ずるこの天性を、最も象徴的に、中心として示された御存在といふ意味である。この神話的內容は、近代思想のことばで近代思潮風に敍述できるところが殆どである。

平安朝の朝廷の禮樂禮法の完美の狀は、支那の盛時の禮樂の思想と殆ど同一のものを現はすが、天降の後に天孫《スメミマ》が地上の國見《クニミ》に巡幸され、吾田《アタ》の笠狭《カササ》の御碕《ミサキ》に到りまして、その秀起《サキタ》つる浪穂《ナミホ》の上《ウヘ》に、八尋殿《ヤヒロドノ》を起《タ》てて、手玉《タタマ》も玲瓏《モユラ》に機織《ハタ》る少女《ヲトメ》を御覧になり、誰《タ》が子女《ムスメ》ぞとお問ひになつた。この國見の思想には、ただ朝廷百官の進退といふ儀典の表象に禮樂完美の状をみるのではなく、生産そのものが美しく、音樂の妙をなし、その生産の歡喜の完美に於て、政治上の泰平の根源を見るといふ思想であつた。これはわが建國神話の比類なく獨自な長所である。それは祭天儀式の壯大といふ單なる抽象の形式とか藝能の演出といふものでなく、大嘗を旨とする生産のしくみに盛儀の基調を見ることとなるのである。

　この海上に出ばつて建てられた八尋殿で機を織る少女は、二人の姉妹であつた。姉は石《イハ》長《ナガ》媛といふ御名、妹は木花《コノハナ》の咲くや媛といふ、姉姫は御名によつて生命の不老不死をあらはし、その堅牢は「醜《シコ》」だとわが太古の人々は考へてゐた。それに對し妹の木花咲耶媛の御名の木花は櫻花のことで、咲くは美しいが必ず散つて死ぬ、不老不死でないゆゑに美しいのである。玉が石より美しいのは、それが堅くなくて碎けるからである。これもわが國人傳統の美觀だつた。

　皇孫尊はこの二人の少女のどちらかを、お選びにならねばならない。そしていつかは死ぬけれど美しい妹の方を選ばれた。今日でも專制君主や獨裁者は、不老不死を本氣で念願してゐる。そのさまは執着に近い。秦始皇帝はさういふ專制獨裁者の野心の素朴な見本だつた。皇帝は不老不死の仙藥を求めて使者を日本へ送つた。その使者の徐福がめざしてきたところは熊野新宮といつてゐるが、尾張の熱田、即ち熱田神宮のしづまります海邊がその蓬萊だといふのが、中世では最も有力な「學說」をなしてゐた。

朝廷の行事の禮儀作法の完美を以て政治の理想とした以前の原形には、皇孫尊の天降國見の物語に見えるやうな、生産生活そのものに政治の完美の根源を見る思想があつた。この皇孫尊の御巡幸の物語は、政治の理想が、朝儀の整然とした表現よりも、さらに根柢のものなる生産生活の美しさにあるといふ建國の眞義を示すとともに、木花咲耶媛の、死ぬ人ゆゑに花のやうに美しいといふ思想によつて、神と人の分離のきざしをあらはしてゐる。卽ち天降の初めの國見行事に於て、はや神人分離の前兆は、最も美しい花のやうな人は死ぬ人だといふ物語に表現されてゐる。しかしこの神人分離は、詩歌物語にロマンスとして表現されたわけでない。

さらに時代をへて、大倭朝廷の建國以前に、その成るか成らぬかを卜ふための重大な神事が、神武天皇の顯齋《ウツシイハヒ》として、丹生川上で行はれた。これは人がしばらく神となつて行ふ祭りであつて、極めて神祕的なものである。それゆゑめつたに行はれるものでないのである。

この丹生川上の物語は、古事記中卷中でも大切な一つの眼目をなすところで、この淡々と平敍された史蹟は、後世の日本人の文學上の發想の點で、勿論それは多彩に變貌してあらはれるが、その種子の如きものである。この丹生川上は、現今は丹生川上中社のある小《ヲ》村《ムラ》の地で、吉野離宮の舊地として飛鳥の朝廷の信仰の聖地となり、萬葉集成立の上で肝要の土地であつた。しかしそのことは後に云ふ。

かういふ重い史實の積みあげといふ上で、崇神天皇御代の笠縫遷座をへて、巻向宮の時代の日本武尊の御事蹟がつづき、つひに次の時代の仲哀天皇の御代に至り、神功皇后の神憑の物語で極點に達する。極點とはいひかへれば一切の解放に通ずるものである。古語でいへば神人分離の開闢といふべきものである。

四

戰國時代の終りごろに出來た熱田宮の古圖の中で、裁斷橋の橋名と、楊貴妃廟といふ標示をたまたま見たことから、私は二つの論文をかく機縁を得たことだつた。それは三十年以上四十年に近い以前のことである。裁斷橋の件はかの天正某年云々の碑銘のことで、馬琴がその旅日記に感動してしるしたものである。また楊貴妃廟については、初めは見當もつかなかつたが、その由來を探索し、「日本武尊楊貴妃になり給ふ傳説の研究」といふ論文をかいた。これは實に前人未踏の文學論である。

この傳説が熱田神宮の宮の宿《ミヤシユク》で語りつがれた年代は大凡二百年位である。この二百年は推定でなく、記錄の證のある期間を調査した上での二百年である。林羅山がこの荒唐無稽な説話を否定する議論をかいたあと、人々はもうそれを正面から議論することもなく、説話そのものも忘れられた。日本武尊が楊貴妃に變貌轉生される筈はないが、どうしてさういふ物語が生れたかを、いろいろの角度から考へ、わが國の民衆の物語的發想のさまざまの様式のいりくんだ形を比較し、この荒唐な物語の成立過程やその因緣を民族心理の願望の中で分析し、經過をたしかめてゆくことは、かりそめにも日本の文學史などといふ形で、日本人が文學そのものにもつ願望や、民衆が自分らの思ひによる物語をつくり、その物語を發展させてゆく發想形式をしらべる上で、重要な文學論となると私は思ふのである。さういふ意味で、私はことさら前人未踏の文學論と云つた。文學論や文學史論は、單なる作品の遺物を羅列したり比較したりするものであつてはならない。

この熱田の說話は、羅山の以後、これを語つた人も、憶えてゐた人も私は知らない。私はさういふ人一人をさがし出すことが出來なかつた。近世の熱田繪圖からも、いつの間にかそれは消失してゐた。學藝の庶民化とともにその說話があまりにも阿呆らしくなつたのであらう。しかし私はその說話をしらべ、その來歷と發想轉化を考へるうちに、それのうまれるなつかしい國の民の思ひに、しみじみとふれるものがあつて、まこと心持よいおもひであつた。この荒唐無稽の物語の原因となつたものについてである。そのなつかしい情緒は、宮の宿の往年の戰國國際時代の人心に多少わかるものがあつたにちがひない、私はさう思ふ。

その發想のあるものは、時に大近松や馬琴の雄渾なロマンスの生れるところともとを一つにし、近くは露伴先生の文學の根源發想とも軌を一つにするのである。それを單調化したものは、近世初期戰國時代前後の多くの短篇小說の發想と同じものであり、謠曲百番の多くのテーマに共通し、今でも能樂といふ遺產藝能の面では、國の內外の最も教養高い人々のまへで堂々演戲され、鄭重に鑑賞もされ、感銘してこれを見る場合も決して少くない。

「熱田太神宮縁記」には皇子の御歌として他書に見えない二つの短歌が出てゐる。この記録は貞観十六年に書かれ寛平二年に書寫したと稱して今日傳つてゐる。

鳴海《ナルミ》らを見やれば遠しひたかぢにこの夕潮に渡らへむかも

年魚知《アユチ》がた氷上姉子《ヒカミアネコ》はわれ來むと床《トコ》避るらむやあはれ姉子は

床避るとは夫が旅などで不在の時は、妻は夜床に片よつて臥し、夫の床をあけておくのが上古の風であつた。皇子が出雲建《イヅモタケル》を倒された時の御歌は古事記では

やつめさす出雲建《イヅモタケル》が佩ける刀《タチ》黑葛多纏《ツヅラサハマキ》眞身《サミ》無しにあはれ

この歌が日本書紀の方では、崇神天皇の御紀に出てゐて作者も出雲振根とある。ここの出雲の枕詞が、記紀萬葉のころすでに、「八雲立つ」とも「やつめさす」ともなつてゐて、人麻呂は「八雲さす」と歌つてゐる。傳承が古い時代に混亂したらしく、原型原意は今からはもうわからぬ、人麻呂の時すでにわからなかつたやうにもおもへる。

この熱田の縁記によると皇子は御身代りに美夜受媛《ミヤズヒメ》のもとに御劍を殘しておかれた、改めて都へお迎へする約束だつたとある。またこの草薙の寶劍が天智天皇七年新羅僧によつて盗まれた話が出てゐる。しかし寶劍は御自らの力で國の外へ出ず、僧には寶劍をすてることも出來ない、自首して斷罪された。皇室や神器について如何かと思はれる事實は、戰前は國によつて公表を禁斷されてゐたと、戰後になつていふものがゐるが、私は日本武尊が楊貴妃になり給ふ傳説の研究を書いた時は、この寶劍盗難事件の記録のことも詳しく述べたが、それについて何らの干渉を受けなかつた。壬申の亂の問題や、後南朝の問題、ひ

いては内侍所に關する種々の事件など、戰後になつて、以前それらは國の禁止事項とされ、史學研究に自由がなかつたなどといつてゐるのは、すべて虛僞の言である。我々在野民間の研究者には、それを論評する一切の自由があつた。その證據に私は「萬葉集の精神」に於て壬申の亂のみならず上代史上危機的事件の數々を露骨なくらゐに詳述したが、何かの干渉や非難にあつたことがない。「南山踏雲錄」の中で後南朝の悲劇を詳述した時も、何の干渉も彈壓もない。戰後かやうなことをいふ者は、みな己の保身のために究學を自らの手で束縛し來つた者であつて、官學者流の保身より出た卑怯な懸念の罪を、かかはりない官權に歸したものであつた。それらはすべて我國の近代に於て、權力に戀々たる官學者流の通弊にて、官學私學に對し、その權勢利得に與ることを思ふことのない在野浪人の學徒には、さういふ研究の不自由は何らなかつたのである。これは官學の地位をすてた岡倉天心が、眞の學藝は浪人のさびしい心に宿ると述懷されたところが當るのである。日露戰爭中の內村鑑三は堂々と反戰論を唱へたが、何かの彈壓をうけられたといふ事實はない。わが官學者流は、元の宰相のいみじくも申されたやうに、今も昔も殆どが曲學阿世の徒であつた。私立大學に於ても、その地位を思へば、官學流と同じく權勢利得に通じるものであつた。

熱田の宮の緣記に誌された身代りの說と、寶劍盜難事件の物語は、いづれも日本武尊の楊貴妃轉生說の發想基盤である。皇子が熊襲の强者を倒す時、身を少女の姿にやつされたといふことも轉生物語の有力な基盤となる。庶民心情でこれらの一つ一つとしては單純な傳承は、途方もない現實造形に轉化する。

次に、熱田を蓬萊になぞへたまともな記録では、永享四年九月將軍義教の富士見に從つた堯孝法師「覽富士記」の中の一首に「君がため老いせぬ藥ありといへばけふやよもぎの嶋めぐりせん」と出てゐる。「梅花無盡藏」によれば文明十七年ごろ宮居の後にあつた楊妃廟を見てゐる。また紹巴は永祿十八年八月參宮し、五輪石塔の苔むしてあるのを、人々は楊貴妃のしるしと云つてゐると、その「富士見道記」に誌してゐる。林羅山の慶長十二年の「東行日錄」には、この廟を蓬萊宮となし、又その神を楊貴妃之靈といつてゐる、全く「流俗之妄」だと憤つてゐる。私の調べでは、中世の「熱田講式」がこのいかがはしい流俗之妄の原因にて、講式の和讚を以て俗衆を熱田の蓬萊宮へ誘つたやうである。

中世に流行した三十番神の説では、熱田大明神の本地を大日如來とし、女形にて通印を結ぶとした。三十番神は平安朝の白河天皇延久五年、叡山の阿闍梨良正といふ者が、如法堂の守護として初めて云ひ出し、やがてこれが兩部神道に用ひられ、東密では三輪流神道に入り、別に永仁年間日蓮宗の日像が京都へ出てきた時、これを感得したといつて布教に大いに利用した。永仁といふのは鎌倉幕府後期である。

日本武尊の周圍には、倭姫命、弟橘姫命、それに美夜受媛、白鳥となつて飛立たれた皇子を追つて、悲みの歌を次々に歌はれた都の妃宮たちと、いづれも物語のあはれと詩歌の色彩ゆたかな、美しく高貴な女性がをられて、御人柄さへ極めて艶であつた。

室町時代は南蠻との交通から日本人の世界觀は國際的に增大し、またそこに民族主義が起り、幕府の文化外交にわたる拝唐主義に對し、民衆は排唐といふに近いものがあつた。次の桃山時代には太閤や利休が、唐物を排斥して、足利将軍の外交方針を根本からくづすのである。かくの如くすでに文化と民衆生活の復古と日本主義は、室町幕府の文化政策とは正反對だつた。このころ作られた物語に、唐の詩人白樂天は日本を征服するつもりで來たが、波打際で住吉神の化身にひどくやつつけられる。住吉神はわが國の歌神であつた。この話は謠曲として民衆化された、この時代の諷語である。

傾國の美女といはれた楊貴妃、その美貌によつて唐國を傾けたこの女は、唐國が強大化して日本を併呑しようとした時、熱田の神が女に化身してその國に出現したのである。この熱田の神は、寶劍か皇子か、民衆にとつてはどちらでもよかつた、初めは各人の恣意で決定することが出來るのだつた。

俳諧師宗牧が「東國紀行」をかいた時は、熱田の神日本武尊が、楊貴妃に生れ代り、彼の世を亂れさせ、唐國の野望をくじいたのだとしるしてゐる。宗牧は貞徳の師匠だつた斯道有名の人である。「雲州樋河上天淵記」でも熱田神が楊貴妃になられてゐる。この寫本は文中の割註から大永三年といふ年代がわかる。この年には足利の前将軍義稙が逃亡先の阿波で死んでゐる。この天淵記の本文は「四十五代聖武、四十六代孝謙帝間、李唐玄宗募二權威一、欲レ取二日本一、于レ時日本大小神祇評議給、以二熱田神一倩給、生二代楊家一而爲二楊妃一、亂二玄宗之心一、醒二日本奪取之志一給、誠貴妃如レ失二馬塊坡一、乘レ舟著二尾州智多郡宇津美浦一歸二熱田一給」

わが國史では、安祿山亂の時、唐國は我國に援助を乞ひ、わが國は太宰府より物資を送つて救援し、國内は非常時體制をとつて亂にそなへた。九州から日本海岸は出羽、越にわたる全線が守備の姿勢に入つた。朝廷は百官の制を悉く新體制に改變した。それらは結局惠美押勝の專制の推進となつた。この時は新羅に出兵する準備さへなされたのである。かういふ「續日本紀」などを讀んだ人の話も、おぼろげに傳る間に、楊貴妃廟の物語の一要因となる。安祿山の亂と、それに對應したわが國内の新體制や新羅出兵準備などいふ、大事件のつづきの歴史の記録の中から、唐の玄宗の日本併呑の野心といふ無いことが、どこから有として現はれるのかはわからぬが、ある時代の我國人の一部でさう思つてゐたのである。無や妄から實が生れる時、その發想や聯想、その物語をつくりあげてゆくはたらきには、一つの民衆の思ひがある。そこに一番素朴な、文學の發想法があるのだ。一つの火種から生れた物語でなく、千年ほどの多年にわたる色々の事件を、かき集めてつくつた、天のむら雲のやうな物語だつた。この物語が宮の宿で行はれたのは、殘る記録の證のある文明年間から、慶長までを數へても二百年といふ期間である。

國の民衆が、ある思ひをあらはしたいといふ心は、文學の生れる根源の大なるものである。個人の小さい私の願望でも小さい文學となることがあるが、本來の文學とは小さい私を超えた、ある大なる、永久の、無私の、祈念や悲願の表現だつた。キリストが東北へ流浪してきたといふやうな俗信仰とは異質のものである。しかしこの流浪の妄語が生れるについても、上古の貴人流浪の傳承といふ確かな傳へが土臺にあつた。平家物語の音曲が入つた山村僻地に、平家村が次々に現はれた話と、日本武尊楊貴妃傳説は少し性質も生成もちがつてゐる。前者にも、日本人の文學の發想法の積極的なものが少しばかりある。

　かういふ發想法をしらべることは、今日この頃の民俗學のゆき方と、全く別途異質のものである。わが國學にははつきりした目的があつた。國といふ考へである。昨今の流行の民俗學は、その目的といふものが曖昧だから、文學の民衆的發想を明らめる方法でなくなつてゐる。民衆の日常生活の史料と、民藝の作品とはちがふといふことと同じである。しかし民藝作品の美しいものを、ただの有用性や合目的性などいふ、皮相觀で解釋しようとしたのは大きい間違ひだつた。民藝作品の美しさの原因は、農のくらしに對する永久の信と、親子のつづきが永久に傳れとの悲願、さらにその制作の根柢には、もののいのちを大切にする、情も心ももたない、生物でないものの生命をも同様に尊ぶ、ものに對してもつたいないと思ひ、冥加の惡いことをおそれる、つつしむといつた心に卽したものである。小さい我といふものを無くし、家、國、天下、人類、世界に通じる大きい理念を、おのづからなくらしによつて悟り、そこに生きんとめざしてゐるものには可能なゆき方であつた。

神を祭る文學

一

祈ることと祭ることには區別があつた。飛鳥淨御原宮の御代、出雲國安來で、比賣《ヒメ》埼へ遊びにいつた少女が鰐におそはれて失せた。父の語臣《カタリノオミ》猪麻呂は、その死骸を比賣埼の上に葬つたが、大聲に憤り、天に號《ヨバ》ひ、地に踊《ヲド》り、行きては吟《ナ》き、居ては嘆き、晝夜懊惱して墓地を離れることが出來なかつた。かくて幾日かするうちにいきどほりの心を興《オコ》し、鉾をつくつて、適當な場所を選んで、神々を拜み訴へた。「天つ神千五百萬《チイホヨロヅ》、地《クニ》つ祇《カミ》千五百萬、並びにこの國にしづまり坐す三百九十九社《ミモモマリココノソヂマリココノヤシロ》、また海若等《ワタツミタチ》、大神の和魂《ニギミタマ》は靜りて、荒魂《アラミタマ》は、ことごとに猪麻呂が乞《ノ》むところに依り給へ、まことに神靈《ミタマ》し坐《マ》しまさば、吾が傷《イタ》めるを助け給へ、ここを以《モ》ちて神靈の神たるを知らむ」、すると沖の方から百餘の鰐が一匹の鰐を中にして現はれ、進みも退くこともせず、その一匹をとり圍んでゐる。猪麻呂は鉾をあげてその鰐をさし殺し捕ると、百餘の鰐はちらばつていつた。殺した鰐をたち割くと女子の脛一つほふり出た。

これは出雲國「風土記」に出てゐる話である。今を去る六十年まへにあつた事實だと脚註されてゐる。この時の猪麻呂の詞は、神に何かを乞ひ祈る詞《コトバ》の原始の型と考へられてゐる。祈ることは、私事の願望によるものだつた。猪麻呂の願望は極めて自然なもので汚れがないといふことを、風土記の記者は悲嘆懊惱ののち憤りを發するとの記述で了解させてゐる。

しかしわが祖先の神を祭るといふ本來の場合は、何かの願望の達成を願ふものではなかつた。これは「延喜式」の祝詞の基調を見ればわかることである。わが神話の基本なる天上の幽契から考へても、天降《アモリ》の事よさしをなしとげた次第を奉告することが、「祝詞《ノリト》」の本旨だつた。それは天上の神々と話しあつたことを回想し、承つたことばを復誦し、それが今ここに完成した由を奉告する。天上の約束といふのは、この國土を拓いて米を作りあはせて粟や麻などを植ゑ、生産の業が安定した時に、その産物を展陳して、この終始の狀を奉告する、この奉告の詞が祝詞《ノリト》である。この勞働によつて地上のくらしが天上の風儀と同じになる、地上を神國とする話合ひが、わが建國の幽契だつた。だから祭りの文學といふものには、生産が先行し、その產物が展陳され、この由を申し上る《タテマツ》、かうして神と人とで納得しあふためのことばが「祝詞」であつて、この詞が神を祭る文學の原態である。かく祝詞がとなへられることによつて、祭りは成り立つた。その展陳された諸々の食物を、神々と人々と相共に饗宴し、終つた時が祭りのあとである。

「祝詞」がとなへられることが、祭りの必須條件だつたのである。祭りはまた饗宴だつた。

神に祈り乞ふことばは、嚴密には祭りの文學と別種である。しかし文の體形では、その原型が近接してゐることに何らの不思議もない。

人のいのちに死があり、人は戀人の心をひきよせねばならぬ、さういふ素朴な人間の本有から、祈り願ふ文學の形も出てきたのである。古代に於ては、死者の靈に話すことと、遠くにある戀を追ふ思ひには、別ちがたいものがあつた。戀といふものはどこにある何なのかといふ大きい疑問は、文學の始りからのべられてゐる。死者や戀人を對象とした文學詩歌と、神を交へた饗宴のあとで手を拍つて歌ふうたとは、別の發想から考へられる。

延喜式祝詞は慣習で「祝詞式」というてゐるが、その中の「祈年《トシゴヒノ》詞《コトバ》」など、祈るといふ字の上から考へると、祈願の詞のやうだが、内容は新嘗《ニヒナメ》の饗宴を行ふための祭りの詞である。すべて新嘗に關聯するから、猪麻呂が神に祈つたやうな祈りの意味はないのである。

しかし祭りを行ふために、それが圓滿に進捗する條件のために祈ることがある。生産の過程では風雨の順調を願はねばならぬし、いよいよ祭りを行ふためには、土地や齋殿の清淨を願はねばならぬ、それをさまたげる惡神のやうなものを壓へておく必要がある。それで「祝詞式」にかういふ形の詞が出てくるのは、これも當然である。

二

「祝詞式」が成文化されたのは、平安朝初期延喜の御代であるが、この詞の中には、近つ代になつて、と申してもこの近つ代は飛鳥淨御原宮前後だが、そのころに修辭とのへられたものもあり、またいつから傳つたかわからぬままの古めかしいことばもある。

さういふ神々のことばを、この今生に文學化することは、萬葉集ではすでに强烈に意識的だつた。平安朝の後期院政時代になると、神語神詠に、ある種の奇異な呪詞のひびきが加り、その一方では古神道の神學化も行はれた。この神學化は、專ら當時の知識人が、外來の諸思想と照合しつつ行つた、一種の進步主義だつたが、いつの時代にも進步主義は一時の流行で終焉する。この形の終焉は時代が降るに從つて早いが、平安朝文學の盛時のあとにつづいた俗神道時代の文藝は、長いもので二百年の壽命があつた。そのころの社寺の緣起ものがたりや、僧侶の宣傳文學は、すべて低俗な藝能におちて、その時代的な昂奮を終り、その形態を多少古典化する努力をしたものが、後世數百年ののち今日では文化財と稱へられてゐる。

祝詞式にあらはれた最も莊重な修辭は、所謂神語といふ沒個性のゆゑに萬葉調より深奧本質的である。近世に萬葉調をさかんにとなへられた賀茂眞淵は、祝詞式に深い興味を示し、近代この學の開祖となつたが、文學史の觀點の理解では未だ精緻に到つてなかつた。

文學といふものは、古今東西にわたつて、原始に於ては神を祭ることから發したものと思はれる。しかもさういふ神を祭る文學は、すでに五千年以前に民族間の爭鬪の發生によつて消滅したと考へてよい。そして文學の志が、先王の道の恢弘を悲願とするとか、あるひは維新變革を期すといふのが、東洋の文人の悠遠な思念である。東洋のかすかに殘すものを、血脈のない西洋ははるかに遠い時代に失つて、その失つたことを知らない。

「祝詞式」のことばの中で、當代の心から、異常な呪詞的な、若干變革の雰圍氣をふくむやうな調べをとり出すことに關心を示し、熱意さへ注いだ時代は、かなり長くつづいた。さういふ氣分から出たものが、院政時代以後に一つの文學史をなしてゐる。それらは明治以降の文明開化から出來た、大學の國文學や文藝學の教授らのつくつた國文學史では、何の系譜も與へられてゐないのである。しかし前代の塙保己一のやうな人は、これらを歴史觀上で輕んじなかつた。多分その「文學」としての濃度も理解されたものと思ふほかない。

祝詞式の大體は、わが國の文學として最高のものといふことは、文學といふものを意識的に考へだした近世國學の、一つの竟極的なうけとり方である。古代の巨石の造形を美的造形の最高においた感動と同じ心のものである。眞淵大人あたりからの考へ方である。ここで考へといふのは實踐を伴つてきたといふ意味をふくめてゐる。大坂の陽明學者大鹽中齋は時世も次第におしつまつた頃に出たので、文學はただ神を祭る文學のみなる時代を理念として、諸惡打倒のため擧兵され、さらに少し時代をへた伴林光平《トモバヤシミツヒラ》になると、一層切實にその心境を多數の歌に歌ひ上げた。光平翁の歌は、近世文學上最大の歌人の遺品である。私はそれを最高の文藝作品と信じてきた。これら兩先人は、死によつて志の永遠を實證してゐるのである。志の文學を實踐し、そのために死し、また神を祭る文學のみだつた大御代を念願とし、その將來を信じ、その日に生れなかつたことをわが不運とし、志に死することを歡喜としてゐる。

わが國の幸ひは、民族間の爭闘を知らなかつた。塙大人の「螢蠅《ケイヨウ》抄」にしるされたやうな形で、外寇の記憶は殆ど雲散霧消してゐる。塙大人のこの著作は、松平樂翁が海防論實行の前提として、大人に依頼した調査である。封建の爲政者は細心であつた。

わが國の神話が農の文明の開闢から始るのは、「人間」といふ道徳的存在の開闢から始つた意味を負つてゐる。天照皇大神は御自ら蠶を飼ひ機を織られた。中興の英主とたたへられる天智天皇は、九州の軍旅の中でも御自ら田をつくり稲を刈りとられた。この時の天智天皇御製を、「百人一首」の巻頭としたのは、定家卿のなみなみならぬ志と拜察すべきであると、近世の契冲阿闍梨は申されてゐる。これは大和山中の學人、下河邊長流が契冲に教へたのである。それは山中人の傳承した歴史感覺であつて、佛者の架空の教ではない。皇孫が機を織る大山祇の少女の手にまいた玉の美しいしらべによつて、皇妃を選ばれたのは、泰平の政治の根幹を實踐されたもので、これは朝廷の百官進退に佩玉の音もさはやかな時、禮樂ととのへる盛風を悟り、國の泰平の政事を知つた海彼國の故事と類似するものだが、皇朝は生産に於てそれを知るところに、政治のさらに根源をなすものをさとされたのである。これが實に天孫降臨の第一番目のまつりごとだつた。

支配とか、復讐とか、侵略とか、略奪とか、逃亡といつたことを、異民族との關係でたえて經驗しなかつたことは、日本人の過去一貫の史實であつた。民族全體の逃亡といふ如き經驗なく、從つて異民族に對する復讐といふ記憶をもたず、敵の英雄を、よく熟れたくだものをさくやうに、打倒した時には、かりに死者をたたへても、恥づかしめることは決してしない。これがわが國もののふのみちだつた。しかしかういふ場合を感傷的に美化する時は、大事の決心を見失ひ、それはもはや丈夫の道でないと、乃木大將が教へられたその心は、日本武尊や芭蕉の道に通じる。

芭蕉が特別に信頼した園女は、衣更への句に、たまたま當麻寺の中將姫蓮絲曼荼羅を拜んで、自ら織らぬ罪深さと吟じた。蕉門俳諧の藝術性は、その思想にあつて、さらにその思想の根源には態度がある。態度は歴史の感覺にあつて、それが道として確立するきびしさに身をおいてゐる。芭蕉もまた神を祭る文學をはるかに思ふがゆゑに、きびしい辛苦の道を往つた。しかしその世界に「輕み」を見ることが出來た。この日本の文學の極致を簡便な論理で示すといふことは、私にはなほ重さに耐へない。

三

唯一絶對神の存在しない國がらでは、神に反逆する文學といふものは嚴密にはない筈だつた。民族として唯一の絶對神を祭り、今生の繁榮の願望を願ふといふ考へ方は、惡い因縁をうけた民族の考へ方である。自分らの土地から追はれ逃亡した民族、その復讐を祈願して、おそろしい絶對神への忠誠を誓ふ。かういふ野望は、世界を支配する唯一神の獨占を信じ、この絶對唯一神の信仰は、世界を一つにする支配といふことを必ず考へるのである。それには殘酷が自然に性格を形成する。人を死なすことよりも、殘忍や恥辱を與へることはさらに不仁であるが、殘忍や恥辱を生れつきとした民族は、敗者に對し、死の上にそれらの不仁を加へ與へた。

所謂原罪はわが國の歴史にはなかつたものである。それは考へ方でなく、歴史事實の反映だつた。民族としてもつ支配や權力の野望と、それの全體的瓦解とは、數々の民族が存在する以上當然起り得ることである。支配や權力を獲んと思ふものの間の現象である。ものの心もつかない頃に、廣い沙漠を逃亡し、くらい洞穴にかくれ、大方の同行の人々は無慚に殺され、辛くも逃れて隱れ所を見つけた民族が、その歴史の曖昧な記憶を原罪と思ひ、それを救ふ絶對神を信じ、血の犧牲を以て神に祈ることは、わが民族にない歴史の記憶である。

たまたま近代になつて、かういふ西洋の感覺をまねた人々の作つた傳奇小說にしても、豐臣遺臣の日かげのくらしに假託した通俗文學にすぎなかつた。神に反逆する文學の場合、それらは必ず自分の心に新しい神を、新興宗教の神を奉じてゐる。しかしわが國は、原罪意識の深刻さをひき出すやうな歴史的事實がなかつたから、神をおそれぬ文學も、人間をおそれぬ不仁の文藝も生れなかつたのである。親を憎み親をうらむといふやうなせりふも、大方が甘えてゐるにすぎぬ。昔も今もこの點大して變りない。甘えてゐる範圍での無茶が暴力の限界だつた。抽象觀念への反抗にすぎない。それは未成年期現象にすぎない。

かういふ國ぶりや、その文學を、私は輕蔑したり恥づかしがつたりしてゐるのでない。私はその歴史的事實を、神代の昔から始めて今生まで考へ、安心して、今後もさうあつてほしいと願ふ。これがなくなる時、人道を支へ維持する歴史は、恐らく現世界から無くなると思ふからである。

さきに引用した出雲國の風土記の文章は、心を清めるに足る古文だが、そこに書かれたことがらは國中に神々が充滿し、どこでも神々がくらしの開闢だつた狀態である。出雲の子供らはつい近い六十年以前のころまで、かういふ神々の地理の中で、くらしてゐた。この事實をなつかしく記述したのが、先般なくなられた河井寬次郎翁の文學である。六十年前のその土地の子供らは、まだ神々と遊びくらしてゐて、やうやく開闢の事業は進行中と思つてゐたといふやうな物語を、この國始つて以來の唯一人の陶工は、いきいきと、はればれとした文章で、こまごまと的確にしるされた。

千三百年昔風土記の記述は、その主要面で神を祭る民衆の文學だつたのである。そこに描かれたなつかしい說話や、かなしい詩歌は、あるひはものの論理は、同じ時代の知識階級の學藝人の著述した、歌論や漢詩や、時には萬葉集の地方人のうたより、ふかく哀切であつて、この哀切といふことは眞實の歷史感覺にふれるとの意味である。それらの詩作や作歌について全く意識せぬ敍述が、これが神々が國土をひらかれた歷史の地誌といふだけで、最も深い切ない心緒をかきたてる詩歌となつてゐる。神々の御代よりこの方の歷史を、口から口へつたへてきた古人のことばは、みな人麻呂の歌と同じに美しく、ある太古の時代のわれらの祖先は、どこの山里に住んでゐる野人のとても、みな人麻呂だつた。日本中に無數の人麻呂がゐたやうにさへ思はれる。

風土記の中で、木や山や、けだものの類をうつしてゐるところにも、不思議な文學がある。日本武尊が、尾張の一つ松を、汝兄とよばれた歌のやうな心象の世界が、やはり日本中のすべての人の心にあつた。野島の鹿のあはれな物語は、そこに人の思ひをよせて解釋されたものだが、そこに人の思ひをよせてみると、相手がけだものだつたことから、人のする振舞ひや思慕の情より、もつとかなしく切なくあはれと思はれる。人の親の遠い遠い昔の、神の御代をふと思ふと、目のまへのけだものが神の御代のもの、神の如く思はれる。目のまへのものが、あまりにも不思議で切ないからである。かういふ心の作用は、亂世の都を横行した、をかしな佛者らの神佛混合の俗說教と、生れも育ちもちがふのである。

四

地誌とか地方の傳承を記錄して朝廷に上ることは、奈良京で風土記が大規模に撰述される以前にすでに行はれてゐた。「釋日本紀」にひかれた丹後國風土記の浦島子の傳承の記事には、その事實が誌されてゐる。この逸文を草した人が、前の國守の長官の報告を尊重する意味を文中にしるし殘してゐる。

現存する風土記と逸文を併せると、各地の地理の狀態とは別に、當時の各種文體や傳承體も知られる。われらの祖先の文學の原形や諸相、またその發想を遡つて知る上で重寶な遺品である。それらは、撰述した人の主觀によるところが多いと思はれるが、土地の傳承の諸相やいろいろの性格もわかるのである。これらの地方の傳承の蒐集は、中央の國家意識の表現として考へてかまはないが、かういふ表相的な見解は、概してもつとも大事な文明の實相を見おとすことが多い。後には萬葉集に地方の諸國の歌の蒐集されたものが収められてゐる。さらに地方の歌謠を蒐集することは中世宮廷にまで及んだ。そのころになると、これらの地方から蒐集した歌謠は、朝廷で神を祭る文學の徳用《サキハヒ》のものとなつてくる。地方の傳承をあつめたことは、當時の朝廷の文明のあらはれだが、それをたち入つて云々する推測はむなしい。

幸ひあつめられたものによつて、文學の原始の諸相を知ることが出來たのである。古風土記とその逸文の蒐集は、封建末期の國學者の間で殆ど完成された。この努力の集積も大へんな業だつた。この結末は水戸學最後の學者だつた栗田寛博士が明治になつてをへられた。栗田博士は「姓氏錄」の考證も完成された。これらは通常學術上の營みのやうに片よつて考へられるが、それ以上に日本の文學と、日本の文學史を自ら明らかにされたところが多く、これらをよみすすんで感ずるものは、近ごろの新文學の大方よりもはるかにほのぼのした文學の感情である。むかし芭蕉翁が奥の細道の旅に、延喜式の神名帖をたづさへて行かれたのは、今人の多くが忘れた旅の用意の一つである。日本文學とか日本の文學史の終ひの境涯は、人が思つてゐるよりはるかにふかい。外にあるのでなく、内にある。これはあながち未來とか念佛とか、地獄極樂の説明の辭でない。それらの外來の教がわが世わが國にあらはれぬさきから、わが國人の心にあつた、いはば生き方だつた。伴信友翁の考證になる式の神名帖をよむと、また古風土記をよむとも異つた物語の文學を味ふことが出來る。

出雲風土記は極めて體系的で、地誌として見事に形づけられてゐるが、文章は格調高く、古事記や延喜式の祝詞の風韻がある。著名な國引の章の文章を例としてあげる。これは意《オ》宇《ウ》郡の章である。

「意宇と號《ナヅ》くる所以《ユヱ》は、國引き坐《マ》せる八束水臣津野命《ヤツカミヅオミツヌノミコトノ》詔り給はく。八雲立つ出雲の國は、狹野《サヌ》の稚國《ワカクニ》なるかも。初國《ハツクニ》小《チ》さく作らせり。故《カレ》作り縫はむ、と詔り給ひて、栲衾《タクブスマ》志羅紀《シラキ》のみ埼《サキ》を、國の餘《アマリ》ありやと見れば、國の餘あり、と詔《ノ》り給ひて、童女《ヲトメ》の胸鉏《ムナスキ》取らして、大魚の鰭《キタ》衝き別けて、幡薄穗振り別けて、三搓《ミツヨリ》の綱打ち掛けて、霜黑葛《シモツヅラ》繰るや繰るやに、河船のもそろもそろに、國來《クニコ》、國來と、引き來縫へる國は、去豆《コヅ》の打絶《ウチタエ》よりして、八穗米《ヤホネ》杵築《キヅキ》の御埼なり。かくて堅め立てし杙《カシ》は、石見の國と出雲の國との堺なる、名は佐比賣《サヒメ》山これなり。またもち引ける綱は、薗《ソノ》の長濱、これなり」

狹野といふのは野の狹いといふことである。稚國、初國といふことばは、日本人の歴史の中で知つてゐるもつとも美しいことばである。「國稚く、初國小《チ》さく作らせり」こんなことばを誦するだけで、私の心はわけもなくあくがれ、この國いとしいといふ切迫の思ひに耐へ難いものを感ずる。このやうな句に詩興を味つたものが、擴張政策を思ふわけはない。「をとめの」といふのは胸といふことばの枕詞のやうに使はれてゐる。未通女《ヲトメ》の胸のやうな、廣い豐かな鉏《スキ》、これは農耕の時土を起す道具である。田の溝を切る器具に、未通女の胸を聯想してゐるのは美しく優雅だが、作物の榮えを、未通女の胸をほめたたへ憧憬するやうに、祝つてゐるのである。これが古代の日本のくらしのありやうにて、美観もここから轉化變貌して多彩となる。それは文學發想のうへにも及ぶ。このあとにつづく詞は、愉快なしらべからなつてゐる。出雲の神人たちの藝能はこれのくづれである。またこのしらべを一段高くしたものが、式の祝詞の中の出雲國造神賀詞で、眞淵が最古の詞と思つたほどの、このはるかに遠世のことばの中にも、古雅ながらに共通するしらべのをかしみがある。これは芭蕉のいふ輕みといふことばで現はした方がふさはしいかもしれぬが、今日ならおほらかなものといふのが、少し云ひ得てゐるかもしれぬ。

この國引は、全く同じ詞で、さらに三方面にくりかへされたことを述べ、その最終に「今は國は引きをへつ、と詔り給ひて、意宇の杜《モリ》に御杖衝き立てて、意惠《オエ》と詔り給ひき、故《カレ》、意宇と云ふ」これは意宇の地名の由來である、「おゑ」といふのは疲れた時口から出る聲で、上方のことばでは「おお　辛勞《シンド》」と今でも云ふあれである。また「御杖衝き立てて」について、私は丹生《ニフ》の古い祝詞と照し合せて、おそらくこの上に新嘗儀禮の敍述を省略されたものと考へてゐる。しかしこれは古人の説にかつて聞くところなく、ただの私の推量である。しかし確信である。この「丹生告門《ノリト》」といはれるものも、わが國で最も太古の調子の高い文章の逸品である。天野の丹生の祝《ハフリ》の家に傳つたものを、加納諸平がみいだして伴信友に書送り、信友が感動して、やがて世に廣く知られることとなつた。近代になつて丹生祝の擬作と疑ふものもあるが、文も事もまがふことのない古傳である。

五

文學史上でいふ祝詞は、大體延喜式所載の二十七篇と他に諸書にひかれた同じく太古のもの若干である。祝詞は元來が、奉告とか復奏のことばであるから、神のことばと神に申すことばとから出來てゐるわけである。わが國の傳統では神を祭ることは、手ぶりにあるとされた。神を祭つた神代ながらの手ぶりを失つてはならぬといふのが、國の教であり、ここに國を建てることの信念があつた。平安京時代の文學の特質は、その表相上の人間描寫の底に、この手ぶりについての暗默の約束のやうなものが、嚴として存在してゐた。院政以後武家横行の時代に入つてからのわが國文人は、時代の權力世界から逃避し、この古の風儀を手振りによつて守ることに、文學の悲願を考へたのである。ことを抽象して、ものを觀念として考へ、精神を傳へれば、形式の世變は許すべきだといふやうな考へ方は、手ぶりを忘れてならないといふことに反する。手ぶりを忘れぬといふところに、まことにきびしいものがある。これは文學のおほらかさに通ふものである。

祝詞は善言美辭を旨とするといはれ、この意趣はまた文學の心である。本居大人は人も神も美しいことばをきくのは心地よいものだ、情が如何に深からうと惡き歌を神は受け給はない、とすつきりと斷言されてゐる。言靈《コトダマ》の風雅《ミヤビ》といふ考へ方は、ここに始るわけだが、言靈の風雅によつて初めて皇神《スメガミ》の道義《ミチ》もあらはれるといふのが、わが上代の生き方であつた。これは簡潔な文學論だが、文學論の根本はこの一句につきる。土佐の鹿持雅澄翁の驚嘆すべき生涯の仕事の結語となつてゐる。

祝詞は上代の最も緊張充實した文學だが、その内容は、一面からいへば、今日我々のことばでいふ「歴史」である。これを神話と云つてもよいが、あへて歴史といふのは、その詞が今生の生活と直接の關係をもち、今生の生活のおきてや約束、政道も道徳も、すべてこれによつて樹つものがあるからである。

祝詞の學問は、近世になつて眞淵、宣長をへて鈴木重胤が完成された。重胤は平田篤胤の歿後門人となつてゐるが、その考へ方よりも情緒が、その師とは別人だつた。政事についての考へ方もちがつてゐたし、古學の態度も、古に對する感情もちがつてゐた。重胤の「祝詞講義」は、人の仕事の究極を示すやうな驚くべく怖るべき營爲だつたが、その基調は宣長に負うてゐる。その本文の要所で、宣長の古道開顯の學問を回想し、その恩恵をたしかめつつ、宣長大人はまことに神なり、と咏嘆してゐる條にあふ時、わが眼もわが心も忽ちひらかれる思ひがする。わが清明心のたかぶりを奔流のやうに感じたことである。

祝詞の學問は、國の歴史とともにつがれてきた。朝廷に於てうけつがれただけでなく、民間に於ても傳統された。日本の文學や思想を說く者は、今日では佛教に傾くきらひが多いが、民間庶民の間にあつては、神道思想の潜在が廣く深い。御一新この方の新興宗教の殆ども、この心に潜在したものが、動亂の不安の中でとび出したものである。京の町で三十番神を唱へたいかがはしい日蓮僧の流行も、三十番神それぞれの庶民的親しさにあつた。院政時代以後の民間で行はれた神佛混同の文物歌謠の量的な大きさは、明治の學問から除外されてから、誰も目をつけなくなつた。一つの大量の作品をもつた不思議な文學史が、今もかくれてゐる。ただそれらは奇怪なことばにみちてゐる。本居學派の人々が、「からごころ」を排除した成果を、のんびりと享受した時代の人々は、かつての奇怪なことばや、それが生れ、あるひはそれのかもし出した雰圍氣を知らなくなつた。さうしてそのついでに、本居翁のからごころの排除といふことを、生きたいのちの徳用の面から思ふことが出來ず、すべて簡單に觀念化する。この觀念化は本居學が排除した、からごころそのものに他ならなかつた。

鈴木重胤は式の祝詞の本義を「眞に天下に比なき古語にして、朝家の政令民用の綱紀、此祝詞に悉く備はれり、實に萬國に類なき寶文なりかし」と説かれた。私は重胤の「祝詞講義」を再度讀みかへして、このことばに敬禮するのである。重胤のこの意を今日のことばでいへば、國の「憲法」といふべきだらう。聖徳太子憲法は大本に則しつつも、毀譽に意識の傾くものがある。ここを較べた時、神語と人爲の微にして嚴肅なけぢめがある。「新年祭」「月次祭」「大祓」「鎭火祭《ホシヅメノマツリ》」「大嘗祭《オホニヘノマツリ》」、など新嘗のための祭りの詞に出る「高天原に神留《カムツマ》り坐す、皇睦神漏伎命《スメラガムツカムロギノミコト》、神漏彌命以《カムロミノミコトモ》ちて」この「神留り坐す」の語義を、皇孫の天降のあとも天上にとどまつてをられる神々と説くのは、古來から通常には解かれてきたところだが、重胤はこれを、空一杯に靈魂《ミタマ》が充滿してゐる意味に説いた。充滿してゐるものは奇しき御魂、すなはち神、生命《イノチ》と生産《ムスビ》の根源のもので、重胤が此の地上から天までとどく空間、天そのものをこのやうに考へたことを、私はよくわかると思つた。私は感動してこれをうべなつたのである。

鈴木重胤は淡路の人で、その父は儒學を學んで國書にも通じてゐた。「學者須く先づその本を務めずばあるべからず、その本を務めんとせば國典を講究するより善きはあらじ」と常々云ふところを、幼い重胤は聞いて感ずるところあつたと、重胤の門人秋野庸彦の「鈴木重胤先生小傳」に誌されてゐる。文久三年八月十五日夕刻刺客四名に襲はれて、江戸小梅の自宅で殺された。事情について種々に云はれてゐるが、誌すのも悲慘に耐へない。

萬葉集の濫觴

一

近ごろ大和路を歩く若い人たちの趣好に變りがあらはれ、奈良やその近在の古社寺や、飛鳥の遺址を卒へて、山《ヤマ》ノ邊《ベ》ノ道《ミチ》をたづねるものが多い。春秋の休み日は云はずもあれ、炎暑の季節でさへ、ひきもきらず人の列がつづいてゐたといふ。時代の古さから云つても、各時代の遺物の多彩さといふ點から見ても、まことに國の初めの土地といふ感情が、その一木一草にもこまやかに味へるからであらう。村里の姿も、四圍の風物も、國原はるかにひらけた眺めも、いづれも絶佳といふことばがわづかにふさはしい。初國《ハツクニ》小さく作《ツク》らせりなどといふ、愛しいやうな古語のさながらも、ここにのみまだ殘された古の風景のあることは、ただの流行といふだけでなく、今の世に押しつまりの人の心をひくものがあるからであらう。

山ノ邊ノ道の起點がどこかといふことは、人の代の歴史の光りがあまねくなるころの二つの古の都から考へられた。まづ始めに、磯城《シキ》の瑞垣《ミヅガキ》宮で、つぎが磯城島《シキシマ》の金刺《カナサシ》宮である。

いづれも今の櫻井市といふ地域、泊瀬川《ハセ》が狹野《サノ》の渡《ワタ》りから、廣野に流れ出るあたりである。狹野の渡りは、定家卿の歌枕にも出るところで、ここは泊瀬《ハセ》川と栗原《オウバラ》川が接近してゐる。栗原川は龍門山塊の北の裾を、栗原寺のあつた谷に沿つて流れ下つてくる。栗原寺の建立に、額田姫王の晩年の家庭生活を結びつけたことは、考證といふ學問の上に立つて不合理といへない。それをされた歌人の尾山翁の思ひを、私はうへなくなつかしく思つた。われわれの文學と歴史のよみかたのとどめをさす、詩人の靈感の存在に、情のふかさとして感動したことだつた。この考證は私の想像力をかき立てる。壬申の亂の結末の一つの雰圍氣さへ物語の如くに、なつかしく復原される。世の中に、人の心のおだやかになつた風景の「文學」である。その時の「萬葉集」には、この女性の御名では出てゐないことの有樣が、ほのぼのとわかるのである。

今の地理では、瑞垣宮は初瀬川の北の三輪の山裾、金刺宮はその川の對岸の南、櫻井よりの土地である。ここから栗原川までは南へほぼ十數町程の距離である。眞南十數町で、川を渡り、茶臼山古墳につき當る。大和でも古いころの雄大な古墳である。瑞垣宮が始つたころから、金刺宮のつくられた日までは、何百年ものへだてがあつたと昔の人は信じてゐる。この昔の人とは、金刺宮のころから奈良の都人まで一括してのことである。金刺宮の遺構は誰も掘り出してゐない。表向きの經路でわが國へ佛教の經典と佛像が來朝したのは、この都だつた。すでにアジアに於ける國際的都市の內容に外觀さへととのへてゐたのは、そのさきの雄略天皇の朝倉宮の史實からも當然察せられる。朝倉宮は、泊瀬川が金刺宮の野へ出るあたり、所謂狹野《サヌ》といふ名にふさはしい山腹によつた土地である。金剌宮からやはり十數町東、長谷《ハセ》の谷を遡つたあたりの北側の山裾である。金剌宮の經營あつて、後の聖德太子の雄大華麗な文明も、すでにそこに萌芽が包みこまれてゐたのである。驚異の文明の出現には、必ずかくれた前提の史實のつみ重ねがある。「萬葉集」の出現に奇蹟を見る如くに驚嘆することも宜しいが、その前提のかくれた悠久感にあふれた前史に感動することが、一層切實で正しい日本の歷史のうへ、その文明の學び方である。

　神倭磐余彥天皇の皇后となられた媛蹈鞴五十鈴媛《ヒメタタライスズヒメ》命は、三輪山の北の谷間にゐた三輪の神人の姬兒だつた。この一つ北、巻向の谷間は、大兵主《ダイヒヤウズ》の神人の住みついたところである。この大兵主社の場合は、その遠世の祖先が山をくだつてきた經過が、今もはつきりと殘されてゐる。今の巻向の谷に兵主社が確立したころでも、まだ山の上の社は殘つてゐた證がある。この巻向の大兵主の神人たちは、崇神天皇や垂仁天皇景行天皇とつづく時代、この巻向時代を支へた一つの根柢の勢力として朝廷に仕へたのである。瑞垣宮の後は、珠城《タマキ》宮日代《ヒシロ》宮と二代の巻向宮《マキムクノミヤ》時代は長くつづいた。そのころの山ノ邊ノ道は、大和の大國魂《オホクニタマ》の故地だつた今の釜《カマ》ノ口を越えて、恐らく勾田《マガタ》あたりまでをよんだものと考へられてゐる。

　大和の古い道は、橿原の都が定まつたころから、古の史書では磐余道とよんだ。後に飛鳥と磯城を結び、中昔には山田道と呼ばれる。金剌宮のころは磐余鳥見といはれた今の櫻井が、交通路の中心をなしてゐた。天武天皇の御紀にはその證をなす記事が見える。北へは山ノ邊ノ道、西南へ磐余道、長谷の山峽から上《カミ》ノ郷《ガウ》をへて、道は伊勢の神宮へ上る道となる。肇國記事に出る女寄《メヨリ》の坂は、峠が大きいのでつひに近いころまで開通しなかつた。宇陀吉野へ入るのには、龍門の麓を通つた。飛鳥藤原の都のころから、奈良の時代にも、吉野離宮への行幸路は、この道を通はれたのである。この吉野行幸は、後の院政時代の熊野御幸の前例のやうに、尋常と思へぬほどに激しい信仰のものだつた。それは萬葉集の歌の生れる一つの風景である。人心と風光あはせての風景である。

大兵主社の社傳の證をまつまでもなく、瑞垣宮や朝倉宮は泊瀬川沿ひに、「山《ヤマ》」を下りてきてひらかれた土地である。彼らがその以前に下つてきた上《カミ》の山、そのふるさとの土地は、今の長谷寺の川の山上の高原地帯、瀧倉神社や、聖徳太子の由緒書をとりつけた笠《カサ》の、荒神《クワウジン》社などのあつた上《カミ》ノ郷《ガウ》一帯の地だつた。今でも大和の國原《クンナカ》の人々が一番に畏み怖れてゐる神は笠ノ荒神である。しかし平日に上山しても、神主もゐない、寂しい山中の祠にすぎない。瀧倉の社は、大昔から今に到つて、長谷寺の奥ノ院と稱するのは、長谷寺の信仰の根源の聖地だつた證をとどめたものである。九千年以前の押型縄文土器の出たのはこの山地を十數町奥まつたところ、二十年程以前のことである。

山ノ邊ノ道の山とは、眼近いところの巻向の山の奥手、大和の國原の東の青垣の上の高原の一帯だつたのである。そこには先祖の土地、今ではすでに忘れて了つてゐる遠祖の墓地の數知らない土地であつた。しかしこの臺地の山人は、山の獵夫のやうな異種の民でなく、すでにそこで農耕の文明をひらき、それをもつて山麓へ降りてきた人々の御祖の後に殘り、御祖を祭つた人たちだつた。この上《カミ》ノ郷《ガウ》の一つの中心である小夫《ヲオフ》には、大伯皇女の泊瀬齋宮のあとがあつて、この小夫の村中に、長谷寺へ下りる道、大兵主へ下りる道、さらに物部の石上布留へ下りる道が一つに集つてゐる。

山ノ邊ノ道の山とは、そこにあるから登つてみようといふ類の山塊ではなかつたのである。神聖な歴史の原初の土地、國の始めの土地、時の思ひに、天地の始めを心に熱く激しく知らす土地だつた。日本武尊がその苦しい旅のいまはのきはに、青垣、山こもれる、大和し美しと嘆かれた現地は、大樣に思へば大和の國原だつたのだらうが、もつと切迫した感動では、巻向の山の裾、大兵主の社の山峡の丘の中、その日代宮の風景である。

飛鳥の都が天武天皇によつて國際的規模の關心から建てられたころ、はや太古の風儀が遠のいてゐたのは自然のなりゆきである。しかし都の祭禮の古儀に當つては、必ず山人《ヤマビト》といふ名の大兵主の神人が現はれた。平安時代ほどではないが、飛鳥淨御原宮時代の若い知識人たちは、もうこの山人を、異國傳來の觀念から變貌解釋した仙人の類に思つてゐたかもしれぬ。萬葉集の山人と、王朝の神樂歌の山人には、文學上の情緒として少なからぬ異同がある。しかしこれを萬葉調、王朝風といつた、簡單な形式主義で解釋してはならない。賀茂眞淵と宣長翁とでは、文人としても文學の評家としても、無縁といひたい程のちがひがあつた。眞淵の萬葉調の論を極めて粗野な公式論にしたのが、明治文明開化以來の短歌革新の論理だつたのである。

この山人の悠久な史情を集中したやうな象徴的な大詩人が柿本人麻呂である。この最大な歴史の抒情家は、慟哭の詩人となつて、自分を表現した。この神の如き歌人の場合は、抒情は慟哭となり、慟哭は直線のやうな敍事で表現された。文藝や詩歌に於て、古代に競ひ古人と爭ふごときことの、無智なることわりを教へる。絶望が安心であることを、この國の大詩人は現證してゐるのである。人麻呂は近代の文藝の概念を超越した唯一人の大詩人である。飛鳥の朝廷の祭祀に招かれる山人は、國の歴史の象徵だつたが、天地の始めの感動の美しさをいつも新しくしてくれる象徵の詩人とは、實に國と民と歴史が、一人の詩人をその象徵として表現したのである。大兵主の神人たちが誦へた穴師川の瀨の音は、その川上のみそぎを見落してはその意が通じない。歌の作者は、川の水量を觀光してゐるのでない、見物人の感想を歌つてゐるのではなく、彼自身が夕ぐれの穴師川にみそぎしてゐるのだ。弓月嶽の上から月が現はれる。天地と自然と人とが一體一如となる生命根源の實感である。このみそぎには、宗教的な苦行の觀念の如きものを伴つてゐない。自然と人とが茫漠として一つとなり、そこに歴史がとけいつて天地の始めの感じを、ただささやかな美しいよろこばしいものとして心に沁みるところで歌ふのだ。その時風景は光り輝き、月かげはこの上もなく、申すことばがない。萬葉集の穴師川は二百年まへには、まだ禊齋場のつづきだつたと思はれる。大伯皇女の小夫の齋宮へ遡つてゆく長谷川の流れは、今でもいたるところ禊場の相をしてゐる。しかしわが國の古神道の風俗のみそぎは、中昔にあらはれて近古初期に蔓延した宗派神道的な修練の苦行でなく、ただの生活のうれしくよろこばしい振舞ひだつた。生活を心に於て美しく淸けく時には太らせる作法だつた。もつともあへていへば、地上を高天原とする仕法を教へられた神敕から生れた、生活の行儀作法に卽するものであつて、この行儀作法は所謂宗教の行事にかかはらず、美につながるものだつた。もろもろの外來の宗教儀禮をさへ、ただ意味のない美しいものにして了ふことは、古代日本人の文明の本願だつたのである。このことは平安朝の文學に於て明確に實證されるが、その原因はすでに萬葉集に、そつくりふくまれてゐるのである。これは土佐の雅澄翁の實證の學風が明らかにしたところで、皇神《スメカミ》のみちは、言靈《コトダマ》の風雅《ミヤビ》に現はれると、素氣ない、他事多言のない、一行限りの文學論が、その人がらのきびしさ、格調のたかさ、氣力の激しさを思はせ、しかしその表現はやさしい。山川の瀬の音に弓月嶽の上をわたる雲をながめる一行の詩に、まことによく似た國ぶりの情緒の現はれ方である。

二

飛鳥の神奈備に關して、私は明治この方の學者の云ふところ、遠方の研究者の説も地元の萬葉地理研究家のいふところもうべなはなかつた。その時の私の思ひでは、飛鳥の南の山中にある、下照姫の栢森《カヤノモリ》の社を中心として考へた。これは出雲國造の神賀詞の傳へをそのままうけとる立場である。宣長翁は「後釋」で、賀夜奈流美命を飛鳥神奈備に坐すとしたのは、事代主命ととり違へたのであらうと云つてをられるが、私は混亂した社傳よりも、無雙の古文めでたく傳へられた神賀詞を重く見たい。出雲國造家が代替りの報告に朝廷に參上して奏する、神代この方のしきたりを守るこの賀詞である。「二度のかへりごと」といはれたほどに、神代の由緒のままをしきたりとして傳へた重い行事であつた。その文も祝詞式中でも最も古代のものの一つである。
賀夜奈流美命と下照姫とは同神である。下照姫は高照姫とも稱へられた。下照も高照も同意だといふのが、わが古語の例といふことは、今の常識では奇異ともおもへるが、いくらも傍證のあることである。この賀夜奈流美命と下照姫が同神だといふ考證を書きつらねた重胤の文學は、複雜緻密といふことばの極致を見るやうなものだつた。飛鳥神奈備の主神を事代主命とせず、神賀詞の古傳に信をおかれたことを、私はさまざまの感慨から尊く思つた。その考證に從つて附説すれば、飛鳥神奈備の主神は下照姫であつて、飛鳥神奈備はこの社のありしところをいふ。これは今日一般的な近世國學以來の萬葉地理考とは異つた飛鳥神奈備説となり、栢森一帯が飛鳥の神奈備となる。飛鳥神奈備は今の丘でなく、古は飛鳥の高山であつた。

萬葉集にただうたはれた「神奈備」とは、すべて飛鳥の神奈備だつた。その神奈備を思ふとき、人々は古の心となり、遠世の世界がひらかれ、天地の始めは今になほあつて、神いますうつつのあはひを感得した。このなつかしいこころが、詩歌の原因となつた。この神奈備の主神が、神代の地上に於て、第一の美女であり、しかも神ながら人生の悲戀と運命の逆境さへあまねく經驗された御女性だつた。下照姫命亦《マタ》の名《ミナ》高照姫、「亦の名稚國玉《ワカクニタマ》」とあるのは、御父の大國玉、顯國玉と申す亦の名にならべても、飛鳥の主神たるにふさはしい重々しさである。國第一の美女を「稚國玉」と知つた古代の人がなつかしい。都が奈良にうつされたあとも、ただ神奈備と云へば依然飛鳥のそれをさすのだつた。奈良の都人の魂のふるさとだつた。

私が飛鳥神奈備の主神を、下照姫に定めたいと思ふについては、いくらも感情に迫るものがあつたからである。御父なる大國主の神の申し附に従つて、飛鳥の土地に住みつかれ、その地をひらかれて、やがて大和に入られる皇孫命を待つてをられたといふ話に、私の心がふるふからである。「記紀」の物語によれば神代第一の美女、悲劇の女神、さういふ二つの當節のことばで、その生涯と人がらを顯はすことの出來る姫神が、輝かしい飛鳥京時代の詩歌文明の守護神だつたことがうれしい。淨御原宮藤原宮から寧樂宮にまでつづいた、大女帝の時代の守護の主神が神代第一の美女だつたことは、國の歴史をさらになつかしいものとする。女神に守護された偉大な文明の時代、美しい女性の神を慕ひ祭つた數々の詩歌の時代、萬葉集の大きい幹だつた。

雷村の氣吹雷響雷吉野大國栖御魂神社にまつられた神は、壬申の亂の前後、御逃避の天武天皇に、そのころから忠誠をつくし得た吉野國栖の遠御祖だつた。栢森の社も雷の社も、明治初年にはすでに衰微してゐた。この二つを併せて獨力で復興しようとしたのが他ならぬ富岡鐵齋翁であつた。鐵齋先生はかやうな人だつた。史観見識の無類に高い偉人だつた。自身でもただの繪師と考へてをられなかつた。この二社の一つは飛鳥の濫觴の神の祠であり、いま一つの社は、天武天皇が祭られた、飛鳥の淨御原宮の成立に最も大きい奉仕をした族の遠祖神である。「舊事記」の系譜に従へば、下照姫命の御母は宗像の奥都宮に坐す神であり、宗像の族の力こそ天武天皇壬申の勝利の大きい因にて、亂平定ののち櫻井の東の外山《トビ》にこの社を勧請されたことは、何と云つても重大な史實である。平安京がおちついた時に、鳥見山の宗像社を勧請して宮中に祭祀され、この社は御所の中に現存してゐる。

飛鳥の濫觴が、下照姫命の飛鳥神奈備だつたといふことにならべて、私のいま一つのなつかしい發見は、「丹生告門《ニフノノリト》」にしるされた丹生津姫御巡幸の記の中に、入谷《ニウタニ》にあらせられたとの記事のあつたことである。この丹生津姫命の御巡幸は、紀ノ川吉野川を遡つて、その終點は今の小村《ヲムラ》の丹生川上社だつた。この順路は神武御東征の先例である。神武天皇御東征の行事の中で、丹生川上の顯齋《ウツシイハヒ》は重大な儀式だつた。顯齋といふのは、ただの藝能や神樂の所作ではなかつた。人が演劇として神になるのでなく、演劇といふ觀念から全く離れた狀態で、人がかりに神となる。しかも例の神がかりといふことでもない。この時は皇軍逆境にゐて、あまりにも深刻な狀態の中で行はれた、絶對のうけひだつた。この祭儀の成功のあと御東征はつひに完成される。

後の飛鳥京奈良朝にわたつて、吉野離宮への行幸といふ熱情の信仰心が、國史と詩歌の上で、重いものとしてあらはれる。それにはさきに丹生津姫の御巡幸といふ由緒があつたからである。丹生川上は上代史の上で重要な土地である。丹生津姫御巡幸のあとを、神武御東征はすすんだ。舊例關係から、古を今に改めふみ行ふのである。飛鳥奈良時代にわたる天子の吉野行幸の史實と、そのもとの過熱した信仰心の原因は、肇國の故事に結ばれるものである。それなくしてあの頻々とした吉野行幸を理解することは出來ない。

丹生津姫の御巡幸は、水とふかい關係がある。農耕の技術を教へ、新嘗の儀禮を教へられたことは、今の云ひ方をすれば、農村といふ共同體のゆき方を教へられたこととなるのである。その事情は「丹生告門」からよみとり得るのである。しかし天武天皇の吉野離宮行幸時の大御心にあつた念願と、後の偉大な女帝たちの念願には、少しちがふところがあつたやうに思へる。皇太子の生誕を待ち祈願された熱い禱りの中には、生れる御子の性は、あの水この水によつて決定されるといふ考へがあつたやうに思はれる。生れる子の性が、飲料水によつて決定するといふことは、大嘗の天つ水の指定の時にも重々しく考へられたのでないかと私は想像した。はるか後の話だが、南朝の吉野行在所で行はれた大嘗の祭りの水もとをしらべたことがあつた。その時私はふとさういふ關心が古代の人にあつたのではないかと思つた。それが今日の學理から、少しでも肯んじられるところがあるかどうかといふ點について、私は全く知らない。今日でも多くの萬葉學者が、宮瀧にあつた吉野離宮と考へてゐるのは、上代人と上代史の心理や生活を全く悟らず、心にふれることのない者の謬說である。それは遠隔の人の地誌考證が未熟であるといふだけの問題でない。

三

世俗の高野參りの口傳として、天野の丹生津姫の社に詣でぬ時は、片まゐりで、それでは恩惠あまねくないといふ。高野の弘法大師は、廣大な丹生津姫の神のひらかれた信仰圏の押領を許されて、その教團をつくられたやうに思はれる。高野の山に今ある丹生津姫の御神像は、豐滿で美しい容貌だつた。小村《ヲムラ》の丹生川上社にある御神像は平安時代の制作にて、さすがに非常に美しかつた。高野の御影より氣品すぐれてゐるが、この社には平安時代の木彫神像二十數體が殘つてゐる。丹生津姫の東吉野小村の社はこれだけを見ても古の豪勢の察せられるものだが、場所の美しさは、吉野川にそつて拔群だと、この川すぢを上り下りすることを年中の生活日課としてゐる商人が私に云つた。別趣だがかつかつ匹敵するのは、宇智の榮山寺のあたりのみかとも云つた。榮山寺は藤原南家の武智麻呂の由緒の寺である。この南家は非運の家だつた。なほこのあたりの土地で、井上内親王を祭つてきた講中は、千何百年といふ長い期間變りなく、不思議な信仰の團結をもちつづけてきた。井上内親王は聖武天皇の皇女、光仁天皇の皇后だつたが、廢されて宇智に流され給うた。天武天皇皇統はこの方で絶えるのである。

葛城山を中にして北の二上から、南金剛にわたる地帶は、東の大倭朝廷の故地の人情と多分に異つたものがあつた。ここで南家の主人公や、中將姫、當麻の寺、二上の信仰などを織りまぜてゆくと、その風景もその文學的情緒も、大和の青垣の東側とでは、異種と云ひたい程の別箇のあやしい感をうける。この榮山寺が南朝のさきやまの行宮だと言あげられたのは、北畠治房翁だつた。その時は誰もよう信じなかつたが、それから何十年かして、たまたま宮内省の圖書寮で、その説を證する古記錄が見出されたのである。この翁は、常人の思ひ及ばぬ意表外のことを數々云つた、學藝の上でも怖ろしい人物だつた。

丹生津姫は、葛城の麓ではなく、巨勢《コセ》の道を、吉野川が紀ノ川と稱へかへられるところに沿つて下られた。紀ノ國から巡幸を始め、吉野の小村の丹生川上を東極として、龍門の北邊に出られ入谷《ニウタニ》から古瀬《コセ》をへてふたたび紀路に入られた。結局龍門山を中にして、大和盆地の南半分をつつむ大きい楕圓形を描かれたわけである。その楕圓形の北側の線上、まん中のところに、入谷《ニウタニ》があつて、ここへ滯在された期間は、神話の時代だから、年數や日數は數へることが出來ない。神代の八百萬の神の姫神の中でも、丹生津姫と下照姫は最も美しくいました御二人の女神だつた。歴史時代になつてからも、文字も知らぬ日本の民たちの間で、最も美しい御女性の神として祭つてきたこの御二人の姫神が、御一方は入谷に、他の御一方は栢森にと、隣りあつて居住されてゐたのである。これは誌しおとされた神話でなく、いつの代にか忘れられた神話、恐らく失はれた神話だらう。しかし萬葉集の歌の詩情の根柢となつた飛鳥神奈備の主神は、出雲國造の神賀詞に傳へられた栢森の下照姫で、その隣の入谷には、丹生告門の傳へた丹生津姫がをられた。この忘れられた神話の二女神の鎭座が、飛鳥神奈備の神聖と信仰の由來だつたのである。國の文化の最も旺んだつた時代、次々に立たれた大女帝が、天つ日嗣を傳へられた時代の都の守護の神は、日本の民衆に變りなく信望せられてきた二人の美しい女神《ヒメガミ》だつた。飛鳥神奈備に對する、當時の人々のあこがれの情緒を、萬葉集のうたの中で、どのやうによみとるかといふことから、私は自分自身では、少々異質の萬葉集の味ひ方をしてきたと自ら思ふこともある。

四

日出づる國の天子云々といふ聖德太子のお言葉の出典といふ國書の存在については、近世の國學者は疑つてゐる。そのやうな國書といふものがあつたかを疑ふことは別條ないが、日出づる國といふのは、抽象的な大日本國といふよび名と同列の意味のものでない。日出づる美しく大なるたのもしい風景の土地を、すなほにいつた素朴な感動である。朝日の出を拝む場所の最も根子、中心のところと思ひかへしても別條ないと思ふほどの言葉である。古の風儀では國《クニ》は、土地と一つである。太古には土地《ツチ》と國土《クニ》とは同意語だつたのである。

　磯城島の瑞垣宮、金刺宮、少し西南に當つて磐余宮、このあたりから見た泊瀬谷の日の出が、日出づる國の實感であり、また感動の風景だつた。今日に於ても、この壯大な美しさの感動は變りない。金色にかがやいて月の出る時ももう言葉のない風景である。旅の車窓から見るだけでは、如何ほどでもない音羽の山、むかしの名では倉橋山の上を渡つてゆく月の景觀の何かの時に、この山は日本一大きい山で、山の大きさとはかういふものかと思はれるやうなことさへあつたのはをかしいほどだつた。

　そのころは磐余の雙槻宮の上つ宮といつてゐるから、ここが聖德太子の生れました宮殿だつた。今、談山の一の大鳥居のある上宮《ウヘノミヤ》といふ所である。磐余といふ大名は、舊櫻井町よりは廣かつた。今の櫻井市は上ノ郷も、初瀬も、ふくめてゐる。しかし泊瀬の山峡を上る日の出の美觀は、大倭朝廷のふるさとの最大最高の風景だつた。國の始めの土地、天地の始めを日毎にくりかへすことの實證のやうな風景、それは絶對の風景であり、土地の靈の相であつて、またこの國の人の心の最も大きいよろこびの實質だつた。

　南北朝時代の一時八尾天台院にゐて、四隣を風靡した南朝の傑僧文觀上人は、わが國史上でも特異で不思議な人物だつた。この上人が、長谷の觀音と天照皇大神の關係を考へた。その論理は、本地垂跡の說ではなく、さらに變身とか變貌とか、またはうまれ代りといふ意味の考へ方にかかわらふことなく、漠然と長谷觀音は天照皇大神のやうだと思つてゐる當時の俗信について考へてゐるところは、一見奇怪のやうに思へるが、私にはびつくりするやうな現實感があつた。

天武天皇聖武天皇の御當時の御姿はわかるわけがない。今ある本尊觀音像は新しい近昔の時代のものだが、その「涌出」を表現した現在の造形の狀態は、今の御像にもまことに驚くべきものがある。人の心をあやしくする。平安時代の文藝最盛期の女流たちが、京大和にある寺といふ寺の中でこの寺を尊んだことについては數々の理由がある。行程途中の旅心もほどほどによく、寺の景觀は依然大和第一だつた。今の涌出の形は、萬葉集より平安朝的女流文藝の情感だが、この種の生命初發のあやしさや生々しさは、萬葉集には露骨にうつさず、王朝のもののあはれの中では、一層にその實體造形の機微を知らねばよみとるすべがない。

文觀ほどの怪物性の大人物の例として、かういふ人が通常に思想といひ棄てにされるやうな、人間皮相の智恵を、既成の形で考へることなく、人の世のわづかな隈やかげりから、人の思ひをどのやうにひき出したかといつた機微は、萬葉集の發想の中でもよみとることが出來た。王朝文藝に對した場合では、同じことを同じ方法では出來ないのである。垂跡說を理解するやうな單純な方法では、長谷觀音と天照皇大神を混同して、けぢめのわかち得ないやうになつた、國の民衆の傳統感覺は、理解できない。今日非文學的世界でさかんな象徴の説は、わからないことを早合點するためにあみ出された幼稚さのものである。近代文藝の象徴主義にも同じ甘さがある。あはれといへば、そのことのさびしさに己自身の方がやりきれぬやうな考へ方、發想の法である。

今の長谷の山峽の日の出の壯觀は、日出づる國とは、ここを云ふかと、信ずるばかりである。しかし私は、この谷の日の出に劣らず、月の出の雄大で豐富なものの美しさに感銘してゐる。今の涌出の觀音が御自ら現はされるものは、天照皇大神でなく月讀がふさはしいと思ふ。現存の御像を拜しての感じである。長谷寺は近古までに九度の炎上にあつた。今の建物には更科日記や枕草子の女性の見たものの一つもない。觀音の御姿も文觀の禮拜された御影ではない。制作の時代が新しいので、國寶や重要美術といふ類の扱ひをうけてゐない。觀光的な、或ひは古美術巡禮者的な對象ではなく、口に出さない信心者のただ禮拜する御佛である。

萬葉集の成立

一

萬葉集開卷の朝倉宮の御製からうける感情は私にとつて、特異のものとなつた。それは故郷の少年期といふ甘美な時季とその頃の風景への回想と重なりあつてゐるからであらうか。しかしかういふ理由からといふことは、私として定めることは出來ない。感情だけでなく、體中が一瞬の間に形容し難い雰圍氣にとけ入つて了ふ。私は文學とか、詩歌といふものが、人間にとつて如何にすばらしく、强烈で、しかも虛空のやうな、無の和やかな大きさをもつものかを、何度もくりかへしかみしめて思ひかへすのだ。日本人として生れ、日本の最も古い詩歌の一つを、己のいのちの始めのそのまま、そのものとしてゐるやうな、これを生甲斐といふのだらうか。人のいのちの今生一世に、詩歌文藝といふものが、何であるかと考へた時に、私はただこの國に生れたよろこびといふより他の表現をさがし出し得ない。さういふ感動の凝固したものが、この朝倉宮の御製だつた。

萬葉集には、心うたれる數々の歌がある。しかし朝倉宮の御製としるされた、開卷の歌からうける私の感情は、普通の感動や感銘といふよりも、もつと生理そのもののなまめく香氣さへ、感じられる。人麻呂や黒人の作からうけるものにくらべて、次元は官能的なものかもしれない、家持の歌に味ふ志とも關係ないのかもしれない。しかしこの官能と生理には、生命の野性の欲望など何のかげりものこさぬやうな、神靈がきらきらと大空に充滿した感じである。天地の初めなのだ。さうして私は、萬葉集のつひの極みに、かういふ生命原始の充滿した蕩々の空間を考へてゐるのである。しかし萬葉集の表情には、深刻な歴史や悲劇や、それに對する人生や述志といふものが、充實してゐる。まことに强烈であつて、しかも美しい、壯烈である。

大泊瀬稚武天皇《オホハツセワカタケノスメラミコト》、雄略天皇と申上げた英雄の大君の御事蹟は、古事記にしるされた說話が、まことによく出來てゐる。見事な文藝作品だ。日本書紀の方は、所謂史實を織り込む努力のためか、混濁がある。文藝としては品が下る。前代の史家は、天皇の御事蹟を外國の史料と深厚に照し合せた。支那の史料と照し合せることの出來る時代を、萬葉集開卷においたのは、やはり大伴家持ほどの人でなければならなかつた。大伴氏といふ家柄、教養、環境など、いろいろな面から見て、家持以外に、今ある萬葉集の大綱をたてることの出來た人物は、そのころなかつたと私ははつきりと思つてゐる。その家門の歴史と誇りと榮譽をかけて、その志といふ一點で、日本歴史上に最も燦然とかがやく、古今を通じての第一人者となつた。しかし近世の萬葉調といふ美學が流行した時代には、家持は何となく第二義的に見られてゐた。かういふ見方に私は同調しない。萬葉調といふ三百年來の流行にも、私は初めから同調してゐない。ただ萬葉集の成立は、家持なくして考へやうがない。それは幾度感謝拜禮しても及ばない故人の偉功である。

しかし私は「籠もよ、み籠持ち」と口誦むまでもなく、一種異常の感動の世界へ、我を忘れてとけ込んで了ふのは、古事記に描かれた稚武のすめらみことの英雄譚にひかれるからではない。この英雄譚は、日本武尊の場合と、似てゐる如くして、まことに異るところがあつた。氣分や雰圍氣の清淨さに於て、これを物語的に比較することは、近代文學のうつりを考へる上で興味ふかいものがある。しかもかういふ見地とも、私の「籠もよ」を口誦む時の感情は、何のかかはりもない。

この御製を萬葉集ではハツセアサクラノミヤニ、アメノシタシロシメシシ、スメラミコトノミヨ、スメラミコトノミヨミマセルオホミウタとしるした。このことばのしらべの悠久なととのひこそが、萬葉集のしらべの根柢である。古事記に描かれた稚武の天皇《スメラミコト》は、激しい御性格であらせられた。敵を倒される時にも、何のわだかまりも、ためらひも、よこしまさもない、くらさがない。しかしそれらの記述は、別のことばで云ひかへることは出來ないやうである。文學とはさういふものだ。わだかまりのないさはやかさを、卑しい殘忍に云ひかへることは、今の史家といふ徒なら、彼ら自身のことばによつて、なすだらう、彼らはさういふ讀み方しか知らないので、みなさうする以外の方法を知らない。その人がさういふ性質のものだからである。

雄略天皇は、萬葉集では長歌一つだが、記紀には澤山の歌謠が出てゐる。その歌謠についての說き明し方が、つまり說話の文學が、古事記では大そう見事に出來てゐる。かういふところから判斷して、前代の國學者が、古事記を尊重したのは、今の常識で、文學的に清醇で健かだつたからといつてもよいといふところが考へられる。しかしかういふ一行の文句を、少しばかり定着させようとすると、やはり上代文學史の略說の一卷が必要なやうにも思はれる。

天皇の御生涯の歌謠と、各地の女性との物語だけを描いた古事記の中へ、葛城の一言主の大神の物語があらはれる。天皇がある時、葛城山へ登られた。百官《モモノツカサ》の人たちは、紅紐《アカヒモ》著ける青摺の衣を給はり着けてゐた。その時向ひの山の尾より、山の上に登る人があつて、天皇の鹵簿と全く同じ有樣で、人々も全く同じよそほひだつた。天皇は、この倭の國に、朕《アレ》をおきてまた君無きを、今かく行くは何者ぞと、問はさせられると、先方の返事は、天皇の仰せ言のままを云ふ。天皇はいたく忿らして、矢を刺したまひ、百官も矢を刺す、すると先方の人も伴人たちも同じく矢を刺す。天皇は、各々矢を刺したからは、互に名をなのつて後に矢を放たむ、と申さる。すると先方の人は、先に名を問はれたから、名のりませう、さういつて、「吾は惡《マガ》事も一言、善《ヨ》事も一言、言離《コトサカ》の神、葛城の一言主の大神なり」と申された。これを聞くと天皇は「恐し、わが大神、現御身《ウツシオミ》まさむとは、覺らざりき」と申され、大御刀また弓矢、百官の服《ケ》せる衣服を脫がしめて、拜み獻られた。還幸の時、大神は山を降り來まして、長谷の山口まで天皇をお送りしてこられた。歌謠と戀物語の英雄譚には、靈異の物語がついてゐるのである。

二

萬葉集卷二相聞の一番初めに出てゐるのが、仁德天皇の磐姫皇后の御歌で、これが時代をしるした最も古い歌となつてゐる。最後が家持の天平寶字三年正月の歌だから、時代の前後四百年以上の大歌集である。その作者は上帝王から下庶民まで、しかも地域は國の全土に及んで、國の歴史の前後にも比類ない統一的な偉業が、ざつと千三百年以前になされた。

その部立も、編纂方針の細心さも、尋常のものではない。何を思つて、このやうに諸國民庶のうたから、各地の傳說傳承の歌謠の類、さらに防人關係の歌の數々まで集められたのであらうか。ただ家持卿といふ人が、おそるべき人、不世出の偉人だつたと思ふばかりである。單なる文藝的な趣味濃厚の讀書人の手すさびといふやうな、輕薄な理解法では眞意がわからない。家持は無雙の志の人だつたのである。しかも家持は自分の考へを貫くためにだけ、そのことをされたのでない。貫くものをふまへつつも、それをさらに明白に立證するかの如き細心と誠實さから、國中にある正しい歌そのものの姿を、ありのままに殘された。大變革期に於ける文人の異常の志のあらはれである。それは偏向した觀念論から、わが我意の目的のために一つの傾向をとり出すといふやうなことでなく、ありのままにある、國の美しさ、人の心の淸らかさを、あくまで正しく示し、その仕事の隈々で文人の志を示される。土佐の鹿持雅澄が、この歌の集を一言で說いて、皇神《スメカミ》の道義《ミチ》、言靈《コトダマ》の風雅《ミヤビ》にあらはれたものとされたが、人爲人工の作意を加へることなしに、さういふありのままをこの廣大な秩序として、我々後代子孫に殘すといふことは、家持ほどの偉人でなければ、誰人もよくなし得ないところと、私は確く信じてきたのである。

この集の部立から編纂方法といふものを見ると、一つの變革期に對應する人の志といふものが察知できるのである。それは皮相的に見れば政治的である。しかし實質實體には、何らの政治性が現はれてゐない。個々たる私の欲望や一黨一派の思惑を以てされた仕事でないからである。従つて政治的といふよりは、歴史的といふよび名の方がふさはしいかもしれぬ。ここ數十年來、我々が精神や心情の文明に考へをいたしてきた時代を通じて、政治といふことばは、虚僞や汚濁を意味し、政治的といふことは最も恥づべき態度處世とされてきた。それが光榮の言葉でなくなつた時に、最もその政治を語らねばならぬ現實に直面してゐたわけである。

萬葉集のやうな内容をもつた詩歌の集は、古今東西になかつたのである。我國のその後の變革期に當つても、再びこれに似たものをさへつくることが出來なかつた。大らかな心のゆとりのおとろへであらうか。この清潔無比の古典を、かういふ判斷や表現でいふのはまことにさびしい氣がする。冒瀆の感じさへする。强ひられない精神の自由な表現は、國の原始この方の理念を、細心緻密の極を思はせる組織に表現したのである。それは意企があつてでない。それを可能にした原理は、人間の意志のはたらきよりさきに、自然《オノヅカラ》だつたのである。そしてこの自然のしらべは、眞實のところ最高に美しい。記紀の英雄譚の說話よりなほも清々しく、そのまま平安の物語の人情の自然の美しい表現へつながるのである。記紀の英雄譚と、平安の最高文藝のけぢめを考へると、素材的なくらべ方をすれば、昭和初年の文壇とその文藝作品のあり方そのままが、卑俗な比喩を示してくれる。萬葉集の成立に、意企や野心がなく、ただ自然がこの無比の文學をつくつたといふことは、そのころのわが遠祖たちがすなほに信じたことばでいへば、神隨《カムナガラ》、神の自然の性、人の思ひや人の意志といふものでなく、自然、神の性を見きはめて、それに從つたのである。かういふ理想の狀態によつてつくられたのだ、しかし作つた人はさういふものを志とした。變革期に直面した人が、ただの人間的な志で描けば、そこに現はれる政治的な觀念形態は、必ず萬古不易といへないものとなる。それは千萬年に變らぬ風雅とはいひ難い結末となる。かういふ點で萬葉集は、二つない文藝である。ただ驚くべきものを、わが千三百年昔の先祖は、かくも見事につくられた。このことわりを最も簡明的確に說いたのが土佐の雅澄大人だつた。皇神《スメカミ》の道義《ミチ》が言靈《コトダマ》の風雅《ミヤビ》にあらはれたものとし、それを以て日本文學の大旨とされた。大人はそのために「人物傳」のやうな各論になされた配慮や、有由緣雜歌に對する思索などに於ても、高雅な文人の思ひをひと階《キダ》超えたけだかい文藝觀が、その平敍の端々に出てゐる。說きも語りもしないで、その思ひと心の用意のふかさが、平敍の語尾や轉結、句讀にまであらはれてゐる。本文讀解に於ても同樣のことがいたるところにあつて、それらの數點について、特別に感動したことどもは、私が三十年も以前に、いくつかの場合にふれて書きしるしたことがあつた。萬葉集の學問の書は、長流契冲の尊い代匠記この方無數にて、明治御一新以來わけて大流行であるが、私は雅澄以上の理解を示された人を知らない、わが一代は雅澄翁の訓詁に從つて、片々たる新發見や新説如きに心動かすことなど毛頭もないのである。

三

時代としていへば、飛鳥淨御原宮から、聖武天皇の奈良京までが、その中心である。壬申の亂と、奈良京定着までの席暖まる暇もない都遷りといふ變動期に、この最も美しい詩歌の集はその大半がつくられてゐた。そして史書にしるされた動亂のおそろしい日々にもかかはらず、これらの歌には、くらさもかげも、人の醜惡の性にふれるものは何らのこされてゐない。これがまことのわが國人の心をしめす歴史の書の觀をなすところである。僅ばかり見られる不平不滿さへ美しいしらべをなしてゐる。また一二、當時の海外の文藝をかりて氣どつた表現をした人の文言に、時局にふれるが如き氣分が殘つてゐて、いつの時代にもゐる海彼文藝を感傷的に好む人に珍重されたのが、それさへわびしさに似てゐる。

大伴の家は、肇國以來の武の名門であつた。大陸の問題の直接現地に擔當した時代は久しく、日韓の關係に於ても、大陸の學藝の移入に當つても、その中心をなしてきた。近くは壬申の大なる功臣だつた。わが大倭朝廷の制度に、唐風の制度政治を移入する時、最もふさはしい一門だつたのに、唐風の風流生活は移入しつつ、制度政治の學藝家の養成は、藤原の淡海公の子弟にうばはれてゐるのも奇妙である。大伴の考へた理念や、學藝や、風雅は、政治といふ考への上でも、ここで全く二つの異質だつたのである。表面上ではその家門衰退したやうに見えるが、國の文藝といふ歴史の中では、その志は一貫した。この歴史とは、過ぎ去つたもの、終つたものでない。未來に貫くもの、きのふのものとしてよりも、命運あすのものである。萬葉集はおのづからにして、さやうな歴史を象つたのである。

古事記の下巻の大倭朝廷の天皇《スメラミコト》たちは、みな勇武にましまし、その御事蹟は、御製の歌謠と、數多の女性との戀物語で描かれてある。古人がそれを歴史と信じたことを、疑ふことは出來ない、無知はこれを輕んずることは出來る。輕んずる者をさらに憐れむといふことも亦出來るのである。年代記を當今の新聞記事のやうにかきつないだものも、歴史だらう。日本書紀はこの點で、古事記ほどいさぎよくないので、曖昧とごまかしがある。前代の國學者たちは、いづれもその時代の第一流の文人詩人だつたから、古事記の方が、史蹟としても眞實だと斷言してゐる。それは政治性からして偏向してゐたのでない。心に十分の用意の出來た人々だつたからである。日々の流言飛文にくよくよせぬことも、文人の小さい用意の一つである。

壬申の顚末を述べて、この國始つて未曾有の危機の人心をしづめるといふことは、人のためとか、政治の必要といふ以上に、萬人己自身の切迫感だつた。近江京の沒落は、かつてあつたどんな危機より畏怖すべき大事件だつたのである。日本書紀編修の大眼目の一つと考へてもよいほどである。しかし書紀のあの壯大な文章をよんで、人がどれ程の安心をもつだらうか。萬葉集成立の第一の眼目の一つにやはり壬申の亂への態度を考へねばならぬ。少くとも萬葉集の上期、奈良以前の詩歌は壬申の亂の風雪を考へることなくしては、その出現が思ひ及ばぬものである。人麻呂の慟哭や黑人の嗚咽の詩歌は、その周圍に無數の、上は帝王から下乞食人に到るまでといはれる「萬葉人」の一大協和を奏でてゐるのである。

人麻呂は神の如しといふことばは、早く紀貫之のころから、日本人の信仰となつて今に到つてゐる。字を當てて、火難避けの神といつたり、人生れる安產の神としたりして、この國の人々はやさしい滑稽に富んでゐる。國の司をされたので、農や市場の神とするのはまつたうなことだつた。和歌三神などといふ祭りは、風雅人の遊びで、庶民層ではそんなことより直接のことをこの神に依賴する。しかし壬申の時に當つて、人麻呂の詩歌は、まことに神の如くであつた。文學といふものが、國にとつて、人の心にとつて、文明にとつて、如何に尊貴なもので、强烈無雙かといふことは、壬申の大亂の始末を歌つて、國の心、人の心を、仰ぐ富嶽の安きにおいたやうな、人麻呂の長歌短歌を見る時、始めて了解される。かういふ時に當つて、この人は正に神といふ感動を新しくする。しかも神の山が火を噴く如く、善事も惡事もただ一言との神語さながら、人麻呂は火をふく山の如く、ただ慟哭されるだけである。ことわりも理窟もない、それらが無用にして、虛僞なることを知つたうへでの歌の世界が拓かれる。穴師大兵主の神人の一族は、卷向の宮から、朝倉宮磯城島宮といふ萬葉集前期にも、まだそれを支へる一大勢力だつた。それは人麻呂の詩歌のやうな性質の勢力だつた。これはまた古事記萬葉集にしるしつがれた大倭朝廷の歷史の實相である。

大兵主の神人たちのこころが、壬申の時、人麻呂の詩歌に最も大きくあらはれたのである。そのこころとは何であらうか。それが大兵主の一大勢力の實でもあり、國の歴史そのものだつた。書紀の大論文になほ滿ち足りぬものも、人麻呂の火の山さながらの慟哭の詩歌のまへでは、自分の小さいためいきの聲も協和して安らぐことを知つた。聲の安らぎは心の安らぎと同一だつたのだ。大兵主の古人たちが、山人《ヤマビト》として朝廷の祭儀に別格視されるより早く、天武天皇崩御をまつまでもなく、人麻呂は飛鳥宮では、はや神話的存在となる。それが詩歌であるから當然のことだ。

御津《ミツ》の崎浪をかしこみ隱江《コモリエ》の船よせかねつ野島《ヌシマ》の崎に
珠藻刈る敏馬《ミヌメ》浦を過ぎて夏草の野島の崎に船近づきぬ
荒栲《アラタヘ》の藤江の浦に鱸《スズキ》釣る海人《アマ》とか見らむ旅ゆく吾《ワ》れを
稲日野《イナビヌ》もゆき過ぎがてに思へれば心戀《コ》ほしき可古《カコ》の島見ゆ
天離《アマザカ》るひなの長道《ナガヂ》ゆ戀ひ來れば明石の門《ト》より倭島《ヤマトシマ》みゆ
なぐはしき稲見《イナミ》の海の沖つ浪千重に隱《カク》りぬ大和島根は

これらの旅の歌には、ことばのうへでは何の抒情も説明もない。しかしそれをよむ時、心は茫として、いふべきことばを知らない。ただ此の國の美しい風景、この美しい國に生れたよろこびに、心恍けるのみと、詩人の藏原伸二郎は語つた。

「近江の荒都を過ぐる時」の長歌並に反歌の二首、「高市皇子尊の城上の殯宮の時」の長歌並に短歌二首は柿本人麻呂の傑作だが、高市皇子殯宮時の歌は、萬葉集中最大の長篇の詩である。日本文學史上の最も重要の作品である。それは文藝としての完璧の作であつて、わが國の精神上と文明上に、無上に強烈な、重大といふ形容にふさはしい、永遠の詩篇である。最大の危機を光明にひらき、絶望を一瞬にして飛躍に轉ずるやうな力を、詩歌文藝は藏してゐる。和歌は神詠也といふのが、このやうな大作品を思つた時の日本の思想である。政治も文藝によつて、その絶望狀態より、創造性へと轉ぜられるだらう。神詠の思想に對し、やや低い次元ながら文章經國大業といふ傳統思想もその近緣である。

四

壬申のあと、朝廷では兩統交立のやうな形で卽位されてゐる。天武天皇には有力の皇子數多いましたが、御一方も皇位につかれず、結局文武天皇の成長を待つてをられた。漸く十五になられ卽位されるが、廿五歲の御稚さで崩御された。そこで御子の聖武天皇の御成長をまつまで、天智天皇の皇女元明天皇、天武天皇皇孫の元正天皇と、兩統から交替に皇位を踐まれた。この時代は、わが國の最盛期だつた。國土安定充實し、國內に爭亂なく、外國の侮りをうけないといふことは、世界史上の如何なる大國の例を見ても、一國の歷史の間に十年とつづくこと實に珍らしいのである。

この間の我國の歷史は、丹生川上の吉野離宮が一つの中心である。天武天皇時代から、丹生川上社の吉野離宮は、異常な信仰の對象となつた。國の一大危機の時に當り、肇國の御時、ここで神武天皇が顯齋《ウツシイハヒ》の祕事をとり行はせられたといふ傳へ事は、朝廷上下の信仰のよりどころだつたのである。萬葉集に出てくる吉野離宮關係の歌は、みな遊事のものだが、その前提に、肇國以來の丹生の信仰と當代の祭事があつた。史書史蹟から、この點をよみとり得なかつたものが、吉野離宮は宮瀧だなどいふ、輕率な地圖合せをして了ふのである。かういふ史蹟追跡では、萬葉集の成立事情も、歌の背景も、家持卿の志のほどもわかるわけがない。

聖武天皇が御成長されるまでの十六年間、元明天皇、元正天皇の二代の女帝が天下を知ろしめす。しかし當時皇朝の制では、軍事、外交、通商は、みな太宰府委任である。天子はかうしたいやしい政治は遊ばされぬ。つねに山河を遊幸し、神を祭り、歌や音曲や文藝の遊事をされるのみである。

食《ヲ》す國《クニ》の遠《トホ》の朝廷《ミカド》に、汝《イマシ》らしかく退去《マカ》りなば、
平《タヒラ》けく朕《アレ》は遊ばむ。
手抱《テウダ》きて朕は御座《イマ》さむ。
天皇朕《スメラワガ》高嚴《ウヅ》の御手《ミテ》もち、掻撫《カキナ》でぞ勞《ネ》ぎ給ふ、打撫でぞ、勞ぎたまふ。
還り來む日、相飲まむ酒《キ》ぞ、この豐御酒《トヨミキ》は。

これは巻六に、酒を節度使の卿等に賜へる時の御製として出てゐるもので、聖武天皇御製とあるが、一説には元正天皇御製だと註されてゐる。非常な古調で神代に近い調べがある。いづれにしても、これが奈良朝にまで殘存してゐた大倭朝廷の風俗とうけとれる。し

かしこの歌の反歌は「丈夫の行くとふ道ぞ凡ろかに念ひて行くな丈夫の伴」といふ、人口に膾炙する作で、この反歌の毅然としていささかの隙もない堂々の調べは、長歌と相應じてよくととのつてゐる。これは自然といふものである。

聖武天皇は神龜元年卽位され、神龜六年八月に天平と改元さる。また光明子の立后あつた。この二月左大臣長屋王に死を賜ふといふ大事件があつた。長屋王は萬葉集にも御歌あつて、懷風藻では、當時文壇の一中心の觀のある御方だつた。懷風藻では、當時藤原氏の人々ともゆきき多く、新羅びとの雅宴出入も頻々としるされてゐる。天武天皇の皇子高市皇子の御子にて、「續紀」によると、左道を學んで國家を傾けんとされてゐると讒するものあり、その夜の中に居宅を圍まれ、ついで自盡せしめられたとあつて、いかがはしい事件である。「靈異記」に元興寺の法會の時僧侶をこらしめられたのが、失脚の因といつてゐるのは、一段といかがはしいものの感がする。懷風藻では王その時五十四歲、正二位左大臣の要職にあつて、高市皇子の御子といふのだから、これだけの識見教養も申し分ない重臣の失墜は、國家の威嚴に重大な隙間をつくるのは當然である。國家多事といふ現象が、二代にわたつた大女帝時代の泰平のあととして起るのも當然かもしれない。しかし天平九年に當時やうやく勢ひをあらはしてきた藤原一門の房前、麻呂、武智麻呂、宇合が、痘瘡によつて四月から八月の間に皆死んだといふ驚くべきことが起つた。藤原廣嗣が太宰府で叛くのは天平十二年九月、この報が都に入ると、聖武天皇は奈良を出られて、翌年の正月には恭仁宮で朝賀を行はせられる。天平の都遷りが始つたのである。この都遷りは、「續紀」

の紫香樂宮の終焉記で終る。この「續紀」の紫香樂宮終焉をのべた文章は、天災人災織りなして、おそろしいばかりの大文學である。しかしこれを萬葉集とくらべ合せるといふことが、私の文學史の評價のたてまへだつたのである。

家持が出てくるのはこの都遷りの始る頃である。旅人の薨去が天平三年でこの時六十七歳、家持の年齢は、天平十三年に內舍人として萬葉集に見えるところから推定すれば、內舍人は齢にすれば廿一歳以上とされてゐるから、家持は旅人晩年の子にて、その薨去時にはまだ十一二歳の少年だつたやうである。

懷風藻には、藤原氏の當時の有力者の名が見え、又この集の作者たちで、萬葉集に名の出てゐる人は少くないが、大伴の一族の名は懷風藻に見られない。旅人は唐風の風流の心もあつて、梅花宴など好んでし、又讚酒歌には老莊の思想の影響があるなどいふものもあるが、かういふ見方は輕率といふものである。旅人はただの本然の性に從ふことの出來た文人の第一人者だつたといふことである。

しかし家持といふ人の一代は、萬葉集に出てゐる壯年期までのことは、この集によつて相當子細にわかる。その詩人としての心のうごきも描かれ、世上世相に對する態度も、それとなく述べられてゐる。豐御酒によつて、手をうつて樂しく歌つてゐたやうな歌、死者を悲み、その魂をよびとめようとする類のうた、戀の力をためすやうなうた、さういふ歌とは少し事情の異る抒情詩といふものが、生れるところ、つくり出さうとする心の動きを、しづかにしるしてゐるやうなところは、それが千三百年も昔の人の姿とはおもはれない。

今見る人の姿かたちのやうに新しい。古今の歴史を見ても、これほどに淸らかな詩人の自覺としては、眼ざましいほどに珍らしい。彼がつくつてゐた趣味の環境にしても、多くの當代の才女美人の出入した書齋も、わが國の既往千三百年に於て、これほどに近代性の濃厚なしかも高雅な雰圍氣は例がない。防人の歌を一々點檢し、整理し、時々修正をしてやつてゐるやうな姿勢も、千何百年といふ歳月を忘れさせる。九十歳の賀をうけた俊成卿を、けふの歌よみよりも新しい人と思ふことの出來る人には、家持卿はさらに新しい人に見えるといつても、わらひはすまいと思ふ。家持は決して頑な思想を他に强ひなかつた。彼は大佛造立の詔書に應へる、堂々とした立派な長歌を作つた。しかし大佛建立のそのことについては、誰の歌も傳へてゐない。和歌といふ領域で、そのころの人はさういふ類の歌を全くつくらなかつたわけでない。一、二つくられた歌も、他書には傳へられてゐる。萬葉集には時代の流行をうたつた作品がないのである。一時のものを歌つた時にも、流行や時世に沈まないものをとり入れてゐる。これらの編輯方法は、一つの文藝觀として、美觀として、日本人の規範となるのである。その編輯方法と、さらにその發想について、考へれば考へる程に、私には驚きに耐へない。しかし人麻呂が神の如くあつたといふ驚きと、この驚きとは色合がちがふ、家持には人麻呂に對して思ふ神の如きものを思ふのでない。貫之の場合とも、俊成とも、さらに芭蕉ともちがつてゐる感動である。道はたしかに貫道すると思ふ。貫道してゐることを信ずる。家持には人の志の尊く、かなしく、やるせないものがある。人のものだ、しかし人間性とか、人間的とかいふことばで、近代の者のいふやうな人間主義に少しでもつながるやうなものは全くない。人間尊重とか何かといふ「人間」を、私は尊重する代りに、影形なく消滅したいものと思つてゐる。萬葉集をよみ、家持卿のことを思ひ、その極地の感動に入つた時には、私は私自身が無になつてゐることに氣づくのである。

都うつり

一

奈良京の數十年間につくられた文物は、土地の開拓や産業の振興など、所謂國力の充實といふ如きは、まだ末梢のことにすぎなかつた。國史、地誌、律令、などの撰著制定の成果は、目をみはるに足る盛觀をなしてゐる。今日殘つてゐるこれらの古典は、わが文明の歷史の中でも、最も重大なものである。わけても萬葉集の成立は、論議を超越した偉業にて、わが民族の能力の獨自さと創造力の豐麗さを示してゐる。

書寫生の營々とした努力によつて、寺院では圖書館がつくられた。豪族の個人でもそれをつくつた。もつともこの時代には、もう支那の學藝を簡單にひきうつした學藝上の著述が出てゐる。それらは當時も變らぬ知識人や進步主義者といふ者らの手によつて、この種の營みが進步主義を稱へるものの資格として行はれたのだらう。さういふ啓蒙を稱する仕事は、まことの啓蒙とならず、文化の進展に無益か有害に近い。かうした點でも萬葉集の選者が、海彼文藝に對した態度は尊かつた。それは學者の如くに謙虛にして、寛容と敬意を他意なく表現することの出來る自信と自覺があつた。自主獨立といはれる氣質が、文藝の上で申し分なくあらはれてゐる。しかしこの氣質は、こののちも日本の文學史を一貫してゐるのである。近代の學界で、萬葉集に現はれた支那文藝の影響といはれるものの實體は、文藝自體やその創造の見地から見れば、趣味以上でも以下でもなかつた。日本の文學を貫道するこの氣質は、菅公鎖國以後の平安朝文藝に於て、その唯美の絶對に到達するのである。この貫道といふことばは、芭蕉の悟つた、文學史を現はす觀念である。

萬葉集と並んで同じ時につくられた日本人の漢詩集も、その作者の一人なる大津皇子のやうな、年少い英雄の人柄によつて僅かに愛惜されても、萬葉集の歌と比較に耐へる文物でない。その勉學修辭の努力をほめるにとどめるべきだらう。當時唐國に留學したわが學生は、詩文の才能に於て、彼の國人の尊敬をうけた。そしてこの時代に早くも漢詩の詞華集が、多數の作者をふくめてつくられたことは、明治文明開化の外國文學移入時の事情とくらべても、何か桁のちがふやうな氣宇を感じる。

奈良京の數十年間につくられた國史地誌法令、詞華集などは文明の外觀的模倣に終つたものでなかつた。まづ自身を知らんとし、その由來を求める本來の啓蒙の作業に似てゐる。これらの有德の人々の作られた古典は、わが民族に文明の傳へのあつたことをあまねく、深切に示した。これらの古典は永遠にして、つねに新しく且つわかい。わが神話の傳へによればこの國をつくらしし大神は、初國《ハツクニ》小さくつくらしたとある。これが日本人の生命信條だつた。

前代の大きく深い危機から脱出して奈良京の始つた時、わが民族は忘れつぽい人のやうに見えたほどだつた。その立ちなほりの爽かさは、創造が伴つてゐるからである。似た現象は、史上の動亂期のあとに幾度もくりかへされた。今日は未曾有の經驗とはいへ、先祖の人々なら一番初めになすだらう一番大事なことを、我々はまだ少しもしてゐない。

奈良時代に入る一時期の國の政情の激しさの中で、いつも至上命令として國の政治を壓へてゐたのは、欽明天皇遺詔だつた。御紀の三十二年四月十五日、天皇不豫にましまし、即ち皇太子を召して、新羅を伐ち任那を再建することを遺詔し玉ひ、この日崩御さる。爾來百年の上代史に於て、この遺詔は犯すべからざる神聖の大義名分とされた。聖德太子、中ノ大兄皇子ほどの英雄にましましても、この御遺詔のまへでは、全くの無力從順ならざるを得なかつた。しかしそのことはこの御遺詔が、一面、國家存立の道義を理念に現はしてゐたからであらう。これが飛鳥淨御原宮の後曖昧になつたのは時代の移りといふより他ない。百年間のその葛藤と、結末の壬申の亂の大事そのものとをあはせて、「伊勢の神風」が吹き拂ふさまを、柿本人麻呂はしかと見とどけて、その莊重の詩句でのべた。私は歌聖の言に畏怖し、その實見を疑ふことは出來ない。さしもの金刺宮の御遺詔が現實から何ごともなく消えていつた中で、奈良の文物が花と咲いたのである。「靭懸くる件の緒廣き大伴に國榮えんと月は照るらし」と國を守る大伴の兵士らの歌つた靜寂冷嚴の構へをよろつた時代の風潮は、自主自衞の態度で、前の代にくらべると觀念上では一種の「鎖國」の状態だつた。この觀念や心理は、わが國の歷史に於て一つの傳統と思へるふしがある。しかしそれは島國根性といはれるものとは何もかも無關係、そして別種である。

二

聖武天皇は偉大な天皇にましましたので、その御一代のうちの數年間で、數ケ所の都遷りを行はせられた。御在位は二十五年にて、上皇としての御在世七年だつた。寶齢五十六歳である。このあと政情は陰鬱な混亂に陥ちこむ。佛教の移入は、思想上での重大な爭闘をひき起さなかつたが、奈良京の末期になつて、その流行によるくらい面がすべてここに押しあつまつた感である。

家持卿はかういふ國情になつてからの、詩歌をみとめなかつたのか、鬱結の情は歌によつてひらく他ないと云つて、初めて抒情のこころを記録した人は、國内陰鬱の極る時代の人の歌を誌し殘さなかつた。何故に在るままの詩歌をいれなかつたのか、もう歌は消滅に近かつたのか、そんな思ひ附の想像はすべきことでない。存在するものの、そのあるままをありとして、わが心情をひらき、わが心魂を太くすることが、生きるものの第一の用意といふべきである。

大津皇子が惡龍に化し暴れるといふ物語、詩人としての大津皇子に對する同情と評價は奈良朝時代には決定してゐた。奈良朝後期の世情の一つの象徴のやうな淡路廢帝の場合、その殘されたらしいおん恨みの畏怖、そのはての井上内親王の御靈の物語は、大きかつた。この物語は今日見ても一種の奇妙な現實性にふれるものが多様にある。御靈社として井上内親王を信仰した地域では、今もその御名はゐがみの内親王と唱へてゐる。ゐのかみとも申されてゐる。ゐのへとも申し上げない。

この井上内親王と皇子たちの流放は、藤原百川の陰謀だつたと、北畠准后も申されてゐる。内親王の御子の皇太子は時をへて二月餘の後に廢された。大和宇智郡の井上内親王を祭る靈安寺御靈神社を中心とした一鄕の團結の堅さは、南北朝より戰國時代にかけて特に見事なものだつた。この信仰圈は南北對立期を一貫して宮方一途だつた。靈安寺といふのは、現在もある村の名である。淡路廢帝と井上内親王とその三皇子放逐の事件は、その結果として、天武天皇皇統を終焉さすための事件となつたが、この二つの不幸な事實は、「續紀」の記事を始めとし、平安時代をへて、戰國時代の文明年間に到るまで、次々の浮說にさまざまの人の解釋が加へられ、つひに複雜緻密にしくまれた傳奇文學を形成するのである。しかし井上内親王の說話は諸書に分散して、一本に集成綜合される時にあはなかつたので、まだ物語小說の常識的な形態にまとまつてはゐないが、單純な史實をもととして、代々の民衆がよりあつまつて作りあげた傳奇文學は、日本文學形成の一つの典型ともいひうるやうな興味ふかいものがある。御靈信仰のもとになるわが國の「惡靈」の傳奇文學も、その最初のものが最も生々としてすさましく、しかも永く民情に結ばれ、これにくらべると、北野の天神緣起の御靈物語は、文藝や美術の作品としてまとまつたものだが、觀念的にして中間的な宗教文學の病ひがある。奈良末期から平安奠都にわたる時代相の一面の、物情の妖しいものを示した文藝が分散したままであるのは、戰亂にいそがしかつた鄕土の人々が、それを一篇の語りものに潤色編述する時をもたなかつたからである。さらに物語の背景のくらさと、廢帝や井上内親王、その皇子たちに對する同情は、桓武天皇の大御心のおん苦しみにも物語の筋は及ぶべく、何らかの形で無上の尊貴にかげさすやうなことに、怖れ畏んだのであらう。史上でも特に生々しいこの小説の世界は、つひにとりまとめられなかつた文學として現存し、代りに强固執拗の信仰圏を、內容を別にして維持しつづけた。

奈良の後期の著名な僧家にしても、行基、道鏡の兩者は、いづれも修練によつて、行者的な呪術をもつた人たちである。行基菩薩は高僧にして、しかも民衆の信仰のあつかつたのは、苦行の修業より得たその法力靈驗のゆゑといはれてゐる。その民衆的な人望が、大佛造立の大きい力となつたのである。最澄、空海とつづく二名家は、一の民衆的に對し、他の教學的だつたことは、文明の成熟の相を現はすものである。民衆的な弘法大師は、詩文にすぐれ、海彼の詩文學の啓蒙書まで著はされたが、その書道に於ては、嵯峨天皇の詩文書道と並んで、文學史上の奇蹟と思はれるほどである。

かうした僧侶の中で、玄賓僧都や眞如法親王の御行跡は、日本の文學の一つ一つの深層基盤のあらはれのやうに拜される。玄賓僧都は一切の名聞を嫌ひ、帝の御招きさへ拜辭して、三輪山中の谷あひに庵を結んだのは、俗世の事件を原因とするものでなかつた。かういふすなほな隱遁人のくらしぶりは、ただの逃避でないから爽かで、後世無數の文人詩客が慕つて同じ處世をしたやうに思はれた。實のところは、その先蹤などわかるものでなく、無きが如くにもつと古くに、もともとといつてよいやうなところで、美しい國土の風景から生れた日本人の詩情や美的生活の、おのづからな生理だつたのであらう。むかしの傳説的な南淵先生の場合は、同じく隱者と申しても、本邦後世の浪人の類型先人の如く考へられる。萬葉集の旅人卿が思はれたやうな最後の風懷は、實證的に見れば、文學史上近似の存在はただちには見出し難いやうに思はれ、しかも片方では日本人の本然の自然、あるひは本有の詩情として、誰のこころにも共有のもののやうな感じを簡單に味つて了ふ。

　玄賓僧都の庵の址と今いふ玄賓庵は、近昔の移轉再建のものだが、舊址に近い。所謂山ノ邊ノ道の中間にて、むかしも四季の花咲く山腹だつただらう。この谷間を西へ下つたあたりが、かの高佐治野《タカサヂノ》だつた。七人の媛女《ヲトメ》の野遊びを、神武天皇が見られた。平安京のどこよりも、氣候よく、野はひろく、西山は遠く、落日の美しさも大樣な、みち足りた土地だつた。都に住む人には、よき衣が必要だつた。しかし都大路には、わが馬を飼ふ草がない。都にすんで、榮華の巷に交ることが、果して何の人生か、また人生の何かと反省することは、よほどにしみ込んだ高い文明の基盤を必要とする。

　後の崇德上皇は、御靈信仰の大頭首のやうに恐れ畏まれ給うたが、あれほどの詩歌の天賦をもたれつつ、あくまで浮世の習ひの中で御心安からず世を終へられたと傳へるのは、愚意に解し難いところである。山上の御址は、はるかに照る瀬戸内を見下し、風光の美この上もない。食物はみな新鮮で美味、しかも日供に上るものは、いづこで誰人が作り獲たものか、由緒正しく親しいものばかりである。人の情のこまやかで、直截にして哀切だつたことも、都の比ではない。それほどの樂土にいましで何故、人の心ともども底びえのきびしい西の京あたりへの還幸のことなど、まことに考へられたのであらうか。これが眞實とすれば、この帝王の業《ゴフ》は、英雄の業《ゴフ》より一段とすさましい。西行法師が玉敷もこの荒山も何あらむ、と、御陵の御前にひれふして慟哭した千年の昔の物語、この上人のこころにも、私には解し難いところがある。一應簡單には悲懷よくわかるから、却つて白々とした解し難い隙間がわが心に味はれた。菅公の左遷も、太宰府の宰《ミコトモチ》は、京の全官廳にもならぶ權勢の實力である。人の心の美しい自然の風景よりも、人の心のいやしくとげとげしい幻の巷を好む人情と、文藝の風懷は時に反對のものであつたことも、わが日本の文學では少くない。現身に於ては、いづれも第一義の詩人文人であらせられたお二方を畏みつつも、もののためしに考へてみた。けふの田舍の若者が、鄕里を廢村とすることに頓着なく、公害瀕死の都會へ憧れ出、その日々のくらしに、公害增大に少しづつ寄與してゐるのも不可解事だが、これが今人の性と思ひ定めるより他ない。流放にあふ時は、權力の爭ひに敗れるといふ前提があつて、事理以上の現身の肉親の憎しみのわくこともあるから、何らの力の强制もなく、思ひ思ひの物慾心から、父祖傳來の村里を廢墟とする今生の人心は、老い人やむかしの人に對して責め難い。失つたものの美しさや良さを知るころに、一度失つたものは再びかへつてこない。「文明開化」の大きい作用はここにあつた。今日の民主主義の流行には、文明開化の破壞と共通した面が多い。それが世界中の傾向かもしれない。今は獨立といふことばは、多くの人々に於て卑屈な臣從の聲となつてゐる。しかし今にしてわが國が、稚き國だつたことの强さを私は痛感した。他國他民族とくらべてみたのだ。傳統護持とか、文化保存などと演説することの好きな人々は、それを毀つてくれても、生きたいのちとして尊重する方法をめつたに示したりせぬものである。それを大切にしてゐるのは、大切にすることを日常事とし、身につけてゐるだけの人々である。いつの變革期にも、かういふ事情がしきりにあつた。さうして日本の文學史は、十分に生きつづけた。明日も人がかく述懷してくれるやうにと、私は祈りのこころでこの思ひをしるすのである。

三

壬申の時の歌聖人麻呂の歌をよんで、文藝が一國の理念にとつて、民族の永遠の存續にとつて、如何に重大にして尊いものかを痛感する私が、奈良から平安京への都遷りの世相で、これを救つたほどの一人の聖なる文人詩人を見ることが出來ない。表相上の政治や、その權力爭鬪の一大混亂狀態と別箇に、萬葉びとたちが高く歌つたやうな國のこころや思ひ、また人の情は、すでに脈々と多くの國民の下心に小波うつて流れてゐたのである。この事情は文學に教へられ、それ以上に造形の遺品が、はつきりと感動をかき立てるまでに教へてくれてゐる。弘法大師の名を傳へる大和の宇陀の室生へゆき、寺や佛を見る。しかしそれから眼を上や外にむけると、佛法渡來とかかはりない日本の深大な自然や造形がそびえ立つてゐた。土地に懸けて豐玉姫の由來もある。ここの龍穴は、平安京の朝廷で雨乞ひをされる時、各地社寺でかなはなかつたあとの、最後の願ひごとの場ときめられてゐた。若い日の契冲阿闍利は、懸命に佛法を學び、つひに何かに感じて、この龍穴の地の石にわれとわが頭をうちつけて死なんとされた。しかし若い生命は死なず、この蘇生は近世の國の古典の學問の樹立を決定したのである。以前のこと、まだ若いころに云つたことだが、もし人が岡倉天心先生の日本美論と、そのもとにある天心の日本の精神史観から導かれた、明治維新の成立についての考へを尊重するなら、契冲が蘇生した奇異は、明治維新の濫觴である、神ながら室生の龍穴は明治維新發祥の聖地とおもへ、青年の日にはかういふわだかまりない表現が出來る。つまり青春の日には、何でも出來るのだ。まづは人のまねをせず、鳥の頭首にしかなれぬものは、わが性の拙きに甘んじて、決して大きい獣の尻尾となつて尾を振つてはならない。尻尾の振り方しか知らぬ教師たちに教へられて、英雄となつたつもりで裏町の破落戸《ゴロツキ》の振舞ひに身をそこなつてゐる若者は憐れである。

平安京の始りに、國の稚さ、人の心の天地の始めに通ふやうな初心は、文學の上ではあざやかとはいへない。奈良京の時代は、大なる女帝たちの時代といふ氣風が一杯である。さういふ奈良京の終りのとりまとめのために出てこられた白壁王が皇太子に立たれたのは、稱德天皇の崩御された寶龜元年八月四日で、同じ月の廿一日には早くも道鏡を下野藥師寺別當に貶さる。十月一日に卽位され、十一月六日井上内親王を皇后に立て給ふ。

白壁王が皇太子に立たれたのは、六十二歳の時だつた。それまでは風狂をよそほつて世間の眼をあざむいてをられたと國史にしるされてある。政爭の中に沒入することを嫌はれた本然の御性質によるか、あるひは保身の法と觀じられたものか。御在位十一年、國内民情の安定のため各地の多くの事件を治められた。立后より三年目、井上皇后は廢せられ、ついで皇子他戸《ヲサベ》皇太子も廢せられる。翌年光仁天皇皇子にて御母は高野新笠なる山部親王を皇太子とされた。この御母の御祖を祭つたのが平野神社の始りであつた。白壁王は天智天皇の皇子施基皇子の御子にて、この後の皇位はすべて天智天皇の皇統つぎ給ひ、天武天皇の皇統にして皇位につかれることはなかつた。弘文天皇の近江京の悲劇のあと、天智天皇の皇統男子の卽位は白壁王が初めてである。持統天皇元明天皇はいづれも天智天皇の内親王だつたからである。近江朝の悲劇をいたむものは、光仁天皇の卽位を理の順としたが、井上内親王親近の民は、内親王に同情し、この同情にも理と情があつた。奈良京の末期は世相政情あはせて、一天快晴の氣分には遠かつた。

藤原鎌足、不比等の考へから進めた唐風の律令や制度の政治を遂行する上で、佛寺建立と並んで、漢文學の勢力が蔓延したことは、世相人情に多分に變化を及ぼす影響をしたのである。日本人はその後の時代には佛教を情緒化することを得手としたが、教學といふ點ではあまり興味をよせなかつた。國際的な教學思想家を幾人も生んだ王朝院政時代に於ても、國民上下の間では、ただ生活の情緒や行儀作法に化することが、自然の營みだつた。これを以て、わが民族が非論理的で、思想にたけてゐないといふ缺點の證として數へるのは、幼稚單純な思辨である。奈良の佛教は演劇によつて最も重い法會を行ひ、それは深奥な教理の理想を示すものと觀じた。しかもこの演劇は演劇として最高のものだつた。この系統をそのままうつして、平安京の始つた當座より佛寺に於ける法論でも、聲はみな音樂として表現されてゐる。叡山の廣學竪義は、法師の一種の卒業試驗に似たものだが、その夜儀の情景は、どんな象徴の藝術も及ばぬとの印象をうけた。それは美しく、しかも清淨で、感銘がある。能樂が象徵藝術の高次のものと思つてゐる人たちは、この種の法要を見て、藝術に於ては、いささかでも品下るとか、未練ありといふものが、どんなにきびしいことを云つてゐるかを悟るべきだと思ふ。古い神社でつつましく習はれた巫女の未通女たちの夕神樂を例にして、私は能樂の美しさやきびしさをくたさうとするのではない。日本の文藝や美術を思ふ人々に、わが婆心を錄しておくだけのことである。

四

平安初期には和歌が衰へたと、古今序にも云はれてゐる。これは時の皇室におかせられては、嵯峨天皇、平城天皇、淳和天皇といづれも詩賦の天才にましましたことと、又それが上流階級の文藝家を影響したことをいふものであらう。弘仁五年には敕命によつて「凌雲集」が撰されてゐる程である。このあと「文華秀麗集」をへて「經國集」二十卷の編輯となる。この「經國集」はうちの六卷を殘してゐるが、組織分類は整然としてゐる。空海は詩賦文章にすぐれ、詩文の學の書として、「文鏡祕府論」と「文筆眼心抄」をかき、かういふ所謂文藝學の書としては、現在殘る本邦最古の著作といはれる。貞觀より寬平ごろまでには多くの漢詩の作と作者が出てゐる。菅原道眞や都良香が寬平時代の詩人として、このころに到つて漢詩の流行はやうやく停滯する。菅公は漢詩にすぐれて、「菅家文草」十二卷と「菅家後草」一卷をのこし、また和歌の作品に於ても佳作が多い。「新撰萬葉集」二卷中上巻は菅公の撰といはれてゐる。上巻には寛平五年九月廿五日の年附があり、下巻は延喜十三年八月廿日となつてゐる。古今集の敕撰は延喜五年である。

平安初期の三帝に、その天賦と愛着のあつたことが、漢詩流行の因であつた。初代の賀茂の齋院に入られた有智子内親王は、十七歳にして天下の秀才と唱へられた漢詩の作者だつた。初期の女流の典型は、その御生涯も御遺言も淸らかであつた。後期の才女と異つた凜々しさが文華にもあつた。わが國の皇室では代々のみかどが、その時代の第一流の歌人だつたといふ御代が多い。わが皇室と日本の國と民族との關係を考へると、皇室が日本の國と民の中心であつたといふことは、文化の面でわけても明白だつた。いつも國の文化や趣味風俗の中心であつた。文藝に於て、この特徵ことに甚しく、萬葉集のむかしより、朝廷の作者は、みな當代文藝の第一流にして、その中心だつたのである。それは近世に及ぶまで、わが文學史を貫道する事實である。文明文化文藝の中心にして且つ淵源、その裁可者的なものをさへ兼ねていましたといふことが、わが皇室の歷史的眞實である。

天皇は無所有とされ、財産といふものと無關係だつたが、かはりに文藝や文明の中心にいました。高貴な美の世界に住まはれてゐるのだ。この無所有からうまれ出るいろいろの屬性から判斷して、かかる天皇こそ現身の神と拜し、又さういふ形を以て祭ることに精魂をかたむけた成果が、王朝の文物の醇なる所以となる。朝廷で詩賦を好まれる時、國中に詩賦の流行が起る。近代に於ても明治天皇の歌人として偉大にましましたことは歷史上の別格とし、大正天皇の御製の和歌漢詩は、詩人的感受性に於て、鋭敏にあまるものがある。

その書道の近代最高なることは、多數專門文人の畏敬するところだつた。昭和戰前に於ては、衣裳染織の趣味流行で、皇室の風儀は絕對にて、最近に於ても、皇太子妃立たれてこの方は、京の人形雛の顔は、眉目みな妃殿下に似せてつくられた。平安朝以來元祿の文化も維新の文物も、嚴としてその中心は朝廷にあつた。光りはここより發する。元祿文化の中心と淵源は、一に後水尾院だつた。今日は國土ひらけ、人は增し、往昔の如く國のしくみも單純でないから、文明と文化のすべての中心の一所にありといへないのは當然にて、御歌所の周邊に於ても、一人の歌人一首の歌にあふ例稀となつたのは、側近の弊である。往昔千數百年に亙る國の歷史に於て、文明の中核はつねに代々皇室によつて傳へ守られたといふことは、近時の狀態から推察し難いと思ふ。近代のわが國の文學史や、美術史は、かういふあたりまへの事實は教へないのである。

「經國集」二十卷の撰は天長年間、しかしこの壯擧は、却つて詩作の熱情を早く失はせたのかも知れない。奈良時代を中心とする文明開化のこの遺產は、しかしながら萬葉集や古今集と同日に語られるものでなかつた。またわが國近代の洋學による文明開化は、その期を三百年といふか、この百年に數へるか、その判斷は各自の好みに從つてよろしいが、この間大東亞戰爭前後の軍國の時代には、古典を外國語にうつし海外異國人に示すための努力はされながら、西洋文學を專門とした人の手になる外國語による文藝作品の殆ど出なかつたのは、自覺のゆゑといふより、怠慢を原因としたものだつたといふ事實は、平安初期の文明開化との比較で、少々侘びしいものと思はないか。

菅公が、今や唐國亂れて學ぶものなしとして、遣唐使を廢止されたことは、國交の觀念では、鎖國を消極的に策するに近いところだが、菅公の大なる見識であつた。菅公は和歌にすぐれ、漢詩文にも拔群だつた。和漢の學をかねて、すぐれた詩人だつた。そのころの派遣大使は、宴を禮式にととのへ、詩を賦して、外交の和を結んだ。詩賦にたくみだといふことは、大使の第一の資格だつた。詩文は單なる先人の修辭の模倣ではない。神の自然の道がそこに美しくあらはれねばならないとされた。君子は詩人たることを一つの資格とし、官僚と君子は今こそ峻別すべきである。文章は經國の大業だと稱へた時代、かういふ觀點から文章を課して、官吏の資格を定める試驗をした。學業の進歩もこの形で試驗される。君子の政治といふ思想では、詩賦文章はかういふ形で考へられてゐた。

文章は經國の大業だといふ時の判定には、文章にあらはれる人のこころ、そのこころがなり立つ條件環境の一切が配慮せられた。近代の政治の思想や學術は、このうち環境の皮相層で低迷してゐる狀態にすぎない。しかし我國の大學では、やうやくにして、議論文をかかせて受驗生の學力を判定するといふに到つた。唐制にくらべても、天上と奈落ほどの差がある。しかし數年前のこと、ある國立大學文學部の入學試驗に、晩翠先生の作品を示して、その替歌をつくらせた。啞然とはかかる時にいふ。そしてかかる時、大學を破壞する學生を憎めと私自身にいふ常識さへ失ふのである。私は日本の文學史の講述者としての感慨からは、これら驚くべき當世風野蠻の教授や狡猾な曲學阿世の徒どもの、その研究室を水びたしにする學生の暴力を憎む以前に、慄然とする程に恥づかしい學藝の現象に身をせばめられることを嘆息するものである。

敕撰和歌集

一

平安遷都直後のころは、一般史料も案外に少く、文藝上の遺品も乏しい。聖武天皇の皇女井上内親王の御靈信仰の經過は、既述の如く未完成の物語となつてゐる。そのさきの藤原仲麻呂（惠美押勝）の亂は、特に政治的なものだつたが、文藝上で物語になるやうなところは無かつた。しかし藤原不比等の血統が養成した學藝家によつて、國の制度政治化の上では、劃期的なところがあつた。一箇象徵的な事件として、漢文學の隆盛とその衰退にもかかはるし、後の菅公の鎖國策とも無關係でない。

藤原南家の仲麻呂は、孝謙天皇の御寵愛厚く、惠美押勝と姓名を賜つた程だつたが、當時の唐國では安祿山の亂が起り、玄宗皇帝は太宰府に救援をたのむといつた緊急狀態になつた。唐國で安祿山の亂の起つたのは、孝謙天皇の七年、その翌年玄宗は都を出奔した。我國がこの唐國の亂に備へたのは三年目の天平寶字二年十二月、この年八月に淳仁天皇卽位あり、天平寶字五年、學生に新羅語を學ばせ、新羅征討の計畫をめぐらす。征討準備に入つたのは翌六年だつた。これよりさき唐國は我が加勢を求め我國は物資を援助する。惠美押勝は、この隣國の大亂にそなへ、日本海岸全體に緊急防備體制をたて、新體制として朝廷官職名の呼稱を改變した。しかしこの新體制は天平寶字八年九月押勝が近江で沒落して終り、翌月には淳仁天皇廢せられて淡路に潛幸され、上皇重祚せられ、このあと法師道鏡が、女帝の無造作な御信頼を深める。奈良京は末期的頽廢に漸次陷沒しゆくのである。

新體制といふことばは、大東亞戰爭直前にさかんに云はれたが、素朴に見れば、制度國家に於て、官廳職名の呼稱を變更した程度の結果に終る。しかしこのことが制度國家に於ては、一種權力交替の不安氣分から、政治的な變革の外觀を呈することもある。近世幕府に於てこれを行つたのが、五代將軍の時の柳澤吉保、六代將軍の時の新井白石、ほぼ同じ形態的のもので、時局更變の後に八方より非難されるのは、運命的である。押勝の新體制も官名呼稱の變更程度に終つたが、天平の律令制度政治自體が、まことに未成年狀態のものだつたから、難はこの人にあつたわけでもない。押勝はこの時一擧に、全國の防衞體勢をととのへ、殊に日本海岸諸國の武備を嚴にした。これが押勝謀叛といふ結末となつたのである。

藤原の南家は、大和の國原のはづれの西南部から宇智郡にわたる地方とは因緣がふかかつた。榮山寺と當麻寺といふ二つは、文藝の歷史上でも意味の多い對象である。當麻の中將姫物語は、日本人の文藝觀の上で、簡單に云つても、一つの歷史をなしてきた。それは一箇の佛教說話に止まるものでなく、日本人の情緖や感情の生活に融和したものであつた。

さういふ形に附加補作されてゆくのである。美術の方でいへば、代々うけつがれた畫題といふものに似てゐるが、この日本畫の畫題といふものは、美術史で扱ふよりも、むしろ文學史として扱ふのがふさはしいと、私は以前から思つてきた。中將姫の物語は畫題とするには切實複雜なもので、さういふ性質の上では後の道成寺物語に似てゐる。しかし當麻寺のもつてゐる文學的雰圍氣は、二上山の信仰や、葛城の役小角の物語と早くから混同してゐて、靈異漂渺のところが今でも顯著である。役行者物語は、その規模からいふと、浦島物語よりも、現實的な氣分でずつと雄大だ。ただ既に平安初期に、文學から信仰教團の方へ移行した。平安初期の傳說では、役小角の最後の話は、道昭が歸國途次朝鮮で虎衆の中に交つて法話をきいてゐるのを見たといふことになつてゐる。小角の活動範圍は、往昔の日本人の世界觀の全域を示してゐた。

藤原の南家は、血統上は不比等の長子だつたが、鎌足このかたの家の因緣を負目としたやうな、悲劇的なところがあつた。ここでくりかへし云ふことだが、不比等は中臣氏でなく、藤原姓は皇胤だといふ伴信友翁の考證を、私は信じてゐる。押勝が紫微內相といふ新設の官についたのは、橘諸兄が七十四歲でなくなつて四月目、翌々七月には橘奈良麻呂が廢立を謀つたとして獄に下された。天平寶字四年のことである。橘氏はここで權勢の座から完全に去つたのである。押勝はついで太師に任ぜられ、內政と軍事外交の權を一身に集めた。全國を戒嚴し、新羅出兵の計畫を發表したのは、國內統一をかねた示威に過ぎなかつたか、その實行を期したか、疑はしい。しかし唐國が亂れる日、朝鮮の安定を第一に考へねばならぬといふことは、我國の領土野心の現はれでなく、宿命的な防衞の史實だつた。南家の悲劇は、今日の遺蹟から見れば、なかなか文藝的である。しかしこの傳奇小說も未完成である。優雅な人々は榮山寺の岬の音無の吉野川畔に立つて史蹟人情の囘顧に咏嘆するがよい。南朝の歌書にも見えるさきやまの行宮はたしかにこの寺だつた。天誅組に加つてこのあたりでも戰つた北畠治房は、榮山寺をはつきりさきやまの行宮と思つた。史興は詩情だつた。宮內省の文庫の文書から、たまたまさきやまの行宮が榮山寺と證されたのは、それから何十年も後のことだつた。

平城天皇讓位のあと、皇太弟嵯峨天皇卽位され、平城皇子高岳親王を皇太子とされたのは、またも兩統交立の意あつたやうだが、この時藥子の變があり、上皇は薙髮され、皇太子はその位置を失はれた。藥子は藤原の式家の出で、宇合の血統だつたが、式家には廣嗣、百川など亂を好む者が多く、藥子の變のあとつひに振はなかつた。

二

嵯峨天皇の皇女有智子《ウチコ》內親王が、賀茂の齋院に入られたのは、御齡四つの時だつた。藥子の變の時、天皇が天下泰平の祈願にさういふ約束をされたといはれてゐる。齋院の制は、皇大神宮の御杖代に奉進される齋宮のしきたりをまねられたものだつた。この齋宮や齋院の雰圍氣が、平安朝の宮廷女流文學の風儀を決定したところが少くなかつた。

齋宮の奉進は嚴肅な神事を伴つてゐた。その伊勢に參赴される行裝は、盛んな時は何百もの人數で、まことに美麗だつた。上代の齋宮の內親王の中には、品行上の事故をおこされて退出されたやうな例もあつて、そのおんくらしもさほど冷嚴でなく、日本の神道らしい大らかさが多分にあつた。平安朝になつてからは、四歳にも滿たぬ幼女を齋宮に上るやうな風が起つた。あどけない幼い內親王が、全く何もわからないまま、帝からいただく別れの小櫛《ヲグシ》を、御前でもてあそびにされ、色とりどりの飾り紐に喜んでをられるのは、神に仕へるべき未通女が、そのまま神の如く見えただらう。皇太子の立太子の時は大たい御幼兒だつたので、まことに神の如くだつた。また神の如くに人々は奉仕した。そのうち幼い天子をいただくやうになつたのが、平安の朝廷である。平安末期の高倉天皇は卽位の時滿一歳にもなられなかつた。まことに天子にいまして、神の如くだつただらう。美しいそして才たけた女官たちが大勢で、幼い天子を神として祭つてゐた、それが王朝文學の生成の基本の情緒である。この基本情緒の世界にゐて、世上の人情や、人の世の宿命などを、噂に口を合せるやうな、たゆたふ文章でしるした。

有智子內親王の御墓は、明治初年に發見された嵯峨庄條里圖の斷片に明細が出てゐる。この圖は延喜以前のものと考證され、そのまま宮內省に藏されてゐるといふ。天明六年刊行の秋里籬島の「都名所圖會拾遺」には、落柿舍のことをしるした項に、舍の所在、小倉山下緋の社のうしろ山本町にあり云々とあつて、この緋の社が有智子內親王の御墓であつた。さきの條里圖で證されたのである。有智子內親王の御墓は御遺言によつて、葬を薄くし、嵯峨西莊の址を御墓とした。これは文書上の傳へである。いつの程にか、里人この御墓の上に祠を立て、初めは姫神さま、姫明神と稱へ、そののち緋ノ明神、日裳明神となり、つひには緋裳明神と誌し、檀林皇后の緋の御袴を埋めしところと云つてゐた。檀林皇后は佛教の信仰流布の上で、平安初期に於て最も有力な御方にて、橘奈良麻呂の御孫に當られる。その説話にはいろいろ佛家の妄誕に類したものもあつて、有智子内親王の清眞さと對照するのは、當時の儒佛の別れ目を文藝的に示してゐる。有智子内親王が、その教養の上では漢文學系統に長じてをられたからである。齋宮の初代なる倭姫命が、特別に濃厚な神祕の匂ひにつつまれ、お祭りする神社の見事なもののあるのに較べると、有智子内親王の方は、御墓さへ檀林皇后云々と傳へられてゐたほど、民庶の生活の中では忘れられてゐた。御墓の確定によつて、その御在世の雰圍氣が、一層明白合理となつたことは、實に平安朝初期朝廷の樣相を示す一例である。

年少の天子を立てることは、攝關家專橫のためといふ説もあつた。しかしそれは本末の逆であり、因果の顚倒だつた。天子が無上の尊貴にましますの證ともなる無所有が、その御本來だつた。この無所有であることを象徵化しようとしたのである。この風儀は品下りながらも封建の近世大名にも及んでまねられた。天子が上皇となられることは、上皇は財産をもたれることが出來るといふ、側近にとつての魅力によるといふことは、以前から推慮の説として云はれた。無所有の神聖さから云へば、天子の御存在は、一切の權勢と無關係である。奈良朝の表向きの制度では、外交通商は太宰府に一切をまかされ、防衛を旨とした兵權さへ太宰府のものであつた。これらの俗事は神の如き高貴にましますす天子の關與するところでないと考へられてゐた。この外觀だけを見ると、最後の水戸學者栗田寛博士の信じたやうに、封建の制は神武天皇國初よりの皇國の醇風といふ結末にもなる。

有智子内親王のお人がらに形成されてゐたやうな、高雅な教養が、末期の式子内親王の文學と一見對比的に見えて、しかも御二方に共通する潔く清い氣質は、神道の一つの風儀に原因してゐたのである。漢文學の氣風が、一時的の流行で終つたのは、安祿山の叛亂に始る唐國の亂れがその理由と思はれる。しかしこの一時的な漢文學の流行は、平安遷都直後といふこともあつて、國の古道の傳へを變更し、冥くした上では甚大なものがあつた、この點では佛教のみにその原因を歸することは、緻密正確の考へ方とは申せないのである。遷都と漢文學の流行は、文明に及ぼした影響といふ點では、一種決定的といつてよいほどのものさへある。

わが古代の神道が、排他鬪爭的でなく、寛容的だつたといふことは、史實が證するところである。この寛容といふ語は、事實を外相で説明する時には不當と云ひきれないが、事理を示す上では、むしろ神道といふ原初混沌の狀態が、それらのことごとくの要素をふくんだものであつた。混沌は東洋の文明の根源の考へ方だつた。この混沌の狀態がふくむ諸要素の一つ一つをとり出して、佛儒などの諸思想が出現したのである。混沌のあるがままの狀態、それは、天地の初め、人の初心、などいふ狀態を、ひつくるめたものとして、わが先人は神道《カムナガラ》と稱へられたのである。かうしたことわりからして、わが文藝そのものは、混沌の造形であり、人の考へた思想や觀念形態《イデオロギー》のものではなかつた。文藝が人の初心によつてうまれるといふ點で、神と人との通路ないしは架橋といふ考へがでる。かういふ大なる智惠が、紀貫之によつて思想としてうち立てられたのである。

三

古今和歌集の序は、むかしから名文といはれてゐるが、氣魄の激しさの申し分ない文章である。初めての敕撰和歌集をつくるといふ心構に於て、千古をつらぬく氣力がこもつてゐる。古今集が戰國亂世の教養ある武人に敬はれ、連歌俳諧をもち歩いた隱遁詩人たちに尊ばれたのは、撰述した人の志に、英雄の精神を見てのうへだつたであらう。その精神のはげしさは貫之の序文に極るものがある。わが朝の文明の歴史に於て、文人の英雄が、武人のそれに勝る所以は、貫之のこの文章に於ても悟ることが出來る程である。

文は人なりと云ひ、文章は經國の大業などいふことばの眞意や、文武と云つて、文を上におく心得は、近世では元祿の俳諧者たちに到つて、最も露骨な自覺に達したやうである。武道とか武士道といふ思想は、すべて元祿の文人の教へたものにて、これを思想に造形した原因は、元和の役の後の平和時代に入つた士人の心志を、戰時軍國下には自ら保たれる緊張状態におかうとする深い思慮からだつた。その緊張なくては、創造なく、秩序が高次の状態でなり立たないことを、彼らは了知してゐたのである。三河野武士の蠻勇を維持することは、眞の武士道の護持でなかつた。戰場の危機に於て初めて淨化される蠻勇を、平和時の典雅な勇士として、教養上から形成し、これを以て創造や秩序の根基とするといふ道徳的な精神上の活動の目ざすところは、藤樹先生の弟子たちから、芭蕉翁の門人たちを貫く日本の文明の道であり、それは元祿の文人の荷つた心得だつた。しかもこれらの近昔の文明の道義を考へる時、その原因を古今序に見ることがすなほに出來るのである。

志とか、心といふものが、最もきびしいものとして書かれたのが、貫之のこの文章だつた。その思想が、千古を貫道してゐるといふことよりも、この心構のきびしさをまづ心にとめねばならない、それが文學をよむ初心の心得である。その人の心のはげしさやきびしさは、そのまま文章に現はれる。古今序は最も强烈で、しかも美しい調子の文章である。ただ强いだけではいけないのである、ただ美しいだけではつまらない、つまりその一つ一つだけでは、つひの强さでも美しさでもない。丈夫が雄心をもつて描いた文章の强烈さは、封建の氣風の中では大むね素直に了解された。この時代に描かれた伊勢物語にしても、神ながらの古典に流れるやうな、激しいものが素朴に、少し偏奇の表現をすれば、なまくらに出てゐる。それは無理に氣負つてゐない。一面では淡々としてゐる。古今集序の氣負ひは、すでに氣魄になつてゐる。この氣魄の現はれる根柢は、當今の御代を讚美するところにあつた。御代に歡喜し讚美する最大のこころ、日の出の勢ひと美しさに身を一つにしてゐるやうな時代の心が發動する時、わが一人の微々たる文士や藝術家の身體を通じて國の大藝術が現はれる。近い昔の永徳はさういふ繪師であつた。しかしこの偉大な永徳の藝術が、貫之の古今序といふ、文章といふものに及ばないといふことを、私の心がふつと思つたといふことを、反省的に知つた時、私は一段の衝撃をうけ、戰慄といふことばで云ふ以外のよい方法を知らない精神の狀態を味つたのである。

力を入れないで、天地を動かすのである、生きとし生けるもの、いづれか歌を詠まざる、花に鳴く鶯、水に住む蛙の聲、それは天道の循還に從つてゐる如く、又天地順氣を動かしてゐる如くにも考へられる。しかしこれはどちらでもよい。さういふ考慮の境地では、小さい氣負ひは消滅して、凜々しい氣魄が無限に增大する。貫之は雄心をふるはせて、何千萬年後の子孫に對して、この文章をしるしたとしか考へられない。「この歌天地の開け初まりける時より出で來にけり」とも述べる、その思想にふさはしく、文章がまたたくましく淸々しい。

延喜前後の和文には、古典期の文脈を素樸にとどめたところが、伊勢物語などでは部分的にかなりのこつてゐる。古今序では、延喜の御代にふさはしい新しい文體をつくらうといふ意慾さへあつたと思へる。延喜聖代といふことの一つの證のやうなものが、古今序ではつきりわかる。かういふ文體の移りに當つて、漢文學の影響をさがし出すやうなことは、文業の機微や文人の創造の祕密と、全く無關係なものである。さういふことを學問だと思つたり、文藝學といふものをかういふところで考へ、いよいよ繁雜に學者的良心といふものを發揮せねばならぬと思つてゐる、かうした風習は、弘法大師のむかしから、今日でも殘存し、近頃は殊に甚しくわづらはしい。さかしら心を學者の良心と思ひ誤つたりするのである。荷田春滿このかたの國學の古典校訂は、さかしら心をすてることに潔癖で、おのづからな道に主旨をおいた。古今序の場合にも、ここは後人の書入れだと、春滿は大きい削除をした。かういふ果敢な作業は、誰がいつに始めたのであるのか。しかしそれが出來るのは、所詮書誌學的な研究の方法やその結果によつてでない。後人の書入れには、さうとわかつても別途の意味のあることがある。しかしかういふ古の大人たちの態度は、古典をことごとにゆがめ、勝手な自我的解釋をする近ごろ甚しい傾向とは何のかかはりもない。偏向したかたくなな立場をとれば、どんなことも出來る、すべての古典の意味敍述を抹殺して、別のことば事がらにかへることも出來る、さういふ狀態をあまねく示したのが今日の亂世相である。

貫之が古今序で、所謂六歌仙に下してゐる批評は、なかなかきびしい。人麻呂赤人たちの萬葉集のあと、百年餘にして、和歌が如何におとろへたか、それをいふについて、いにしへの代々のみかどの御歌を念頭にし、近い世の司位高き人々にふれることはさしひかへて、六歌仙を評した。喜撰を評して、「言葉かすかにして、はじめをはりたしかならず、言はば秋の月を見るに、曉の雲にあへるが如し」しかしこの人の詠歌は數少いのでこれ以上は云へない、と言つてゐるが、この言葉にはふくみがある。そして評者のくらしのふかさがわかる。秋の名月を眺めて曉の雲にあふ時の、その天地萬象の美しさには、何か心に澱みの虛脫があるやうに私は感じた。冬の闇の終夜魑魅魍魎に對して獨坐した明け方に見る紅の雲の方がはげしく美しい、淸淨の深さを味ふやうである。

延喜のころの文藝は、きびしくはげしく、そして淸淨だつた。この時代の庶民の歌謠を、朝廷の祭禮にとりいれた、「神樂歌」や「催馬樂」を見ても、これが明瞭だ。それは、上から發したものが、下に及んで、又下から上へかへつてきた。朝廷の神祭りに行はれる歌謠は、かういふ形で奇しくも天地循環の理の象徴だつた。これが神道である。水は天から降り、稻をのばして民を養ひ、地に入つて消え、又天へ上つてゆく。この水の生理がこの循環の原理と考へられてゐた。循環は素朴な永遠觀である。この永遠觀を米に象り、この米が、外宮の大御神、卽ち豐受の大御神といふのが、われらの遠御祖たちの根源神話の大根子だつた。米をつくり生きるといふ道義《ミチ》を守れば、地上卽ち高天原となるといふのが、わが國の天上の神々が、皇孫天降《アモリ》の時、天上で遊された契りだつたのである。これも遠御祖の根源神話である。この道理は、今日の平和論や營養學に照らしても、最も合理的な點で、世界に唯一の神話である。古今集と同じ時代に敕撰された延喜式に、祝詞式として神代以來の傳承の詞が記録されてゐる。建國の眞精神を示す、國の憲法とも申すべき文書である。さきに申した如く、この中には日本の文學の最高のものが、いくつか入つてゐるのである。

四

貫之の歌論は、今日のことばでいへば美學の完備に近いものである。しかもそれがわが國獨自のものにて、日本人の生命觀や、人生觀、道德觀に卽し、建國の理念をもあまねく示したのは、それらが一體一如だつたからである。萬葉集の歌は、申すまでもなく最高だつたが、理を說いて萬人の理解に示されたのが貫之の論だつた。その氣魄、その精神、またその志に於ても、批評の餘地がない程の文人だつたから、後代の人々の尊崇の變りない對象となつた。近代では貫之は下手な歌よみといはれてゐる。上手下手は大凡時代の好みであり、作歌の十首も人の心に卽すれば、もう上手下手もない。元祿の芭蕉はこのやうな云ひ方をしてゐる。萬葉集はかうした時、上手下手などを云ふ次元のものでない。この判斷が日本の文學史を考へる上で、絶對的な根柢をなすのである。

古今集の敕撰が、萬葉集のち表むきから衰へた和歌を、再び高揚するといふ志と自信から、氣負つてなされたものだつたことが、前代の代表歌人に對するきびしい批評となり、それがこのものものしい歴史的な序文の中に書き入れられた理由だが、このはげしいものは、自身にも、時代にも、さらに後代にも課したものだつた。これが文章の格調を無上のものとした原因である。その志は大膽で、悠久の國柄に卽してゐたのである。

業平を評して「心餘りて言葉足らず」と云つてゐるのも心憎い。業平は一人二人の友を伴つて、關東に赴いたやうな雄心のたくましい丈夫だつた。「體貌閑麗放縱不㆑拘」と「三代實錄」に述べられてゐる。「又略無㆓才學㆒」とあるのは、漢文學を無視してゐたのであらう。惟喬親王の御境遇に同情した心意氣が、いつの時代にも好感をもたれた大きい原因であつて、しかし歌も史上拔群の作者だつた。これこそ丈夫ぶりの歌よみだつた。貫之がこの序の中で最も高く評價したのは、やはり小野小町である。これも妥當である。小町は日本の全歴史を通して第一流の女流の文學者だが、明治の有名な新聞記者黑岩涙香のかいた「小野小町論」は名著である。明治開國以來、日本の古典文學についての評論は無數だが、すでに歴史の中に埋沒したものがその殆どで、この小町論は忘れてはならない少數の中の一つである。

古今集の部立は、萬葉集の分類からはるかに進んだもので、これのみをとつても驚くべき文業にて、後世の日本人の一切の生活に及ぼした影響力に於ては、さらに驚異的である。しかもその影響は天賦の如く見事なものである。よい影響を以て日本人の美的生活と道義感や情緒を形成し、また養成したのである。その原則を示したのである。古かういふ先人があつて、かういふ仕事を定め殘しておいてくれた、この國に今生の生をうけたことを、私はわが世のよろこびとするのである。

この部立は、さきの時代の敕撰の漢詩集、たとへば「文華秀麗集」に似てゐるといふやうな推慮は全く愚かな比較である。作者の獨創といふことよりも、そこにある創造の因といふことを旨とする立場からすれば、全く笑止な考へ方だが、當節の學風には、かういふ形骸ばかりに心を傾け、その時代の海彼文學とどういふ關係があつたかなどとこじつけごとに專念する例が多い。專念する人に創造性が缺如してゐるからである。それは學問にはならない。日本の舊時代の文人は、海彼文物に對しては、物品から思想迄、すべてに對し謙虛寬容だつた。この寬容は模倣でない。寬容は德を求める心のあらはれであり、模倣は功利の企劃である。そこに大樣と卑屈のちがひがあらはれる。封建の敎養の消滅とともに、この文明上の日本人の寬容さは極めて稀薄になつた。日本と日本人の歷史に於て、寬容とは何であるかといふことは、今日流行の書誌學や文獻學の方法では知り得ないことである。

貫之らが、萬葉集についで、今や敕撰の歌集をつくるといふ自信は、延喜の聖代に對するよろこばしい自覺から發してゐた。さうして一擧に、日本の文明の大道を形成したのである。「名附けて古今和歌集といふ……今は飛鳥川の瀬になる恨みも聞えず。さざれ石の巖となる喜びのみぞあるべき」。巖となる喜びのみぞあるべきといつたことばには、貫之の家集全部に匹敵する程の重みと、精神の高い調子の詩情があふれてゐる。すでに歌の上手下手の問題でないであらう。大詩人の大勇猛心のあらはれが思はれる。文學の大きさや重さといふものの呼吸の、了解されるところである。

「たなびく雲の立ゐ、なく鹿の起ふしは、貫之らがこの世に同じく生れて、この事の時にあへるをなむ喜びぬる」これが貫之の敕撰集編纂に對する大なる思ひだつたのである。この大きいことばは、爽かで淸しい。大らかで美しい。文人としての貫之の眼が、どこに注がれてゐたかといふことを、私は延喜といふ時代の中で考へるのである。明治維新の廟議で、一度は延喜復古といふことがいはれた。そのまま立消えとなり、復古の道は漠然となつて、國をあげて文明開化の一途へ轉進していつたのである。しかし延喜復古といはれるだけの根據は、微々たる一人の歌人の心のたけを見ても、その時代の質のほどがわかるのである。

後世はかういふ修辭を時にはまねることを知つてゐたが、近代の繁榮の中では、もう文人の眼はどこも何も見てゐない。これは政治が正大にならぬ原因である。貫之の眼の向と、今日の人々の眼の向をくらべて、まだ進歩が觀念としてあると思つてゐるやうな痴呆者の群衆に、老い人は眼をつぶる他ない。

「人麻呂なくなりにたれど、歌のこととどまれるかな」とつづきの文で云つてゐる。私は學生の日にかういふことばのつづきに感動し、これこそが日本文學のみちと、一人きりで考へたのである。そして私がただ一人それを口にしてゐることは、無數の日本の若者の體の中にある同じ思ひを口にしてゐることだと信じてゐた。信じるまへに、さうなつてゐると思つてゐた。思ふといふ反省さへ附隨してゐない狀態で、ただ語つてゐた。

「たとひ時移り事さり、樂しび悲しびゆきかふとも、この歌の靑柳の絲たえず、松の葉の散失せずして、まさきのかづら長く傳はり、鳥の跡久しくとどまれらば、歌のさまをも知り、ことの心を得たらむ人は、大空の月を見るが如くに、古へを仰ぎて、今を戀ひざらめかも」これが古今假名序の結句である。この「古へを仰ぎて今を戀ひざらめかも」の句によつて古今和歌集の名が出たとしたのは香川景樹であつた。景樹は古今集を自身はていねいによみ、後人には親切に敎へた人である。

全篇端々にいたるまで、大きい自信と堂々の見識にみちみちたこの文章の俤を、少しばかりかきしるし、思ひくりかへすことは、かういふのがまことの日本の文章であるとの感慨である。これを描かせたものが、敕撰集の心である。敕撰集とはどういふものだつたか、どういふ思ひでそれに奉仕されたかといふことをくりかへし自問自答できるだらうか。ここでわが年頃愛誦する伴林光平のうた「六田《ムツタ》川渡し待つ間の手弄《テズサ》びに結びて放つ靑柳の絲」、私はかういふ風懷をこめて、貫之のいかめしい大きい心を、己が思ひとし行爲に見立てた。光平大人は、私の敬尊する、近世第一人の歌人である。

日記と物語

一

平安初期の漢文學の流行が一變したことについては、いろいろの事情があつたと思へる。一代古い奈良朝後期に於ては、相當に濃厚な文壇的意識が既に現はれてゐた。家持の所懷はどこにもはつきりとは出てゐないが、貫之の場合は明確な意識でうつされ、さういふものを手がかりとしてよめば、家持の場合も、いくらか想像の域内のものとなる。

いろいろの事情の中の一つは、かういふ文壇意識にあつたと思ふ。かういふ意識は、ある程度自律的に動き、それは文化の濃度の物差にもなる。寛平の御時、妃の宮の御歌合の記錄などが、久しい持續した歷史の上へ、ぱつと出てくると、輝くものにふれたやうに我々は驚いた。平安宮廷の成立に卽して、文藝變遷の原因も明らかになつたやうに思はれる。何の歷史の前後を照し合せると、一つの、象徵を示すやうな事件と思はれたことである。何の準備も用意もなく起つたことが、意外の影響を以て、時に國の歷史に甚大な影響を形成したと、いへば云へるやうな、やさしい、かそかな大事件だつたが、さうしたものこそ何かの氣運が、四方を風化してゆく時の象徴と思はれる。それにしても有力偉大なものは傳統である。船來以前にあつた民族の文明である。

このころの和文體の所謂物語は、殆どが未熟で終つた。竹取翁の物語などは、その根源の様式は、萬葉から拾ひ寄せられるやうなもので、古い說話だつたやうだが、この現存する最も古い物語といはれる作品には、說話といふ以上に、物語めいた文脈が僅にある。わが國の物語の本態は、近代小說論や、文藝學の考へるところに、大方に當つてゐない。その發想が、いたつて早い時代の、複雜で高い生活の情緖から出てきたもので、「物語」とか、「物語の」といふことばでいはれる世界は、やはり和歌をもはみ出してゐる。漢文藝とは、殆ど無緣である。文藝觀からいへば、全く別のものである。

初期の散文には、まだ物語の文學とはいひ難いやうなものの中に、歌の環境を說くところから始つたものがあつた。伊勢物語風の形式のものだが、これも萬葉集の傳說歌などとひきくらべると、歌や傳說や傳奇說話と簡單には別ち難い。萬葉集の時代にあつた傳奇物語の若干の名殘が、萬葉集の中にのこされてゐる。家持の選ばれた一連の歌の群や、若干の歌の卷の構造は、一概には日記的ともいへるが、私はもつと深厚な小說の世界を感じる時もある。これは家持の意識とは別だが、家持はさういふ氣分で、萬葉集の編輯をされたのでなからうかと、そんな氣さへする例があつた。これは貫之のとられた態度ともちがふところだし、又歌の集に對する考へ方も異つてゐる。家持が萬葉集の中で考へてをられたことを想像して、少し突飛な云ひ方をすると、その氣分や發想は、所謂日記文學の中の物語と通ふものでなく、源氏物語の世界のやうな、そしてそれより、もつと廣漠なとりとめないほどのものに思はれる。

伊勢物語と古今集の新舊は結局はわからぬことだが、伊勢物語のもととなるやうなものが、古今集よりさきにすでにあつたといふのが舊來の通説だつた。歌にいはれをつけて誌すことは、すでに萬葉集にもあつて、さういふ類の傳説的な歌に、昔の人は濃厚な小説を勝手に組立てたやうである。古人を單純と思ふのは間違つてゐる。

もともと歌は言ひ終へるものでなかつた。文學的な小説と、通俗文學の讀物とのけぢめは、言ひ了へるか否かにある。本來の文學の誠實さといふ點に立つて、言はなくてよいところ、言へないところで、通俗文學は皮相のことを、眞實がわかつたといつた思ひ上りの氣持で書いてゐる。これは技法でなく、作者資質や文學的誠心の問題である。書くことの出來ないところを、簡單にかいて怖れないのが、通俗小説といはれる所以である。

業平朝臣東下りの角田川の條で、「渡守に問ひければ、これなむ都鳥、といふを聞きて、名にしおはばいざこと問はむ都鳥　わが思ふ人はありやなしやと　と詠めりければ、舟こぞりて泣きけり」これはその結尾の一條だが、古人の書き得たところは、中世以後はもう出來なくなつた。心の未練の中にくらし、その塊のやうな王朝人が、未練放下の離れ業を知つてゐるのである。もつとも美男の業平朝臣と傳承されたその人は、今日から考へると一異常の英雄だつた。その東下りにしても、風雅といふより壯烈である。しばらくすると一種の鬼氣がただよつてくる。「舟こぞりて泣きけり」を、今日我々が説明するだけでも、その頃の人々の鳥を見ての感じ方から始めて、説明を問答で寫すやうな、薄らいだものになるだらう。しかしさういふ小説のことごとくが省略されて、舟中のはげしい呼吸だけが傳つてくるのは、古典の意味だらうか、古人の氣魄のたしかさだらうか。むしろ作者が「無」なのだ。東下りの出發について、「もとより友とする人、一人二人していきけり、道しれる人もなくて惑ひ行きけり」。かういふところから、さびしさのこの世を、自らの思ひで無限に構想してゆけるやうな讀者には、文學は歌のままでよく、掌にのるやうな小説で十分だつた。

しかし近代の人心は自主的な構想よりも、人に押しつけられて、すべてをあくまできめてもらふことの方に安心感をもつてゐる。自分の時間を、自身で扱ふことや、自身で持つこと、あるひは自身で時間を斷つといふ類のことに感興も氣力もない。作者の永々しい表べの記述に、自分の時間をゆだねて安心するといふ傾向が一般的である。內奥の眞實はいき苦しいからである。

かういふ傾向の一種は、すでに早く、平安朝の盛時につづいて、宮廷の退屈の中に見られるのである。その原因は、世の中と自分との間に、一種の距離のやうなものを感じる心の狀態である。かういふ見地で、古今序を改めてよみかへすと、貫之が心に期して、敕撰集をあむ志に於て、又歌に對する志に於て、御代の淨土禮讚や極樂現前の確信をもつてゐた度合の深さがわかる。これは神道《カムナガラ》の自然《オノヅカラ》に發してゐるのである。その自然を素朴によつて現はすよりも、人工の優雅やあでやかさによつて造形しようとした。この延喜人の自信は畏いばかりである。

自然とは素朴のものと思ふのは、殆ど根據のない一つの既成判斷であつて、圓熟した優雅とか華麗の極みといふ點で、あるひは豪華な色彩の豊かさといつた意味で、人工は自然のまへで、ものの數とも云へない。近代文學がわが國で始つてこの方は、西洋文人の山野景觀についての自然觀にならふことに心をかたむけたあまりに、近代のわが國人は、貫之の見たやうな自然を見なくなつた。明治の新文學の文人たちは、自然を人間性の象徴の如くに眺めるやうな、低い劣つた西歐風觀照法に努力したのである。貫之や、その後の敕撰集時代のすべての日本文學にとつて一番あたりまへのことで、從つてそれについて何らの解說もしなかつたことを、もう我々が忘れてから大凡百年になる。そのこととは自然を見ることである。戰後廿五年にして、今日の都市生活では、どんな人工も及ばぬこの最大の美觀を失つた。生活があつてこそ觀察しうる自然の大美觀は、觀光旅行や別荘のくらしでは遭ふことが難しい。美觀を失つたものが、美を人工するといふことはさらに難しいのである。西洋人がアルプスを美しいと感じだしたのは、まだ時代の新しいことである。二百年も以前には、そこに惡魔や地獄を思ひ、その征服から始めて、やうやくに近代美觀に眼をひらかれるのである。わが國人にとつて、神話がこの世であつたころから、高山に最も神聖崇高の美を感じてゐたのである。山はそのまま神であつて、神は畏く怖ろしいが、その神はまた親でもあつた。文明の曙をなほ持續してゐる民族は別として、近代に墮ち込んだ民族や、先進といふ國民のもつ思想では、神と人民とは全く斷絶してゐる。わが民族神話では、神々は肉體の血縁血統で人に直結する。萬世一系といふおぎろない言葉も、すべての日本人の血統の調べとも云へるのである。東洋に於てさへ、その佛教では、佛と人間の關係は觀念上のものであつて、わが神道の神裔の觀念とは別のものである。この神話がわが國の歴史を貫いてゐたといふことは、ゆるがせにできない事實である。儒教が入り、佛教が傳つても、かういふ我身の荷つた根幹の神話は、國民性の上から去つた時はなかつた。文明開化この方、さういふ神話を忘れたり、意識して避け、あるひは嫌ひ、拒む人の場合でさへ、その感情と發想には、なほ消し難いものがつづいてゐたのである。

二

朝廷の公卿たちのしるした日記には、個人的な覺書記録といふ以上の目的をもつてゐた。自分の鬱結した心緒をひらくとか、そのままでは閉塞するやうな心情を解く手段に誌すといふたぐひのものではなかつた。あるひは他人を意識した、所謂文學的な自己表示の意識からしるしたのでもない。その大本の目的は公式行事の子細な記録だつた。この記録の目的といふのは、家の將來に大事の事實經驗を子孫に傳へるといふことがその大きい一つだつた。また朝廷に仕へた自分の存在といふものを、子孫に教へるといふことも個人的理由としてあつたことである。

露骨な云ひ方をすると、子孫の榮達の用に資するための願ひをこめてゐた。朝廷の儀式などの經驗を子孫のためにかきのこすのである。有職故實といふやうなことばで、先例を尊んだ時代ゆゑ、ある事に當つて過去の先例を知つてゐるといふことは、世間の榮達の資となる。先例を子孫のために記錄し、子孫の榮達をたすけると、はつきりと誌した日記もある。さういふ中に、時局に對する感慨をしるしても、これは極めて自然なことで、さうした條々には、時にめざましく、印象的なものがあつたりする。さういふことから、全篇無粋な記錄文書が、一箇の文學的な感興を與へることもある。

男子の日記の、かうした專ら公事的な性質にくらべて、女流の日記は、全く別の關心からしるされたのである。男のかく日記をまねて、女も日記といふものをかいてみようといふ、土佐日記のことばで、この時代の日記といふ形を考へるべきだらうか。あるひは女流の日記の如き、男のかいた日記が、もともとあつたのだらうか。短篇小說化した伊勢物語などにくらべて、はるかに私小說風の日記といふものが、當時すでにあつたのであらうか。

敕撰集の現はれた時代の、わが國文明の狀態は、延喜式の編纂にあまねく示されてゐる。文明の金字塔といふ、前代の文士が好んだ言葉に當るものを史上に求めた時、その第一の適例はこの延喜式にありと思はれる。それは味けない法典ではない。後の文學書や歷史書にくらべても、なほ興味津々の文物といふやうな表現をすれば、多分に奇矯の言となるかも知れぬ。しかしさういふ部分もふくまれてゐるといふほどのことは、實感として云つてもよいと思ふのである。

文明が舊來あつた原型を自覺し、その上で圓熟のあでやかさに定着した狀態は、貫之の思想にあますところなく出てゐた。平安初期に於て、文壇一變する事情は、さういふ原有文明が復活したといふ形のものでないし、又特別な國粋保存の動きがあつたのでもない。文化財を保存するといふやうな考へ方は、信仰生活から副次的に派生してこそ意味があるのであつて、そのことを考へなければ、甚しい畸型思考や國の資の浪費にすぎない。この二つは圓熟した文明の状態に程遠いものである。我々が今日どうしても行へないこと、その以前にわからぬことを、延喜の人々がこともなく行つたといふことは、一體どういふことかと私は思ふ。もつともその時代は、菅公のやうな人が生きてゐた時代である。さらにひきつづいて、和泉式部や清少納言、紫式部と現はれる、驚くべき時代だつた。

三

御堂關白の書かれた日記の原本を見た時、つぎの瞬間には、それが誰人によつて書かれたとしても尊いと私は思つてゐた。しかし道長がこれを克明にかきつづつたといふことは別して感銘ふかいのである。聖武天皇の御調度の品々が、東大寺の正倉に敕封され、そのまま完全に保存されてゐるといふことも、奇蹟のやうに思つたことである。しかしわが國の風俗では大體かうしたことが當りまへのことのやうにもうけとれる。あたりまへのこととしたやうな考へ方が、わが國の家々のくらしの一つの大様な原則としてあつた。これは俗にいふ無常觀に偏向した日本のくらしといふものでなく、日本の農のくらしである。村々でいへば宮座を守るやうな共同體の心には、かういふ生活に對する態度がある。宮座の最も重要な年代記録では、何百年連續の古いものもあるが、くりかへしくりかへして、同じ行事の祭禮や直會の記をしるし、明治御一新の後、國民意識がかなりきびしく統制されたかと思へる時代に入つても、日露戰役の如き皇國の興廢をこの一擧に期したやうな大事をさへ、その帖の表にしるすことなく、裏にしるしてあつたのを見た時、それは大東亞戰爭突入直前のことだつたので、私は非常に感動し、この國の不敗を確信した。當時の必勝の思想にまどはされず、不敗の信の生きるところ、又それが生きてきたこと、生きうること、あるひは生きねばならぬといふ、それを合せてただ一つの歴史を感受したのである。私はそのころこのことを一篇の感想としてしるした。今日でもさきの大戰についての論議は多いが、當時の自身の言動に立脚した上での反省や、批判や再考といふものに出あふことが少いのが、今の私にはさびしく思はれる。

此の世をばわが世とぞ思ふと歌つた道長の氣持は、わが私の滿足だつたことにはちがひない。しかしただの僭上とか傲慢といふのも、當らぬことと思へる。位人臣の榮を極めたといふことにしても、あの血統あの家筋に生れた人の場合、並の權勢榮達の欲望で判斷すべきでないと思はれる。先祖の大織冠の安見子得たりの歌にくらべて、その感情の比較は舊來の大勢のやうに、單純に決し難い。道長の場合、自身の榮達より、子女の皇妃としての地位の安定を喜んでゐる。權力で何ともならぬものさへ、次々に面白いやうに達成される時の滿足である。貫之が、鳥けだものの類に向つて、貫之と同じ日にこの世に生をうけたことを喜べといつてゐるのは、悠久なものへの感謝の念が言外にととのつてゐる。人倫非違の亂世に無一物で放浪しながら、花の下にてわれ死なん、と歌つた人も、世俗の世界にある比較といふもののない、絶對界に生きてゐたから、いつて見ればこの世わが世の感情を素直に生きた人と思ふ。西行や芭蕉は、悟りを看板にも賣物にもしなかつたのがよい。この道が日本の文學である。自ら悟りと云へる悟りだつたらもう文學でない、通俗小説大衆文學にはふさはしいものである。欲望や根性や、といふものも、日本の文學の淸らかな優しい美しさに程遠い。源氏物語を、文學上で欲望や根性といふものをふくむ思考法から解釋すると、一種異樣な體臭のものが出てくる。物語はただの女ことばの美しさである、そうけ答が平行して、諾否を求めず、諾否を認めずといつた、ことばの眞實世界である。その無内容に驚くべき文明の歴史が藏され、深い人情の祕奥がうつされてゐる。しかもかういふ小説以上にもつと重大な問題は、人と人との間で、ことがらを通じるのでなく、ここ ろを通じさせるこのことばといふもののもつ、いのちや魂、はた又そのみやび、さらにそれが產み出す永劫の力、未來にまでわたる創造力の世界が現前するよろこびである。美しい極樂の風景は、繪畫に始り、自然界で一應極るだらう。人間の言葉といふ、天造と人工をかねて極致ともなる美的世界をつくるそのものが、最も美しくうごき出すところをめざして、王朝の文學の求めたところがあつた。そこへゆく道程の數々の敍述と、いやはてのめざす世界の造形は、けぢめをつけてよみとるべきだ。平曲、謠曲、浪曲といふ、三つの時代の武力權勢に長じた人々が守り立てた文藝にも、さういふけぢめを、敍の部分として、謠の部分とはかへてゐる。時代とともにものは移り、多く品下りつつも、流るるもののもとは、人と神とにけぢめのなかつたころよりあつた。

「戴恩記」に貞徳が書いてゐる、貞徳が玖山公に源氏物語を學びにゆく時の話は、公が貞徳に、一度讀んで御覽なさいと申される、貞徳はいぶかしく思つたが、云はれるままに源氏の一節をよみあげると、すなほに讀むと存ずれど、そなたのはみな訛りですと御笑あり、源氏自身でよまれた。これをきいて貞徳は始めて、源氏物語が何であるかといふことがわかつた。この話はおしなべて日本文學の肝心をさすものとして、私は年久しく思つてきた。明治の朝廷では、源氏物語の美しさは、その御内儀のことばの世界で、天上や極樂の風儀をつたへてゐたやうに想像される。この想像には若干の證となるものを私は知つてゐる。しかし昭和の初めごろなら、京の三條の橋の上で、東からきた中年の女性と、西からきた若い嫁女が、立話に時を忘れてゐるやうなことばのやりとりには、さういふ王朝文學の風儀があつた。内容は空で、自己といふものを、表情のそぶりにもあらはしはしない。

道長の、この世は、淨土のやうに、人はみな眉目美しく、ことばは美しい音樂だといふやうな世界事情をいふのであらう。傳教大師のころの教典講義は、音樂の聲明でやりとりされた。奈良佛教からの流れだつた。叡山で行はれた廣學竪義といふ、修業試驗の問と答も、みな音樂だつた。奈良佛教の傳統をうけた法華大會の日に、稚兒僧が敕使をお慰めするために行つた番論義も、聲がみな美しい音樂だつたので、たしかに心なごめとなつたと思ふ。教の師のことばは、音樂だつたので、千年そのまま傳つた。歌俳諧文章のすべて、わが國の文學は、さういふ傳ることが尋常といふやうなところでつくられた。

道長の政治的經歷を見ると、多少人と異つたところで、私はこの人に傲慢を嫌惡する感はうけない。當時世界第一の大都の最高位の權力者だつた。日本の史上最も圓熟した時代だつた。紫式部、清少納言、和泉式部を始めとし、名を忘れたやうな女流の歌人の一人でも、他の時代におけば、當代の明星とも稱へられるやうな幾十百の女性の中央で、道長は大空をわたる月のやうな存在だつた。この文明の史實だけは誰も否定出來ない。これほどに高度に優美な文明の時代は、世界の史上にもかつて例がない。源氏物語を近代小說觀で解釋すると、さういふ改作小說としては、あるひは例と出來るものをあげうるかもしれぬが、貞德が九條公から敎へられた文學としての「源氏物語」は、支那史の歷朝にさへも比類がない。

弘法、傳敎は佛敎を美しいものとされたが、惠心僧都があらはれて、それを一段と美しくされ、さらに向上して、ただの行儀作法とされて了つた。この惠心の演出は、心術の上では、平安中期の核心のやうなものだつた。かういふ心術は、平安時代に圓熟したのである。貫之の場合も、奈良の古風儀をすてたのでない、まことに誠心の忠實さをもつて、美しい風儀を、今日のものとして、この世に實現しようとされた。これはわが神ながらの泰平の考へ方である。惠心は佛敎を行儀作法の美しさにして了はれた。國民が敎學敎理といふ類のイデオロギー論議如きに眼もくれなかつたのは、傳統文明の濃度のたのもしさである。惠心は學僧としては宋國にも知られ、當時和漢兩國を通じての第一流だつたのである。

心理とか感情といふものを說き明すことは、文學的に云つて、曲のない話だと思つてきた。どういふことばの綾で、ある無形の情をあらはしてゐるかといふ方が、世俗生活でも必要だつた。さういふくらしがあとさき千年もつづいてゐる。說き明すことが出來ないといふ、自明の理の中をゆくのが、文學とか文章といふものの手柄だつたのである。

四

源氏物語の作者は、日本紀をよくよんでをるといふおほめのお言葉に對し、私は紫式部がよく學んだのは古事記だつたと思つてゐる。古事記のうち、人の世となつてからの記述は、代々のみかどの戀の御物語でその歷史を描いてゐるのである。このあざやかな事實に私は感銘してゐる。日本書紀の考へ方とくらべると、かういふ點では、本質的なものにふれるほどのちがひがある。

しかも古事記の風儀を、源氏物語のことばつかひにくらべたときに、王朝といふ時代の念願が多少浮び上ると思ふ。これに對し、貫之の思ひ、惠心の考へ方を、助けとして參照することは、一つの方向へ理解を導く手だてとなる。道長が宮廷に構成しようとし、又殆ど人間の歷史の最高の文明の濃度で現出したその淨土は、神の如き天子の周圍に、稀代の天才詩人だつた美女たちを、歌舞の菩薩の如くに配置した。彼女たちはみなさまざまな飛行の天女たちだつた。その飛行の趣きをうつすだけで、中期のある形式の物語文學は成立したのである。

ほんの少し時代が降つた平等院の榮華となると、若干のけはひの差が出てくる。惠心の幻想したもの、あへて幻想といふことばを使つていへば、さういふ美學は、宮廷の神ながらの風儀でこの上なく表現された。發想のあとさきがわからぬくらゐである。ここはすでに佛教の九品淨土でない。九品淨土に似たりといふのは、輕い比喩か冗談めいた文飾である。宇治川に面した平等院の前の流れに、歌舞の遊び舟を浮べて、淨土を現前してゐた時代、その宮廷では、もう名實ともにみどり兒の幼帝を神としていつきまつり、多くのあえかな宮廷の女性が、最も美しい衣裳をつけ、優雅なことばの行儀作法だけでくらしてゐた。人間的とか人間性といふものを一切放下して、神々の世界で遊んでゐた。幼帝は神に他ならない。今日でも四歳までの幼兒は殆ど神の如くにゐるものだ。平等院の人界の遊びには、樂しさのあとの一抹のわびしさ、悲みといふものが、日暮れとともにしのびよつてきた。しかし宮廷の幼帝を神として仕へる美女たちの立居振舞ひには、時間の永劫の停止があつた。たまたまその雰圍氣からとび出した時の、今生今世の經驗にしても、多少人間の欲を淨化して出てくる。齋宮の先例として云つたやうに、奈良より古い時代にさへ、齋宮を事故退出された内親王の中には、戀愛の事件が原因だつたことがあつた。わが國の神道には、本來は戒律やタブーの禁がなかつたのである。忌みは通常の自然感情だつた。生活感情の自然さだつた。二つの相反した自然感情がある時は、理智をはたらかすことを知つてゐた。その理智のもとになるのは、農耕の共同體の考へ方だつた。さらにそれを解説すると、思ひやりといふことから考へて、それを大きく活用するといふことが、神々の徳用《サキハヒ》だらうと思ひ定めてゐた。

平安初期の物語本では、エピソード的興味を小說と思ふやうなところで描かれてゐた。奈良朝の日本國の靈異記は、佛教の教義をかこつけた說話の集だつたが、平安初期の物語本の作者は、人間的な感情のやうなものへの興味からかいてゐる。一番直截的な親子の關係に、繼子いぢめのやうなことに興味をもつてゐる。たまたま殘つたものを手がかりとして、それが時代の主潮だつたやうに思ふのは詮ないことであらう。丹後風土記の和奈佐の天少女《アマヲトメ》の哀しい物語など類型の話としてあつたものの一つと思はれるが、かういふ哀切の詩情は、京の都の風土の中からは出なかつたやうである。奈良朝の風土記には、哀切な文學が少くない。それらは何かを說くのでもない。說話といふには氣の毒なほどで、はるかに淡々しい。云ひかへると何もなくなるやうな、危い文學である。伊勢物語の氣分の中に、多少のこつた悲しい調べである。必ずしも地下の聲調とはいへない、旅人の思ひと云ひをへることも出來ない。王朝の和歌にも見られなかつた。院政時代になつて、後白河院の思召から蒐集された民間の歌謠にはしきりに出てくるが、多少調子が弛んでゐるのは止むを得ない。

更級日記の作者が描いた、東國竹芝の若者の話は、さういふ點で、古の風土記のかなしさが、しみじみと出てゐる方である。これは日本人の古い心情だつたのだらうが、更級日記の作者が濃厚にもつてゐた、人生の永劫な寂寥感の造形だつたと思ふ。少女の感傷も時にはこの感情の母胎だつた。かういふ心象を描くことの出來た作者は、この旺んな時代にさへ全く特異だつた。しかしそれは同時に、この時代が豊富な時代だつたといふことの證となつてゐる。

源氏物語の作者、清少納言、大歌人の和泉式部、この女性は散文の作者としても、決して同時代人に見劣るものではなかつたが、これらの人々のあとへ更級日記の作者菅原孝標の女をあげると、一目の下、この時代の多彩さが感じとられる。孝標女は年代的にさきの人々より少し後れてゐた。近世では、和泉式部日記と更級日記は、紫式部日記や清少納言ほどによまれてゐない。私の學生時代の印象では、紫式部日記の文章には興が淺く、清少納言を評したあたりには好感をもてなかつた。和泉式部日記と更級日記の方は非常に面白かつた。半世紀近くをへた今でも大方にこの印象のままである。更級日記は、錯簡のために昔の人にはよみづらかつた。近いころそれが正されたことが、我々のうけたこの上ない恩惠だつた。さういふ點で近昔の國文家たちのこの書に對する愛惜の度は、あまりかりそめに云へない。しかし和泉式部に對する評價は、歌に對しても、その物語についても、必ずしも正しくされてゐたわけでなかつた。それは主としてこの女性の品行に對する舊時封建の道德觀からの批判であつて、民衆が各地に和泉式部の名所をつくつてゐたのは、別のうけとり方である。しかしこの民衆のうけとり方を、民俗學と稱する人々の解釋から、和泉式部を旅藝人の一つの偶像のやうに見て、その一點に觀點をあつめて了ふやうなことは、何のことか知れず、何にもならぬかも知れぬ。

私は文藝の批評家として王朝文學を尊重した。貫之の盛名に重大な理由のあつたことを再認しようとした。王朝文學といへば、古今源氏を奉じるのは當然である。しかし昭和の初めごろには、王朝文學を重んじたり、本居宣長翁の學問を批評の方法と考へてゐるやうな氣風は、わが國文藝界に無いに近かつた。さう思つたから、私はおのれの立場を明らかにすることに、熱情をわかすことが出來た。和泉式部と孝標女についての若い私の評論も、默つてをれば誰も何もしてくれない、これが大切な事なのに、さういふ氣持を氣負ふ程にもつて著述したものである。今日からこの氣負ひを見ればはづかしいが、氣負ひがなければ爲し得ない時とことがあるものだ。しかもさういふ若さは失ふための努力せずとも、自然に失はれてゆくものだ。それをひきとどめる努力はいたつて難しい。不可能といふものであらうか。

文學の道

一

平安朝文學の終末期に入るころのことを考へながら、私の想念の上では、萬葉集、古今集、源氏、清少納言とならんでくる。源氏のやうな作品がどうして出現したかを思ふと、ただ一言の驚異である、今でさへ心が遠くなるやうな感がする。それについて、今さら何をいつてみても、そらぞらしいやうな感じである。三日もつづいた雨あがりの京の山は清々しい、若葉は美しい。これがみな源氏や枕草子の現地なのだと思ふと、浮世を離れたやうな、しかもこれをしも今生の思ひといふやうな實感がひしひしとする。夏の夜は明けやすい。日の出まへの雨のあとの濕つた苔をふみながら、ふと松の落葉を拾つてみた。京の町へ出かけたのは十日も以前だつたが、その時五月空は晴れたままで、たちまちのうちにいづこからかの風が吹きさり、風のあとに松の花粉が帶のやうに飛んだ。私は平安朝の後期に描かれた日野の天女の衣の飛揚するかたちを聯想した。以前この天女を和泉式部の現身にかたどつたことがある。松の花のちるのを見てゐて、和泉式部の身ながらの豐滿さに、この情態がふさふだらうかと、しばらく考へたことだつた。山の松は開花がおくれるのだらうか、見上げると、雨にもそこなはれない花の黄色が、濡れて一入生々と見えた。

源氏物語はただ不思議な文學である。この上なくやさしく、嫋々としてゐるのに、ふと思ふと、全くふてぶてしい。こんな大きい作品を、その日の一人の女性が生んだといふことが、世の常でないことの證のやうに思ふ。世界一大きい都の世界一の文明といふ證明としては、他にとりかへのないものであらう。五月の朝あけの空を見上げて、源氏のことを考へてゐると、私の日本の文學史は、源氏ただ一つになつて了つたやうである。そこには何もかかれてゐない。小說など少しも描かれてゐない。これを天台止觀を象つたものといふ解釋が、近昔にあつた。私は天台止觀を理解する時がないと思つてゐる。一人の老いた上人が、ああいふものは、ただ一氣に讀みとほして、その氣力をうけて、少々悟りのおとづれを待つべきだと申された。さういふものかもしれぬと、わからぬままに、何かわかつたやうな印象をうけたことがある。

しかし儒佛二道からなされてきた源氏の解釋のはてに、本居宣長が、全く素直にそのあり方を說かれた。舊來雜多のイデオロギーで解釋されてきたものを排して、もののあはれといふ意味から說かれたのは、古ごとの自然にかへされたのである。自然とは、日本の本來のことばで、かむながらといふ。これが人道の根源である。人はみな美しい眉目をもち、そのことばはすべて聲明のやうな音樂であつた。しかも日本の物語では、すべての人情の曲折がそのありのままでふくまれる。世代とともに、いくらでもつけ加へてゆくことが出來るとされてゐる。

不思議な驚くべきものが生れた事實を、私はかみしめて納得してゐた。書物の上でよめば、源氏にも拙いところもあつて、あるひは清少納言の方が、一樣に爽かにおもへるのも、その書籍の上を離れて想念すると、源氏は一ぺんに大きくひろがつてしまふ。それは巨大といつてもよいが、岩のやうな重さのあるものでなく、空氣の廣大さだ。われらの遠御祖たちの思つた、天空に充滿する靈氣のもの、かの「高天原に神鎭《カムツマ》る」ものといふ表現は、いはば空氣のやうな、もつと無な大氣のやうなものだが、さういふありさまを大きく描き寫した文學がわれらの歴史の上に一つだけあつた。これは觀念からいつてゐるのでない、この作品のあるといふ狀態を思つてゐるのである。

かうして平安時代につづく武家の時代になると、日本中の文人たちは、源氏物語を尊敬することが、即ち皇朝の道を維持することだと信じてゐた。これを解釋するといふ觀念形態化の動きは、いくたの變遷をへて維持の方法へとつながるのである。誰一人さういふ政治的な云ひ方をしなかつたが、さういふ始末となつてゆくのである。本居宣長が、これをすべての過去の觀念形態論から解放した時、この國學は、そのままなめらかな流れをなして、維新囘天の方法論だつたと、人の心のまことの面で悟られたのである。佛說の轉法輪の思想も、儒教の勸善懲惡說も、もののあはれにくらべては、全く薄弱な云ひがかりである。

二

今日の文學史上では、物語日記が主流と見られがちなこの時代にも、日本の文學では和歌は中心だつたことに變りはない。古今集から後の時代も、多くの宮廷生活者の關心は、依然として歌を離れなかつた。その生活は、ただすべてを美的にするといふことにあつた。權力や財力の爭ひは、不思議にうすい。御堂關白を中心にした時代は、全く不思議な時代だつた。以前の奈良の朝廷に於て、また規模の上では比較にならぬけれど、後の室町時代の將軍家のもつたやうな、異國船來の珍奇な物品や美術品に對する興味も、このころの朝廷の周圍では殆どうすれてゐた。造寺造佛の意欲も後退し、僧侶と佛寺は、ただ美しい行儀作法に專念してゐた。その裝束衣裳は美しかつた。法會の立居振舞ひも、さながら極樂淨土が現前してゐるといふことのために整へられた。教典の研究よりも、美しい僧侶を、見事な佛堂にならべて遊ぶ花やかさである。しかし歡樂極つたあとの哀愁が、とどのつまりのものと、念佛の二面につながつたのだらう。堂上の人々のあはれは、地下の呻吟の念佛と、その質として事情として異つてゐる。その原因や理由をもつともらしく云ふまでもない。王朝期の末、院政時代に入るころには、地下のひたむきの念佛にくらべ、堂上では情緒として漂ふものだつた。堂上の人々は、多少は内外の情勢といふものを見てゐた。さういふ中で政治意識の濃厚な人々の方が、念佛の實踐者となつた。

かうした王朝文學といふ時代が出現したについては、菅公の鎖國が重大な原因であつた。

その決定は文明に對する自覺と自信に發したものであつた。菅公は漢學の史上の第一人者と稱へられるが、國史國文の上でも激しい志を業績にのこされた。その政治の思想は實に文明を念頭にしたものだつた。しかし菅公の對抗者といはれる藤原時平も、延喜式の撰者の筆頭として、わが文明上の恩人だつたのである。

古今集のあと後撰、拾遺、後拾遺の三つの敕撰集がなり、ついで金葉、詞花に於て新風きざし、そのあとに千載集があらはれる。金葉集十巻は白河法皇の院宣によつて撰せられたものだが、再度の改訂を命ぜられ、三度目に奉つて嘉納せられた。この撰者の源俊頼は、難後拾遺を著した經信の子である。新しい風情の歌をつくる努力をしたが、その努力は感覺の末梢にとどまつた感がある。次の詞花集は崇德上皇の仰せによつて藤原顯輔が撰進したものだが、これも初度本を改訂して、重ねて奏覽してゐる。敕撰集に對しては、時人による批判非難がしきりに行はれたのである。

千載集は後白河法皇の院宣によつて、後鳥羽天皇の文治四年四月廿二日に撰して奏上した。幽玄體といふ考へ方は、この撰集で俊成が示したもので、やがてこれが日本人の詩歌文藝の趣向の大本となつた。俊成と西行といふ二名家は、代々の國民的趣味と合致してゆく上で、その重さを增したのである。

俊成が歌を考へる時は、小さい火鉢に手をおいて、體をまへかがみにしたといはれ、この姿勢まで後人にまねられたものである。入道して釋阿ととなへた。式子內親王のために著した歌作の手引の書物には、萬葉集のころには、女王內親王でも、深酒をされたやうな歌を見るが、今は大饗の時でも飲酒は形だけにするものですとお教へしてゐる。一例ながらその人柄を現はすやうな物語である。彼が九十の賀を後鳥羽上皇の宮廷でうけた頃は、鎌倉では實朝が將軍になつてゐた。王朝文學の最後を記念するやうな象徴的な行事となつたのである。釋阿の幽玄體には、すでに沒落の哀愁がふかい。それがまごころをおもはせる。西行にはその情趣が一段とはげしい。

西行の心の底にあつたものは、崇德上皇の御境涯に對する思ひだつたやうである。これは文德天皇田邑陵に泣いた業平のまめごころに通ふものと私は思つた。業平が放埒して旅したやうに、西行も生涯を旅に住し、白峯陵で慟哭した子細を、芭蕉は道の人としての先蹤といただいてゐたやうである。西行が無雙の勇士だつたことは、その一見心細さうによみすてられた數々の歌を、しばらく見てゐるとわかるのだ。世俗にをつた時のことは物語にされて、よく知られてゐる。

この釋阿、西行の誠心を、王朝文學の分解後のわが朝文藝の道と教誡されたのが、後鳥羽上皇だつた。承久以前の上皇の歌道への思召と、遠島後の御執心とは、一貫しつつ、色調は大きく變化した。釋阿、西行に對しても、舊來から一貫したものだつたであらうが、遠島の後はいよいよ深められたであらう。後鳥羽院の以後のわが朝の文學の道は、詩人の志に沈潜するのである。志がそのまま文學であり、志に從つて文藝はどのやうにかへられようとも、或ひはかりに泥沼へ放擲しようと、さほどのこともないといふやうな時代が、詩人から詩人へうけつがれた。もつとももこの期間を通じても、朝廷に於ては、至尊の御調べはつたへられ、堂上の歌學學藝は、外觀上はさほど衰へはしてゐない。しかし地下の詩人が、隱遁の姿を保つて、國々をあまねく步く姿は、以前になかつた詩人の處世である。文學は志を恃し、それを述べること僅といふ姿となつた。これは太古より細々と傳つてきた遊藝旅人の處世とも異つたものである。私の日本の文學史は、この志の時代に入つて執心を自覺した。明らめたいものがある。わが四十年來の念願でもある。人が志を變へるか、身のふりを變へ、くらしのすべを變へるか、さういふ暗いわびしい撰擇判斷の日を、我々も今生に經驗したのである。

三

後白河天皇敕撰の梁塵祕抄は、徒然草に、「梁塵祕抄の郢曲のことばこそまたあはれなることは多かめれ」と誌され、室町時代によまれてゐたことは明らかだつたが、その後久しく世にかくれてゐた。平安朝の宮廷でも、昔の日本書紀を講究して古事を知るやうに、當節の歌謠小說の類に對しての關心が、道を明らめるといふ點から行はれてゐた。この風儀は、すでに萬葉集によつて知られる、奈良の宮廷以來のしきたりだつた。この道といふのは、人のこころのおのづからのもの、もののあはれとも言ひきつてもよいものだつた。梁塵祕抄が發見され翌年上梓されたのは、明治天皇の御治世最後の年だつた。その多くは民間の謠物で、その調べは古く奈良のころから一貫し、後代近世にまで及んだ。そのことばも感情も、今もそのままに通ずる。これらの謠物は、和歌と同じく、聲から聲へ口うつしに傳へられた。口うつしに傳へられたものが、千年百年の間に、大本變りないのは、何ともつつましい國の民の心の德用である。藝能の二面に、ともにつつましかつた人心である。つつましいといふのは、大いなる生命に醒めてゐることである。大いなる生命にめざめたものは、わが現身に於て、必ず恥を知るものである。藝能二面の根本には、このつつましさと恥を知るといふ心構があり、それが久しい時代にかけて文人詩人の志を、かつがつ支へるものであつた。

後白河法皇は、わが史上でも、格別な大帝王の御一人だつた。源頼朝ほどの英雄が畏怖したことは、その嘆息のことばとともに周知の話である。木曾義仲の家人が、ある公卿の供人と市中で喧嘩したことから、その人の訴へによつて法皇が直接義仲を叱られた。義仲がびつくりしたのは、叱られたといふことよりも、法皇のやうな御方が、こんな日常細事にかかはられるといふことだつた。義仲にはそれがどうしても理解できない、そして全く畏怖した。その時の義仲は、おごる平家を追ひ落して、京都の實力第一人者だつたのである。私はかういふ義仲をかなしいほどに好いた。

法皇は文藝美術の趣味の他に造寺造佛の上でも史上稀な御方だつた。それは信仰上といふよりも、趣味の上だつた。何であれ、大げさなことを好みとされつつ、一面こまやかな情緒の文物をよろこばれ、又突飛なことも遊してゐる。冷嚴といふよりも大樣に無關心だつたといふ場合が多くあらせられたのでないか。法皇の造寺造佛の御趣味から、きのふまで落魄にゐた南都佛師たちが、運慶を主領として、史上に出現したのである。名の傳る人として、運慶ほどの大作家は例がない。

しかも法皇はさらに比較を超越して偉大であらせられた。しかしこの偉大さは權力に於て偉大だつたのでない。さういふところに、日本の朝廷の意味がある。天皇はいつも文明の中樞だつた。權力やそれに類するものを卑しんで、大いなるものの中心だつた。日本の神と天皇は、知ろしめすが領《ウシハ》くことをされない。至尊は無所有である。奈良の以前から、他國を領く君を無性に怖れるところに、わが詩歌の情の一つが形成されてゐた。海のかなたに流れのやうなものがあつて、その向うに領く他國の君がゐて、といふやうな畏怖感は、遣唐使の往來してゐた時代、當時の國際知識を知つての判斷と別のところで考へられてゐた。しかしさういふ感じは、ちらと短時間にすぎてゆくもののやうで、小說文藝となる努力の線上へはのらなかつた。

平安朝後期にあらはれる若干の傳奇の物語も、いづれも淡々しいものである。歷史物語や傳說物語の類も、小說としては高雅だが淡泊である。今昔物語の中には、小說としてすぐれたものもあるが、人間の欲望や葛藤に深い興味を示すやうな態度はない。源氏物語を模した狹衣物語のやうに、說話の複雜な變化で作品に興味をつけようとしたところは、文藝としては著しい低下である。濱松中納言物語は小說的な構想にも變化があり、敍述も一段と文學的である。堤中納言物語は「蟲めづる姬君」など特異な題材で近代的な興味をもたれてゐた。萬葉集の歌の中に、蠶になりたいと歌つた歌がある。蠶が美しい絲を吐くところに女性の情をよせたのであらう、それとして格別のことではないが、昭和四十年ごろのどこかの女子大生たちで出してゐる同人雜誌の中に、蠶になりたいと思ふ女性のことをかいた小説を見た時、その巧拙よりも、千三百年をとんであらはれた同じ感じ方に、私は驚いた。その作者の女子大生が、萬葉集の女性の歌を知つてゐたとは考へられなかつたからである。蟲めづる姫君の方はむしろ尋常だらうか、蠶になつた少女の方が尋常な日本女性のある種の聯想だらうか。かういふ形の國民の文學史をいふには、私の資料は極めて僅である。民族と文藝の關係をいふ歴史の研究は、江戸末期の短い期間に、ほんの一二集成されたものしかない。「古今要覽」稿本をつくつた人々の間には、さういふ關心が自覺せぬ形できざしてゐたやうだが、これらの和學者がその集成の成果を殘さなかつたあと、明治の「古事類苑」の編者たちは、この一番世俗なもの、又現世のもの、從つて民族文藝史の底邊になるやうなものを、資料としてすべてすてられたやうである。そのことが古事類苑の興味を少くしたと推斷批評するのではないが、日本の民俗の中の文藝を明らめるやうな資料も一括して出されてゐたにちがひないと思ふふしがある。一人の力で雜書から蒐集することは容易でない。しかも共同營爲の行はれることにも期待出來ないやうである。

榮花物語の著者を赤染衞門と傳承するのは、舊來から疑はしいとされてゐる。源氏が光源氏といふ架空の人を中心に描かれてゐるのに對し、榮花物語では、道長といふ實在の榮華を敍してゐる。しかしその文學としての差異は、架空と實在といふ點からでは考へられないものがある。

歌合の最も古いところでは、在民部卿家歌合（在原行平）、仁和中將御息所歌合、陽成院歌合などが傳へられたものである。宇多天皇の寛平の御時の后宮歌合、醍醐天皇の朝の有心無心歌合、及び亭子院歌合が記錄に見られる後はしばらく中絕し、村上天皇天德四年三月淸涼殿の歌合から公私ともに盛に行はれた。

四

この歌合といふのは、列座者が左右に分れて、味方の歌をほめて相手をけなす、判者があつて、勝負を定めて、また判詞を附けた。判詞はその場でつけたこともあり、あとでつけることもある。文の奇を求めるものあり、詩歌を以てするものあり、又漢文でなす例もあつた。この日に使用する洲濱臺机打敷等に、左右互に華美を競ひ、或ひは神社に祈請して味方の勝を求め、事終つた時は、報賽の爲に社頭にて競馬を行つた例さへある。歌の數も少いものは數番だつたが、後には六百番、千五百番に至つてゐる。歌合そのものはやがて遊戲のものとなつたといはれてゐるが、歌合の流行は後期平安文學にとつて、相當の役割りをなしたものと私は理解してゐる。文藝上の優劣を論ずることは、批評や歌論を誘發する。敕撰集に對する反駁の議論にしても、歌合の爭論が先行したと思はれた。味方をあくまでほめるといふことは、文藝理解の上で、相手をあくまで非難する以上に有效の方法である。

醍醐天皇の頃に、有心無心の考へ方がすでに明らかにあつて、それが歌合の席上でたたかはされたといふことは、それが一種の討論會の如きものだから、理論向上の意義が十分あつたと思ふ。この場合心とは好色につながるといつても、當時の好色は、感情の過剰と解した方が宜しく、當節の文學觀念から見ては、くるつたものとなるだらう。王朝時代は、男子は雄々しくたのもしく、ずゐ分の丈夫ぶりだつたことは、源氏や枕草子の繪巻の男性を見ても、威儀のつよさがわかる。權力者といはれる人々が、權力の行使を考へる代りに、遊ぶことに專念してゐたやうなよい時代だつた。天子は神ながらにて、何ものも所有されない、つひには滿一歲にも足りぬ幼子を天子の位に奉り、多數の美しい官女がこれに奉仕するやうな、美的象徵の世界を、政治の中樞に實現したのである。榮花物語に描かれた道長のゐる世界よりも、「大鏡」に描かれた批評眼の方が面白いなどといふのは、ただの當世觀である。どちらが當時の眞實かわかるわけでない。文學の描く眞相や、心理といふものは、邪推臆測の表現とは限らぬ。源氏の色調はもののあはれであつて、當今の小說や心理描寫などではないのである。榮花の物語は、よせ集めの感がこく、伴信友が、道長薨去後の物語は、前文とは別人の作と申されたのは、もつともと思はれる。

歌合の例では、老若、男女、の組合せなども行はれた。思ひつきから始つたものだらうが、まだしも意義もあつた。しかし成果としては、歌合そのものについては、ややたあいないといふに近かつた。物名を定めて、一つのものを歌つた歌の歌合のやうなことも遊ばれた。扇合、菊合、艷書合などといふ名で呼ばれた。

亭子院歌合は延喜十三年三月十三日、その記事を拾ひよむと、「みかどの御裝束、ひはだ色のおほむぞに、そら色の御はかま、男女、右はあか色にさくらがさね、左はあをいろにやなぎがさね。左は歌讀、貝刺《カズサシ》のわらは、れいのあか色に、うすゞりのれうのうへのはかま、右はあをいろのれうのうへのはかま、方々のみこは、あかいろあを色みなたてまつりたり。かくて左のぞうは、みのときばかりにたてまつる。かたの宮たち、みなさうぞくめでたうして、洲濱たてまつる。まうちぎみ四たりかけり、樂は黄鐘調《ワウジキテウ》にて、いせの海といふ歌をあそぶ。右のすはまは、午の時ばかりにたてまつる。おほきなるわらは四たり、みづらゆひて絲鞋はきてかけり、樂は雙調にて、竹川といふ歌をいとしのびやかにあそびて、み方宮たちもてはやしてまゐりたまふ。左のぞうは、さくらのえだにつけて、中務のみこもたまへり、右のはやまぶきにつけて、かむつけのみこもたまへり、うたはしたのはこに、ちひさくて、おなじごといれたり。上達部は、はしのひだりみぎりにみなわかれてさぶらひたまふ、女藏人四人づゝ、さぶらはせたまふ。方のかんしは女みな一尺五寸ばかりまきあげて、歌よまむとするに、うへのおほせたまふ、この歌をたれか見きゝ、はやしてことわらむとする、たゞふさやさぶらふとおほせ給ふ、さぶらはずとまうせば、さうざうしがらせたまふ。右はかちたりとも、かちの御歌ふたつを、くちにて出でかたれば、みぎひとつまけにたり、されどうたはもちどもにぞしける。うたかはす、三のうたは山につけたり、うぐひすの歌は花につけたり、ほとゝぎすの歌は卯の花につけたり。よるのは鵜ぶねしてかゞりにいれてもたせたり。左方の宮に、みぎのかゞりたてまつれ給ひける。しろがねのつぼのおほきなるふたつに、ぢむあはせ、たき物をいれたり、かたの人々にみなさうぞく給ひけり」。

かういふ優美な儀式作法は、どうしたところから構想されたのであらうか。必ずそれには古い時代からのしきたりのもとがあつたのであらう。かういふ京儀の作法は、そのまま朝廷のまつりごとに通じるものだつた。このころの政治は、美しい行儀作法、その進退の禮式、これに樂が伴つてゐた。

ここで歌合の輪郭を、古い記録でいつたのは、多少の正確を期すためである。政治ばかりでない、教團の宗教も、奈良の學寮の風儀から、すつかり一變して、ここではただ美しい禮樂が遊ばれてゐる。美的世界をつくり出す一つの儀式になつてゐたのである。そのころでは最も高貴な境地を悟つた、心の雄々しい僧侶は、美しい女性よりも優雅な容貌を示し、最も華麗な衣裳を以てその身を莊嚴にされてゐる。これがわが朝の天皇と朝廷の文明の相だつたのである。近昔の藝能面で構想された喫茶飲食の儀式より、王朝の歌合の儀式の方が、禮樂ととのつて優美だつたのは、文明の貴賤の異同である。叡山の大會と、禪寺の法會をくらべても、多少この差異の氣合はわかるのである。朝廷の文明のあり方は、そのくらしぶりであつたが、かうした雰圍氣を理解の底におかずして、王朝の文學の醇なるものを解することは、誤解のもととなると思ふ。

しかしかういふ優美な儀式の歌合に對した人々の執心を示すやうな、話も傳つてゐる。「沙石集」にかかれた「天德の歌合の時、兼盛忠見左右につがひてけり、」これが「天氣右に有とて兼盛勝にけり、忠見心憂覺て、胸ふさがりて、夫より不食の病付て賴なき由聞て兼盛訪ければ、」忠見の云ふところは、別の病ひではない、あの歌合の時は自信の作品をもつていつたのに、あなたの歌を見て、あなやと思つてから、胸がふさがりこのさまと云ふ。忠見はそのまま身まかつて了つた。「執心こそよしなけれども、道を執する習ひげにもと覺えて侍る也」と沙石集の著者はほめてゐる。

これは天德四年三月三十日の內裏歌合の二十番、左に忠見の「戀すてふわが名はまだきたちにけり人知れずこそ思ひそめしか」。右に兼盛の「忍ぶれどいろにでにけり我戀はものやおもふと人のとふまで」とつがへられてゐる。左右ともに秀歌で、容易に勝劣決定できぬ、僅に天氣右にある氣配を感じて右勝とされた。これが「歌の故に命を失ふこと」として沙石集にしるされた。

歌合は美しい儀式だつたが、さういふ執心の結果に近いものが、いつもつきまとつてゐたのであらう。これが六百番とか千五百番となると、もう世のつねごとではない。しかしさういふ尋常ならざる行事には、終末的なものがある。定家が「明月記」の中で、連日の歌合につかれきつて、これを愚なこととはきすてるやうに誌す始末となる。しかし千五百番といふやうな異常な振舞ひには、終末感的な、末世の感情がたゆたうてゐたやうに思はれる。やりきれない世情の中の振舞ひのやうにうけとれる。あたかも兼實が、各地の戰況の傳つてくる風聞の中で、念佛日に何萬とかぞへ誦して止まなかつたのと似てゐる。兼實の「玉葉」に誌された院政末期のある數日の日記の記事である。兼實は當時一流の政治家、さうして第一級の知識人だつたのである。

新古今和歌集

一

新古今和歌集竟宴は元久二年三月二十七日催された。御代は土御門天皇である。この日の後鳥羽上皇御製は、

磯のかみふるきを今にならべこし昔のあとをまたたづねつゝ

攝政良經を始めとして、十九名の人々が、敕に應じて各々一首の和歌を上る。新古今集の五名の撰者は、定家を除く四人が加つてゐる。定家には竟宴の歌なく、別に、賀屛風十二首和歌を奉つた。奏進は前日の二十六日にて、この日完了したこととなる。平安朝の華麗な文明の歴史をしめくくるにふさはしい盛儀となつたのである。御製講師は撰者の一人だつた通具、講師は同じく家隆、そして讀師には前太政大臣を當てられた。

新古今集の敕撰は後鳥羽院の鳥羽離宮で行はれた。參議通具、大藏卿有家、右近中將定家、前上總介家隆、左近少將雅經の五名が撰者だつた。始め寂蓮も撰者に當てられてゐたが、奏覽以前に卒去する。この撰に當つては、撰者以外のものも隨分に參劃し、それにつ

いて、定家は不滿の意を「明月記」にしるしてゐる。しかしそれらのことは、後鳥羽院の御自撰の御心のなみなみでなかつたことをおのづから語つてゐるやうにもうけとれる。後鳥羽院が再興された和歌所には十一人の寄人がゐた。新古今集撰集の撰者間にも反目があつた。建仁元年にはすでに大略完成してゐたことが、明月記同年十一月三日の記事に見えてゐる。しかしその後もしばしば切繼ぎが行はれた。切繼ぎして歌を入れかへたのである。かうしたことから竟宴までに三年もの期間を要したのであつた。この敕撰にかけられた後鳥羽院のおん思ひは、なみなみのものでなかつたからである。しかし隱岐遷幸ののち改めて撰をくりかへされたのは、お心持の移りか、竟宴に當つてなほ滿ちたりぬものを感じてをられたのであらうか。いづれにしてもかほどまで深い文藝に對する執心は、わが文學の歷史の上でも特別異例と感じた。

この竟宴の時の攝政良經の歌は、

通具の上つた歌、

敷島や大和ことばのうみにしてひろひし玉はみがゝれにけり

藤原經家の上つた歌、

昔いまの昔をうつす玉のこゑこゑ〳〵きみが千代ぞきこゆる

左近將監清範の上つた歌、

ふりにけるあとにまかする水莖もなほ行末のためしにぞかく

よもの海のうら〳〵每に尋ねみてひろへる玉の聲もありけり

これらの歌は、それぞれに上皇の大御心に卽しようとしたものの如く、後人の胸に痛くひびくものがある。時代は久しかつた王朝の終末期である。誰もかれも、その變革を心に認めてこれに對しようとしてゐた。さういふ時に、人々がどんな考へをもつかは、すなほな國民なら、今日から想像しても、さほどはづれることはないのである。儒家だつた大江匡衡の曾孫の匡房が殘した有職故實にわたる學問の傾向には、一般の公卿日記の執筆動機から一段とすすんで、公的な使命觀とか、文明を守る志を根柢としてゐたのである。それの實用面だけを抽象してはいけない。しかしこの人から何代か後の廣元は、鎌倉へ下つて實朝の顧問役をしてゐる。定家は實朝の乞ひによつて、歌道の師として教へ、萬葉集を與へた。これが若かつた實朝に萬葉調の歌を殘させる緣である。この兩人に對する實朝の心は、親しみにふかいものがあつたが、情緒的には多少の異りが思はれる。

定家は鎌倉に接近したなどと多少白眼視されたが、そのことについては契冲が深切によこしまな雜音を、黄門の志に非ずとして、はらひのけられた。定家は新敕撰集を不本意としたと、契冲ははつきり斷じた。これが「百人一首改觀抄」著作の原因の一つだつたが、この改觀抄では、彼が兄とも師とも思ひ敬してゐた大和の隱士下河邊長流の思想を、そのままに述べたものだつた。その思想は、後鳥羽院の御悲願に卽したものである。この改觀抄をよんだことから、本居宣長は國學に眼をひらくのである。

新古今集竟宴の二十の歌を、その日の時局を考へながらよんでゐると、むかしの人の思ひが、王朝風の優麗典雅な歌御會の盛儀の上にしづかに重くかぶさつてゐるのがわかる。

しめやかに燃えてゐる、國の文明の意志ともいふべきものが味へるのである。ここで執心といつた人臭い言葉はさけたい。しかしこれが後鳥羽院のことさらにくりかへし押しつけに曰うたおことばだつたのである。畏いおん言葉と申すべきであらう。

攝政良經は歌に秀れた才をもたれたが、この翌年の三月、俄になくなつた。年三十八だつた。關東の畠山重忠が殺されたのは、竟宴のあつた年の夏六月である。齡四十二の厄年だつた。重忠は唯一人といつてよいやうな、前後に見ない鎌倉武士の典型だつた。鎌倉幕府の武士の中には、後代の日本人の憧憬した武士道にふさはしい武士は、この重忠を除いては見ないのである。これが鎌倉に文明の起らなかつた簡單な理由である。

東洋の風俗として、國の大政治家は多く文人だつた。支那の歴朝で行はれた、官吏登庸の試験に、文章を作ることを課したのは、文明の見地から見て正しかつたことと思ふ。將來の泰平實現を願望する者たちが、まづ考へるべきところの一つと私は思つてきた。外交の大使は、詩人であることが、第一の資格とされた。すぐれた詩をつくり、見事な書をなすことを、遣外大使任命の目安としたのは、支那の帝國が文明であつた時代の風儀であつた。わが朝の文學上で後世に恩惠を與へた人は、七十八十の齡を享けた人に多かつた。そのことは政治家や官吏を隱退した後著作に入るといふことが、その一つの理由だつた。古は學問の人が、官吏の任に當り、退いてやうやく著述の生活に入り、後の學者に恩惠をのこすためには、長壽が第一の資格である。

支那歴朝の制度と我國の場合との異るところは、わが國の文明文化は、つねに一系の皇室を中心とし、千年もつづいてうけついだ堂上貴族や、地方豪族の家とその子孫によつて、文明も文藝もうけ渡されたところにあり、これは科擧の風習との多少異るところである。この多少の異りは、結果としては多大の異りを、文明の歴史の上に及ぼした。彼の支那大陸では、一つ民族が一定不變にその國土を支配したのでなかつたことは、結果とも云へるし、原因とも云へるのである。中國は土地のよび名で、それは數々の異民族が奪ひあつた榮枯盛衰の遺蹟としての土地である。數々の異民族が一つにとけて、ただ一つの民族になつたのが、わが日本にて、それが朝廷の文明である。わが國の文明の純粹性は、異民族を排して神話的選民意識の優越をたて、それにもとづく類のものでない。日本人といふ一つに融合歸一した、その純粹さであつた。

定家にしても家隆にしても、そのさきの俊成にしても、八十、或ひは九十の長壽を得て、學問上の偉業を殘されたのである。定家が、國語を正し、古典の校訂につくされた努力は、變革の危機時に當つての文人の、高潔な信念と熱氣にあふれる志の表象だつたのである。鎌倉の地に文物殘らず、後人への恩惠ともならなかつたのは、幕府の權力爭奪が、殺し合ひのくりかへしだつたからである。三十代を經驗する權力者は稀有だつたのである。

北條時頼が老を養ふと稱して執權職を去り剃髮したのは三十歳で、その歿年は三十七歳だつた。執權についたのは、今の年の數へ方でいへば、二十歳前後である。政治上多少の善行をなし得ても、人道に寄與する文明上の仕事が出來ないといふことは當然である。朝廷の文明にくらべると、武家の文化は一段とさびしい。北條實時が金澤に隱退したのは五十二歳で、翌年早くも死去した。五十二歳までも權勢を維持したのは、幕府がこの人の才腕を必要としたのであらう。しかし五十二歳で金澤へ隱退した實時は、すでに精力も根氣もつくして了つてゐたのだらう。この人が七十八十迄生きつづけたなら、鎌倉幕府の下にも、何か文學に影響するやうな、文明上の成果があつたかもしれない。かういふ追悼の辭を申したいやうな一人者の人だつたのである。

二

新古今集頃の文壇では、一條院の御代に匹敵する程の、多數の天才が輩出した。後白河院、後鳥羽院とつづく御代である。後白河院は驚くべき大きい精神をもたれてゐた。その政治性などと申して、片々たる批評をする如きは、凡愚蒙昧の者が、己の雙掌によつて、大洋の遠大を測量するに類する。讀本作者だから、さういふ輕率の批評も出來るのである。造化のいたづら兒のやうな木曾の義仲は、田舍人の土俗素朴な心術で、上皇の大きさを、何もわからぬままに、結局最もよく知つてゐた。同時代の多くの英雄の指導者たちは、概して獨相撲をとつてゐたので、上皇によつて飜弄されてゐるかのやうにも見えた。

上皇は文學上でも數々の、先人未踏の御仕事を遊してゐた。しかしそれらを客觀的に見ると、時代の大きい變革の中で、文明に對する感覺的な危機意識に發し、斷絶してはならない文明を、傳承するための御努力だつたやうに解せられる。それゆゑに關心はおのづから廣漠で、人力の範圍をのりこえる。それは不思議な精神の作用とうけとれる。上皇のやうな、超越的大帝王が、貧窮文人が生きる志とするやうなものと、同じ思ひを自らに感應されてゐたといふことが、不思議とうけとられ、また畏しとおもはれる。しかしそれは、個々の人間の意識や根性や執念などといふものを、ものの數とせぬ、民族本有の雄渾な文明の意志であらう。おのづからにわき立つ、身うちを流れる血である。さういふ大なるものの意志は、個々微々たる文人の心中で暖められてゐる時、文人の志といふ一語で表現されるのである。

後鳥羽院の場合は、その御生涯に隱岐遷幸といふ嚴肅な一線がひかれ、その文明上の御仕事も、一變と云ひうるやうなものがある。私は三十餘年の以前に、後鳥羽院に關する著述をした。私の文人としての生成の信念は、後鳥羽院を中にして、前後に貫く歴史を、自身に貫くものであつた。日本の文學史は、過去の遺物でない。滅亡した民族のあとにすてられた遺品ではない。日本の文藝復興は、この點で歐洲のルネサンスと、本質上で重大に異つてゐるのである。日本の文學史は、日本の文人にとつては、生命の本源となるものであり、創造の原因である。單に學ぶことの對象でない、學術といふ近代思想のものの對象ではない。明治文明開化以來、帝國大學が指導した、日本の文學史、文藝學、日本の美術史、美學は、みなこの點で間違つてゐた。近代思想をひきうつしにした、それらは空中にきづいたと思つた樓閣だつたにすぎない。しかも西洋樓閣のイミテーションだつたものは、日本のといふこの「日本」とは何のかかはりもない。一人の芭蕉の如き人が考へて實行した文藝復興は、西洋のルネサンスと、生命を念とした本質上全く異質だつた。この異質の理を、私は芭蕉のことばによつて教へられたのである。私の青年時代はそれによつて決定され、しかもやがてのうちに芭蕉に教へられたといふことを忘却するまでに、私はその考へにのつとり、またうち込んで考へた。この本質上異質といふことを解明するものが、わが國の文學や思想や精神を一手にとりあつめた文明觀の上での「後鳥羽院」である。後鳥羽上皇の御教のままに生きるといふ、ただ一行のこの言葉を、芭蕉は私に教へた。この生きるといふことが、順德院以後の日本の文學史を形成した先行文人たちの志にて、その生成の理だつたのである。誰もかれも、芭蕉が時宜に當つて明瞭に斷じたこの一語を、心のたよりに生きただけだつたのである。この一語にいのちをよせて、源氏物語とて、いつもそれを懷中で暖めてゐたのである。源氏物語やまた古今集に對して、彼らはいつもこの一語をよんでゐただけである。決して近代の文學觀など思ひはしなかつた。悲しいうれしいといつた感情露出のことばをのべる代りに、ものをさし示して、それにあはれをのべさせた。人がいふのでなく、いのち無きもの、あるひは往時の人の思想でいへば、こころなきものに、あはれをのべさせる。即ちそれがもののあはれである。

かういふもののあはれは、朝廷の盛儀が象徵するやうな形で、王朝盛時の文明の本質を形づくつてゐた。朝廷の盛儀がこの本源である。王朝文藝は、唐禮をまねたといふやうな輕率なものでなく、日本の土と人から、もえいでたやうな、朝儀とも源を一つとするものだつた。日本で育つた佛教も、神道や、歌合、歌會も、同じ一つから生れ、そのもとにかへるものだつた。教義理論でなく唯美だつた。

私は青年時代の著作に、遠島御歌合に象られた後鳥羽院の後の御日常と、水無瀬宮の御遊のころとを、宣和の皇帝の運命に比してみた。宋の徽宗皇帝の悲劇と、如何ばかりの文明本願の上の差異があるかを、私はすべての人々に、とくと考へてもらひたいと思つた。宣和の皇帝の悲劇は、最も俗な諸行無常の見本に似てゐる。榮枯盛衰の豫期を超える畏さの實例であつた。後鳥羽院の「遠島抄」のおん營みには、絶望の門などどこにもない。

千載集時代の幽玄の論について、それにつづく新古今時代の有心無心の論について、以前の人々は輕く間違つてゐたと私は思ふ。明治大正といふ維新の恩惠になれて、雄心の果てを不斷のものとしなかつた人々には、無理もないところだ。大東亞戰爭の反省に、いのちを削ることのない人にも、當然同じくわかるわけがない。いのちを削つて、有心無心を別つやうなことを、千載新古今の人々はしてゐたのである。堂上貴族の彼らは丈夫だつた。二十歳の實朝にくらべ、雄心少しも劣らぬ老人たちが形成した文壇だつた。

源家の武士が東西を馳つてゐたころ、八幡太郎や鎭西八郎の如く、寡言にして振舞ひすべて詩といふやうに、彼らはみな美しかつた。わかい爲朝は一首の歌ものこさなかつた。伊豆の島の土人が、公の歌と傳へた二三は、拙いにせものだと露伴も困つて云つてをられる。日本の庶民の大衆が、源氏を好き、平家を好かないのは、平家が權力を掌握する過程で行つた殺戮の殘忍に眼をそむける感情に發してゐた。古い貞時の場合、今昔物語ののべるところが實說かどうか知らないが、保元平治の兩度の亂後、源家の人々がこらへた父子肉親の殺害は、平家の謀事だつた。權力の爲になす殘忍を、以前の日本の庶民は喜ばない。

同じことから源頼朝には人氣がないのである。その人々には一番大切な人道上のことで、學んでならぬところがある。後鳥羽上皇の御決意は、あざやかなまでの御失敗だつたが、わが代々の文人の志は、これを偉大な敗北と觀念し、これに學ぶといふことを、いのちの據りどころとも、今生の生成の理ともしてきたものだつた。

後白河院をおん始めとして、千載集の人々は、時運今や異常な時局といふことを、身ながらにうけとつてゐた。それは彼らの文藝を見る時、忽ちに了解されるのである。後白河院の文藝上の御仕事も、さういふ身ながらのものの表現だつた。しかしこの危機意識には、不滅のもの不敗のものの信が同居してゐた。それは必ず恢弘されるといふ信念から、今のままのすがたを在るままにしるしとどめて、後世につたへねばならぬといふ、身うちからわき出たやうな思ひがあつた。無心有心の歌學論争にしても、戰爭の反省なき今人より、數百年のむかしの堂上人が、その平常心から一面の深刻を知つてゐる。承久の時の院の側近の公卿たちは、當時の敵方の武士にくらべて、懸絶して堂々の偉丈夫だつたのだ。俊成女や式子内親王のやうな纖細無雙の象徵體の唯美調が出現したのも、さういふきびしい生命觀念に結びつく。俊成女が描かうとしたやうな象徵體の歌境は、その二三をとれば空前絶後の思惑だつたが、時代の中では、自然なところだつた。内と外と、今世と彼岸との間に、中間の世界をかまへるやうな、しかも幽けく美しい雰圍氣ばかりの世界をつくるといふやうな考へ方は、何もかもが不安で不定の狀態をそのままに觀念し、たまたま起る自意識の虛無とか、それが一瞬夢幻境の氣分になるやうな瞬間を描かうとした。世間はともあれ、自分が定まつてゐないといふことが前提である。この態度はいさぎよい。大きい危機を反映する詩歌がそこにあつた。逃避だなどといふ單純な解釋は、當世風だ。曖昧で模糊とした美しさは、昔日の佛說でいふ中有の旅路の空を、あざやかに美化し、浮揚させて了つた。自身考へてもゐない、太々しい王朝びとの魂である。その源泉は悠久の朝廷の盛儀が、今なほ唯美至上だつた事實の認識にあつた。俊成女は一生涯を一つにかけて、二三は「歌」をつくつたのである。

三

さきの新古今和歌集竟宴の歌に、おしなべてのひびきと感じられたものは、熱つぽいやうな、重々しいやうな、切迫調の祈りのやうにうけとられる。その祈りが、熱く重いのは、めそめそと侘びしくくりごとをくりかへすと云ひつつ、そのしづかなことばの底の、存在信念の肝太い自信だつた。千年一筋につづいた都の文壇の當然の自信である。一口に千年といへば氣遠くなる程の思ひもするが、時にまた瞬時の記憶ともなる。

後鳥羽院の優雅な御製の中から、切ないまでに生々しい祈願の、生々したことばの靈異のひびきをうけ、その片方で不屈な自信とも申すべきものを感ずるのも、都は時も世も人も、おしなべてさういふ文明に對する信念に常住してゐたからである。この信には實が伴つてゐたのである。後鳥羽院が、琵琶、蹴鞠、鷹狩といつた藝能の面から、さらに故實の學を御自《オミヅカラ》遊されたことも、この文明を危機感の中で、支へる信念と願望のおのづからに發したあらはれと思はれる。混亂とか正反對立といふ時代でなく、イロニーの時代だつた。民族の歴史の意志のあらはれる時、又丈夫に神のつく狀態に、時勢は昂奮してゐたのである。日本の文學史は、この日の文人たちについた神の心を、やがておどろの下ゆく水の相の如く、まもりつたへんとしたものに他ならなかつた。武臣專權時代に、文人は自らの生涯を隱遁の詩人の生成に甘んじて、斯の道をほぼ自然のすがたで、ことさらに氣張ることもなく守り傳へた。久しい戰國兵亂が治つて五十年、その平和と安逸な日に芭蕉は、彼ら代々の先人の思ひと志に、慟哭したのである。

新古今集竟宴の歌は淡くしづかで、やがてその流れは類型の歌のしきしまのみちをつくる。このしきしまのみちの祈りには、人間臭がなかつた。執心には現世的な復讐心や呪詛のことばがない。敵味方供養のこころを導くものである。人間臭い執念の代りにあつたのが、淡く虛ろな程の神の道の信だつた。かくて大なる英雄は最も低級な敵に敗れるのである。

後鳥羽院は藝能二面にすぐれさせられたが、武藝に於ても御自《オミヅカラ》よく習練をつまれてゐた。一藝一技の力士をひろく召し、御所鍛冶を起して刀工を集められ、御自も鍛へられたことさへあつた。この菊一文字の太刀は、後の鎌倉の刀劍と異つて、優雅な氣品と格別に高貴な樣子をそなへた。

鳥羽法皇の熊野三山御幸は二十一度だつた。法皇が華美を愛され、新しい花やかな趣味をつくられたことについて武家時代の觀念が批判したのである。彼らの文明や文化に對する思想では、詞花集の敕撰や白河殿の御造營は、ただ經濟の浪費としてしか考へることが出來なかつたのである。後白河院の三山御幸は三十四度、後鳥羽院は二十八度で、御讓位のあとは殆ど例年の御幸だつた。何とも申しやうない畏き異常のことと拜せられる。承久三年の年も正月四日に御拜せられた。義時追討の院宣の下つたのは、この五月である。しかも七月九日には事終つて、三上皇の遷幸となる。

院政時代の三山御幸は、大倭朝廷末期の大女帝たちの吉野離宮行幸と、外觀上似てゐる。吉野離宮は、近代の俗説にいふ宮瀧でなく、紀ノ川の水上の川合なる、丹生の本社のある夢の淵にあつて、ここが丹生津姫御巡幸の終點の地である。さらに神武御東征の聖蹟第一の地である。吉野宮行幸の時代は萬葉集の主幹をなして、壬申から和銅へとつづく御代である。內部的な危機の意識に臨みつつ、次々乘り越えたはて、國の重さは極東全域を壓して、國威はまた深厚で、いささかの外侮をも、居ながらおのづからにして許さぬといふ狀態にあつた。歌は雄々しくてしかも花やいでゐた。院政時代の三山御幸に當つての御祈願のことは想像すまじと思ふ。詞花千載新古今とつづく歌の一つの根柢ともなつた、この三山御幸は、萬葉集の吉野行幸と、情緒內容も時局觀も全く異つてゐた。持統天皇につづく大女帝たちの吉野宮行幸の度數は、院政の三山御幸の度數に匹敵するものであつた。承久の三上皇遷幸のあと、天子御巡幸のことなく、都の外に出御されることさへなくなつた。南朝の天子の巡狩は、戰亂の日の異常變事である。後醍醐天皇が、始めて叡山に上られ、逢坂山の峠に立たれたことを、元德二年の行幸記に、關路まさしくこえたまひ、東路はるかにみそなはす、叡慮さもこそめづらしからめと記述してゐるのは、都の外への行幸を停止されて久しかつたことをいふのである。このみゆきは、武家の舌をふるはせる程の御振舞ひだつた。一句まことに象徴的である。作者はそこに何の解説も説明も加へてゐない點、心憎いばかりである。

四

新古今集は御自撰の敕撰だつた。このことは假名序に強調され、眞名序には「神武開ニ帝功ニ而八十二代當朝未ㇾ聽ニ叡策之撰集ニ矣」とあつて、これは後京極攝政のかき足したものといふ説もあるが、いづれにしても常ならぬ御志をこめられた御自撰なることは、定家の日記をよんでも悟るところがある。假名序六段では、五人の撰者の上にあつて、院が御自主宰統一されたことをのべ、十三段では御製三十首餘入集のことについて、その御見解を示された。古今集に延喜の御製を入れず、後撰に天暦御製の入集十首に満たぬ點などと、くらべあはされたのであらう。「森のくち葉數つもり、水ぎはの藻屑かき捨ず成ぬる事は、みちにふける思ひふかくして、後のあざけりをかへりみざるなるべし」とつづけられてゐる。古今集の序とくらべて、この序は、重く切なく、しかもいづれとも堂々としてゐる。歌品は優艶典雅、しめやかの眺めに、どことなく沈潛の氣合がある。時世に合せてよむからであらうか。千載集を代表する俊成、西行といつた人々の場合には、新古今文壇ほどに深刻でない。この深刻は深刻をいはない、沈みふかさである。「承久兵亂記」が奇しくもしるしたやうに、「せうきう三ねんあきにこそ、もののあはれをとどめけれ」といふ氣分は、すでに新古今集にあつて、政體移動といつたこと以上に、もつと深刻な文明の歴史と、それに對處する志とを象徴するやうな文言である。即ちこの日より、日本文學の本體はおどろの下や地下水の流れとなつた。倒れんとするものを豫め支へんとする努力は、久しく豫想の狀態でつづいたが、つひにこの日にあつて、わが國の文人は、その生成の理と志を、もつとも素朴に質實にとらへた。執拗な根性に生きる人生でなく、神を信ずる人の樂しみと輕みを加味して、精神の國、美の國を、神のまにまに樹立する方法さへそのうちに知つた。しかもこの生成の理を、釋阿（俊成）西行は早く知つてゐたと、後鳥羽院のお教へになつてゐることは、正に驚くべきことと、わが身のおのづからにふるふ思ひである。

釋阿は日常よりも歌風に淡く、西行の生成の理は、歌にあらはれて花散る風情がある。脣のうへのあたりから輕くころび出すやうな、歌とこの歌人は、近代藝術觀を意識せぬ人々には、その好みに合ふのである。古の無名の吟遊詩人にはさういふ例に當るもの多く、さういふ人々の脣のうへの歌が、古典の相當部分を構成するのである。道化師、遁世もの、宴曲謠曲をなした乞食の徒たち、かういふくらしには、貧しく賤しくとも、なつかしい自然が必ずあつたものだ。輕いといへば惡いことばとなるが、輕みといへば尊い風格を表はすことばである。さういふ輕みは、危機と終末觀の渦の中におかれた新古今文壇の一つの色彩をなしてゐる。

王朝盛時の女性が、「ものをおもへば澤の螢もわが身よりあくがれいづる魂かとぞ見る」

と歌つた時、心氣轉倒する程にも驚いてゐない、恐怖の情も見えない。魂が身から離れてゆくのを、呆心狀態で見てゐる。全く見事な歌である。戀人に忘れられようとして、貴船の社に詣でて祈つた時の歌だが、これは夜の參籠である。草かげにゐる晝の螢でない。夜參りするほどに思ひつめることが出來、それを直ちに實行できた女性だからである。

かういふ盛時の女性の作品と、たとへば建禮門院右京大夫集をくらべると、時代はおそろしい、しかし文學には一つの貫道するものがある。太平記の時代となつた宮廷の女性なら、そのやうな澤の螢を見た次にはためらはず入水してゐた。歡喜にあふれて入水出來た。この時代の念佛には、今から思つても、かういふ未練のないところがあつた。今日では念佛は未練の同意語と思つてゐる人が多い。

六百番歌合が後の攝政良經の邸で行はれたのは建久四年秋だつた。この空前の大歌合は、既往の歌合の樣式一切を綜合したほどの大規模で、且つ壯麗なものだつたが、さらに建仁元年には千五百番歌合がめでたく完了した。建久四年より九年目である。こののちいよいよ新古今集敕撰の時代に入るのである。後鳥羽上皇はかういふ空前非凡のことを次々に遊した御方だつたのである。

この千五百番といふ雄大な歌合は、全二十卷、作者には、上皇をおん始めとし、良經、通親、忠良、俊成、慈圓、定家、家隆、雅經、顯昭、寂蓮、等、また女人では、俊成女、丹後、越前、宮內卿、二條院讃岐（賴政女）、待宵小侍從等、まことに壯觀そのものである。これら三十人の作者が、各々百首歌を詠じ、千五百番につがへ、これの判者は、忠良、釋阿（俊成）、定家、顯昭、慈圓、良經等の十名だつた。通親薨去の爲夏一、二、無判となる。いづれも獨自な作者にて、また卓越した歌論家たちだつたので、判詞様式も多彩、過去を綜合して、かつ新機軸をつくり出したのである。「千五百番の歌合せさせ給ひしにも、勝れたる限を撰ばせ給ひて、その道のひじりたち判じけるに、やがて院も加はらせ給ひながら、なほこのなみに立ち及びがたし、と卑下せさせ給ひて、判の詞をばしるされず、御歌にて、優り劣れる心ざしばかりをあらはし給へる、なか〳〵いと艶に侍りけり」と増鏡にしるしてゐる。御判は六百一番から七百五十番までで「愚意のおよぶ所勝負ばかりはつくべしとはいへども、難におきてはいかに申すべしとも覺侍らず、左右のしもに一文字ばかりを付んは無下に念なきさまなるべし、よりて判の詞の所にかたの様に卅一字をつらねて、其句の上ごとに勝負の字計を定申べき也」と院は御判の辭にしるされてゐる。六百一番は、左に女房（院）右に通具、通具の勝と定められ、七百五十番では顯昭兼宗をつがへて持とされ、次の御製をもつて判詞に代へられた。

をさまれりなほもたえせじ敷島や大和しまねも動きなき世ぞ

遠島御歌合

一

後鳥羽上皇が隱岐で崩じられたのは、延應元年二月二十二日、寶齡六十歳、定家は二年のちの仁治二年八月二十日に八十歳で薨じてゐる。延應元年は承久巳《ミ》の年より十九年目である。頼朝開府を文治二年とすると、五十四年目である。後鳥羽院の崩御によつて、日本の文學の歴史の大筋は一應打切られた。合戰時代は頼朝の開府によつて終らず、そのあとも、ひつきりなしの殺戮の爭ひがつづいた。源平合戰にくらべて、陰慘の性質を多分にもつて、雄々しくも美しくもないので、物語とはならない。また大義名分といふ理想にわたるもののない、ただ權力のみの鬪爭の記録は、文學史から放下されてゆく。保元物語平治物語平家物語承久記などは、勝者の御用作家の手になつたものでなかつた。さまざまな偉大な敗北を敍して、詩美を昂らせるといふ上で、その作風趣味は異つても、一樣に感情がこもつてゐた。國の民衆の心情にふれるものがあつた。保元物語に描かれた爲朝や、平治物語の義平などいふ源氏の公達の俤は、一種の丈夫調の典型として代々の日本人に愛しまれた。芭蕉翁が、元祿の國學復興の頂上で、義朝や義仲に異常な愛情を注いだのは、その以前の詩文學では殆どおほはれてゐた日本の民の心を、慟哭的にうたひあげたもので、その心は、儒風の大義名分の考へ方とは、少々色彩の異る、しかも一般的な日本人のこころだつた。上層者よりも民衆の情だつた。その詩の情にして、わが國人の謠物が最も大衆的に傳へた、文學のこころだつたのである。芭蕉が旅の先々で、われを忘れて追悼句を、絶句の形で示したことは、すなほな日本文學の心だつた。一見の樣相は、王朝の文學にくらべて、きはだつた變りやうだが、芭蕉は自然に一つと思つてゐる。この自然に一つといふところで、後鳥羽院以後の旅の詩人たちは生きてゐたのである。

頼朝より義經を愛するのは、日本の庶民のこころであつた。そのこころは、支配者としての武士や、權力の野心家のこころと異質のものであつた。「義經記」は、その史實の日から二百年程もおくれて現はれたと思はれてゐるが、「義經記」といふ文學作品では、義經が少年時代に父母を失つて辛苦修養する話と、晩年の悲劇を描いて、花やかな中途の進軍と勝利の英雄の業績は省略した。代々のわが國人は、それに十分滿足したが、かうした形で英雄譚を作つた作者の最初の一人の心はまことに潔い。御用作家の出來ない振舞ひだ。これが詩文學のこころである。わが國人はさう考へてきた。さういふ作者は大空や大海原のやうなこころの應待である。井戸の底で天上の星だけを見てゐる庶民のこころだ。しかしかういふ人々は、所謂大愚の風格、いつの時代にもよくある例で、むしろそれが一般あたりまへの日本人の底邊のやうに思はれる。幸ひにも近代の學校教育をうけないで、しかもいつか一級の達人的教養を身につけたやうな、實社會的勇士の中に、今でもさういふ人が多い。わが國の文藝を、日本の文學の大筋でたどると、さういふ人々が文學の周邊に次々にあらはれる。

延應の年のあと、流離を生成の理とした連歌俳諧師の初期の人々に、さういふ勇士が多い。そのころの詩人と、遁世の藝能人とは、やはり異質である。後者にはこの一ケ所がない。芭蕉の文藝批評では、誰彼かの作句態度をほめる時、彼は勇士也といふ文句を加へた。相手が武士の場合には特にそれをはつきりと云つてゐるのが、この心境にさすがのものを思はせる。わが朝の歴史を見る時、現世の表街道を歩いた武士と、その名に結ばれる人々に、かへつてまことに勇士は少かつた。武士道の眞義は元祿以後に、修養實踐の道德として漸く成熟し、幕末に於て、その思ひの方から爆發して、個體をこなごなにして了つたやうな花やかな例がいたるところにあつたが、武士道を個人に人格として形成する風儀は、封建の家庭教育から出てきた明治の武人文人に於て、その圓熟を見るのである。大正大震災が江戸化政期の風流を燒亡した頃、別途に併せて勇士の氣風も失はれたかの觀があつたが、寥々たる各界にも、その風姿の名殘を見つつ、それゆゑ私は日本の文學史にただ今さへ希望を失はない。この希望なくして、ただ過去を語ることは、歐米人のギリシヤ文學研究よりも、さらにはかなく空しい。歴史上の「近代」を、思想上に開發したドイツ浪曼派の悲劇は、彼らが生新で創造的で、正しく美しく、心情も細かだつたゆゑに、そのギリシヤ研究は憧憬追慕の次の階段で、自己破滅の深淵に己自身を投入れねばならなかつた。それでも彼らは詩人のやうに幸福だつただらうが、我々は日本の國土に、日本人として生れたゆゑに、もつと幸福である。よしんば、白鳳天平の文物のまへで、ただ絶望を味ふのみといつても、その心はみち足り、一轉して春の光りの下の草木の芽の如く萌え出す。葦芽の如く萌ゆとは、この何もわからぬ活氣の相である。かういふ心境にゐる時には、法隆寺の壁畫を電氣座蒲團で燒いて了つた當代の畫工を憎むまへに、燒亡をかなしむと同時に、わが先祖の描いたものを、わが子孫はいつか又描くだらうと思つて了ふ。これが同じ血が明白につながり流れてゐるわれらの幸せである。われらの血は神々から直接につながつてゐる。これが日本の神話の根源である。

二

院政時代の文壇は、西行、俊成を先行の人として、鴨長明、家隆、實朝、とあげて、千五百番歌合の人々を數へると、目のまへがまぶしいほどである。輝く人々の名が際限なくつづき、さらに明恵、法然と、相對した當時の教界の偉人を思ひ出すと、いづれも日本の文學史上の名家だつた。しかし一條院の朝廷の輝く文明の、その輝く文藝の樣相とくらべると、云ひやうのない變貌が見える。時代がさらに一轉すると、志の文學をたのみとする詩人隱遁の時代に入るわけだが、隱遁の詩人がその志を持した根源は、ただに古今源氏を心にいだいてといふだけではなく、朝廷のおぎろない形で、深い沈みさへたたへて持續された、後鳥羽院に始るしきしまの道を忘れることは出來ない。述志や祈念は唯美のことばで厚くつつまれてゐた。その至尊調はほとんど無變化の、絶ゆることのない循環といふくりかへしだつた。永遠をいふ無常観だつた。無常は永遠を根柢とするところで、長明の文學も平家物語も成立したのである。千年の文明の歴史には、輕薄な虚無感情の持續はなかつた。

　長明が出家した理由は、賀茂の宮司になれなかつたのを悲んでといはれてゐるが、殆ど浮世のつとめごとや考へ事がわづらはしくなつたのであらう。「雲を取り風を結べる如し」といふやうな處世観にしても、「道のほとりのあだ言にわが一念の發心を樂しむ」といつた感情は、何のいつはりもかけひきもないものであらう。文明の最高美が崩壞の危機にあるやうな氣分が前提となつてゐるのだ。あだ言のことの葉は、事の端に通じてゐた。

　長明を厭世家としたのは、低級な俗論の一つ覺えである。心ゆたかに、何のひねくれもなく、一念の發心を樂しめたなら、この浮世の一瞬も永劫である。長明の文學は、さういふ發心の樂しみをうつす、さういふものを随筆といふ形に分類すると、平家物語の作者の思ひは、これといふ人の振舞ひや所作を敍して同じく發心の涙をながすものだつた。平家が他の物語本より、きはだつて文學的なところは、かういふところにあつた。これは單純に佛説を説くといふものではない。今日は文藝観や史観はなく、時務的俗論ばかりである。この理は理解してもらへないかもしれない。作者自身は、狂言綺語によつて、轉法輪の縁を象るといつてみせる、その時の心はまことに大きい、さういふ辯明をとんだ根源的なものだつた。拝んでゐる對象は何でもよくて、拝むその人の心の方が大きく漠々としてゐたのである。

わが國の隨筆と物語小說の異りは、本質的なものでなかつた。亂世を逃れるといふことは、やりきれない思ひだが、個人の救ひだけを考へたのでない。これがだんだん私にはつきり云へるやうになつた。さういふ氣持は、最も佛ぐさい中世隱遁詩人たちが、おほよそに知つてゐた。あげくの果に芭蕉が、仕官者としてのつきあひはわが性にあはない、佛徒として寺を守ることはせぬ、自分はただの世捨人だといつてゐるのは、全くきびしい精神である。翁はここで「自然《オノヅカラ》」をはつきりさとるのである。人一人の志に、何百年の先人の歷史、悠久の悲願をこめた歷史を、一身に壓縮されたのである。

明惠上人が通りかかつた時、川邊で馬を洗つてゐる下人が、「あしあし」といつた。上人にはその「あし」が「阿字」ときこえ、大そうありがたくなつて、誰方の馬かときく。下人が「府生殿の馬」と答へた。上人は、ああ「阿字本不生」と感涙を催された。この話は上人歿後から百年以上もして、「徒然草」にかかれた話だから、長く憶えられてゐたのである。明惠上人には歌集もあつて、歌の才もすぐれてをられる。その人がら、くらしぶり、わが國の高僧中でも稀有な淸らかな上人であつたが、性格には「夢の記」を一例としても、極端に詩人的なものがあつて、すべてが常ならぬ心術にみちてをられる。增鏡にもしるされた、北條泰時を叱られた話は、大勇といふより、大自然である、これが天性の詩人のところに通じてゐる。禪宗僧の演戲の類でない。生涯のうちには女犯の機會もあつたが、何といふことなく、そのことがなくてと語られてゐる文章は、まことに珍重な眞實がなつかしい。この上人のやうに、何でもないかりそめごとに深い機縁を感じて感涙を催したり、佛教歌を謠ふ乞食女をひきかへして供養するといふやうな行爲には、一應常ならぬ時代の相がうかがへる。ある時大道で、當時流行した佛をたたへる謠物をとなへてゐる女藝人を見られた。始めから感動されたが、何となくゆきすごして、しばらくゆき立ちどまり、思ひかへしてひきかへされ、その女乞食を供養されたといふ話である。ゆきすごし、立止り、ひきかへしてといふ話は、切迫の氣分をよくうつし、大げさにいへば終末感情といふものを、淡々と敍してゐる。誰一人も朝廷のその文明が亡ぶとは思はぬが、何かの終末意識に耐へ切れない心情の不安狀態は多少了解してゐた。曉のねざめに、佛がほのかにあらはれるまへに、身のおきどころない不安がおそつた。この順序から念佛がうまれる。

しかしこの時代にも、わが國では、「破壞」も「滅亡」もなかつた。平家が滅んでも、院政には何のかかはりもなかつた。風雅《ミヤビ》は不變だつた。かういふ歴史を生き、それを身につけた日本人は、破壞とか滅亡といふことを、本當にはまだ知らないやうに思はれる。新制度下の廣島の大學の進歩主義教員たちは、原爆ドームは「文化遺產」だといつた。かういふ人々に尋常の文化觀を敎へることは出來ないのである。

この時代には、殘忍といふことはあつたと思ふが、それを文學とするといふことは無かつた。通俗文學の出現と同時に、もう狂言綺語轉法輪の思想が、日本の文學の低俗化を防いでくれた。佛家の方の、狂言綺語は轉法輪の因緣といふ考へは、後の代の儒敎感覺から出た勸善懲惡の思想と相對的で、このいづれをも惡いとは申さない。又そこから生れたものも、文明開化以來の大半の讀物小説より優れた文學を生成した。久しくつづいた平和の時代にはげしい文學をつくるといふことは、一民族の全歴史を通じても、めつたにないことである。元祿の文學はさういふはげしいものの稀有の例だが、平安の文學のもののあはれは、かういふ現世今生のものなるはげしさの一段上のものだつた。その風雅は自然の理のものだつた。もののあはれは、佛者の轉法輪の思想や、儒家の勸善懲惡と、異質といふ他ないやうな、高次の文學の思想だつた。後鳥羽院以後の隱遁詩人は、それを知つてゐたのである。頭で知るまへに、身ながら知つて、風雅をしたふ、風雅の根源なる國語を正すといふ行ひにしたてて、それを生成の理として代々に傳へた。風雅は皇神の道にあり、これを朝廷の文明と考へてきた。この考へは正しい。しかしかういふ人々の日本の文學の志を歴史としてうべなひ、わが私のこころを昂らせるといふことが、文明開化以後は、もう誰によつてもなされなかつたのである。これを思つた時、私の年少の心は、私の體をはげしくひきしめ、しばしば激しい語氣をひき出した。

三

實朝が右大臣に拜せられた時、關東にあつて拜賀の式をあげることの是非が、京都の問題となつた。坊門大納言は、格式にもないところにて朝威失墜の因となると反對した。攝政良經はこれに對し、實朝の申すままお許しあるべし、舊儀を亂り格式を違せば、官職は私にあらず、と裁決したと「承久記」にしるしてゐる。多少舌足らずの表現が事情ありげに思はせる。實朝に對し、乞ふままに高官を與へられたのは、呪詛の意だつたなどといふ巷説は、官位といふものを、朝廷のまつりごとの風儀から了解してゐた時代にありうべきところである。これは例へば家柄を先とする歌舞伎役者の風俗を封建的といふやうな考へ方と、同型の如く見えて異質である。朝廷とかまつりごとが何であつたか、何を願つたかといふ歴史を考へると、この異質といふ理はわかると思ふ。

　攝政良經の「いく夜われ波にしをれて貴船川袖に玉ちるもの思ふらん」といふ歌は、和泉式部と貴船明神との間のうけこたへの和歌二首をもとにしたもので、本歌取りの絶妙のものにて、又教養によつて作られた歌だが、なほわが歌史上の名歌の一つである。袖にちる玉は、波のしぶきの水沫と、いのちの魂《タマ》を象徴的に相交はせてゐる。戀歌としては相聞の迫力がうすれ、美的な儀式の場の効果に於て申し分ない。この美しさを心あるものは拒むことが出來ない。迫力はしばしば暴力に通じる。この美しい儀式は朝儀に通じ、まつりごとといふ意味で、祭、政と一つである。同じところで政事もおのづからになるべしと觀念されてゐたのである。實朝は年少の天才、文明の理を學んで教養の人だつたやうだから、すべてが悲劇的である。しかもこの悲劇は、日本武尊や、大津皇子の場合と、全く別箇である。二方の皇子には作品の數こそ少いが、鎌倉の若い将軍の印象も、この御二方の風貌心術にくらべると稀薄となるものが感じられる。

　建保七年正月二十七日、實朝拜賀の式日だつた。時刻は酉の刻に出發とされてゐた。大江廣元は懸命になつて晝の式にかへるやうに進言したが、つひに容れられなかつた。さら八幡宮に到着して車を下る時、佩刀が車の手形にさはつて折れた。黒犬がまへを横切つたり、禍の豫兆を示す事實が重なつた。さらにこの日の朝、實朝は鬢の手入れをさせつつ、髪の一筋を抜いて形見にせよと與へた。これも退けられた。衣の下に腹巻をせられよ、頼朝公東大寺供養の先例でもあると説いたが、それから庭の梅を見て、「出でいなば主なき宿となりぬとも軒端の梅よ春を忘るな」と詠んだ。これらはあとから不吉な豫兆と思ひ當つたといつてゐるが、いづれも氣味わるい話である。しかもあまりに通俗的な話だから、時と人とのこの場合反つて奇怪である。承久記などがうつした時は、文學の眞實にとどまるが、武家のいはば正史ともいふべき吾妻鏡にまでしるされたことが戰慄的である。これを卑しく邪推して、しかもその邪推に加へて、年少子女の疑問に對する邪な推測の解答を與へ、これは教育者の態度などといふのは、通俗文學作者すらなかなかになすところでない。文學や論理や、學問の方法についての教養の未熟な者を納得させることが出來るが、それは兩者同じ程度に心術卑しいからである。しかし戰後の低下した史學界では、かういふ學術低下を原因とする、最も卑怯な者らの邪推の解釋が一般に流行し、それが歴史を歪め、文學を死滅させつつある。

この種の記述にともなふ、不安な無氣味さは、さきに長明についてふれた、彼の人の文學の本願にある、道聽塗説に一念の發心を樂しむと述べた思ひや、平家物語のやうにはかない武士の運命や生涯に、發心の緣をうつさうとした思ひと、一見は別のもののやうで、なほ思ひめぐらせると、切なく相通ふものがあつた。承久記に「侍はわたりもの、草の靡にこそよれ」としるしてゐるのは、すさまじく思はれた。

た。その時うす絹をきた女房が二三人、下馬の橋の邊を走り出た。公曉のふるつたのは細身の太刀だつた。一の太刀を實朝は笏でうけたが、次の太刀に切臥せられた、「廣元や」と仰せられた。もうその時には「別當公曉がしわざ」といふ聲があちこちできこえた。吾妻鏡には、公曉がこの時父の敵を討つと名のりしたと書いてゐる。公曉は直ちに後見の備中阿闍梨の雪下北谷宅へ行つて、夜食を攝つたが、その間も實朝の首を手から離さなかつた。三浦義村の許へ使者を出す、義村は感激して涙を流してよろこび、まづ蓬屋へ光臨を待つと應へ、その一方北條義時にこの由を報ずると、義時からは卽刻公曉を討つべしとあつた、義村はこれをきくと郎黨を率ゐて討手に向つた。

この義村の弟の胤義は承久の時宮方に屬した。兄をひき入れて東西呼應して擧兵する手筈だつたが未發に終つた。實朝薨去の日の奇怪な義村の行動については何の解釋もされてゐない。鎌倉武士には單純にして智惠に缺けるところがあつて、必ずしも狡猾でないが、知能の未熟のものは、結果的に狡猾と見える行爲をすることが多い。また感情的に判斷し、政治的偏向的である。さういふ感情的判斷は感情の豐かさを意味するのでなく、その感情の單一にして乏しい場合が多い。亂世にはさういふ人物が流行するものである。今も昔も變りなく、低下はしても向上はない。「壽永元曆のころの世のさわぎは、夢ともまぼろしとも哀れともなにとも、すべて〳〵いふべききはにはなかりしかば、よろづいかなりしとだにおもひわかれず、なか〳〵思ひいでじとのみぞ、いままでもおぼゆる」建禮門院右京大夫集の序にしるされたことばである。よく切ない氣持を現はしてゐる。この女性は大原の建禮門院にお仕へした侍女の一人で、寂光院の山の小川を越えた崖上に、小さい五輪が四つあまりあつて、その一つをこの女の墓ととなへてきた。思ひ出すまじ、回顧の物語もすまじといふ心は、兵を談らずといふ、敗將の心にも、かういふ哀切の文學があるかもしれぬ。思ひやりの格言ともうけとりたい。無數の史實は眞實を語らぬが、絶對にして正しいのが文學である。偉大な敗北の當事者の語るところでなく、何十百年後の世の詩人が描いたものであつた。建禮門院右京大夫は、數奇な運命を物語にはかけないと、あはれな歌の集一つをのこした。しかしこの感慨には、女の凜々しいけなげさを示して餘るものがある。文藝の上に名をとどめた王朝の艶な女性たちは、相撲取つて大力とうたはれた類の關東武士の豪傑よりは、何層倍心たけき人々だつた。

四

後鳥羽上皇が隱岐に遷幸になつたのは、寶齡四十二歲にて、島でのおくらしは十九年にわたつたが、御日常は歌の世界だけのものだつた。とは申せ、この世今來古往にかけて、この生活は一番身近のもので、しかも最も廣く豐かで深いものかも知れない。俳諧にくらべて一段と無の世界にあるゆたかなものと、今も私には思はれる。今生のいのちの無常觀に心易く安心できるやうな、いのちの悠久と永遠を、かりの世に形成するものかもしれぬ。
朝廷で平安京を通じて行はれてきた歌合の儀式は、朝廷とかそのまつりごとを象徵するやうなもので、朝廷の最高の何かを表現した。それは美といふことばでいへるかもしれぬ。

當時の俗語でいへば、極樂の世界を、淨土として現前する仕法だつた。しかし歌合には佛教の教義儀式は入つてゐないし、ことさらに影響をさがすのも愚だ。淨土といふ觀念を、すなほにふまへて、すばらしく純化し美化して、極致に至つてゐた。淨土といふ觀念を十分知つた人々は、次にはもう、いとも手易く、それを現前する方法を知つた。叡山に南都の高僧を請じて行つた教學の儀式にくらべて、王朝の歌合の儀式は、無の世界の美しさを、何もないしくみによつて、まづ大氣全體を唯美莊嚴の界としてゐる。和歌のとなへは、音樂だつたし、動作振舞ひは、美しい儀式の形だつた。衣裳には常に新しい工夫がこらされた。さういふ工夫の根柢のものは、後水尾院の桂離宮のやうな世界を以てしては、とても想像できない。嚴密にいへば日本の造形の傳統は、後水尾院の偉大をそなへられた天才を以てしても、焦躁されるに止まつた。後水尾院御集の方が、はるかにふかく、かなしくあはれで、しかも心のどかさに缺けるところのない、これが國の傳統である。かういふ事實から、私は自分の日本の美術史でつひに滿ち足りぬと思つたものを、日本の文學史であらはしたいと願つたことだつた。千年も昔の人が知つてゐたやうに、文章は經國の大業である。この理念は、政治や經濟とは次元を異にし、それらが霧散するやうな悠大な觀念である。これが東洋といはれる東洋であつて、かういふ東洋を、西洋といふ政治經濟の次元と融和するのが、二十一世紀の日本國の使命だなどといつてゐるのは、私にはその無智の尊大さが怖ろしい。時務政論家のことばといふものは、空疎で無智に近いが、無自覺な時さへ尊大不遜なのが、私にはやりきれない、時には怖ろしい。長明が隱遁の志をもち、後鳥羽院がさういふ時代の志を御自のかなしみにまで淨化されたのは、御時世とは申せ、まことに畏い御一代を送らせられたものとひそかに思ふのである。

極樂や高天原のくらしは退屈だから、自分ならば地獄を選ぶといふやうな、そんな思想の中で、大正時代の青春は成長した。何かいびつなけはひのする青春である。生命の全史の推定は二十億年位ときいた。人類出現はその中で一番近い五萬年位といつた。そして文明は五千年である。ここで五萬年五千年は數のうちでない。二十億から五萬を引算した數、五萬から五千を引いた數が、人類の生命の退屈の期間だつたのである。人は胎中でその二十億年の全生命の無明世界を全部經過してくるのだときいた。これらの大方のことは、佛教の教典にも、古事記にも、中山美伎女の神がかりのことばにも、大凡のことはのべられてゐる。無明世界の性質は退屈だらう。恐怖や壓迫ではないと思ふ。日本の神話の神々と我々とは血がつながつてゐる。これが日本神話の本願である。わが神話には、原罪がなく、それに代るものが退屈のやうに思はれる。この神々の子孫は、國土を失つて放浪したことがなかつた。我らの神話では、國土と國民は同じ御神の產みましし同胞だつた。これが神話の血脈を考へる上で一番大事なことである。むかしからのわが國では、詩人がその志によつて隱遁流離のくらしをする以前にも、貴人流浪の說話が、萬葉集の中では史實より確實なものに歌はれてゐる。記紀の描いた神の少女や、すめらみことの貴子の御流浪の說話は、その說話のかたりごと、又はかたりつたへといはれたものだけが、絕對確實のもので、それについての後人の解釋はみな曲學阿世といつてよい。ドイツ浪曼派の年わかい天才たちが、文學の系譜觀から、神話《ミュトス》を最高中心とし、音樂《ミューヂク》、お伽噺《メルヘン》を、左右兩大臣の如き形におくその世界觀の基礎をたてた時、この文明觀は、朝廷の風儀のイミテーションに似てゐる。もつとやさしくすれば、日本の少女たちのあどけないお雛祭りのそのままな、花ざかりの曙のにほひではないかと、私は自分でも思ふほどに稚い受けとり方を、偉大なゲーテにくらべて、さらに鋭く天才的だつた、舊同盟國のそのかみの若者たちに差戻した。要するに彼らはそのミュトスのまへで、國と民の歴史の斷絶を知つた。人間のギリシヤからも、神の血統からも、彼らはもはや遠い時代に斷絶してゐた。その時その心情に、狂と亂について、崩れが起つても、何ら不思議でない。ドイツ浪曼派の詩人たちは花々しく自らを瓦解させた。この敗北に於ては、自身を觀念神の祭壇に奉る他ない。

長明の道のほとりのあだ言に一念の發心をたのしむといふ心懷は、彼の時代を少し遡つたよき時代には、生活と風景の中に淨土を知り、見て、つひにそれを儀式に現前する仕法にまで及んだ。一條院の朝廷とは、さういふ文明の極致、空前絶後である。心に不滿があるものには、あの美しい弘仁佛をきざむことが出來ない。佛は出現しない。强ひられた權力の下で藝術は生れない。ローマの造形美術は、嚴密に云へば、イミテーションの域を去るものか、どうか、といはねばならぬが、人間の自由の恢復を誇つた文明復興期の作品より、明るくゆたかでたのしいものがあるのが、私の經歴の上で、ものの考へ方を大きくゆり動かした。

わが國の俗歌に、日本人我々はみな一樣に高產靈神《タカミムスビノカミ》の子孫、種に變りはないといふのが、戰時中もうたひつがれた。

（）

が、戰時中もうたひつがれた。思ひつきの者が不敬といひさうだが、神話がさうなつてゐるから、誰も口出しできなかつた。人の顏の美しさは、ある年齢をすぎると自身の責任といふことばがあるが、生命の晩年になり、極端に云つて死に至るころは、尊い血統がその顏にあらはれると古人はいひ、まともに正しく一代を働いてきた者は、老年に於て先祖の神々の顏となる。民俗學のこじつけをくどくど語るまでもなく、祭禮や信仰上の假面の顏は、親の死顏として別條ない。それは目の前の死者の面の寫生でなく、生命を貫く神の血統の顏だつた。

私の日本の文學史のたてまへは、後鳥羽院以後の國の文人は、この私と殆ど同じやうに生きて、天日を拜してきた人々と思ふ氣易さに立脚するものである。增鏡の誌した隱岐の上皇の御日常の敍述は、日本の優雅な若い子女に、文學とは何かを教へるうへで、非常に有力なものの一つであつた。いくつかの遠島往復の記錄や書信は、みな心にあはれをおもはせる文學である。それらによつて我々が心に描く「後鳥羽院」といふ物語をなすイメーヂは、日本人の文學の大きい根、天にとどくと思へるやうな芽をふく草の種のやうなものだつた。

上皇御自、この島でしるされたものは、遠島の百首、遠島御抄、隱岐本新古今和歌集、遠島御歌合、御自歌合などが殘つてゐる。隱岐島で新古今集のさしかへをされたあとをたどることは、畏きことながらも、最も興味も深刻な文學史的作業である。しかしかういふ周知の對象のまへで、わが文學の一念の發心をたしかめるやうな仕事をする文人學者は、今は見當らない。しかし私は希望を失つてゐない。六百年貫きとほされて、その間に人は死に、又生れかはつてうけつがれたものは、人爲人工でないと思ふからである。神々の破壞を知らない僞りの徒黨によつて、如何でか消滅させられようか。

遠島御歌合は嘉禎二年七月となつてゐる。承久三年より數へて十六年目である。この歌合は上皇の御判で、作者は、十六人、すべて八十番だつた。都よりたよりにつけて集められたものである。和歌所の昔のおもかげ、次々に行はれたいつも未曾有な豪華な歌合のことなど思出されつつも、八十番遠島御歌合を遊すその御思召には、王者の堂々の大風懷と、その道に對する不拔不動の信と誠があふれてゐる。御判の辭のあらましをここに誌すと、「凡、歌を判ずる事は、道に執してゆるされたる者を選びて、難波江のよしあしを分ち、わたつ海のふかきあさきを定めしむ。しかるを花の都の昔、わづかに三十一字の詞をつらぬといへども、桑の門の今、三輩九品のつとめひまなければ、富の小川のながれをくむ事なく、わかの浦波きしをへだてて、十年あまり六年の春をおくれり、今更にこの道をもてあそぶにはあらねども、從二位家隆は、和歌所のふるき衆、新古今の撰者なり、八十餘りの命の露、いまだあだし野の風にきえはてぬ程に、かれをめしぐして、今一度思ひ〳〵の詞をあらそひ、品々のすがたをたくらべむとおもふ。これによりて、雁の玉章の便りにつけて、うとからぬ輩に、十題の歌をめしあつめて、書きつがへり。人の數ひろきにおよばざれば、きのふけふ、はじめて六義の趣を學ぶ輩も入りて、忍ぶの森の言の葉は風に散らむこと、かた〳〵憚りおほけれども、且つは執心の障りをのぞかむがため、人のそしりをかへりみず、此の歌愚詠をもて家隆にあへる事、道にそむければ、しかるべきにもあらねども、いそのかみふりにしとしを伴ひて、ことさらに是をつがへり。抑八代集の歌は、昔時々見侍りしかば、俤もありながら、猶あきらかならず。いはむやちかき世の人々の歌の中にも、十餘年の間のは、一首もきゝ、およばざれば、たとひ同歌をよめらむをも、見とめ難たく侍る。しかのみならず、六十のよはひ、老耄もことわり過ぎたれば、唯うはべに見ゆるすがたばかりを、おろ〳〵記し侍るべし。」一番の判辭の前書である。

しきしまのみち

一

定家の新敕撰集については、同時代すでに難が多かつたが、契冲も、黄門の本意ならざるべしと云つた。本意をさまたげたものについて、紊りな推測の判斷をされてゐないのは、かりそめにも先賢と尊ぶ當然の態度と思ふ外ない。定家の名が神聖視されたことについては、またいろいろの理由がある。二條家、京極、冷泉と別れうけつがれた歌道の家元の思惑操作だけではなかつた。日本の文學史の上で、定家は偉大な存在だつた。いろいろのことを、澤山に、丁寧に考へた人であつた。後鳥羽上皇のやうな、梯子のかけやうのない大精神の存在が、定家を少しあわただしくしたのであらう。歌や故實の學びといふことは、いまの世の人の考へるやうな、衒學の技でも、研究と稱する無目的な努力でもなかつた。當時の一般の傾向としてのかうした關心には、執心の熱いものがあつた。すでに院政時代の始りから、漠然と、しかし心のふかいところで感じられてゐた。頭で考へるまへに、行爲の方がさきにあつた。しかもかういふ事實を、後鳥羽院の場合より、もつと常識的なところで、整理するといふことを知り、それを知つてゐるといふ意味で實現したのが定家の營みだつた。このけぢめを私は大切にしたい。後鳥羽院が定家を、俊成西行や家隆などにくらべて、うちとけ難いところで批評されたのは、このけぢめを考へると、當然のやうに思はれるのである。定家は後鳥羽院のやうな「詩人」ではなかつた。

定家が考へた歌學は、悠久なものに對する常人の志だつた。多くの古典の校訂本をつくられたことも、同じ大きい志の現はれだつた。その間に國語を正しくすることが如何に大切なことかといふことを、身にしみて知る條件環境も經驗した。戰國末期に國語が大きく紊れたころと、殆ど同じ狀態が、院政末期から起つてゐたのである。地方の豪族の上京につれて起る當然の現象だつた。新興宗教の流行も、正統な國語を紊す傾向が多かつた。その前後の亡命宋人の思想感情から出るものは、唐宋の盛時の文明を、國の大使の往來によつて交通したやうな、溫厚なものでない。それを早くに、菅公が遣外使を廢止して警められた肝心だつた。

定家の志は、日本の文學の上にあつた。これを風雅《ミヤビ》といへば、卽ちすめ神のみちであり、それは朝廷の風儀として現はれる。平安の女流の文學者の作品を校訂し、寫本して傳へるとき、假名字の遣ひ方を定める必要を悟つた。後の時代に對し、國と民に對する、末代の思ひだつた。悠久な志のあらはれである。定家は大歌人として武家時代を通じて絕大に尊敬された。近世國學が起つてからも、その批評とは別に、國學の先人たちはみな當然のこととして大きい尊敬と感謝を表してゐる。ものの考へ方の進步をいふ見地からの判斷でなく、文人の志の亂世に於ける發露である。王朝文學の劃期は、後鳥羽上皇の御教のままに、文明を守護し傳承するといふ志の文藝に變貌する時である。定家はかういふ狀態の中で、この大なる民の志、國の思ひを、合理的と見える方法で整理し、その成果を傳へられた。歌人として神聖視された定家の作歌に、名歌と評しうるものは數首ある無しである。しかし定家は、日本の文學史の大歌人である。日本の文學史は、微々たる個性獨創の如きが、人麻呂赤人といふ大歌聖のまへで、何程のものでもないといふことを十分に了解してゐた。この自覺の上で、大歌人が成り立つのである。この意味のことは貫之が云ひ、後鳥羽上皇も仰せられた。定家はその行狀から、如何程にか名譽を求めた人と評するものが近代にはあつた。それは定家が、たまたま朝廷の近くにあつたからのことで、もし民間の文人ならば、さうした評判に當るものは、その同じままの行狀の上で云ふことは出來ない。しかも定家はその堂上の環境を十分に生かした。日本の文學の歷史の上で、大事な時に出て、その時の必要とする大事を、殆ど十分に近くなしとげた人だつた。この定家が實朝に教へたことの一つは、萬葉集を與へたことだつた。

わが國で風雅をしたふといふことは、文明に對する憧憬の意味だつた。武家であらうと町家であらうと、權力富力を得たのちに願ふことは、風雅をしたふか、ないし風雅に結ばれた藝能をもりたてることだつた。究極に於て、武家の作つた文明や、町人の作つた文明はなく、それがないといふことは、わが國の人はなべて風雅を慕ふといふことを身體につけてゐたからである。風雅を慕ふとは、朝廷の風儀なるみやびへの憧憬欣求に他ならない。

わが國の封建時代にも、その終の願望として、風雅に心をやつた人々が、その榮譽ある名を史上にとどめてゐる。あるひは悲運の英雄に同情した物語作者は、その英雄の像を描く時、强や惡を象るかはりに、風雅の俤を表現したのである。

二

京都と鎌倉との交通がさかんになつた事情から、ここを往來した旅行記の類のものがのこつてゐる。その文章は、以前からの堂上人の日記にかいた和風漢文を、假字文に改めたやうなものだつた。この時代に澤山出た軍記物が、似た形の文章である。長明の方丈記は、さういふ文章の中で、格調の高い和文として、時代をつなぐやうな役割りをした。正しく古典である。一つの章句に、國の文學史を象る。それは國の歴史に對する思ひである。軍記物の類で、かういふ點に解說をほどこしたのは、大衆性をもたせたので、この方法について批判することは無い。

この時代の宴曲は、きれぎれの美文をよせ集め、婦女子が春の野に種々の花をつむやうに、美しい言葉でかざつた。宴曲から謠曲をへて、近世の歌謠から明治の浪花節、最近の歌謠曲まで一貫した謠ひものの風俗で、文學や文章の見地から批評しても詮ない。かういふ謠物の文章の傾向は、新敕撰集以後の和歌の上での類型歌と、一見似てゐるやうだが、和歌にあつては格調の高さを旨とするといふ考へ方を維持してゐた。歌の家元のやうな形の、定家のあとをつぐ三家が、傳授などの形でつくつた神聖觀は、靈異的な威力さへ、各時代の權力者や武家の實力者に及ぼした。落城に瀕した城中に古今傳授が傳つてゐるといふ事態に當つて、その燒亡を防げとの敕命にて、寄手は兵をひいて城の攻略を停止した。この話は戰國當時の敕命の重さを示してゐるが、それが國民全般に反映した教養心の基本も示してゐる。かういふ雰圍氣がつくられたのは、鎌倉幕府から室町幕府の時代にかけてだつた。武臣が威を擅にし、朝威が衰微した時代の相であつたことが意味ふかい。ここで古今傳授を燒亡すれば、寄手は國中からその野蠻を嗤はれ、同情を失ふ、寄手のたぢろいだ理由である。しかも古今傳授とは何か、それは無意味な、むしろ無きに如かざる類のもので、歌學の本道からは何ごとでもないことは、元祿以後の國學者が一蹴したところからもわかる。しかもさういふものが、戰爭を停止するほどの力をもつてゐたといふことは、よしんば誤つた風雅の考へ方や、朝廷の文明に對する非合理な畏怖に原因したとしても、國民感情として理非を超えて存在したものを明らかにしてゐる。

かういふ畏怖の情をそへた形で、風雅の教養を流布したのが連歌師の仲間だつた。順德院の八雲御抄にはすでに當時連歌の流行のさまが出てゐる。各地の舊家の豪族らは、この文藝家たちを十分に保護した。彼らはその保護のもとに國中を旅行した。それは西行の旅とは性質の異るものだつた。古い業平の旅とも別のものである。特に承久ののちの彼らの旅は、各地の風景の中へ、日本の文學のこころの種をうゑ込むやうな旅だつた。歌枕を高邁な見地から、その尊ぶべき所以を教へた。風雅の趣味を教へるのだ。しかし旅人としての自分自身が、偏土の風景に古人を慕ひ、わが心に國がらのみやびをたしかめ、流涕感動するといふことが、第一義の目的だつたのである。これが政治と文學の岐路である。

かういふ連歌師の旅の心は、聲高に宣言されない、みづから宣傳するところはなく、ことばの主張は微にして、その旅の行爲は、つねに生命と現身の激しい危險の上を歩いてゐた。これらの先人の身上を、後鳥羽院の御志の繼承といふ形で、この微と激の實相にわが身を卽應させ、全身全靈で慟哭したのが、元祿の芭蕉である。芭蕉の出たのは元和偃武より五十數年の泰平の時である。微と激をあまねく實踐するのは、亂世切迫の心得である。泰平最高調の日に、勇士が亂世に處する極意を、みづからにも悟り、あまねくおごそかに示した芭蕉といふ文人は、まことに驚異の人である。元祿の日本文學の復興に心をよせた人々は、上方江戸を始め全國にその數を知らない。平穩の時代に、亂世の志節をきびしくすることは、眞の創造と未來性のための最大重要事である。亂世戰國の日に、心志きびしく緊張し、生產創造が昂進するのは當然のことである。この當然がなければ、國は亡び民は滅亡する。

連歌師の志は、當時の藝能の遁世者《トンゼモノ》と全く同一ではない。遊行の僧形とも全く一つだつたのでない。遊行僧や遁世者といはれた藝能家の間にも、同じ志の人はゐたであらう。風雅の文藝にわが身の生成の理を考へるといふ心を、僅にもつた人は、その僅が尊く、他と異質のものを形成することが出來た。西行や小町や和泉式部の遺蹟を全國にしるしていつた藝能職業の人々と、連歌師の旅とは、質のちがふものもあつた。萬葉集の昔にあつた乞食人といはれた歌藝人の傳統と、連歌俳諧師の場合とは、日々のくらしに外觀が少し似てゐると云ひうるだけに、本質は別種のときが多い。明治以降、國の文明觀が低下俗化した時、藝術批判も亦混亂して了つた。

和歌を旨とし、平安朝文學を尊崇した人々が、そのこころを國中に風化しようとの志で行つた旅は、僧侶の教化布教と異り、身のおきどころない程に侘びしく寂しかつた。僧人は布施を乞ふ地域を、利權の如くに本山と政廳から許されてゐる。歌びとの旅は、形なき道を熱く信じた心の旅である。和歌を少しつくり易くし、一座の心を一つに集めるといふ形でつくられた連歌といふ方法は、盛時の王朝文明を、素朴な人々や知識の十分でない人々に教へ、道に導くための思ひつめた方法だつたにちがひない。この人々の處世とその文藝觀を皮相に批判するのは、文人が亂世に生きぬく終始をさとらぬところの、いはゆる曲學阿世の徒であらう。

三

鎌倉開府以來、東海道の往復が增大し、宿場にいろいろの娯樂の設備ができ、その間、宿場で語られる噺が、一種の文藝的傾向をとるやうになるのは自然の勢ひである。しかしそれらが造形されるまへに、その規範のやうな書物がすでにあつた。今昔物語は、この後の、民衆的な小說文學の規範のやうなもので、もつと極端にいへば、封建時代を通じての日本の小說讀物は、殆どこの枠から外へ出なかつたといつても過言でない。一時代まへの古風な分類で、純文學と大衆文學といふ分け方は、日本の文學史の上では、なかなかに適切なところがあつた。文章が、純文學を決定するのである。今昔物語は、文章の上ではあざやかなところがあつた。その作者の興味が、人間感情や、その欲望を解釋する上に偏るところがあつたので、平家物語のやうな凜としたもののないのは、亂世に墮してゐる。それは文章の第一義をおろそかにうけとる原因となる。國がしづかに治つてゐるといふときにも、自然の道が壓制されてゐるなら、亂世といふのである。品下つた文藝の流行も、亂の大なるものである。芭蕉が見た時は、西鶴風な流行文學の實狀、その俳諧興行の思ひ附は、みな亂世の相だつた。通俗文藝が虛名を獲て廣く行はれてゐることは、無下に批判する必要ないが、嚴肅な批評では、好ましいとは云へない。我々が美しい國土の風景をもち、それをもつといふことを文明觀から自覺し、これを賴みとしてゐた時代なら、さうしてそれが自他に相通じた時代なら、低俗の文藝や雜藝の流行を無視できたのである。しかし今日は、わが國の唯一の寶だつた自然と風景の美しさが、甚しい速度で破壞されてゐる。何千年と傳へられた緣でおほはれた古蹟を、學術といふ名で掘り起し、あとに赤褐色の荒土と泥水の溜りを殘し、幽鬼をあつめるやうな雰圍氣をなしてゐる。最近京都西郊某所を發掘した史蹟調查隊は、ブルドーザーを使用したのである。かういふ人々の心は、宅地造成業者より遙かに惡意の犯罪に通じるものだ。しかし私の半世紀の經驗は、これを急激の衝動と感じない。來るべきものが來つたといふより、いつかかくなるものが、早くもかくなつたといふ嘆息である。

封建時代の前半期に出現した小說的文藝は、武家の作つたものでなかつた。始めは上流の生活の人々がつくつたものだつたが、やがて多くは職業的な人々の手になつた。古の造寺造佛の昂奮がうすれたころ、佛師繪師が、庶民の注文に應じるやうななりはひにおちつくに似た傾向が、文藝界にもあらはれ、さういふ讀物の流行の中で、地方土着の人々に風雅の道を教へひろめるといふ、國ぶりの信念をもつたのが連歌俳諧師の先人たちだつた。國ぶりの道徳は、道義《ミチ》の風雅《ミヤビ》をいふだけで、道徳の教説をいふのでない。彼らは王朝文學をうすめて風雅を教へ、和歌の心をしきしまのみちとして宗教化し、俗耳に入り易くといた。その間に、正しい國語を國中に流布せねばならぬと考へたことが、まことに一大事の判斷だつた。何故さういふことを考へたか、さういふ理由は何百年も後からは、淡々と思ひ附として解釋できる。しかし私が心に銘じたいのは、國語愛の運動基盤と、哀切な文人の志のあらはれといふ事實だけでよいのだ。

強い武力や、きびしい統制、あるひは容赦ない權力や、その祕密警察の組織などによつて、國中の風浪がしづまつてゐるといふ壓制狀態は、決して平和といへるものではない。その狀態が亂世の極である。さういふ亂世に於ては、言葉はつつしめ、言葉をおだやかにすることは、勇猛果敢な變革を實踐するための前提だといふことが、東洋では千五百年來の、志士仁人の政治的な實踐倫理とされてきたのである。しかしわが國の封建時代の文藝には、さほどに亂世の極つたものがなかつた。國土自然の美しさと、國と民のうけついだ神話が、この國の永遠の信を育み、又その一貫した榮えを實證してゐたのである。けふの所謂繁榮を考へても、それを支へたものは、國土の廣さではない、物資物産の豊かさでもない。國土は狹く、物資物產はこの上なく乏しい。我々のもつ寶は、國の人の心の健かさと、情の濃かさ、そして人々の勤勉心、誠實などといふ美德を考へるより他ない。さういふ美德をもたらしたものは、國土の自然の風景の美しさ、四季順氣の多彩だらう。それ以外に、日本がもつてゐるものはない。この國に天然資源はなく、國土はせまく、ただ美しい風景があるだけである。それだけが日本と日本人の創造神話であつて、日本人の永遠の信と、有福を約束してきたのである。我々の祖先はそれを得意とし、しかも極端に自負自尊するまへに、これがあたりまへの今生のやうに思ひ、しかし天道への感謝は失はれずにきた。

かういふ自然な心情と心術は、院政時代のすぎたあと少しづつ變化して、所謂人間的になつていつた。これをよいと思ひ出したのは、近代になつてからである。近代が人間的だといつてよろこんだ鎌倉の氣風について、同時代の人々は、昔の人心はよく今は惡いとなげいた。この嘆きは正統な文學の原因となることが多い。鎌倉の中ごろも、後水尾院の近世にも、そして今日の當今も、これは變りない眞理である。

朝廷でむかしの名殘を大切に守つてゆくのが、しきしまのみちの信念であつた。順德院の古き軒端のしのぶに回想された、なほあまりあるむかしとは、輝かしい朝廷のまつりごと、それの永劫の造形としての王朝文學である。和歌こそその心といふことは、和歌を旨とする歌御會や御歌合の盛儀が、三十一文字に凝結してゐたからだつた。敷島は大和の國にある土地の名だつた。欽明天皇の磯城島金刺宮の土地、ここが聖德太子の「日出づる國」

の現地である。太子から中大兄、さらに天武天皇にわたる御代の變移を決定された大なる天皇のつくられた都が、この金刺宮だつたのである。この都の名が、大和の國の名どころとなり、國がらの皇神の道義のよび名ともなり、それがさらに和歌のみちを云ふことばだつたといふことを、理窟の解釋として明らめたい者は、貫之の假名序から改めてよみかへせばよい。このしきしまのみちはたしかにてといふ言葉は、鎌倉室町といふ二つの武家の覇府がつづいた時代の、代々の天子がつねにくりかへされたところだつた。それは反面悲願であつたし、また悠久不動の信念でもあつた。この時代の列聖の御集にくりかへされた御悲願は、語義の通りの慈悲の大御心であつた。その代々の列聖は、わが國、わが民といふことばで、武家權力の云ひ得ない自らな信を展かれてゐたのである。

久方の天より下す玉鉾の道ある國ぞ今の我が國　後嵯峨天皇御製

ゆく末もさぞな榮えむ誓あれば神の國なる我が國ぞかし　龜山天皇御製

賴もしな仰ぎぞ祈る敷島の道を捨てずばわれを棄てめや　花園天皇御製

第九十五代に當られる花園天皇の御製には、格調の深さにおごそかなものがある。

つくりなす人の力は強くとも弱きまことを神し加へよ

葦原や正しき國の風として大和言の葉末もみだれず

後の方の御製は、最も單純明瞭にそのころの文人の志の行方を示されてゐる。「大和言の葉末もみだれず」といふ觀念が、心のいづこより現はれ、身の振りとして如何やうに行はれたか、この一點を明らめる時、後鳥羽院以後の文人の心情は明らかになる。かういふ觀念の發生を、時代の狀態や條件から考へることも無駄でないが、それは比較的簡便な解釋で、しすましたといふ氣分に終るのみである。これを身上に行つた人の心の尊さを、わが身に合せて考へることが、文藝の道として第一義のものである。しきしまのみちの自信には、ことばが末も亂れぬとの、祈念のやうな、信心のやうな、熱い思ひがあつた。しかもそれは堂上の詩人を激化するまへに、草莽流離の詩人のしめやかな生甲斐となつた。列聖のしきしまのみちの御製は、身を投ずるやうな熱い祈りのあらはの歌ではなく、すべてが賀歌の範疇に入つた。賀歌であるといふことは、しきしまのみちが、智者の觀念や學者の教理哲學でなく、自然《カムナガラ》であり、自然にあるといふ反省を現はしてゐるのである。正しい國語をまもる、俗語を正すといふことばにおきかへてもよい。そのことにある深い意味とともに、この代々の列聖の祈念に應へ奉つた、わが草莽の詩人のしづかなねぎごとの奥祕をここで考へたい。

四

仙覺が鎌倉で萬葉集の註釋をしてゐた時は、丁度日蓮が辻說法をしてゐる日だつた。定家が實朝に萬葉集を教へたことは、一つの象徵的な意味があつたと思へる程に、萬葉集のよみ方は、契冲、雅澄といつた關西の大學者の偉業があつたにもかかはらず、東國人の好みにそつた形で近代にまで來つた。めざましい文藝は武家時代の權力の周邊からつひにうまれなかつた。時賴の室が道元に和歌を乞うたといふ話は印象ぶかい。道元の書いた和文は特異難解のものだつたが、その和歌は道歌の類であつて、新古今集の神託、釋教などにくらべると、全く正常な教訓歌ないし思想歌だつた。この思想的傾向歌といふのは、宮廷の歌のしきしまのみちといはれたものとは別種である。しきしまのみちは、道歌の中に入らず、又神託、釋教のもつた、妙に神祕的に見える靈異感情とも別箇の調べだつた。少し以前の時代の明惠の歌は、釋教といふ觀念にうすくおほらかなものが多かつた。明惠は佛典佛説に新解釋をなすことを極力拒んだ。新興宗教的な動きには否定的な人だつた。すがすがしい保守主義者だつた。もつとも主義といふやうなことばは、この淸らかな詩人だつた上人のまへで成り立つことばでない。不逞なほどにたくましい心情を以て、一心に謙虚であり、無性にもののあはれをかなしんだ人だつた。佛心とか佛緣といふより、もののあはれを觀ずるといふ方が、ふさはしいやうな人であつた。

北條氏が鎌倉にたてた幕府の實體は、必ず殺戮を伴ふ權力爭奪の組織だつた。その權力を掌握するためには、前執權を倒し、その外戚を倒し、側近實力者を亡すことが前提だつた。都から下られた親王の將軍たちは、權力の爭ひと無關係に歸京され、しかしその御側近は權力の一勢力を形成してゐるのが常態だつたので、これは肅淸の對象となる。かういふ狀態の中で、軍國に關係する技藝學術は急進しても、風雅の文藝は起らない。風雅の文藝は敵として極力排斥せられた。かういふ狀況から、文藝よりも新興宗教的な思想運動が旺んになつたのは當然である。

支那では宋國亡び、蒙古人の建てた元國が中國の主となつた。我國へ亡命した宋人の知識人は、幕府の考へ方に多くの影響を及ぼした。幕府が元の使者を由比濱で斬つたことは、我國未曾有の武斷だつた。元の大軍十萬を悉く海中に葬つた勝利は、神風の信念を昂め、次の時代の日本人の爆發的な發展の活氣の原因となつた。アジア大陸の東南一帶の地域が、わが國人の活躍舞臺となり、それに應ずるやうな文藝の原因となつたのは、當然のことである。

新興宗教を始めた人々は、新しい思想を獨自の國文で表現した。それらはこの時代に文藝として注目すべき最も大きいものかもしれない。しかしそれら新興宗教はあるひは權勢に結びつき、權力を操縱するといふ錯覺の興味をおこしたり、又は權力との妥協の思惑の動向如何によつて、抵抗に轉じ反對に廻つた。そのいづれも共通して、權力政治を行動の上で考へすごしたことは、國風と文藝の見識から見て、品下るものである。この時代の教界で起つた日本的な思想には、かうした霸道の感覺が附隨し、それは以來數百年に亙る亂世を煽動する氣質をもつてゐたのである。五山の系統の詩文に於ても、文藝觀としては消極的な風流にとどまつた。

慈鎭が愚管抄に古語としてひいた、天照大神百王を守らせ給ふ、を解釋して、人皇は百代と思つたのは、親房卿の評した如く、百は十十の百に非ず、無數の意であるにきまつてゐるが、慈鎭ほどの人がこんな稚いよみ方をしたことの理由が今日ではわかりかねる。しかし人王百代といふ俗語は、院政末期からつづく動亂の世の大きい底流の觀念だつた。時あたかも聖德太子未來記といふものが云々され、ここにも人皇百代にして大亂起る如き記述があつたと云ひ、大楠公も以前これを四天王寺の祕庫にて一見されたなどと傳へられてゐる。この大楠公披見のことは親房卿も存じられてゐたか、卿の書簡中にそれを思はせるふしがあつた。承久の年の敗北に始つて、覇府の權力の交替に當つての流血殺戮の慣例、さらに巨大な元寇の來襲など、國內の血なまぐさい政爭に加へて、極東の情勢は、唐宋とつづいた漢人の帝國が、蒙古人によつて忽ち滅亡するといふ事態も併せ、ここに人心の動搖から、佛教の新興宗教の輩出も、吉田流宗派神道の出現も、ともに民族信念の發露として、救國の觀念が、その無意識下にひしひしと感じられる。宮廷が朝廷盛時の文明に熱い禱りをこめられた、しきしまのみちの自信にも、百王云々の底流があつたであらう。しかもこの俗信は、むしろ知識階級の側にあつた。しかし東亞の激動の情勢に對抗した、新興宗教の周邊にあふれた民族存續の信念と、宮廷のしきしまのみちの禱《ネギ》との間には、思想と道との差異が、その信念と表現の上で格調の高低として現はれてゐる。情勢論としての思想と、道といふ本質論との差異は、わが國では決定的なちがひがあり、國の維新の實踐には、かうした情勢論がつひに創造の因とならぬといふことを、吉田松陰が後にしるしてゐる。文學文章の歴史の中では、かういふ切迫の血涙をこめた激しい生命の相が、ありありとうつされてゐるのである。文章はそれを述べず說かず、ただ表現してゐる。どんな造形藝術もこれに並べることは出來ない。

定家の假名遣と稱するものが特別の形で神聖視され、定家の知らぬところで、その名を附して傳承された封建前期の文藝の歴史にも、元來はかういふ危機に對應する民族の心といふものが出てゐたのである。南朝の長慶天皇が、御撰の「仙源抄」の跋で、定家假名遣といふものを批評され、これを難じられたのは、後契冲によつて復古假名遣の成立するまでの期間中の大きい布石だつた。南朝の宮廷に於ては、諸多學藝に御執心だつたが、特に國語に對する重大な御關心をもたれたことをこれが證してゐる。親房が神皇正統記を著した時に、亂世の始めは言葉の亂れと、痛切に嘆き警められたことは、まことに深刻だつたのである。

古典のまなび

一

飛鳥井雅有が定家の子爲家の嵯峨中院の山荘に通つて、源氏、古今、伊勢の傳授をうけた時の狀況をしるした、「嵯峨のかよひ」の冒頭の文で「男も假字にかくらん事、この國のことわざなれば」と云つてゐる。雅有この時二十九歲だつた。源信が「日本國は如來の金言たりといへども、唯假名を以て書き奉るべきなり」といつたといふことが、「河海抄」に引かれてゐる。雅有は和歌などは假名でかくべきものだとも云つてゐる。その日記の「春のみ山路」を國文でしるしたのは、當時としては珍らしいことで、これは今日から見て一見識だつた。この本は續羣書類從の日記部に收められてゐる。假名の發明が、日本の文學を形成し、日本の文明そのものを、獨自のものとしたといふことは、妥當な見方である。

萬葉集の學問は、平安初期の村上天皇の宮中で、かの源順ら五人の歌人によつてひらかれた。古今集の學問の時代はこれにつづくのである。源氏物語の學問も、所謂鎌倉時代といはれてゐる時代になつて旺んになつた。しかし漢文學が非常に衰へたといふわけではない。ただめでたい文學の作品が出なかつたのである。大津皇子や嵯峨上皇や菅公が、その時代々々で漢文學をたしなみ、漢詩をものし、見事な書をなされたといふやうな昂奮は、五山文學の時代、多くの有爲な宋人の流入があつた時にも、漢文學として起らなかつた。道元のやうな僧侶も、國文をかいたから、それがあの一種強烈な文章となつたのである。假名が勝つたのである。實朝が萬葉調の歌をつくつたのは、佐佐木信綱の調べでは、定家から萬葉集を與へられる以前からだつたといはれてゐる。實朝は敕撰集などで見た萬葉のうたから、あの一種の「萬葉調」をよみとつたやうである。實朝は正に天才であつた。鎌倉で仙覺が萬葉集の二十卷本を校訂し、新點をつけたのは、將軍賴經の命によつたもので、賴經は實朝薨去のあと、源家大將軍の緣籍のゆゑを以て、迎へられて鎌倉の主となつた。この時二歳の幼兒だつた。二十六歳で將軍職を去り、二十九歳の寬元四年六月新執權時賴の討伐を計つたが事敗れ、七月逐はれて歸洛した。寬元三年七月にすでに薙髮してゐたのである。賴經が三十八で死んだ三年前に道元が五十四歳で死し、六年後に親鸞が九十歳で死んでゐる。仙覺の萬葉集抄の出來たのはそれから七年目である。龜山天皇の文永六年であつた。

二歳の將軍賴經が京都より迎へられて鎌倉の主となつたといふことは、鎌倉に京風文化を入れることとなつた。しかしそれは裝飾的なものとして停止し、つひに創造性が發揚されるには到らなかつた。幕府時代に入つても、京都では依然強い創造力を保有持續した文明が、院政期文明をのばしてゐたのである。鎌倉幕府時代の京都の文化は、院政時代に芽をふいたものの成長として見ることが出來る。この時代に流行した宴曲にしても、舊時代に發生したものであつた。宴席でも用ゐたが、佛事用にも使はれた。その集成者といはれる僧明空の素性は詳かでないが、熊野に關係あつた僧で、その點で、遁世ものといはれる人々、空也や良忍の念佛踊りの徒や、一遍の連中とも相通じて、諸國を遊行した人々であつた。その遊行のできる組織が、いつからか國中にあつたのである。さういふ組織では、平安時代聖寶のひらいた修験道の全國組織が先蹤だつた。源信や一遍などを始め、長い年月の間に作られた和讚の基調は、日本人の文學的情緒を考へる上では、大切なものだつた。王朝文學停止以後最も強い影響力を及ぼしたと見えるのは、それが國民心情からすなほに派生したゆゑだつた。この時代の作品で、國民生活といふ觀點から、最も有力な文學の情緒をおこし、ひいて深層の歴史を形づくつてゆくものは、遁世ものがもち歩いた和讚の系列の文學が、その大きい一翼を荷つたとも見られるのである。

源信は往生要集を著した惠心僧都である。十分な見識と詩人的風格を併せた、平安時代を通じての大思想家だつたが、それ以上に王朝の藝術と文明の綜合的な一大演出家だつた。源信は創業の氣風のなほ賑かだつた宋國の文物を遠望してゐた。しかし源信の出現の我國の前提には、國家動亂といつた忌はしいかげりはなかつた。建國日なほ淺い宋國の物情を遠方から眺めてゐるやうなゆとりは、惠心の淨土觀を、非常に自然なものとしたのであらう。當時の京都は世界一の大都にして文明の中心だつた。そのころ空也が都の中を踊り歩きつつ、となへて廻つた和讚の念佛踊りの無常觀にしても、鎌倉幕府開始以後の物情人心にくらべると、感情の贅澤をおもはせるやうな輕みがあつた。それは虛僞といふことでない、高い次元の淨土欣求の振舞ひが輕みにあらはれたのである。源信の淨土觀念には、朝廷そのもの、日本の文學の願ひに、いたつて近いものが見られる。道長の時代、王朝女流文學の圓熟の先行として、そのための大きい世界を啓いた無雙の大天才だつた。

和讃は院政時代のあと忙しく卑俗化し、それは世外の民のものとして、藝能を伴ひ、いくらかの輕みに救はれて國民生活と直接に結びつき、國民の情緖を合成するものもあつた。しかし專ら淨土眞宗の流布に利用されるに到つて、初期の和讃のすがしさは悉く失はれ、世俗の沼地の穢土の如くになるのである。

二

承久の時、泰時が都へ率ゐてきた關東の武士の中で、院宣を讀み得たものは一人しかゐなかつたといふのは、あながち例の京童の侮言でなく、多分事實に近いと先代の學者たちも認めてゐる。當時の學藝はみな京都にあつたのである。權力のあるところに、又權力を意識するところに、文學は生れない。平安時代の「權力」觀は、もう昔のものとなり、今日のその觀念で考へると全く間違つたものとなる。日本文學は、政治權力を浮世幻の如く見、さらに始めから見もしなかつたやうな優雅な雰圍氣の中、その現實のやうな京都の朝廷とその內儀でうまれ、この事情から政治權力が東國へ移つたやうな現象は、移つたといふより、不思議なものの出現に似てゐた。つまり思ひ出すまでは何事でもなかつた。江戶に幕府のあつた長い三百年間にも、文明と學藝の中心は京都だつたのである。

鎌倉の武家は、京都文化を裝飾的に珍重してこれを移入したが、その文明の本質が、鎌倉といふ政治權力をつくりあげてゐるものと、本質的に異つてゐることは、身體で知つてゐた。このことはお互によく知つてゐたのである。その精神生活の次元のちがひを了知して卑下することは、いつの時代の權力や實力者にも共通する現象である。大體彼らには成り上つた者が多いからである。

鎌倉當時の學風が唐から宋風に變つたやうなことにしても、東大寺再建の建築樣式を仰ぎ見ても、なほわからぬ位のものだつた。この宋樣式が、南都では、この時一つであとを絕つたといふことの方が、全く象徵的な歷史的現象であつた。京風の文明觀念と武士の義理氣質の背反は、それを十分に分析整理できないままで、東國武士の論理を錯亂させたのである。これが北條執權の勢力交替を陰慘な殺戮で彩ることの一つの原因でもあつた。論理の根源は倫理であり、倫理の根源に神話があつて、わが朝廷とその文學は成立したのである。金澤實時が力を注いだ金澤文庫は、京都文明を移す努力にて、その孫貞顯が書寫した「たまきはる」は初め金澤文庫に收められてゐた。建春門院中納言日記といはれるもので、源氏物語の文章をなぞらへた典型的なもので、從つて文學的な意味の稀薄なものである。

貞顯は實時より數へて三代目に當り、嘉曆元年三月、高時が執權職を止めて剃髮した時執權職についたが、その四月に守時が北條最後の執權になつた時、職を去つた。正中の變はこれより二年まへで、この時北條討伐を謀議した責任者として幕府に捕へられ、元弘の時に殺された日野資朝の佐渡での辭世の頌は「五蘊假《リニ》成《ス》レ形《ヲ》、四大今歸《ス》レ空《ニ》、將《モッテ》レ首《ヲ》當《ツ》二白刃《ニ》一、截斷一陣風」とあり、俊基が鎌倉の假粧坂の上なる葛原岡で斬られた時の辭世は「古來一句、無《ク》レ死無《シ》レ生、萬里雲盡《キ》、長江水清」といつた。當時京都宮中にては、連句連歌の會が行はれたが、また詩と管絃の會もしきりに行はれ、さうした風儀が、これらの「辭世」としてあらはれたのである。

しかし一般的には假名がきの國文はもはや言訣けなしに定着し、その文章が文學をなし、又創造的な世界を展くのにかへて、漢文學は創造的文學としての意味を早くから無くしてゐた。さうして古くは平家物語や、近くは「海道記」のやうな斬新な國文が、男子の文章としてつくられるやうになつた。

外來の異國の言葉でかなり廣範な文學がつくられたといふことは、天平から平安初期にかけての文明開化がもつてゐた、國民的な熱意とその創造的勢力を示すものであつた。さういふことが出來た民族の力は、やはり大きいと云はねばならない。外國のことばで、論理的な思考を相當の高さのものとして表現するといふことは、しかし第二義の次元のものである。それが豐かな文學の域にとどいたかどうかといふ點で、千年前の文明開化と、近い百年の文明開化とが、民族の歴史の上でくらべられるのは、今より百年後のこととなるだらう。私は日本民族の生命を信ずるゆゑに、この比較が我が國人によつてなされることを疑はない。さうしてそれがなされるだらうといふことは、今もつ私の憂ひを、我々のあとにもつづいて、同じ志のものが、心をあはせて掃ひ除くことを信ずるからである。

わが國の十三世紀の作品の一つと推定される「男衾三郎繪詞」は、武藏國の兄弟の武士の物語を描いたものだが、その兄は京都の文化にあこがれ、宮仕へをした女房を妻として、都ぶりの風流のくらしをし、弟の男衾三郎はそれにかへて、關東一の醜女を妻として、武藝に日も夜もなく暮らす。そのうち兄が死し、遺子の女兒が國司と戀をした時、三郎がその戀をさまたげる話である。これはそのころの關東の武士の氣風のもつてゐた偏向性や、世相にある二つの矛盾の動きを表面寫實としてあらはしたものである。

文明のまねびでは、うはべのものと實あることとのけぢめが第一義の批判である。この批判なくしては創造はない。金澤實時が將軍賴經に從つて上京したのは、その十五歳の時だつた。當時にあつては數へ年十五歳といふ年齢は、一箇の日本男兒の責任者と遇されてゐた。しかしその年稚さは今時の青年より生新な生命の元氣にみちてゐたであらう。それは創造的でもあり、又破壞的でもある。十五歳の彼らは一朝の變事に際しては、明日はは(や)馬上の大將軍ともなつたからである。しかしこの實時が隱退する五十歳に到つて、文明の名義を尊んで、都風文物の博物館を整へることを考へたのは所詮の當然だつた。

三

徒然草のしるされたのは貞顯が執權となつた年より數年以内とされてゐる。貞顯が一月足らず執權となつた年の翌年六月、奥州の安藤季長が亂を起し、高時の兵これを討つて勝たなかつた。このことを頼山陽は「日本外史」中一行の文章にしるした。この一行の文の感慨の調べが、幕末の志士の多くを感奮させ、その感動を口から口へ傳へたのである。かうして文章の力は强大無限だつた。

同じ年の十二月護良親王が天台座主となられた。この年より四年にして元弘の兵戰が起り、建武中興はこの二年後である。「三部假名抄」をかいた向阿が死んだのは建武三年六月享年七十一だつた。向阿は法然の教を受け傳へた人で、この書は淨土教文學として高名のものとされてゐる。伴蒿蹊はこれをほめたことばの中で、「およそやまと人のためにはよきかなの文章ほどその心をうごかすものはなしとおぼえ侍り」と云つた。賀茂眞淵が言釋を著はして、徒然草と比較して、向阿を揚げこれを貶してゐるのは、文章を判斷する上でも、眞淵の人がらと考へ方を學ぶ上でも、一つの大事の示しと思はれる。向阿のこの書物の出來たのは元亨年中だらうと云はれてゐる。

虎關師錬が元亨釋書を著したのは、元亨二年の六月、後醍醐天皇に上つた。師錬といふ人は二十歳餘りの時、九流百家諸家の、語錄から、神書に至るまで通じないものはないといはれた。その博學、廣聞、審問、明辨、古今無雙と評された不思議な人物である。元亨釋書三十卷に本朝高僧の事蹟をしるし、他に二十卷の文集も殘してゐる。師錬はこの時代に旺盛だつた復古思想に相關聯する國體觀念顯彰の上でも重要な人だつたのである。また彼が神道に深い關心をもつたのは、その學問の深まりの上で當然の歸結だつた。

神道の學問は古典復興の傾向と並行するもので、卜部家の古學をうけた懷賢が、「釋日本紀」を著したことは、この時代の文學史上の作品として特に注目すべき大なるものだつた。日本書紀の講義は奈良の御代から、朝廷で常に行はれてゐた。養老、弘仁といつた古代の私記はその證を示し、實物の遺品の證なき時にも、必ずそれは行はれたものである。この書に漢文漢字で表現されたものを、國語の古語《フルコト》でよみつたへるための、なみなみならぬ努力が、くりかへされた書紀の講義にて、それは記憶力を薄めた文字流布以來、大事な營みとなつたのである。平安京の朝廷で行はれた日本紀竟宴の歌會の記事は、この御代々々の努力をあまねく示すのである。

人や時代の古典の學びを、傾向や態度にわたつて批判することは、一面ではその意欲の相を知ることであり、さらにすすんだ他面の作業として、この意欲の原因をさぐることがあり、この他に第一義の營みはないのである。ここに云ふのは、外國の古典の學びでない、自國古典の學びには、わが遠世の古事を、わが身上の今と將來の、創造と生産の生活の上で知るべしとした、當然の思慮がある。これは文學の志に通じる。しかもこの志を思ふ時、それを貫くの心得がなくてはかなはない。この心得については、後鳥羽院の御教を、志として守り傳へた先行の隱遁詩人が、硬軟兩面から述べてゐる。この軟といふものを忘れてはならない。この志の心得は、そのまま日本文學の實であり、また道であつた。

「釋日本紀」によつて、奈良朝以來の堂上代々の日本書紀の講義を集成した卜部家は、古典研究と神道學の上でのその地位を併せて確立したのである。この時この學統に對抗するやうに、伊勢の神官の間に所謂伊勢神道が生れる。それは舊來の神佛混同の便法を、神祇本位に改めたところもあつたが、古義に關しては未しい偏向性が著しかつた。しかしこの系譜が、蜿蜒として元祿以後の國學の成立につづいたのは、たくましい信念と、確とした古典の存在といふ二つの面から理解すべきである。わが日本の文學史の相だつた。

當時の都の佛家が讀書人として、末法思想と神國思想の混沌の中にゐたことは、國體觀念を顯現した歷史の上で、よく考へねばならぬところである。朝廷の古典の學者らが、復古の感情へ入つてゆくのは當然だとしても、佛家の人々がもつてゐた舊來佛教に卽する情緒と、彼らが讀書人として次第に恢弘していつたわが古典思想に對する信とをくらべると、そこにはなごやかに融通したものがある。偏狹の思辨が少かつたのは、平安文明の名殘といふべきものであらう。溫和な融通觀念は保守といふ情操の基調だつたのである。

古典の研究が勃興した理由は、いくらか考へ數へあげることが出來る。しかしさういふ理をここでいふよりも、時代の趨勢のめざしてゐた方向の旺んなもの、それを動かした人心人力の激しいものを、しかと正しく眺め悟ることが、そのさきの大事だと思はれる。その時志といふものは、道として自ら信じられるからである。

古典の學問と多少樣子が異るが、心一つだつたのが、有職故實の硏究だつた。これは朝廷を中心とする學風で、後鳥羽院の「世俗淺深祕抄」と順德院の「禁祕抄」が、永くこの學流の典籍となつた。かうした思想は朝廷のものだつたが、同じことが霸府の政廳に於て、またくりかへされることとなる。足利氏の幕府がさういふ思想に縛りつけられたのはしかるべく解されるが、江戶の幕府に於ても、さまざまの形でこの觀念と氣質が勢ひを振ひ、それにもとづく所謂新體制が、幕府政治の中心課目となり、新政權による新體制斷行は、霸府の權力交替のための必要先決となつたのである。しかもこの新體制は、故實に順ふを旨とした。一見專ら行儀作法のしきたりの議論の如く見え、外形も儀式典禮の類として、政治や權力の實力とかかはりないものだつたのに、實に政治や權力に變動の作用を加へるのである。

鎌倉の幕府では、賴朝は京風の衣裳の華美を排して、自らの刀を以て人の着衣をたち切つたことがあつたが、實朝に至つては、この若い源家の公達は、實に都の文明の憧憬者だつた。實朝が征夷大將軍を拜したのは、賴朝薨去後僅四年目である。後鳥羽上皇の和歌所開設はその二年さきであり、九十一歳の俊成の薨じたのはその一年あとである。法然上人源空の流されたのは四年目の春であつた。常備の兵力のない都の軍勢は、關東の勢を如何ともなし得なかつたが、その悠久文明の威力は、しづしづとゐて暴兵は歸服した。わが建國の神話が、ことむけ和《ヤハ》すとしるしたところが、これかと思はれる。それは强兵の作用でない、强兵は急弦の如く、切れ易く破れ易く、朝廷の秩序ある禮樂を奏する用にそひ得ないのであらう。古代人の考へ方で、秩序ある禮樂とは、宇宙的な調和の反映を云ふものだつた。支那歷朝の霸府は、强兵堅城によつて支へられたが、わが朝廷には都に城壁の守りなく、宮殿に强兵のそなへはなかつた。僅に大伴佐伯がみかどの門を守るのみである。かくて悠久の歷史を維持し、その禮樂千古を一貫して變らず、明治維新にあはれるのである。江戸の幕府にしてすら、三代の大奥では三河武士氣質の反撥よりも、京女の風儀すでに有力となりかかり、五代に至つてはその內外儀とも、唐禮といふ名義の京都風に變革されるのである。

後鳥羽院順德院を以て中興の御主と仰ぐ、近古の故實の學統は、朝廷の學藝家の古典研究や、佛家の國風への自覺と步みを一つとしてゐた。かういふ間に承久の動亂に當り、文明の外觀上の敗北を經驗した時代感覺は、末世終末觀と皇國悠久の信念との並立といふ、形式論理では矛盾するともみられるものを、一種の混沌として、わが身ながらにうけとつた。この混沌は、生命の悠久を印象づける感じをもち、創造と生產の母胎として實にそれは、日本人といふ存在の不變一貫の初心だつたのであつた。

四

仙覺が將軍賴經の命によつて萬葉集の校本をつくり、二十卷全本はこの時始めて復原したわけである。しかしこの文學史の先人未踏の偉業にも、多くの先行者と、時代人心の動向の集るものがあつた。その縱橫の因緣の凝固したところから、この文學史上の大功が現はれるのである。將軍藤原賴經が古學研究に心を傾け、特に萬葉集の校合を願望したことは、悲劇の前將軍の遺志を思ひ、その心情を慮つたところもあつたか。さらに京都の文明に同調追從する意向や、あるひはやや變化した對抗競合ひの思ひもあつただらうか。しかし理由の推慮など凡夫の愚意を出ない。寬元元年といふ年、賴經が源親行に萬葉集の校勘を委囑した。親行の父光行は源氏物語研究の初期の大家で、四辻善成の「河海抄」に、光行が源氏物語を校合した時は八本によつて家本を作つたと誌してゐる。光行は多くの古書の蒐集家でもあつたやうである。この光行の校本の親行に傳へられたのが所謂河内本である。親行は源氏物語の註釋を試み、「水原抄」をつくつてゐる。この親行が萬葉集の校本の制定に着手したのは建保三年だつた。その後寛元元年に頼經の命で再度校合を始めたのである。彼はまた古今集やさらに新古今集の研究にも手をつけてゐる。定家が多くの古典の書寫校勘したのも同じ頃で、定家のその營みは大へん廣漠だつたし、それは周知の事實である。

仙覺の萬葉集の校合は、この親行の校勘の繼承として始つた。これも將軍頼經の命によつてであつて、親行本をもととし、これに數個の證本を以てして一つの治定本を作つた。しかし仙覺はなほこれを不滿とし、更に校勘をつづけ、文永二年に再度の治定本を完成した。從來の諸本を統一して、二十巻本をつくりあげたあとは、舊來の諸本はすべて姿を消し、今日殘るものはみな仙覺の定本の系統となつたのである。仙覺は別に萬葉集の註釋も著はし、いはゆる新點を加へた。寛元四年から文永二年迄は大凡二十年である。往昔のことゆゑ諸本を蒐める努力もなみなみならぬものがあつたであらう。

光行、親行、定家、仙覺といふ系統の古典研究の流れは、日本の文學史の悲願をしめした、文學と文人の志であつた。萬葉集の研究は、村上天皇の時に、梨壺の和歌所がおかれ、源順らの五名家によつて始められたが、この後の長年の學究の成果は、三百年ののち仙覺の治定本に集約される。その間敕撰集の事業中に、萬葉集の研究はつねにくりかへされ、新意が加へられていつたことも想像されるのである。

日本書紀の研究は卜部家の家學の如くなつたが、顯昭や寂惠のやうな人々は、別に日本紀歌の註や抄をつくつてゐる。日本書紀の中から歌だけをとり出して註したことは、文學と文學史の見地からは、一つの自覺、一つの見識と感じられるのである。

また當時の特色ある營みとして、多數の私撰歌集が著はされたことである。萬葉集の成立に當つては、大伴家持の私撰歌集があり、さらにそれをもととして、この集の大部分が出來たのだといふ推測は、中昔からの萬葉集の學者が大半認めたところであつた。

私撰歌集の選著も、古典研究、神國意識、復古思想などと根を同じくするものがあつたのである。敕撰集の趣旨が、眞向大上段に志を述べたのに對し、私撰の集はそれを作つた人が、道を思ひ、志をたしかめ、寂しさにゐて心を振はせた。それらの私撰歌集の中でも、藤原長淸の著になる「夫木和歌抄」は部立は敕撰集とほぼ同趣だが、細分の題をつけ收錄する和歌の數一萬六千首といふ、まことに執心異常の大歌集である。一條院の朝廷の盛儀を頂上として、承久以後は、舊時代の造寺造佛に注がれた信仰の熱情は、一つに文學に注がれた。しかもその時の文學は、處世職業と全く無緣の純粹さに居たのである。

古事記の研究も試みられた。懷賢の父兼文の「古事記裏書」は、和漢の古書を引用し、解釋では自案も添へた。その引用書中には、逸書となつた古典の片鱗の見られるものもある。兼文の古事記裏書は、今日傳る最古の古事記の註釋だが、その先行があつた證は、兼文が數個の古本によつて書寫校合したといふところにもある。また現存最古の古事記寫本なる眞福寺本の、奥書や頭書からも、推測されるところである。

この記紀研究と別箇の神道學が伊勢で始つた經過は、皇大神宮信仰の民衆化と關係してゐる。皇大神宮の信仰が一般に解放され、それが爆發的にまで昂つたのは、やはりこの時代だつた。武家覇府の開始は、いふならば國體明徴の心を躍進させたのである。好學の精神に缺けるところなかつた舊來傳統の古寺院の僧家も、さういふ史實事理を明らかにしたのである。彼らは學究的だつたから、保守の傾向を心情の上でもち、當時勃興してきた佛教の新興宗教の教説を低俗淺薄と見た。その學究態度を旨とすれば、この判斷には無理からざるものがあつたのである。新興宗教の花々しい激しさと、趣きの異るしづかな熱情が古道開顯の營みの道をひらいたのである。

伊勢神道では、教義を組織化のために立てるといふ目的が濃厚だつた。二宮の神官はそのために、眞言神道、儒教、老莊、陰陽五行説など、舊説あまねく混合して新説をつくつた。これは伊勢神道の神道五部書のなるについての原因である。五部書は作爲されたものだつたが、たまたま古傳と思はれるものもふくまれてゐて、これを見定める方法は、近世の國學が、學問として發見するのである。五部書中の「倭姫命世記」は、構成にも文學らしいものが見えて、古傳と思はれるものも少くない。しかし作爲を下心とした當時の神道學は、卜部家の後の吉田神學にも共通し、古典と神話のなまなましい大生命に即するものではなかつた。この時代から後の神道學は古神道の古義を歪めるところが多かつたのである。その註釋中に古傳を殘し傳へたのは功といふべく、理を立てて神學説を組織したところは、古道を正しく傳へるものと云ひ難い。その弊害は久しく續くのである。これは善意如何の問題でなかつたのである。

これらは教學の組織を目標とする世俗宣傳や布教に心をむけたため、その敍述に當つて、緣起や由緒記の仕法をとり入れたのは一つの特色である。このとり入れ方は、社會意識として見れば、當時風の教養の人々を對象とするものから、民庶の間に多少の神憑りを加味して生れた俗語調のものまで、この變化が廣い。「緣起」の文のさまざまの樣相は、日本と日本人の土着の文學發想を知る上で、下降した和讃のしらべとも少々色合ひをかへたものとして、興味ふかいものがある。さうしてこの緣起が、一種の謠物となつた形のものとしては、神社佛閣や各地鄕村の祭文類までふくめて、日本人の文學の、分量としても大きい遺產となつてゐる。それらは多分に曖昧だが、それが近世に記錄されるまでは、もつぱら先人から後人へ、その口からその口へと、聲として傳へられたところに、なつかしいものやありがたいものがある。またさういつてよい程のものが、これらの遺物のどこかで光つてゐるのである。

有職故實にしても、古典硏究にしても、その結果の神國意識や國體觀念の自覺にしても、無常觀と末世思想のただよふ世の中で行はれてゐたのである。さうした中で積極的なものが、他を壓することは、歷史の理にかなつてゐるやうに見える。積極的なものは、生命だからであり、うちに創造力をかくし藏してゐるのである。

元寇が終焉したとわかつたあとの人心は、その反省が昂奮に發現するやうな結末となつた。無常観が加味した形で、微々たる國内の權力爭鬪の空しさが、それまでその關心の深かつた人の心に空漠としたものを味はせた。この時代の常識的無常觀は、悟りや空觀とかかはりない低い次元の理窟だつたといふ見地から、多くの無常觀は破壞と創造といふ相反するやうな活力へ變貌して、しかもそれは振舞ひとして存分にあらはれる。つまり多數の無常觀は低俗な通俗文學の感傷にすぎなかつたのである。眞の無常觀では、時に破壞的な活力に變じ、又轉じて强烈な志となつた。さういふ世相は、冷靜な、又冷靜の如くに見える學術的思考の上で、松火のしめやかにしかもしつこく燃える形で、闇の底にその光りをははせてゐたのである。

鎌倉が滅亡する時、北條の一族家人數百人は、ただしく整然と席に居並んで、みな腹かき切つて伏つてゐたといふ。かういふ見事さは、しづかであつて、何か大切なことを知つてゐた證のやうに思へる。またそれは美といふことばに當るもののやうに思ふ。ただかういふ詩は幕府の時人の一人も、現身のいのちの中で描いてゐない。鎌倉の武士はあはれだつたのである。

南朝の文學

一

「神皇正統記」は延元四年八月、親房卿が常陸國筑波山の麓なる小田城において著された。その後四年をへて興國四年秋、同國關城で增訂を加へられた。後村上天皇御受禪に際して著述し、新帝に奉られたものである。併せて興國元年春に「職原抄」を撰び上る。神皇正統記は皇國の由來と皇統の眞理をのべ、三種の神寶の所在を以て證とされた。印度、支那の天地開闢說とその國情の變遷を說き、わが國にあつては、それらと趣きを異にし、天神を親として、皇統一系萬古不變なることわりを論じられた。また政道上の多くの心得を說きなほその批判をされてゐる。小田城に於ては、環境は戰陣の間にあつて、しかも記錄文獻の徵すべきもの何一つない狀態と想像される。感動の著述にして、著者こそ驚くべき學問の偉人だつた。

後醍醐天皇が後村上天皇に御讓位されたのは、延元四年八月十五日で、翌十六日寶齡五十二で崩御せられた。神皇正統記及職原抄の著作は、この時御齡十三歲の新帝の御心得のために、國家の重臣が陣中でしるされた史書である。職原抄は官位敍任の沿革をのべ、人臣登用の道を示されたるものにて、親房卿の精神は、その文辭の筆端にあふれてゐる。親房卿は村上源氏の出である。神皇正統記を著された時は四十七歳だつた。

建武中興の前提となる時代の宮中では、宋學が行はれてゐた。所謂程朱の學で、これは新學であつた。その學風は淸醇にて、これをうけ入れた淸潔な氣質は、この後の武家の時代を久しく一貫した。國の風景民情の醇美が、わが國儒學の性格を淸く健かに維持し、この傳統が明治維新につながるのである。

玄惠法師は後醍醐天皇の朱子學の師とされてゐる。一條兼良は宮中の學風はこの時に一轉したと評した。僧玄惠は往來ものの類も著した。虎關禪師や兼良にもさうした著がある。いづれも童蒙を敎へ導くために著したとあるが、內容も表現も高度の敎科書であつた。このやうな高級な敎育書が、この時代に多く著作され、行はれた。

親房卿がその二著の奧書で、或人の問にこたへてとか、童蒙の爲になどとしるされたのは、新帝に御敎示と言上することを謙遜されたもので、その內實が新帝の御爲の著作といふことは、舊來の學者みな信じて說き來つてゐる。文章は毅然としてきびしく、はげしく、莊重優麗で、從つて天上天下に及ぶやうな廣大な愛情があふれてゐる。

元弘以前の後醍醐天皇の宮中では禪宗も行はれてゐた。禪宗は鎌倉幕府へしきりに入つたが、鎌倉では五山の制さへまだ完成せざるうち、幕府は沒落し、おのづから本據は都へ移り、京の地に入つて、その勢力を大きくした。五山の僧侶は學藝上の國益を增大したが、彼らの趣旨は、政治的な動向に鋭感にて、巧みに政治權勢と結びついた。その形式には、舊時代の思想家の思ひ及ばぬ形と思慮があつた。當時多くの僧人の說いた儒佛一如の說の如きも、尋常のこととしてならば語るを要せず、ものにゆく道そのものを了知するに當つては、その論法ことごとく無用のものであるが、この發想は全く政治的なもので、權力に結びつくものであつた。後の義堂の「武は則ち亂を治すのみ、文は則ち政の術なり」といふ說き方にしても、儒佛一如の時代的觀念の裏がへしの如く、批判的にいへばおどかしに似てゐる。當時の禪林の徒は宣教を「法戰の場」とよび、「我軍を張り」といふやうな表現をした。

　義堂の云ふ文は、古來朝廷の「文」でない、儒佛一如といつた思想や觀念の形態を先行させるものだからである。政治先行の考へ方は權門に近づく仕法である。室町幕府は、都にあつて專ら公武を混同するに努め、しかも「文」を誤解し、意識的に適宜流用した。しかしそれは國の歷史から見た時、甚大の損害とならず、民俗の自然は、これをとつて且つ掃除し、國風傳承の上に資するものを殘した。日本の文明の生命は大らかで強く、弱さうに見えてたくましく、深いものを淺くあらはした。國の稚《ワカ》さと、民族として人情の厚いのがその因であつた。

　後の江戸幕府の場合にしても、京都風を避け、東國武斷の地に開府したが、秀忠將軍家の血統の斷絕したころは、すでに多分に京風の文化支配の傘の下にあつた。室町幕府の制度文物を模したことの始末である。室町幕府が形成した京風文化は、ここでは權威化といふ思想から、却つて形式化されて、幕府の行事政治の多くの部分を占めた。しかしそれさへなほ權力争奪の武斷状態を、行儀作法のまつりごとの政治に近づけ、三百年平和といふ、世界の近世史上に例ない史實をのこす一助となつた。吉野室町といふ時代にその原型のつくられた、連歌師や繪師の制や、下つては能や茶や香といつた遊藝の上でも、京風は江戸幕府の政治の中のものとして行はれた。しかしこれらの諸藝は、時代が下るとともに價値の上でいづれも低下したことは、足利氏のかかへた繪師と江戸の繪所をくらべるのみで明白である。

二

親房卿の神皇正統記を論じた人々は、その思想上當時の朱子學の大義名分説の類の影響があるとした。三種神器の所在によつて、南朝正統を説かれたことから、觀念的な、あるひは形式的な、時人の考へ方に卽して、誤解偏狭とされたものがあつたかもしれぬ。この時代の神器に對する異常なまでの信仰は、むしろ人心の異常を示すに及んでゐたやうに思へる。鎌倉開府の後、東海道の交通の増加にともなひ、熱田宮の信仰が高まり、頼朝縁故の大宮司家の勢威もあつて、その信仰は武人から一般民庶に及んだ。平城天皇の御代、齋部廣成卿は、熱田宮の祭祀のまつたからぬことを、國家政治上の缺典の大なるものと奏上しをられる。小楠公討死のあと、吉野行宮を攻めた高師直の軍勢が、神器御動座の流言に驚き怖れ、數萬と稱した勝誇つた軍勢が、忽ち四散逃亡し、大將も亦狼狽して率先逃れ去つたといふやうな太平記の記事は、作者痛快の文飾でなくして、當代人心の眞理、まさに歴史のその眞實を十分に表現したものと思はれる。

ここに親房卿の思想を批判するごときは、多少好學の青年にとつて、容易なわざである。しかし文學の第一義の大事は、さういふ所作にあつたのではない。思想論ほどたやすく、又むなしいものはない。批判によつて衒學を示すのも、また血氣を示すのも若氣に容易である。親房卿が何を思はれてこの史書を著され、はたまた何がそれをなさしめたか、この悠久といふやうな文字によつて、又神々しいやうな言葉によつて、わづかにうかがへるやうな、人心の中の大きい宇宙の、その祕奥に少しでも近づきうれば、文學のよろこびここに極るの思ひが、おのづからにわく。南風競はざる時代の戰場の中、わが兵を進退せしめる寸土の餘裕もなかつた。武は停止し、禪林の義堂が幕府要人をおどかした類の「文」に何の迫力も考へられない時、親房卿の大きいいのちが發露したところ、かういふものこそ文章の本願であらう。その大きいいのちは、世にいのちといふものが、あしかびの如く發した日からつづくいのちの、今の相である。文章が經國の大業だといはれた眞義や、その布衣の文人の信念は、文字で描いた思想といふ如き輕薄のものを指すのでない。文章からあふれて、人にいのちをよび起すもの、この創造の永遠の本願や、悠久を貫く悲願の動くところのことばと聲、それが文學であり又詩である。さういふ生命の原始のものだけが、後世の志士仁人の、その志をよび起し、人によつて行はれる創造の原因となる。親房卿が身ながらおのれを寄せてをられた、いのちの大なるものは、實に文明のこの祈念であつた。

それがあらはれた時、詩は發し文學は世界をなす。この文學は、もはや無形相、文字の外にあつた。餘韻とか餘情といふやうなことばでいへば、もう少し輕い遊びの文藝の批評の場合ならば、まづは宜しからうといふことである。

神皇正統記の文章は、その莊重さに於て、またその威嚴に於て、かつてなかつた國文である。端正の調べは、咏嘆にも似た廣大無邊な愛情の思ひを底にたたへてゐる。文章の威嚴は、神皇正統記に於て、わが國文として初めてあらはれたと言ふことは、決して誇張と思はない。貫之の假名序、源氏物語、後世の芭蕉の文、かういふ系譜の上で、私は神皇正統記の文章を考へたい。古今序源氏物語の文章と、親房の文章の通ひを見定めるといふことは、私の文學史のよつて立つところである。いつも時代の條件はよけるべきだ。文章の威嚴といふ點では、元祿の芭蕉が、親房の文章に近い。しかし古今序の如く、輕みを以てかかれた文の重さは、まことに泰平の御代の明徵のごとく、また日本の文章の本願であつた。芭蕉が後年になつて輕みを念願したことは、わが文學史を考へる上で、まことに深厚絕妙な心理である。浮世の人の慾心や爭鬪の事件を如何に克明に記錄しても、事のすべてを、さらにその眞實は描きうるものではない。亂世を救ひ、惡い因果を斷つ用とはならない。文章は經國の大業と考へたころの人の心では、さういふ淺はかな仕事をさけることを、志ある文學者のつとめと考へたのであらう。事の眞實は、ただの記錄で描き出せない、記錄に完全はない、心のない思想で示し得ない。政治や經濟といふ浮世の最底邊の事柄についてさへ、事實と云ひ、またさうと思ふ類の事件の記錄を、數多くならべても、それは依然一部分にすぎず、全き眞實を示しうるものではない。

源氏物語は近代の小説家が考へたやうな、事がらをうつして、人生やその事件を描かうとしたのではない。道聽塗說に發心の因緣をたしかめるといふ、なつかしい形から出發したわが國の說話文學を、鎌倉の新興佛教の說教文學にかへたいきさつや、變らなかつたもののいきさつをとくと勘考することは、日本の文學史を學ぶ上での覺悟の一つと思はれる。人生の眞實は文字であらはせない、ものの眞實は、否か諾で辨ぜられる皮相界のものでない。しかし文士の願ふところが、人生に淨土を現出するといふ類の文明觀にたたない場合には、わが文學觀の必要はない。

平安朝の文學や美術は、憎惡や爭鬪やうたがひやねたみといつたものを、人生の眞實として、寫實しようとしたのではない。さういふ諸惡相さへ、よく見れば、何が何かわからぬではないか、それがわが現身の世の相である。さういふものが大いにのさばつてゐるかと見える浮世亂世から、自らも脫出し、併せては救ひの一手ともなりたいといふ願ひの心は、文人の第一步、尋常の心得だつた。鴨長明の時代から、太平記の時代になると、同じ心情も動く。時代相では亂極つて、亂といふものが世と人の底にしづみ、倦みつつも、止むことなく、仕方もなく爭鬪をつづけてゐる。勝利は世の救とならない、敵味方供養といふすてばちの思想が出てくる時代だつた。太平記は亂世を敍述描寫し、文學の願ひによつて泰平を將來しようとの思ひを、その書題にこめたものだと、何百年もの間の、古人となつたわが國の文人學者は信じてきたのである。

「太平記」と「增鏡」は、久しい時代にかけての國民が、これをよんでは泣いてゐた。この泪はふかい悲しみの泪である。しかし淺い感傷の泪が非文學といふのではない。悲しみも泪も、その人の機緣の向上深化によつて深まつてゆくのである。太平記をよんで發奮して大臣の頭に刃を振つた少年はかなしく、芭蕉の如くにまつしぐらに延元陵へ走つていつた人も尊い。どちらかにきめよといふ人には、親房卿の文章に、詩も創造もよみとり得ないだらう。さういふ政治的な時務情勢論風な考へ方は、爭亂の世をさらに混亂につなぐだけである。親房卿は歌に於ても、多數の同じ時代の南朝の英雄たちのやうに、その名家の一人であつた。學殖無雙、文武兼備のこのやうな偉人や、それにつづくに足る人々が多數あらはれて、しかも太平記の亂世は蜿蜒とつづくのである。

三

私は親房卿の文章を一つの頂上の規範として、文學の威嚴といふ點で、道元の文章と比較することも出來る。古くから喧傳された大極の詩文とくらべても、やはり日本人の文學は、正しい一つの系統をうけつがない時、重みも强さもうすれるとの理由がよくわかる。虛心に考へることが出來る時に、文章の威嚴といふものが何であるか了解されると思ふ。了解しても云ひかへることは出來ないのである。議論や思辨や叱咤はそれと無關係である。「太平記」と「增鏡」との文章の比較では、作者の考へた眞實のあり場所が決め手だつた。少々氣質の異る文章である。太平記が、大楠公の出現を敍したのは、笠置での奉答の一句だつた。ここの太平記を、親房卿の文章にかへて味ふことも出來る。思ひの中でそれが文章であつても、文字に現はせば、精神は失せるだらう。文學に於てはイミテーシヨンは成り立たないのだ。太平記の壓巻は大楠公の千早城を敍して、楠といふ男の魂の太さこそ怖ろしいといふやうな表現をしたところである。太平記の作者がどんな人物か知らないが、このやうな一句をかいた時の、その作者の身の震へは私にはよくわかる。しかしそれは文士の冥加といふべきものだ。

かういふ物語の敍述描寫にくらべると、「曾我物語」や「義經記」にしても、文章として少しづつ品が下つてくるのは止むを得ない。曾我物語の兄弟が、寢所の敵を見るところ、傍に衣にくるまつて遊女二人がただ震へてゐる。このやうな描寫は、これ以後の大衆的文學の作家につひに出來なかつた。馬琴程の人すら、義經記の忠信覺範一騎打の場面に及ぶことが出來なかつた。

「増鏡」は北朝以前の筆なりと伴信友が評してゐるのは、短いかきぶりだが、私にはまことに敬服の批評である。文學とはかくの如くによむものかといふ深い感銘を教へられた。その一行は明治以降未だ誰も書かなかつた程の重量のある文學論である。一巻の文藝評論として辛くも解説できるやうな、しかも根據こまやかな斷言である。

かういふ事例を次々にあげてその底邊にあるものを考へると、源氏物語をいつの時代ではどのやうによみ味つたかといふ點に歸するやうである。もつと根源的にいへば和歌のよみ方である。しきしまの道こそ、不朽の國の基といふ考へ方を、單純なイデオロギーで解釋した人々の場合は、その合理主義が、日本文明の本道からはづれる因となつた。これがやがて、明治の文明開化の、その科學主義の弊となつてゐる。元祿の近松門左衞門は、馬琴よりも少しばかり古學復興の中樞を身近にして住んでゐた。その文學にはみな歌曲がついてゐたので、文字面よりもその方に、文學の比重がかかつた。補つただけではない。室町期の謠曲がどんなうたひ方をしたかは知らないが、今の謠ひ方は、江戸の御用藝能から、少しづつ時節にそつてかへられてきたやうで、平安末期に流行したうたひ物の面影は、どこにあるか、今日では想像さへ詮ない。信友翁が、萬葉集のころの歌のうたひ方について、翁の在世時若狹の草深いところでうたつてゐた巡禮の詠歌の節が、一番似てゐるやうに思はれると云つたのは、いかにもなつかしい話である。松永貞德は九條玖山公に源氏物語をよんでもらつて、始めて源氏がわかつたとしみじみ述懷してゐるのは、文學史といふ上では非常に大事な話の一つである。しかもその源氏物語に關して、この作者は、日本紀をよくよんでをられると、一條院がおつしやつた。平安朝の宮中では日本紀の訓讀は學問として傳承した。それは大切な國事の一つだつた。紫式部が日本紀をよくよんだ作者との批評は、まことに珍重すべきところで、源氏物語からことがらをよまず文學を味ふといふことは、人道の第一義の問題に係ることの一つである。

曾我物語、義經記の系統の小説は、後代久しくこの種の文學の規範となつた。南北合戰時代は戰亂にあけくれしてゐたが、その戰火の中から、日本人の民衆的な文學の基本のものも生れた。室町幕府のころの、公武混同の政情の中で、日本の民俗や年中行事、遊藝、文藝の類の基本は殆ど出そろつて、民衆生活に定着するといふ盛觀をなした。幕府の貴族趣味に對し、この世界でも下剋上の風潮甚しかつたのである。しかしさういふ民衆の歌への異常な興味と愛着は、院政この方の宮中の風儀にはあつた。禪林一部のものが、思想を權勢接近の具とし、空漠の道心に發した說話の文學が、教團勢力擴大の宣傳文學に改作されたやうなことは、いづれも文學に似た非文學を生み出すもととなつた。それらの事情は、奈良繪本やお伽草子の中のあるものが、明瞭に文學にけぢめのあるといふ事實を示すのである。新古今集のあと和歌が衰へ、新敕撰集がその傾向に絕望的な印象を與へた。さういふ中で連歌が、それなりのものとして和歌の氣分を持續したことと、さういふ思ひが國民一般にあつたといふことは、文學史の上では納得できるのである。

四

南朝君臣の撰集である「新葉集」は、文學史のこの時代に大きい燈をかかげたものである。新古今集以降、これ程の感銘深い、且つ優れた歌集はつひに再び出なかつた。尋常の歌を例としても、八代集のどの一つの下につくものでもない。歌風は新しく、心は切實で、あはれがふかかつた。萬葉集以來久しぶりで歌が規模の廣い生活から出現し、生活に卽身したのである。またありがたいことだつた。さきに實朝のつくつた萬葉調の歌とは、かういふ點で全くの異種だつた。新葉集には所謂萬葉調といふものはないが、心と動機は最も素直に萬葉集にかへつてゐた。歌とはかうしたものだといふ意味を說く思想や觀念を宣言しなかつたことが一層尊いこととなる。わが國の歌とは、何だらうか、どうしてうまれるのだらうか、かういふ考へ方に大事がある。新葉集が多少新風をなしたのは、平安の朝廷の文明を經過し、それに對する絶大な自信と、文明繼承者の正統の意識などといつたものが、悲運逆境の中だが、强烈な精神としてあつたからであらう。滅亡とか沒落といふ異國的な政權意識よりも、神國意識が橫溢してゐたのである。だから國際觀念としての、亡命とか滅亡とか無常といふものは全く知らない。さういふことは平家物語にしても、太平記にしても、思想の比較の上ではまことに淡々としてゐる。壯大華麗な架空天國をつくることはこの點で必要なかつた。もし佛典を悉く和譯したなら、わが歷史上の民衆はみなとまどつたにちがひない。

太平記の中でも極惡人なる高師直の末路は、以前の蘇聯や最近の中共で行はれた權力者肅清のそのままに描かれてゐるが、近代專制國の場合の陰慘も憎惡もなく、むしろ憐情に似たものを、畸形の人間性の一般に對するかの如くに、この個人に注ぐのである。この作者は南方宮方同心の心情の持主のやうであるが、かうした場合にも淡々と敍してゐる。負け惜しみといふ情でない。風土美麗にして四季の變化のゆたかな、この國土でうまれ育まれた人情に原因するものであつた。この人情は國土が美しい間はいつまでもつづき、わが國民に永遠といふ觀念を約束してゐるやうに思へる。この約束は自然のものに、おのづからものにゆく道があるといふ相である。

明治の藤岡作太郎は文學の批判に當つては、作者の環境條件に同情することと、作品批評とを混同することを避けるべきだといつたが、考へはもつともらしくして輕薄に墮する例が多い。水戸の光圀公は新葉集を二十一代集と同格に扱はれた。新葉集に關しては恐らく光圀公が、第一番にこれを認められた人であらう。この批評は感動にもとづくもので、同時代の小歌の集を愛惜する人の氣持と別種ではないが、深度がちがふのである。光圀公のもつてをられた心の世界は全く無邊際の廣大で、また多くの魂をわが魂の中にとり入れ、まことに近世では最も大きい魂の持主の一人だつた。この光圀のとり入れられた魂は、天地の間に充滿してゐるものだと、わが國人は古代より考へてきた。これをとり入れる仕方を鎭魂と云ふ。創造とも、文明の保持とも、傳統ともなるのである。

加賀の綱紀侯は特に强烈だつた。侯は新葉集を愛し、宗良親王の御人格に傾倒してゐた。綱紀は吉野朝廷史の編纂を志されてゐた。その遺業は、尊經閣文庫にも多くの資料として殘つてゐる。侯は宗良親王の「おもひきや手もふれざりし梓弓おきふしわが身なれむものとは」を古今の絶唱と稱へ、同じく「君のため世のため何かをしからむすてゝかひある命なりせば」の御歌を、いつも口にされてゐた。武人としては、なまじひの武術修練よりも、生死一定の觀想をたしかめる修養の法であらう。綱紀は封建の國主だつた。

新葉集には後醍醐天皇の御製四十六首、後村上天皇百首、長慶天皇の五十三首を始め、宗良親王九十九首、尊良親王四十四首、これら皇室の御作品の他に、なほ名歌の作者が多くあつた。文貞公花山院師賢は四十九首、この一家の作品は最も多い。

この歌集が吉野朝君臣の作のみからなり、古歌の類を一切のせてゐないのも、あへて敕撰とされなかつたのも、格別心うたれるものがある。歌は如何なる悲境にあつても興にのるものもあり、切迫に於て巧を考へて障りあるといふいはれは少しもない。明治の新しい短歌の創始者だつた落合直文は「余の愛吟するは新葉集なり、高山正之常にこの書を懐にして離さざりしといふはまことか」と云つて、このあとに熱烈な文辭をつづつてこの集をほめてゐる。この集の中には日本の和歌の歴史の上から見て、ここにのみあつて他に例を見ない類の、國民感情を優麗なことばでしらべあげた大切な和歌が、何首かあるのである。

新葉集の作者たちは、歌の技法修辭にさほどの心を勞することなくして、當時のしきたり通りの慣用の歌風を簡單に守りながら、歌が太古の日本人の心にうまれた時のままに歌ひあげ、おのづから内容上の新風をひらいた。

草庵集の頓阿は、尊氏に仕へた阿彌の一人で、出身は不詳、名門の出ではないといはれてゐる。所謂和歌の四天王として頓阿兼好淨辨慶雲の四人の筆頭にあげられるが、彼が二條家の正統をうけたといふ點で時代的に尊敬された。この時代は歌壇に有力の作者なく、代つて連歌の人々に多士濟々だつた如くに見えるが、その間新葉集と、宗良親王の御家集なる李花集の二著のあつたことは、國風の歴史に大なる光輝をなすもので、こののち江戸後期に至るまで、この二集に匹敵する歌集を見ないのである。

五

永享元年義教が將軍職宣下を受けたが、彼は新續古今和歌集敕撰のことを計畫した。これを實現するまでには隨分の苦心をし、ふさはしい人を通じてやうやく敕許をうけた。義教はこの時、神慮如何と思つて容易に申し出なかつたと云ひ、敕許のあつたあとも、住吉社の神託を乞ふ祭りを行つたり、しかも神託に當つて豫め祭事者に策を試みたなど種々の噂がのこつてゐる。この話は、當時の政治事情を示す面と、歌道の權威とともに、その根源だつた朝廷の尊嚴の國民感情に於ける情況を示してゐる。武家權力は朝廷の權威を文明觀として解するすべを忘れて、專ら政治的にこれを畏れ、この畏れはこともなく權威利用の方へ落下してゆくのである。古今傳授とその變遷に、かうしたいかがはしい策略のあとは少くない。

この新續古今集は最後の敕撰集となつたといふ點で、和歌の歴史の上では注目されるのである。內容にも若干の新味はあるが、要するに昔日の餘風だつた。義教の次の義政は、歌道熱心の點では先代に勝り、敕撰集の實現をしきりに計畫したがつひにならなかつた。そのあとをついだ義尙は九歲で將軍となり、十五歲から政務をとつたが、この人も敕撰集に執心しながら、やはり實現しなかつた。これらの足利將軍の場合は、これも一つの歌道執心と、云へば云つてもよいが、敕撰集をつくるといふことへの執心だつた。朝廷の文物を憧憬することと、それをわが名で行ひ、それによつて權威を誇りたい、さういふ政治的な分限者的僭上氣分に濃かつたのである。しかしさういふことの效果影響は、國民に對して別途に働くのである。

敕撰集のことは早く尊氏このかたの傳統だつた。新千載集が尊氏の執奏によつて敕撰される時は、後光嚴院は南北分立といふ時分と云ひ、さらに御製の御分際を考へ思食煩はれたが、つひに允許あつたと「園太暦」にしるされてゐる。そのさきの風雅集は花園天皇の御自撰と傳へ、又光嚴院御自撰と解釋するものもある。光嚴院が撰集の御希望をもたれたのは古く、初め武家はこれに對して久しく奉答するところなかつた。このころでも歌會とか撰集といふことは、政事の重い行事の一つで、政爭の因となる傾向があつた。風雅集の次の「新千載集」は後光嚴院の御撰にて、延文元年中に全部奏覽せられた。この年は「菟玖波集」も出來た。延文といふのは北朝の私年號で、正しくは正平十一年に當る。尊氏は今年五十二歳で、翌々年五十四で死んでゐる。この集には後醍醐天皇の御製が二十首餘入つてゐる。

次の「新拾遺集」は、同じ後光嚴院の時代のものである。初め二條爲明が撰者となつたのは、北朝私年號の貞治二年だつたが、爲明が七十歳で死んだため、頓阿が後半をひきついで、同三年十二月に業を終へた。正しい年號では正平十九年である。後光嚴院の一代で兩度の撰集のあつたのは、全くの異例の沙汰と云ふべきだつた。「新拾遺集」は、將軍義詮の執奏によつたものである。これについて當時多くの批判のあつたことが、近衞道嗣の「愚管記」に見え、卽ち反對するもの多かつたが、大樹骨張之間不能是非云々と誌してゐる。つまりこの御一代二集は、尊氏をついだ義詮が、おのが代に於て撰集を殘したいとのこころのあらはれである。大體敕撰集は御一代一度とされ、後醍醐天皇御宇元應元年後宇多法皇が續千載集を撰せしめられ、その奏覽あつて翌元亨元年に法皇還政あり、卽ち院政を廢止し、後醍醐天皇の御親政が始つた。かくて元亨三年に「續後拾遺集」撰集の敕命のあつたのは、復古親政の御趣旨の現はれと拜せられる。卽ちこの時の御一代二集と申しても、さきのは後宇多法皇の院宣により、後者は天皇の綸旨によつたものであつた。義詮が前集より四年目にして、撰集の執奏をしたのは、將軍一代一集を實現せんとした僭上の振舞ひと云はれてゐる。

吉野朝時代に北朝でなつた「敕撰集」は四つだつた。撰者もみな武家奏上のものであつた。義滿の執奏による新後拾遺集の假名序で二條良基が、當今天子の德をたたへたのは、慣例による當然だつたが、そのあとつづけて征夷大將軍たる義滿の政道をほめたたへてゐるのは、驚くべき異例だつた。しかも撰集事情から云へばあるべきことの單なる現はれであり、このことは文人の見識の問題として、筆者心情の點を問題として處理批評すべきものである。

吉野朝から室町時代にかけては、和歌のおとろへた時代といはれるが、新葉集李花集の如き佳品があり、また國民文學としては、連歌の流行と、その優秀な作者の出現によつて一般に普及した。これも亦下剋上の一得といふべきかもしれぬ。

正徹は新續古今集敕撰の時五十八歳だつたが、この撰集は二條派が支配したので、正徹の歌一つもとらなかつた。新菟玖波集に當時の最有力作者だつた櫻井基佐の句が全く入らなかつたことに似て、かういふ文壇内部の事情が武家撰集のいかがはしさの一方の責任だつた。足利の將軍家には、世上爭鬪の諸惡を、いさぎよく一身に負うて了ふやうな風儀が、尊氏以來各人各様多少はあつた。名門大様の家風にその因ある如く、しかも公武混同、宮中の風儀をかりて武權の權威とし、從つてその文物を尊ぶ風は源家以來一貫の風俗となつたのである。

正徹の門下には心敬、宗砌のやうな優秀な作者が出てゐるが、彼の家集なる「草根集」は歌數一萬一千首餘、個人の歌集として稀代のものだつた。正徹は三十餘帖二萬七千首餘の自作歌の稿本を、不滿ありとして東山で燒いた。草根集は不滿なしとした分の集である。

亂世の態度

一

太平記の出來たのは、南北戰亂が一通り終つて時をへてゐない頃といはれてゐる。しかし南朝の遺裔は、奥吉野にかけて、應仁の亂の頃になほ御健在にて、應仁の亂に西軍の主上として迎へられたのは、高取城にをられた南帝御血脈といはれた。高取城は昔の飛鳥神奈備の上に延びる山なみの一つである。

太平記の詩情は、近世のわが文學史を貫道した。志の高い文人の詩情を形成するのである。芭蕉のやうな文學の高士が、切迫した感情で、門下の一人を、彼は勇士にして、とほめるやうな時は、これが太平記の詩情のあらはれである。それはまた南朝の詩情である。この南北の區分は、日本國中に、漠然とした形であつた。激しい對立とか、さほどの敵對の關係ではない。風景と人情氣質の異同ほどのものであつた。大和のやうな特別な土地では、それがよほど的確にわかり、今日の世相人情としても、まだ殘存して、今でさへ別ちうるものがあつた。南北朝史をさほどには知らないアメリカ人が、大和の南北の氣質の區別を自然に知つたことは、むしろ私を驚かした。アメリカの將校の一人が私に直接語つたのである。その將校は日本に關する學問をしたことから、志願して終戰後の日本へ來、さらに奈良へ赴任させてもらつたと云つた。その將校は、大和の人情を南は民主的北は封建的といつた。北には郡山藩などがあつたからだらうかとたづねたので、さういふ近世封建の影響などでなく、大和の人情氣質は、南北朝以來のものだと教へた。外國人だから却つて、南朝地帶が民主的だと、素直にうけとることが出來たのである。これは今日の地方人と應接した時の印象だと、その將校は語つた。

太平記には、大和の山地の風習として、首長選擧のやうなことをしてゐた事情がかかれてゐる。今日から考へても、平地の農村での鄕社連座の民主的組合聯合は、如何にも當然とおもへるが、山地で首長を選擧するのは、押しなべての公式論では解釋され難い事實である。この樣式は、今でも吉野山の祭禮にその後をとめてゐる。後南朝が、江戸の時代をへて、明治大正昭和と三代になほもつづいてゐる樣式は、やはり奥吉野の川上朝拜があはし、その祭禮にたまたま他村から赴いたものは、歸順者として扱はれ、祭場の外側の警備役としてしか加へてくれない。さういふ風儀が、今では冗談のやうに、やはり口にされるのである。

雲祥法師が正平年中に六年程かかつて書寫した大般若經六百卷は、一卷の補寫あるのみで、完全に傳つてゐる。これが有史この方の貴い遺品であることは、以前別のところで私はしるした。雲祥上人はこれを、南朝の牧氏一族の津布呂光季を大檀那として、その戰陣に従ひつつ書寫した。この經巻の奥書の中で、牧定觀公父子の年記を知つた時、私は太平記の史實的正確さに驚嘆した。この本の史實的に嚴密に正確な點と、別に曖昧の點とを克明にたどつてゆくと、その作者の一つの輪郭が出來ると私は思つてゐる。つねの考證とは別事である。定觀公は吉野朝を守護した龍門の實力者だが、太平記にはただ一ケ所にその姓名が出るのみで、事蹟については一行の記述があるにすぎない。しかも雲祥法師の尊い寫經の奥書にも、ただ一ケ所にその名を年忌記録としてとどめるのみである。

太平記に出る人の名は、私のうけとり方では、みな哀切である。わが身うちに卽するやうな思ひのするものがある。かういふ點で、平家物語などとは異る感じが、太平記にはともなふのである。この感情は、私だけのものでない如く、元祿以來の我朝の文人墨客が、何のこの世のかかはりもなくとも、一樣にうけた感情と私には思はれる。元祿以降の、わが國の純文學は、かういふ線上で造形されるのである。

平家物語に先行した保元物語や平治物語といふ一連の軍記物といはれる文學の中で、平家物語だけは、音曲を伴つて、特殊な形で日本の民衆のものとなつた。しかしその及ぼした情緒心情は、太平記の場合と差別がある。平家物語は、まだ源家大將軍家の盛んなころに出來たものだらうと、むかしから古い學者によつて考證されてゐる。それを平家の物語となづけたのである。その名で廣く流布したのである。この形成について、私にも少しばかりの思ひ附があつたが、私はそれを云ふことに今では熱意がなくなつた。今の世の中が學藝面で非常に紊れてゐるからである。

平家物語が日本人の人情心緒の形成に及ぼした影響は大きかつた。その情緒は、ただなる無常觀念ではなかつた。無常に迅速といふことばをつけ加へると、佛說や字書の解をはなれて、何か日本らしい好みの、いさぎよさや悲壯感が、附加されるのである。この方に實があつた。平家物語の文章のもつてゐる、慄然とする程の激しい氣魄は、無常思想でなく、かりにいへば無常に對した心構のやうなもので、それはもはやあきらめのやうな無常でない。道元禪師の文語にも、かういふきびしいところがある。その思想といはれる如きは、後世それを語る人の思想で、禪師の氣魄と無關係である。一休禪師の場合なら、それが文學的なだけに、この事情はもつと露骨に低められがちだつた。

我々は、我が祖先の日本人の中に、その人々をもつたといふだけで今日の生甲斐を思ふやうな人々が、いつの時代にもあつたのである。私の日本の文學史は、いはばさういふ人の名を唱へるだけのものでよいのである。私がもう少し圓熟してものに對しうるやうなら、さういふ系譜の羅列に止まるであらう。私に必要な歷史は、私の生甲斐を證する人の名の羅列で十分である。我々は何かを知ることよりも、正しく美しく生きるといふことに目標をおくべきである。文學といへば、特別にさういふ生々しい、永久のものである。かういふ點で、文人は水墨の繪畫も描くものだが、詩文をなさねばならぬとされたのは、東洋的な高尙觀念にもとづくのである。ただ一時の多くの人々に讀まれたといふだけで、文學作品を評價したやうなものは歷史書ではない。平家物語は多くの人々によまれたといふよりも、久しくよまれたのである。平家物語を音曲師のかたりとして聞いた山村の人々が、何かの僅な縁故を思ひ出し、自分らが平家の落人だと思ひ定め、次第に自分らの「平家物語」をつくつたやうな、日本中いたるところの山村偏地にみる事實も、歴史的な見地でも全く間違ひでない。うそいつはりではなかつたのである。今日の史學の發想より正しい史觀である。平家物語が日本の民衆の心情を釀成したとすれば、太平記は日本の文人の志を形成し、それを激化したのである。この二つの物語に描かれた女人の情をくらべても、太平記の女性は、一つの行爲のつづきの如くに、何のためらひもなく、言ひ分や悟りも思はず、戀人のあとを追つてただごとの如く投身することが出來たのである。

太平記では大楠公に英雄の像を描くことと、高師直のみじめな沒落の描寫が、極めて印象的である。平家物語が淡々と敍述した人事について、太平記の濃厚な追求には、小說といふ觀念をつくつてゆく流れに沿へば、そこに時代の差が感じられる。

二

南北朝の合一はなつたが、なほ終らぬ爭亂のつづいた時代の、足利將軍家の代々は、いたましいほど運命は悲慘だつた。幼兒を將軍として、むごたらしく殺戮するといふやうなことが平氣で行はれた。しかしこの內戰がつづいた時代に、民衆の往還や流浪はさかんだつた。遠くの國々の言葉の混合といつた現象が行はれた。くらしの中に樂しみを表現する上でも活潑だつた。不思議な活氣が、文藝の上にもあふれてきた。南蠻人が內港へ入つて、都へも上つてきたが、我國人もしきりに海外へ出ていつた。その人々は貿易上の目的をもつてゐたが、それ以上に浪曼的な勢力の發露だつたものが多い。さういふ激しい勢力の結末のやうなものとして、豐太閤の外征となるのである。

方言俗語の流入が都の正しい國語を紊した一面、とともに、外國人の往來が、國語に對する自覺をうながした。いづれにしても海の外へ向ふ巨大な民族の力に通じるものが、一番民衆的說話文學の世界で、少々みだれた文體をつくつた。これらの紊れには、少々の果敢と、こせこせせぬ思ひ切りのよさに通ふやうななごやかさがあつた。少しの笑ひをさそふ類のものである。

幼稚な文藝讀物が、一時に生產された狀態は、その同じころ一つの織物の技法があらはれると、忽ち國中の要地々々へ移り、その產地まででき、陶業が理解されると、國中の各地で一せいに規模の相當大きい窯場が煙をはいた事情に似てゐた。いづれもそれぞれに壯觀である。民族に力があふれてゐた。足利將軍家の藝術院で、阿彌衆などといはれた御用作家や御用藝術家が、朝儀王風の精髓から相當に逸脫した、しかも思惑はその古の風儀を尊崇する觀念から出た、全體として中途半端な、しかしそれ一つとしてみれば容易ならざる作家作品をもふくめて、一種の新興の藝文風雅の世界をつくつてゐた。將軍家の藝術院の雰圍氣が中途半端ながら、重い作家や作品をつくり出した原因としては、當時の華麗な民族主義と、その人心の動向を察知する必要がある。

室町時代の代表的藝能だつた謠曲を例としても、このかたりものの文章は、文章としては輕いものだつた。しかしそれには理由があつた。この藝能を創造大成した天才のことばによれば、謠曲の文言は、傳統の名句や美辭をとり集めよといふことが、その趣旨だつた。この趣旨には見識がある。寫實とか抽象といふ近代の藝論の考へ方の何にも屬さぬものである。それは說話といふものよりは、文學的といふことがめざされてゐた。その創作態度や動因は、もともと生産生活といふ民衆のくらしと無關係だつた。さういふくらしに心をおき、つひの身のおきどころを考へてみるといふやうな、環境も態度もない人々の手になつたものだつた。當時の民衆のくらしとも、その心情とも、個々の人間とも、文學的ないし文學者としての聯關をもつてゐなかつた。つまり最も形式的なつくりものの文藝だつたわけである。しかしここに一つの見識を見るのも、それをよしとする人の考へも、もう少しまへの時代の物語風擬古文を考へなかつたやうである。鴨長明や平家物語の作者のやうな文章上の天才は全くなかつたが、獨自な文學の作家の出現を示すやうな、内實と外形をそなへてゐる、別の文學の領界で、さういふ萌芽が、いつか生長するのかもしれないと思はれるやうなものを、その考へ方の中にふくんでゐた。

しかし臺本についてのかういふ見識は、足利家といふ武家のくらしとしくみに不可分離な世界だつたのである。それゆゑ藝能所作の方法論を解說した人は、まことに驚くべき藝論を、美學として形成したのである。藝能の面では、彼らは本質的に創造者だつたのである。藝能の振舞ひについての心得を語る時は、その謠曲の作文法とは一變した、別途の驚くべき藝術論を展開したのである。しかし謠曲の作文法に、よしんば一つの必要な權威主義があつたとしても、正しい國語と古典の文藝の美を、謙虛に傳へるといふ、その態度を私は尊重する。振舞ひの藝能はその日の後は見るすべがないが、この藝論は今日でも、人間のつくつた文明の産物の第一流のものの中で、その一つとして生々と生きてゐる。

謠曲は國民の神事から始つたものである。その藝術としての志が正しく、見識が尊かつたといふことは、さういふ意味では、當然のただことといふべきかもしれない。五百年ののちに、當然だつたと評して云ふのである。このことも尊いと思ふ。世阿彌のかいた藝術論は、精緻深切で、比類ない文物である。後世はこれ以上の、どんな藝術の美學も加へてゐない。思想とか美の學といふ上では、加へ得ないといふことがこれまた當然である。文學も藝術も、さういふ思想にあるのでないからである。世阿彌の信じた謠曲の文章の作法も、かうした考へをふまへた一つの心得である。しかしこれには、藝能といふものが加つて、藝能の側に藝術の主體があれば別條ないが、さうでない時、この文學作法は、作者の天才の自滅の危機を伴ふのである。久しい傳統の風雅にくらし、一系の古典を所有し、これを尊ぶ民族文學といふ場合、天才の作家ならば、必ずこの自滅の危機に直面し、その危きところに遊ぶ心得が、生成の一義の理法だつたのである。世阿彌の如き能役者は、かういふ點で天才の作家にくらべて、その日常に安易が許される。それらは一期とともに消えてなくなるものの上で、專ら全生命を燃やして生きてゐたからである。

わが神道につながる民衆の藝能や藝術は、日本中の各地に無數に殘つてゐる。佛教信仰につながるのは、觀念思想に片よるために、念佛踊りの單調のもの一つに落着するやうである。神事につながる藝能は、神話としてのもの、生產の生活に直結してゐるのである。

祭禮の藝能といふ形をなすまへの、祭りのためのくらしの中では、作業に必ず歌が附隨し、その歌は生産の繁榮の祈禱といふ性格に發してゐた。生産生活が祭りのくらしといふのは、日本神話の根本義だつた。娯樂と勞働が分離せぬ時代を輕視したり、ことさら理をかまへて憎惡するやうな氣風は、人生を平和や幸福にみちびく發想に結びつくものではない。わが國の各地に無盡藏に殘つてゐる民衆の神事藝能と、他國他民族他宗教の場合とを比較することを私はよくし得ない。さらにその必要もさほどに思はないのは、さういふ作業に第一義のものを考へないからである。

日本の村里の民衆の間で年中行事が整頓され、神事藝能が固定化し、あるひは遊藝が富裕社會から始つて、漸次下降して一般の風流化するのも、この室町時代である。遊藝の香道や花道、あるひは茶道にしても、武家に移つた時は、もはや階級としての貴族の專有でなかつた。謠曲は近世に入つても將軍家の御用藝術だつたが、それ以上に原有のすなほさと美しさをもつものが、田舍の農民によつて幾百年も守られ行はれた。賤しい民衆の中から出てきた利休が、その激しい性質と才略によつて、その世界の天下統一を企てた時の悲劇は、今でも多少の誤解を伴つた形で人によく知られてゐる。利休の出現の時の狀態は、今の概念でいへば、新興派、戰後派、あるひは下剋上、さういふ性格のものとして、豐太閤に結びついてゆくところから、當然悲劇となるのである。當時の初期茶人の仲間や、堺市の高踏的な風流の茶人たちは、利休のゆき方を嫌つてゐた。この人の悲劇をありうることと豫見してゐたのである。

能樂が元曲の影響をうけたといふ說は、江戶時代の、徂徠、白石、春臺などの碩學の思ひつきだつた。我國の舊時代の學者の文藝論や美術論のこの種の發想は、彼らの漢文學教養による中華思想の影響といふよりも、時流に合せた衒學が眞實の素朴さを見失ふに近い結果となるのである。謠曲の發生を元曲におく說は、明治になつて近代洋學に視野のひらけた學者たちによつて棄てられた。しかしその明治の新時代風の文藝學者が、お伽草子の百合若はホーマーの飜案だなどと說いてゐるのである。これは新時代の衒學である。外國人のつくつた新風藝術を、ひそかにまねることを、處世の策とする傾向は、わが國の開國以來の新時代の文藝界や美術界の一つの潮流だつた。それらの中には模倣よりも、盗に近いものさへあつた。謠曲の文章は、古來の名句の寄せあつめがよいと主張した世阿彌は、かういふことの言へる程の創造者だつたのである。明治の初めに、新しく入つてくる西洋美術を、自分の傳統技術によつて、眼のまへで同じものをつくつてみせた浮世繪師小林清親の職人氣質を、私はうれしく思つてゐる。清親は職人だが、少ししくみの廣い藝術家だつたのである。職人が藝術家だつたのは文化の高いよい時代で、もう藝術家や文士が、職人ですらないといふ一時期も史上にはあるのである。さういふ時期の機微とその脫出の仕法を知ることは、歷史の興味である。また文學の心得となる。

三

後鳥羽院以後の日本文學が、志のある文人の悲願として、隱遁流離の生活の中で守りつづけられたことは、文藝が大きく地下《ヂゲ》へ移つたことでもあつた。しかし文學に於ける地下と堂上の關係は、萬葉集の古はしばらくおくとしても、院政時代の宮廷の風儀では、王朝文學と並行して、地下の文藝が深切に愛惜せられてゐた。人のなりはひに對する、哀愁感のやうなものや、切ない誘ひの情さへ見える。王朝の雰圍氣は、男女關係を中心にして、まだ素朴で健康だつた。源氏物語や清少納言の繪巻に描かれてゐる當時の堂上の公達たちは、いつの時代の日本人の肖像に比べても劣るところのない雄々しい風貌を示して美しい丈夫たちだつた。朝廷の皇子たちや、堂上の貴公子の中には、いつも過激な反逆氣質がどこかにあつたことは、承久、元弘といふ二つの亂では、事實の證として見られる。日常の生活が素朴で、ただ精神的に抽象的に、高い美的生活といふものを振舞つてゐたのだから、氣質がきびしいのも當然だつた。朝廷を文弱の墮落といふ現象觀は、江戸後期の一派の政論的邪説である。物質的な慾望のうすい時代の氣風には、方今では想像外のものがあつたのである。精神的とか物慾的といふことは、一番わかり易く見わけられさうに見えて、實はさとり知り難いもののやうである。

夢窗國師が尊氏をほめて、將軍にとつては金と土の區別がなかつたといつたのは、「梅松論」の記事としても、疑へない傳へと思はれるが、かの高師直が、一人の女性のために、日本國中はおろか、唐、天竺を併せてひきかへてもよいと云つた一人の大名に、我が意を得たと感激して、たちどころに太刀を與へたといふ話が太平記に出てゐる。後世からは權力慾とか物慾の面で難じられながら、當時の戰場を往還した武士の心意氣には、少くとも世俗の上ではこの種のいさぎよいものがあつた。應仁以後の亂世の中でも、現世慾望の鬼の如きものはつひに出なかつた。所有といふ觀點で極めて淡泊で稀薄だつたことは、かへつて室町時代の亂世持續の原因とも考へられる。しかしかういふ氣質こそ、わが朝廷の文明の、一つの國民的反映だつたのである。

足利の將軍が、その無爲な生活の中で考へてゐたことは、ただ朝廷の文雅の模倣だつた。それ以外の何も彼らには出來なかつた。しかしこのことは、一つの氣風の如く戰國の武將全般に及んでいつた。二代以上につづいて、少々の餘裕が出た地方大名は、已の居城の地に京都風の都會をつくることを、熱意をこめて考へるのである。すでに奥の藤原氏の三代が、平泉にきづいた文化に、その先蹤があつた。平泉の文化は、つづく時代の鎌倉の場合とくらべて、懸絶した大きい文化だつたのである。この差異の原因は、ただ物質的背景だけからは考へられない。おごる平氏は二十年餘りで終焉したが、後世がうけとつてゐる形の影響は大きい。源氏には、義家、爲朝、義仲、義平、義經など、英雄や勇士の最もいさぎよい人物が揃ひ、實朝の如き文藝上の天才、賴政の如き文武の異才が出てゐるが、それらが「義經記」の流布によつて、影にされた。これは文藝作品の力の一つのあらはれであらうか。なほ院政時代の緻密な文化の浸透ぶりについては、殆どの美に關する歴史書から見落されてゐる。これからの少壯の學生には、まだ手がけられてゐない重い仕事がいくらもある。その上わが國のわか者は、まだ爆發的な力を失つて了つたとは思へない。私にはそれを感ずることが出來る。

武家が朝廷の文化の模倣をしたといふだけでなく、京都の市民や、各地の小京都化した富裕都市の市民たちが、憧憬した文化とか、教養といふものにしても、すべて朝廷の文雅をまねることだつた。これは室町時代の後期から國民一般に行はれ出す、遊藝の所作や祭禮の振附とか演出に、一目瞭然の事實である。この朝廷の文明の根源の道徳といふものは、わが神話である。わが神話は、水田耕作の神話であつた。その生活を祭りとすることが、朝廷の祭祀の根源をなし、これが皇大神宮の基本なる三大節祭と軌一であり、わが國農村の新嘗の祭りがまた、これと完全に同一なる樣式と順序としくみになつてゐるのである。わが國では神のなすところ、君のなすところ、民のなすところ、みな一つなのである。

低い身分から出世した利休は、悧巧な人だつたので一つの道の教義をつくつたが、それは當時の教養ある人々の一般的常識だつたものである。天平の佛教者が、唐人の手によつて豪華な獻立をもちこみ、當時の貴族生活を一時驚かせたに似たことは、利休のつくつた自由市風料理獻立の內外を併せた贅澤さに見られる。單純な田舍大名のぶこつ人から、その大刀をとりあげ、うすぐらい小さい一室にはひ入らせ、そこで彼らにとつては強烈な興奮劑をのませるといふ儀式作法は、元龜天正の昂奮がやや衰退した時代に於て、驚くべき構想だつたと私は思ふのである。

足利家の義政などは、最も教養の高い、從つてまた不幸な人だつた。源氏の最も正しい家柄の直系繼承者だつたことが悲劇的である。詩人ながら、詩人にもなれなかつた。平家の悲劇にくらべて、源家の英雄や天才のうけた悲劇の方が、深刻でさらに高次の教訓的であるのにもかかはらず、明治の洋學を學んだわかい文學者らは、西洋文學風の發想から、淺薄の悲劇の平家に同情したのである。

四

中世の隱遁詩人の氣質としては、怨恨をいふ風俗がなかつた。彼らは本來王朝盛時の文學を尊崇し、朝廷の文明への憧れだけで生きてゐたからである。さういふ人々がその生成の思ひを、一種の職業化した形で、連歌師や俳諧師となり、國內を旅行したのは、それをうけ入れる地盤が各地にあつたからだつた。地方の豪族の有力者は、彼らに劣らず、都のものといふ、朝廷の文明に憧憬してゐたのである。宮廷生活のありのままを描いたものが、古典だつた。小說や人情心理の類は第二義だつた。最高美の世界は、典雅な朝儀に造形されてゐた。それを禮樂といつても、極樂淨土とよんでもよかつた。あぶない流浪の生活をしてきた當時の地下の隱士にとつては、「西鶴小說」あたりのうつした世俗などより、もつと面白い小說やあはれな物語を無數に知つてゐたのである。「小說」より「俳諧」の未練なさの方が、よほどに心に沁みた理由は、私には近來のくらしの經驗からしてよくわかる。今生の小說より、極樂淨土の美しさに心の恍ける心術を心得てゐたのである。

かうした史實と同體のものが、皇大神宮の尊崇だつた。神宮に對する私幣を許すか否かを、政事の第一義の問題として論議された時代だつたのである。遷宮費用の獻上や、大嘗會費用の奉獻といふことが、實力ある大名の最大願望となつたのは、昨今いふ文化財保存の思想とは異質のものである。むかしの貴族の造寺造佛の熱意とも別箇のものである。三種神器の意味を、一般國民が神話から知つた事情も、この時代の潮流となる。皇位繼承とは何であるか、卽ち神話の實現であるといふ了解から入つて、この時代の人々は、皇大神宮の祭祀とは何をなすことか、朝廷のまつりごとの本體とは何か、さらに天皇の御卽位が、大嘗會執行に於て決定完了するとの根據が、天降の神話にあるといつたことは、この時代に初めて國民に漠然と了解され、しかもそれが自分らの生產の生活のしくみや一年のくらしの結果と符節があつてゐるといふことの自覺から、神國といふことの理解に到達した。この時の朝廷は通常いふところの權力といふものをもととする政治と全く無關係である。この神國といふ觀念は、現世的に他國他民族に超越したり、あるひはこれらを支配する空想觀念でないといふことも了解された。しかしこの時代に漸次隆盛化してきた吉田神學は、宗派神道であつたから、國の古典にしるされた神國觀念を極めて大きく變形した。そこにはすでに切支丹の現世支配思想の影響が入つてゐたのであらう。唯一絕對神が、人を僕として、世界を統一してゐるといふ思想を、日本の神話からひき出すことは、不可能であるとともに、冒瀆であり、さういふ神學は現世的な罪ををかすものである。

神話のしくみが漠然と明らかになる一方で、宗派神道的思想が出てくるといふことが、この時代の世相だつた。これは日本のなげきの宿命の早々の出現である。この狀態を、我國はこの後も蜿蜒とひきついだ。明治維新の復古によつても、此の最も重い一點の觀念に於ては、冥蒙はひらかれなかつた。再維新の思想も、五百年昔の細々とした隱遁詩人のもつてゐた悲願を、省みるといふことが全く出來なかつた。

室町時代の後半に出てくる多くの民衆文藝の思想の中に、この混沌が明らさまに見られる。日本一といふ思想は、無造作に三國一に變貌する。三國一とは、本朝と唐と天竺とを併せて世界と見た當時の考へ方である。さういふ國民の氣宇の振張のうへで、學者としての處世を企てるものが、一方では衒學の徒となる、曲學阿世の連中だつた。同じ時に吉田神學が、日本の神話から、絶對神支配に近い思想を、神國の觀念を變形操作してつくろつてゐた。

澤山のお伽草子の中にも、何氣ないところに、かういふ曖昧な思ひ上りのものがあつた。その時代の記憶で、瀨戸内の沿岸では、局地的、一時的に異民族の侵略占領を蒙つた傳へが、神社緣起の形で殘り、それがこの時代から記錄され始めたことも、異樣な文學の發想史料となる。かういふものは信仰生活をどのやうにするといふことよりも、お伽草子的な文學の想像を誘導するのである。旅行の一般化大衆化とともに、文藝を傳承しながら移動させていつた時代から、もう書寫刊行本の時代へ移り始めてゐた。

院政時代の熊野御幸に影響された形で、熊野から出發した藝能の徒としての遁世もの、新宗教の念佛踊りの仲間、東國の人々の西國巡禮からはづれてゆく者ら、さういふ形の放浪の旅人が、思ひついた時の生甲斐としたものや、心わびしい日の身のよりどころとしたものは、教養から始つた隱遁詩人の心情の守護神に通じるものの他に考へやうがなかつた。和歌は神事、藝能も神事、これは王朝の文明の基本である。そのけぢめの辨證でも、古人は決して怠けきつてしなかつたのではない。その辨證を今日のことばで再現することに、私の方でいささか疲れたといふありさまである。

西行法師の旅の以前にも、西行自身の知つてゐた傳說の西住の上人があつた。もつと古い上古に遡ると、各地靈山の開基には、流浪の皇子の名があらはれる。史書に見ることの出來ない御名が、そこにあつたりするのは、さすがに國がらといふより以外の表現は出來ない。明治以後になつて、ためにすべく貴人流離の傳說のうへで、朝廷の皇子の名をつくりあげたといふには、その傳承の具體の御名は、何百千年といふ古の趣きがあつたからである。近古に入つての隱士として、鴨長明、吉田兼好とくらべると、この二つは色合が大きくちがつてゐる。この見解は、太平記に於ける兼好の扱ひぶりによるのであらうか。太平記の作者は、兼好を好まなかつたやうにも見られる。兼好の人がらには、太平記の諷したやうなところはあつた。長明のやうな環境の隱遁の詩人で、しかも旅に住した人の系譜も乏しくはない。しかし西行のやうな、長明のやうな態度、あるひは兼好のやうな態度、もつとくづれた遁世ものの態度、それぞれ異つて、しかも相かよふものがあつた。この通ふものがあはれで、なつかしい。それは今日の世相の上でその比較はできない。その時代には、一番低いところに身をおいた人が、あるひは今日では格調高くさへ見えるのである。

亂世の文人

一

古今傳授の始りは、公任とも基俊とも云はれてゐる。傳授血脈では基俊を祖とし、俊成定家をへて御子左家に傳つた。しかし中世から近世初頭まで、奇妙な形で文藝の傳統に影響した古今傳授は、東常緣が宗祇に傳へた切紙傳授がもとで、これは御子左家が傳へた家傳口傳の考へと、多少性質の上で異つてゐる。宮中に仕へる人々の場合、朝廷の儀式典例の故實先例を知つてゐることは、非常に必要で、處世上有力のことだつた。これが傳授に限らぬ一般的な儀式先例上の心得だつた。

宗祇がうけついであとに傳へた切紙傳授は、さういふ性質と異り、民間に對して、連歌師の權威を高めるための處世の仕法となつた。しかし儀式と化した切紙傳授も、國の文明を守つてゆくといふ上では、一つの役割りをしてゐる。その口傳とか傳授といふものの內容は、舊時代の祕密性が消失し公開されてから見ると、まことにとるに足りぬものだつたが、傳授といふいかめしい儀式には、儀式のかもす美的な作用と、初心を誘發するやうな雰圍氣を印象づけただらうことは疑ひ得ない。また聲から聲へ傳へるといふことは、民族の神話の肝心であるが、わが和歌の傳承の本來の形だつた。生命といふ觀念から見ると、生命が一系に萬世に傳るといふことの、この世の證としてうけとることの出來る唯一の、しかも至上絶對のものである。傳授がただの師傳でなく、血脈相續といひ、親子關係の如しといはれるのは、決してつくられた形の不合理や非合理のものでない。文學の歴史を考へる立場から見ても、文藝がさういふ生命のものとして、民族の民衆の中に生きてゐる狀態を考へるといふことは、實に當然なすべきことだが、今日、常識的にさういふ方向に注意してゐる文學史や、文藝の理論的研究の方法論にとり入れてゐるものは、まだ見あたらない。單純な原始的な形としてでなく、複雜な文化上の時代變相を伴つた中で、さういふことが出來るのは特にわが國の場合と思ふ。わが國には、國民は一つ、文明は一つといふ淸醇な大筋がある。

連歌から俳諧の時代に入つても、傳授の奇怪の內容はともあれ、この儀式作法のあとおしで、國語の美とその文明を普及するよりどころとなるものがあつた。これが芭蕉の所謂「俳諧の益は俗語を正すにあり」であつて、文明の現前とみた平安朝の文藝の美しさを、正しい國語の習ひによつて、國內に普及しさらに護持した。

菟玖波集の二條良基から宗祇までの間は所謂七賢時代であつた。宗祇が「竹林抄」に撰んだ七人の作者のことだが、中でもこの時代の中心の人だつた高山宗砌は、連歌史上の高峰といふだけでなく、幅の廣い文人として、氣品に於ても初期茶人中の第一人者である。

宗祇は宗砌の弟子であつた。戰國時代は南北朝以來の遺風のまま、地方大名の文明の次元は低下してゐなかつた。地方武士が都へ亂入して、國語を紊した風俗に對し、都の貴人が地方に赴くに當つて、文明を直接移行せられたといふ事實も多かつた。

鎌倉幕府で親王が將軍として東行されたことが、文明の地方移入の大きい原因となつたが、その流布はまだあまねくなかつた。建武中興によつて、地方武士が都に溜り、都と鄕國の間を往還することが頻繁となつた。戰國末の各地英雄の思想では都へ上るといふことは、天下統一といふことの前提又同意語となつた。かういふ史的なよりどころのある觀念が全國の士人の心にゆきわたつてゐた。

上杉輝虎が陣中から猶子喜平治に與へた書狀が殘つてゐる。喜平治は景勝の幼名だつた。この書狀は景勝の習字の上達を喜んでゐる。輝虎が自身で手本をかき與へたこともこの狀でわかる。輝虎は近衞前久に文學書道を學んだ。この前久の子が信尹、三藐院である。光悅、松花堂と共に三筆の稱がある。清爽にして豪快な氣品のある大文人だつた。

都の文化を學ぶといふことには、功利の考へ方だけでなく、憧憬があつたのである。憧憬の證は、その成果の方から判斷できる。豐太閤の一家は尾張の土民の出身といはれてゐるが、大和大納言秀長は、特に大和の古社寺の修復に甚大な功績をなした深厚な文化功勞者で、養子となつた秀次は古典籍の蒐集保存に格別執心の人だつた。變質的にまで學問に身を入れてゐた。南都の學僧十七人に委囑して源氏物語を筆寫させたことがある。珍貴な古い書籍を見ると自分のものにしたがつた。これらはあるひは公卿貴人と交る必要上からとも思はれるが、他方、秀吉の和歌や書簡を見れば、太閤の文雅心は、同時代の文人の上級のものである。「老人雑話」に江村專齋の書いたところを以て、秀吉の和歌が悉く代作の如く見るものは、文藝を觀賞する眼識のない者である。

宗砌の場合は、南都の文化の中から出てきたやうな圓熟した人だつたが、宗祇はその出生地さへ曖昧な下賤の人だつた。かういふ宗祇の執心が、一條兼良以來の連歌師多年の念願だつた新撰菟玖波集の撰をなしあげ、あまつさへ三條西實隆によつてそれが敕撰に准ずる扱ひをうけるに至つた。俳諧史上の第一人者の名譽を達成したのである。この集には心敬百二十三句、宗砌百十句、宗祇五十三句、總句數約二千、作者二百五十二人、收錄の年代にしてほぼ六十年間である。菟玖波集には、尊氏の句を多く入れてゐるが、この集では義政二十六句、義尙は僅に三句のみ、しかも後土御門天皇御製を百九句收め奉つてゐるのは、特に注目すべきところである。

三條西實隆は京都が戰亂に荒廢し、多くの古典籍も燒亡した時、燒けなかつた宮中祕府の書籍などによつて多くの古典の複寫をした。それは古典から雑文藝に亙る廣範圍のもので、學藝の復興普及に功業をなした。文學史上では特に功績の高い人である。ついで山科言繼が實隆をつぐ役割りをした。いづれも精密な日記錄をかきのこした。朝廷の儀式を正しく傳へるといふことは、公卿貴顯者の悲願だつたが、後世から見れば、一家の子孫の榮えを願つたその行ひは、國と民族の美と文明の理念護持のみちにかなつてゐたのである。これは平安文明の本質を證するところといふべきである。

宗祇は傳授重視といふことに、近代家元風の營業だけを考へたのでなく、この人の本質に、卜部神道の傳授に執心するやうなところがあつた。連歌俳諧の歴史では、淨土宗以前の念佛踊りの遁世ものの風懐や、後の時宗の遊行者の心術に思ひ當るものがあるが、さういふ人々の處世上から生れつくられたやうな、しかも祕やかな組織にも思ひをいたすべきである。連歌俳諧が神道に密着するのは、わが國の文藝だから當然のことである。古神道は支那に於ける黄老のごとく、詩文藝の母胎である。いづれも自然に化する狀態をいふから、詩文の人のこころをひく。これも一つの歴史的な事實である。しかし宗祇は相當片よつた時代的心術の人だつたから、宗砌のやうな「自然《カムナガラ》」では安からずおもひ、卜部神道の傳授などに強い興味と安心感をもつたやうである。宗祇の弟子の肖柏は久我氏の出といふことで、この人によつて新方式の古今傳授が宮中へかへり、民間流離の連歌人が上つ方へ出入りするやうになつた。宗祇は下賤より出世し、俳諧史上第一の英雄となつたが、その切紙傳授の着想と運營は、必ずしも悉くが野望にもとづく智恵でなかつた。少しおくれた出世人の利休と比べて、その似てゐるところと異るところがある。

宗祇の門には今一人、文藝史上の名家があつた。多くの旅の記録も殘した宗長である。牡丹花肖柏は、都風ののどかさで新奇に走るところがあつた。南蠻の往來した時代だから、文人がまづ新奇に先走るのはむしろ正常にて、當然と云ふべきかもしれない。宗祇は八十二歳、肖柏八十五歳、宗長八十五歳といふ年齢は、亂世に生きた文人の歴史を考へる上で心すべきところである。院政末期源平合戰から承久亂にかけてのころの文人にも長壽の人が少くなかつた。日本の文學史の中世この方の名士には、長壽者が多かつたのである。學藝上では齢七十八十に到つて成熟し世を益すといふ思想は、史實上もうべなはれるが、この考へ方は舊時代の人の一通りの觀念だつたのである。

二

明智光秀が本能寺を襲擊する五日前の天正十年五月廿七日に張行した愛宕山連歌百韻は有名な連歌となつた。その發句は光秀自身で、「時は今天が下なる五月哉」脇附は行祐「水上まさる庭の夏山」第三句が紹巴の「花落る池の流をせきとめて」、人口に膾炙する理由がある。

この紹巴の人柄について、貞德の「戴恩記」にかかれたところを見ると、この人は奈良の住人にて、人は三十歲のうちにして名を發せざれば立身ならぬものと考へ、世相を見るに「連歌師はやすき道と見えて、職人町人も貴人の御座につらなれり」、かくて淨土宗の僧となるか、連歌師となるかの二道のいづれかと思ひわづらひゐたが、緣あつて連歌師になれた。「昔の文覺上人の如く、心たけく、少もまだるき事を見てはこらへかね、腹を立て、貴人高人をいはず、怒られしかば皆恐れき」。「顏大きにして眉なく、明なるひとかは目にて、鼻大きにあざやかに、所々少くろみて耳輪あつく、聲大きに、きつき響ありて、ざれごと申さるゝも怒らるゝやうに侍り」、かういふ相貌の人物だつたが、「正直正路にて、物をかざらず、力も心も大剛の人にて、秋の野と云所にて、辻切にあひても、手をも負はず、かへりてかれが刀を奪ひ、信長公にほめられし人なり」

貞徳は氣象すぐれて、しかも謙虚な人であるから、描寫は正確である。この貞徳の描いた紹巴の風貌といふのは、亂世に名をなした文士の風采態度だつたのである。文武といふ考へ方は、高尙な觀念だけのものでなかつたのである。文覺は西行に初めてあつた時、その「心の大剛ぶり」にあきれた有名な逸話がある。西行法師の文と武である。この觀念は、元祿文人間に於て當然行はれた。元祿俳諧の一大事はさういふ態度から、勇氣とか未練といつた實踐觀念が、文藝批評の重大な觀念となつてゐた。かうした氣風は、明治になつても、鐵幹子規といつた當時の改新派だつた國粹精神派の人々、多くの叛骨の新聞記者たちの氣質を形つくつてゐた。しかしこれを低級な似而非文士たちの政治運動趣味と同一視してはならない。

紹巴は世俗的な考へ方から立身の道を選んで連歌師となつたが、連歌流行の時代だつたからであらう。連歌では上下貴賤のへだてが一番簡單にはづされてゐたのである。また一般的にも下剋上とまでいはれた自由な時代だつた。古今傳授をつくつた宗祇が、さういふ榮達の道に早く達してゐた。平安時代の上流佛教では、下賤から入つて高位につくことは案外に難しかつた。院政以後次々に新興宗教が起り、それらは政治的に一揆鬪爭的ゆき方をした。そのそこばくの野心家どもが一揆の發頭人として「立身」するといふことは、いつの時代にも人心の幼稚さと小さい慾望にのりかかつてくりかへされる現象である。近世初頭の文藝と諸藝能界に於て、かういふ條件を利用して小さい英雄のやうな、小さい徒黨の長が輩出した。紹巴の人がらは貞徳の云ふ如くして、さういふ者の中の尤たる存在だつたことが、同型惡黨の長たる多くの武將たちを敬服させた。豐臣太閤ともよい仲だつたが、關白秀次に執心されたことが、沒落の因となつて、謀叛の一味と見られたか、三井寺へ流された。そのことについて格別に考へ苦んだり抵抗したり悲觀したりする風の人柄でなかつたので、間もなくゆるされた。死んだのは慶長七年で、享年七十九だつたから、例の如く亂世文人の長者の資格者である。紹巴は源氏物語抄二十卷をつくり、「稱名院殿追善獨吟千句」は、自註に附合の心得をかきしるしてゐる。この本は連歌の歴史の上の名作の一つである。その作句は、門人の貞徳が書きとめようとしても許さなかつたので、句作品の傳るものは少い。これも自信の深い人のやうに考へられる。古典の學問に於ても一かどの見識あり、文藝の風體として、丈高き幽玄の體を考へ、長高幽玄體をとなへた。專ら古典を傳承する態度をとつたのである。をかしさや面白さの現はれは淡い。

この里村紹巴は幼時興福寺明王院で喝食（侍童）をしてゐた時、たまたま南都に來つた連歌師周桂に從つて上京し、里村昌休について學んだ。紹巴の長子玄仍は三十七歳で死に、その弟の玄仲が江戸幕府の御城連歌に奉仕した。玄仍の子の玄陳は寛文五年七十五歳で歿した。爾來里村家は連歌の家として、古例として遺存せしめられた。

宗祇宗長らが連歌中興の祖とたたへた宗砌の門に宗祇が出て、切紙傳授を發明したことは、連歌の終局だつたのである。高山宗砌の家筋は興福寺衆徒で、大和鷹山城主の弟だつた。南都の珠光と親しかつたのは、その後援者といふ形の交誼と思はれる。珠光はわが國茶道の開祖といふことになつてゐて、珠光からその弟子紹鷗の時代が、初期茶人の時代で、この時代の雰圍氣は上田秋成が茶湯流行を嫌つて煎茶道中興を稱へた時の目安の時代のやうである。自由な文人趣味で美的生活をのどかに樂しみ、後世茶道と全く異質のものだつた。江戸城の連歌家元はただ古例保存といふ形に終つたが、茶湯の方では、飲食を旨として、學藝上の基礎も、審美精神も必要とせぬ點で、世俗的社交上の儀禮作法として滅亡せずに殘存した。宗祇、紹巴、利休は、いづれも出身微賤の人だつたが、その時代に多少の差があり、運命と終局には非常な異同がある。傳等伯の利休像は、等伯でないか、利休でないかとも思ふ。私の利休像はもう少し氣品美しい。都へ上つてきた等伯も亦一種の亂世の文人だつた。元龜天正の名ある武士を、近代の軍人と比較できないやうに、文學史觀の上でいふ、これらの亂世の文士は、その運命や終局を問はず、氣魄に於て人品に於て、近代の尺度で測るべきでないといふことが、わが評論の前提である。しかし今日我々が身をおいてきた亂世の樣相は、元龜天正はものかは、いつの代の亂世より大にして深刻である。これを思ひ、今を見る時、忙として心迫るばかりである。

三

寛文六年に刊行された「後撰夷曲集《ヒナブリ》」には、狂歌の沿革を說いて、中古佛家がこれをよくしたといふのは、鎌倉時代の名僧をさしてゐるが、室町時代では一休が知られてゐる。もつとも始りは萬葉集にも見え、古今集にも俳諧歌として出てゐる。連歌から俳諧へうつる間に、狂歌が流行し、俳諧も始めは狂歌の風儀のものだつた。建仁寺の雄長老は若狭武田氏の出で、母は幽齋の姉だつたが、この時代の名僧が、狂歌の當代の第一人者と稱されてゐる。雄長老は多才多藝の人で、詩も和歌もよくした。林羅山も少年時、此雄長老の門に學んだ。狂歌は上流社會でも行はれ、雄長老の狂歌百首に中院通勝が點を加へ評を附したものがある。その中の一つに、除夜との題で雄長老の狂歌「鬼はうち福をばそとへ出すともとし一つづつよらせずもがな」、これに加へた通勝の評語「四十以後の御心中老をいとはれ候心尤と存ぜられ候、されども我等は福をだに内へ入れればと計存候、愚點の隙とぞんじ候」とある。貞德、長嘯子も狂歌を多くつくつた。

狂歌とか後の川柳といつた滑稽なことばの表現は、わが國民に愛好され、この流布は今日でも廣く深い。寛文版の古今夷曲集の中から、雄長老以後の人の名をひろふと、太閤秀吉、玄旨法印（幽齋）、紹巴、長嘯子、澤庵など、しかし澤庵の狂歌は道歌に少し曲をつけたやうなもので、これを狂歌と見たてる國民性の心術の方に興味がある。宗鑑から始つた俳諧は初め滑稽を非常に尊び、芭蕉に至つて正風を明らかにし、その晩年に至つて「輕み」をといてゐる。狂歌、俳諧の滑稽の卑俗を輕みにたかめていつた。すでに異質の文學となつたのである。この經過を文學史觀と比較文藝學の方法で說くためには、談林調も當然重要な要素として考へるべく、諸多藝能のをかしさの分析も必要となる。謹直高雅な作風を旨とした貞德の試みた狂歌のをかしさと、長嘯子の場合の舊來俳諧歌を離れぬ正調子とは、人柄のものであらうか。しかしかかる論は少くとも實例數箇をあげねば空疎に終るが、數箇では偏向するおそれもある點、これを省略する。しかし貞德の場合も卑俗を典雅にをかしく歌つてゐるのは、當代の名家たるの所以だつた。

しかし紹巴の頃、連歌の時代はすでに俳諧の時代へ移つてゐた。宗鑑が出、守武がつづいて、俳諧は徐ろに一箇の文藝としての形をなしつつあつた。宗鑑は近江の武士にて志那氏、足利義尙將軍に仕へたが、義尙の死にあつて三十五歲で遁世して、尼崎に隱栖し、後に山城の山崎に閉居した。終りは讃岐觀音寺の近くに二十年近く住し八十九歲で死んだと云はれてゐる。宗鑑の飄逸は機智を弄するにあり、作爲の滑稽に自ら興じ、卑俗な趣味に陷つてゐた。伊勢の守武は、神宮祠家の出身で、自身も內宮禰宜となつた人だけに、よく嚴肅篤厚な風格を保ち、自由の奔放や、卑俗の放縱と無緣だつた。「守武千句」は俳諧を獨立の文藝とし、俳諧の式目の基礎を具體化したものとして、恐らく俳諧史上の盛業といふべきものであらう。天文十八年八月七十七歲で歿した。サビエル來朝の年である。宗鑑が八十九で死んだのは天文二十二年である。貞德が生れたのはこれから二十年も後であつた。この間幽齋が室町末期の歌學を次の桃山時代へ中繼したのである。

幽齋は將軍義晴の四男で細川氏をついだ。亂世の大學人だつたが、當時堂上の九條稙通(玖山公)ほどの自然の重みのある文人ではなかつた。近衞三藐院の如き文藝の風格の卓拔のものにも至らなかつた。貞德の「戴恩記」に「幽齋公は生得ものをかりそめにのたまふ事も、一節ありてしほらしき大名也」、そのあとにつづく信長との應答は、將軍義昭を輔け、やがて信長、秀吉、家康と歷仕して、晩年を誤らなかつた人の、亂世に、老功の性が見られる。三條西家より古今傳授をうけた文祿慶長の頃の唯一の人だつた。慶長五年の役に、丹後田邊城にゐて福知山城主小野氏に包圍攻擊された時、後陽成天皇は敕使をつかはされ、藤孝は武家の和歌所、之を失つてはならぬ和睦せよと仰せられたので、寄手は圍みを解いた。中院通勝、貞德らは幽齋の門人である。通勝は源氏物語の註釋書なる「岷江入楚」の著者、この書に私は多彩な興味を感じた。

學殖廣大の人だつたが文人として幽齋には、これといふ獨創異色のものは見られないやうである。三藐院や玖山公の如き文界にあつてもまた英雄といふ人がらではなかつた。あるひは宗祇、紹巴、利休といつた下剋上的な野望の持主でもなかつた。めまぐるしく變る時の實權者に歷仕して、豐かな終りを全うした老功の人、文壇の大家だつた。亂世の決斷は、功利の冷靜に通じるものがあるやうである。しかしそれは事大主義に導かれるゆゑに、文學や創造とは別世界の心術である。幽齋の存在を何分にも小さくしたやうな文壇の大家は、いつの時代にもその例があるやうである。

守武、宗鑑が歿し、貞德が存在を示すまでの間は長かつた。桃山時代がこの間を埋めてゐる。豐太閤はその僅の期間に、驚くべき大造營の數々を行つた。多くの名城を建て、社寺をつくり、土木を起した。全國に新しい產業もうまれた。各地の市民が豪華な祭禮を知つたのもこの時代である。これは國民性に對し特別に大きい作用をした。豐太閤自身も文雅の面では、元龜天正の英雄たちの文雅の人々に匹敵する素質をもつてゐた。その祭禮や遊山は、無形の文化、障壁畫のやうな形でのこらなかつたが、國民心理に創造性の初心のものをうゑつけた。外戰中の吉野、醍醐の花見は特に偉人の傑出した行事だつた。

四

後陽成天皇の御宇は、秀吉の執政がほぼ十六年、家康秀忠にかけて十數年、次の後水尾天皇の文學藝術上の御盛業は、この御宇にすでに始つてゐる。戰國のあとの文藝復興はこの御宇にひらかれたものである。天皇は好學の御方だつたのである。御宇慶長十五年に通勝、幽齋が死んだ。この年貞德は四十歲、貞室はこの年に生れた。安原貞室は京の市人で、貞德の正統をついで花の下第二世を稱した。この慶長十五年、雛屋立圃十六歲で、松江重賴五歲、山本西武五歲、季吟ははるか年下の生れである。

貞室の「かたこと」は連歌から俳諧へとつがれてきた歷史の、一つの頂點をなすやうな書物である。橋をなすといふがよいかもしれない。連歌俳諧の人々は、風雅を一般國民層にひろめようとした。それはただなる世渡りの仕法でなく、美しい平安京の文藝とその文明を信じて、世に弘めようとの志があつた。この志は捨身に似た流浪の旅となつた。大上段をかまへて、道を說き弘めんとか、文明を如何になすか、などとは云はなかつた。先人先師をたふとび慕ふといふ一句は、さうした志と悲願を、そこはかとなく示すものであつた。「かたこと」を日本の文學の歷史の中でみれば、地下を旅した連歌師以來の風雅流布の振舞ひの根柢を確めて、俗語を正す方向へ深く入つてゐる。美しい王朝文藝を俗耳にも入れようといふ考へは、紊れたことばを正すこと、おそらく代々の先人たちが、何かの機會の度にしてきたことを、その證を示す如くなつかしく精密に著述された。その記述の心持は最高の文學の美しさである。尊くありがたい。

貞徳は戴恩記をかいて、師恩といふことについて、深厚無比に考へた人だつた。この考へ方は、この世の道徳として、世の中を美しく泰平にし、且つ文明をふかくする上で、重大な暗示の思想である。しかし貞徳は圓熟した文人だつたから、思想論といつた形をとらず、わが師併せて五十何人といふやうな形で、自敍傳といふに近い文學の様式であらはされた。この自敍傳記の思想は、近代文學の自傳の考へ方とは反對のものといふに近い。貞徳の道徳の敍述は、自然であり、眞實であり、その體系は言外の紙背にあつた。今人の書きいそぎ取りいそぐところを、古人は紙背にしまひためてゐるのである。古人の書物からその思想や道徳を學ばうとするものは、その紙背をよまねばならない。それはまた、皇國の文學と、唐國の道義の理學の異るところに近い。源氏物語の如き文學を、唐土の人々がつひになし得なかつたところでもある。

貞徳貞室らの、美しい文學をひろめることと並べて、それ以上の比重で、國語を正しく子孫に傳へようといふ思想が出てくる原因については、國内の人口移動の事情と、海外との交通が、唐言南蠻語の流入となり、俗語が國語をみだすといふ事情に重なつてきた。貞室も貞徳の如く溫厚にして謙虚な人だつた。この人柄は、この人の國語尊重觀念を、ただ愛情のことばだけでしるした。

貞徳が玖山公に源氏物語を教はつた時の囘顧は有名な逸話である。貞徳の子の松永尺五は近世初頭の碩儒だつた。尺五の門人の木下順庵が、十二三歳の頃貞徳からきいた話を、順庵門下の高足新井白石が「東雅」に書いてゐる。天正ごろから京言葉は尾張の方言によつてみだれ、近ごろ(慶長以後)は三河國の方言が移り來た、といふ話である。貞徳は十二三歳の頃から十年程、玖山公に學んでゐる。そのころきいた話を六十二三歳になつて、十二三歳の順庵に教へた。白石は師の順庵からきいたこの話を、年をへて自身「東雅」の總論にかきつつ、いかほどにも感慨ふかかつたことと思ふ。

貞室の「かたこと」には、貞徳貞室の嚴正な國語意識と國語愛の精神があふれてゐる。正統國語と方言訛語の取捨選擇の例をしめし、その言語規範學的の態度を明らかにした。當然のことながら鋭い語感による判斷がうかがはれ、しかも歴史的見方を失つてゐないのは、今日に於ても、なほ古今に傑出した國語學の古典である。前後數百年にわたる隱遁流離の詩人の禱ごとは、凝縮すれば國語愛の運動、國語を正しく傳へることに歸した。皇國のみちは、ことばの風雅としてあらはれるとした考へ方は、歴史の事實に立脚するものである。さういふ願ひがここにあつまり、成つたやうな、俳諧師のつひの書ともいふべきものが、「かたこと」五巻である。國語文法と五十音圖の復古は、明治維新遂行の根柢信念となつた。伴林光平、吉田松陰たち先賢は、これこそ神ながらと信じ、五十音圖に天造を實感し、太陽の信念を得た人々である。

貞室は「かたこと」の奧書を、貞室四十一歳愛兒十歳の慶安三年にかいた。愛兒の名は元次といつた。獨り子だつた。幼にして叡智、早くから俳句をつくつた。この十歳から十四歳、なくなるまでの句若干も殘つてゐる。九月十一日夜元次うせ侍し、と貞室は嘆きの句をつくつてゐる。「かたこと」の序を次にうつしたい。

「さたすぎ侍るころ獨の子もたり。もとより家まづしければ、おほしたてぬるさまもはづかし。のもり、めのとさへおさ〳〵侍らで、みつよついつゝ、むつれあふ友達かたらひにも、いとつたなきかたことをのみ云侍る、侘しけれど、ひとつ〳〵いひしらせんもかぎりしなければ、そゞろに這一帖を記してかれにとらす、これはみづから少年のむかしより、いまかゝる老のすゑまで、くちに馴ていひ侍を、きこしめし、おり〳〵、しかり給へりし老師の厚恩をおもひいづるまゝ書つけぬ、此つゐでにかたはらいたき今案をも、みなたゞ言葉もて記し侍るは、愚子が見ときやすからんためなり、君子名レ之必可レ言言レ之必可レ行也君子於二其言一無所苟而已とか侍る哉らむ、されどおろものゝ心にまかせて侍れば、よしと云る言葉にあしきもまじり、あしとていとひ捨し中に、よきこともあるべし、是に留り、かれに決すべきにもあらず、よく人にたつねあきらむべきための下書なれば、謬れることかず〳〵有べし、ことおほき中なれば、そもなどかは然りとて、此一帖さみし捨ることなかれ、春の霞立はじめし朝より、秋の風のふきいづるゆふべに行つき侍る道のちまたの蹟のあに千里の歩みをむなしうせんや、ふかきはやしのかたえ枯たりとて、なぞよろづ木すゑを淺しと見む、このことはりにもとづき侍らば、誤を捨て要をとれ、穴賢、人に對して諍ふことなかれ、ふかく函底にひめて、をのれが言葉をつゝしむべし、他人のために記すにあらずゆめ。」

ねんごろの庭訓に謙虚な人がらはあふれ、老師の厚恩の語、貞徳に對する戴恩記といふこころをこめてゐる。また本文中にも「愚子に知らせんとの心の闇ぞかし」などいふ愛情哀切の語が見える。なほ當時は、假名遣復古中途で、契冲をへて宣長が完成される迄五十音圖の正しいものが知られてゐなかつた。正しい國語の文法は武家時代に一度くづれ、これが復古に五百年の歳月と多くの碩學を必要とした。契冲の五十音圖中の一字を宣長が正されるのに、その間百年の期間があつた。

深層の文學

一

近世の儒學は、藤原惺窩より始るといはれてゐる。惺窩は前代より宮中で行はれた宋儒の學統を傳へ、その門に多くの秀才を出し、朱子の學が幕府の官學となる因をなした。このころの著名の學者は、その思想や議論よりも、第一義に風懷志操に於て卓越した人々であつた。議論の巧妙よりも文章を尊ぶことは、東洋傳統の經世の智惠である。それは先王の道を恢弘する志に發してゐた。歷史がこれを證してゐる。中江藤樹、熊澤蕃山、安東省庵、貝原益軒、伊藤仁齋、同東涯、これらの人々は、その人となりによつて、變動期に於ける學者のあり方を示した。文人としてみな一かどの風格のある人々であつた。

惺窩は定家卿十二世の孫にあたる、名門の出であつた。家學の當然として、國史國文への關心と研究に深甚だつた。歿後に上梓された詩文集には、後光明天皇より御製の序を賜り、校訂は水戸光圀が當つた。

近世初頭戰國の日すら、國史國文にわたる國學の學問は決して前代より衰へてはゐなかつたが、宋儒が僧侶を離れて、民間好學者の手に歸したことから、始めて眞の文人の學風や有志の文學があらはれるに到つたのである。惺窩の文學は、その時代を風靡した詩文よりも、僅に殘された和文和歌に、その文質を示す觀がある。惺窩が相ゆるした赤松廣通が、龜井某の讒言により、家康によつて切腹させられた時、その事前に年來の藏書がおくりとどけられ、それにねんごろの遺書がつけてあつた。惺窩がこのことを悼んだ歌が三十首ある。

かくばかり終り正しき筆のあとをみるかひもなく亂れてぞ思ふ
神無月思ふも悲しゆふじものおくや劍のつかの間の身を
劍刃のくだきても身をもしどりの惜しむかひなく我ぞ泣くなる

その冒頭三つの歌をしるしながら、私は思ひまた耐へないことを聯想するのである。

惺窩は元和五年五十九歳で歿した。亂世の大文人としては早死の方だつた。門下に多くの秀才のあつたことが、彼の德だつた。同じころ中江藤樹も早死の方の例である。惺窩は長嘯子と友好の文雅人だつた。かの「十六夜日記」以來の、細川邑の領は、土豪に侵掠され、その時父と兄を失ひ、僧となつたのは幼い時だつた。やがて悟るところあつて、佛を棄てて儒に歸した。荻生徂徠の頌辭に、王仁あつて文字を識り、吉備眞備あつて經藝傳り、菅公あつて文史誦すべく、惺窩の後、天を稱し聖を語る、この四君子は世々の學宮に祭るべきだとある。惺窩は始め關白秀次にめされたが、後に避けて、家康に近づいた。林道春はこの人の門下だつた。また貞德の子松永尺五、播磨の商家の出なる那波活所も同門である。活所の子が木庵である。また堀杏庵もその門から出た。いづれも詞藻に富む人々である。

同じころ詩仙堂の石川丈山は近世隱士の筆頭者と後世から尊重されてゐる。同時代の儒者三宅寄齋の書を私はたのしく見た。彼は惺窩より十九の年下だつた。惺窩に兄事したが、門下ではなかつた。慶安二年七十歳で歿した時、後陽成天皇から鷹峰に墓地を賜つた。處士亡羊子之墓とだけ彫つた。

後陽成天皇は好學の御方で近世の文藝復興は、この天子によつて始り、ついで後水尾天皇が、元祿時代の前期の、わが國の學藝と風雅の中心となられた。後水尾天皇には多數の皇子内親王がいまし、その多くが文雅秀才の方々で、國の文明の興隆と流布に大きい寄與をなされた。後水尾上皇の御集は、近世初頭第一の歌集である。古ながらの大歌集である。寶齢長く世にいまして、近世初期文壇の中心であり、庇護者であり、また發源ともいふべき創造的な御存在であつた。

近世文運の恢弘に大きい恩惠をなした慶長敕版は、後陽成天皇の叡慮によるものにて、上梓は經書を專らとされた。この時は朝鮮役に持歸られた銅製活字が使用され、さらに我國でも製作された。一時活版印刷がさかんとなり、直江版文選、伏見版、駿河版などが行はれてゐた。豐臣秀頼の刊行した「帝鑑圖説」には插繪を交へた。駿河版は主として兵書史書武家記錄の類だつた。角倉了以の子、素庵のつくつた嵯峨本は、光悦本、角倉本とあはせて、それぞれのことばでよばれるが、專ら國文の古典を多數刊行してゐる點に、特筆すべきものがある。素庵は高雅な人物で、當時流行の茶事や骨董に眼をくれず、國文學の古典籍を次々に刊行した。近世史上の文藝復興第一歩の盛業は、嵯峨で刊行された和歌物語隨筆の古典本に於て、駿河版などとは全く別の意義を明らかに輝かしてゐる。素庵の源氏物語五十四帖の刊行は、敬拜すべき大事業であつた。

　慶長以來の活字本として、平家物語、太平記はくりかへし出版されてゐた。太平記の流布には驚くべきものがあつた。しかしそれが文人の詩心の中樞を占めて、詩情に爆發するに到るまでには、ほぼ五十年の歳月があつた。益軒が一度楠子碑を建てんと志し、思ひかへして止つたのは、光圀の建碑の以前といふ。

　明國亡命の朱舜水は始め柳河の安東省庵に庇護せられた。その經過は朱舜水がその孫に殘した遺書に子細にしるされてゐる。當時、國法が唐人の駐留を禁じてより、四十年たつてゐた。省庵は奔走してこの亡命の鴻儒のために安住を計つた。しかる後、わが俸の半をさいて朱舜水に供した。朱舜水がその孫にのこした遺書に、この間の經過をのべ、省庵薄俸二百石、實米八十石、去二其半一止《タダ》四十石矣、毎年兩次到レ崎省レ我、一次費銀五十兩、兩次共一百兩。苜蓿先生之俸盡二於此一、このあとにつづけて、そのためによる省庵の貧窮の生活を詳述してゐる。孫に對する遺書に、このことをあからさまに精密に描寫した朱舜水の心得にも、味ふべきものがふかい。

　安東省庵は一時京に出て松永尺五の門に學んだ。「三忠傳」を著して、楠公、藤房卿、平重盛の誠忠を讚へた。省庵の朱舜水に對する誠心に私は感動し、反省するものがある。省庵は子の元簡に遺訓して、「我才なく德なし、汝諸生と年譜行狀行實碑銘及び文集の序等を撰ぶこと勿れ。嗚呼實なきの譽を後に垂る、ときは、君子之を何といはんや。我人に若かずと雖も、而も生平自ら欺くことをなさず、豈死して人を欺かんや」と誌してゐる。八十歳柳河で歿した。孤高の威を張る人でなく、溫和謙虛の人であつたといはれる。わが國近世の儒學の本筋は、かくの如き志士の淸らかさに貫かれてなつてゐた。省庵の楠公論は維新思想の嚆矢と見るべきものだが、その人となりと志情は、維新の成就明治の開顯の根柢をなすものであつた。

伊藤仁齋が特別に尊ばれたのは、その生涯につひに仕官しなかつたといふ一事が重く作用してゐた。代々の自由な儒者の氣質として、これを特に重んじ尊んだことは、近世の文學史を、文人精神の淸醇な獨立自由から考へる上ではまづ注目せねばならぬところである。仁齋が尊敬された今一つの理由として、彼に師承がなく、子に東涯のあつたことがあげられる。舊い時代の考へ方として、師承道統を重んじた古人の志の一面として悟るべきところがある。

仁齋は京の材木店の出といはれてゐる。町家に生れて儒者となつた例は他にも見え、これは近世文學界の世相である。向上の風儀となつた。この時學問は前代の僧家を去つて、すでに草莽に歸してゐたのである。その間學問によつて立身出世したものも多かつたが、絕學を興し道を恢弘した例はさらに多かつたのである。ここに於て、近世の日本の文學史は、複雜多彩を呈し、しかも文人の志の貫道するところ、その一つのものを明らかに示すところの時代が到來してゐた。

中江藤樹は少年時より性格に異質の激しさのあつた人であつた。朱子の學をすて陽明の學に悟つたといふことも、省庵のやうな人の場合にもくらべて、いはゆる思想といふ如き淺薄流動の觀念の問題でないことが明白だ。文學と文人の志によつて解明すべきものである。藤樹の門人なる蕃山が學難にあふのは、權力と結んだ官學者派よりの彈壓によるのである。官學や流行學派といふものは、それ自體が權力に似て、政權以上に陋劣の策をなすものである。それは古今東西共通の風である。蕃山の文學は、僅にのこつた十三首の和歌によつて、のちの人々の悲懷と慷慨のよすがとなつてゐる。

この春は吉野の山の山人となりてこそ見れ花の色香を

笛竹のしらべかはらで千早振神代の袖をかへす舞人

思ひやる心さへすむ五十鈴川ながれや神のつねの御神樂

この人も悲運や逆境にあひつつ、そのことを格別に苦しいと感じることもなく、さして意にしなかつた方の、本來の文人といふ所在の人だつた。似た境涯を經驗し、しかもその文學に於て特に高邁にて、全く自由だつたのは山鹿素行である。素行は朱子の學を棄て、復古の學をとなへた。門下多く集つて二千人と號されたのは、學說以上に、その人となり器量が敬拜されたからであらう。霸道の官權は、學者や學問の思想を解し難いが、青年の敬拜する學者文人に怖れることは身を以て了知してゐる。またその學術の斷片をあげて、異學と指摘することは、淺學の徒に却つて容易である。素行は配所にあつても、誠實を以て親切に子弟を教へ、環境の前後に何ら創造性と態度の上に差異がなかつた。この人に似て、朱子學より神道に入らうとしたのは後の山崎闇齋である。

悲運や逆境を意識しそれに影響された文學は、古神道の人の場合は絶えてないところである。然らざれば古神道の人でないのである。古の神道の自然《カムナガラ》に於ては、その状況自體が廣大無邊な世界にあるを謂ひ、殆ど世上に無縁のところに、その文學と創造精神は成り立ち、生成されるのである。この理は、後水尾天皇御集を拜見して、その中の御憤のありやうや行方を拜察すれば、凡そに理解されると思ふ。そこには世俗の我執や慾望は無く、これが自然《カムナガラ》の風儀《テブリ》と、あきらかに和やかにさとすものがあつた。わが國の文學はここ以外になく、文人の志はこれを離れて成り立たないのである。

二

烏丸光廣も、近世の初頭、卽ち桃山といふ時代から元祿に至る前期時代に、その類型者の若干を見るやうな、文界に大と稱すべき英雄の一人だつた。不思議の文人であつた。學殖に於て詩想に於て、稀代の秀才だつた。後水尾院、玖山公、豐太閤、貞德、さういふ大きい人間の造形、造物主の滿足を思はせるやうな人物の一人だつた。この型は、水戸光圀のやうな仰ぎ見るばかりの英雄の風貌としても現はれ、また芭蕉、契冲といつた人たちにも出現する。よほどに人心に誠實と志節の横溢した時代の產物と考へざるを得ない。水戸の光圀公は、當節流行の通俗作家の徒ののぞき見るを得る如き存在でない。米俵に腰かけて百姓婆になぐりかけられてあやまり、楠公碑をたてる時は石工に教へられるところで終了してゐる講談黄門漫遊記は、日本の文學史の最大普遍の大衆版であつて、これによろこぶ國民心理に理窟はなく、正しい理窟はここより發して、しかもその正しい理窟といふ觀念化に於て、文學の創造性を失ふ。感情や情操のかもす創造性や、天地の始めの如き初心のものを失ふ意味である。

桃山時代の人心の雄大は、その先行の時代なる戰國航海時代の海洋遠航通商の氣宇をうけたものと云はれてきた。しかし眞に精神界に於ける巨大な英雄や、偉大な器量人は、鎖國時代に入つて成熟し續出した感がある。元和偃武のあと五十年にして、我國は未曾有の文明の時代を精神界にきづいた。それは幕府權力の成立を支へる地盤と、全く別箇の精神の世界の出來事だつたのである。

鎖國政策の因となつた、サビエル派のキリスト教勢力に對する、往年の日本の政治家の判定の正しかつたといふことは、歐洲の近代史家も、かの切支丹が、特に强烈に侵略勢力の手先の役をなした歷史的事實から認めてゐる。しかしその判斷がよし正しくとも、よつて鎖國を政策とすることには、別途の經學の思想による判斷もあつたわけである。豐太閤の時、都へ定住した西洋人が、大規模な屠殺場をつくり、白晝多數の牛馬を殺し、血のしたたる肉をおほつぴらに食するのを見て、都下の人々は、風俗の異りによる恐怖から、人心と社會の不安をかもす氣配に到つた。太閤の切支丹禁制の一つの目安となつたことは、かうした現象と、その人心への影響が、社會の秩序や道德を紊すとの判斷である。

徳川幕府に於ける、經學思想への傾倒と、佛教の信仰との合作によつて、五代將軍の時に發布された殺生禁止令は、一切の殺生を禁じる未曾有の道德的な法律であつた。まことに世界無比の徹底した平和憲法で、印度のマハトマですら、個人ないし一箇教團の戒律として以上には及ぼし得なかつたところである。露國の文學者トルストイは、世界平和の實現の方法として、最後的かつ唯一のものは、食物の革命の他ないと、あくまでの思索の果に云つてゐる。それはガンヂー流の考へ方から、殺生食の一切の廢止を意味するのである。しかしトルストイが、今日の事情として、牛乳と鷄卵だけは許容せざるを得ないと註してゐるのが私には實にほほゑましいのである。儒教に純粹に執心し、佛者に盲信した五代將軍は、殺生禁止令を發布し、禁を犯した武士に切腹を命じた。江戸市民はこの嚴法に恐怖し迷惑したといはれてゐる。この最も革命的な法令は實驗的意味さへのこさずに間もなく消滅するのである。

鎖國の決定に當つては、政治情勢論を表面としたが、それはサビエル派宣教師達の侵略野心についての史實による正當な判斷であつて、現實政治上の鎖國決定を導いたものは、むしろ倫理的批判に近いものが基調をなした。海外市場爭奪の戰爭を避け、せめて國內だけの泰平の平和鄉をつくらうといふ考へ方だつた。これは徹底した道德的判斷である。從つてこの判斷は、繁榮をいさぎよく放下し、決して妬視せぬといふ品性の修養を前提とした。江戸時代を通じての童蒙教育の基幹はここに基本法をおき、同時代の批評に於て、文學の本筋の高邁のものは、これを趣旨とするものとされてゐる。省庵の貧困も、芭蕉の閑寂も、雅澄の貧窮も、この大本の流儀の實踐である。その貧窮を疑はなかつたのは、道德があつたからである。三百年鎖國下の大なる文明は、この道德の造形といふ、さまざまの開花にあつた。

鎖國によつて我國は領土市場の擴大や、機械兵器の生產といふ近代工業の上では進步遲々として立ちおくれ、それは後退として、殆ど停止したが、眼を轉じて精神の文明を見れば、儒學といふ一分野の系譜を見ても、古今東西に誇るべき淸らかな精神の大なる產物を、人間といふ全體のものの上で造形してゐたのである。

當時封建下の人心に於ける鎖國の意味附けに關しては、露國提督ゴロウヰンが函館奉行所役人の取調べを受けた間の記錄に詳記されてゐる。彼は、邊地の奉行所役人のもつてゐる國際情勢觀と、またその近代批判が、深奧な道德的見識に立脚することを知つて、感動し、返すことばを知らなかつたとしるした。この記錄をよんだトルストイは感銘してこれを子供の本にかきかへた。この感動がやがてトルストイの平和論やガンヂー觀に及んでゆくのである。近世の鎖國政策は、單に一、二專制政權の延命のための徹底的中立政策として、三百年近くも持續したのでなく、そこには良心の持主としては、何人も、これに抗辯し難いところの、道義上の充足觀があつたのである。しかしこの根本の道德は、幕府成立の根柢を打破るものであつた。これは矛盾といふべきものである。

近代の制度とその必然的な進行形の成果を、人道の惡とする近代批判の本質論が、鎖國に甘んじる態度と、その決意との根柢にあつた。その決意は道德に他ならないのである。

そしてこの態度の史實的根柢は自然《カムナガラ》である。從つてこの態度は道德の原因子となるわけであつた。しかし我々の祖先の傳へた文學に於ては、かうした理論的解明は必要でなかつた。その理論化は死んだものであり、それに反して文學は生きてゐるものである。その生の世界が造形として示されたのが文學である。すでに早くからあつた、精神の上での二つの日本のこの分立は、南北朝以來の分立と、ある部位では重なりあつて、歴史として別々につゞいた。それは理念と物質の對立とも考へられ、別のことばでいへば、精神と繁榮の對立でもあつた。その兩立せぬ所以を知り、そのいづれの一つを棄てるかの決斷に於て、先人は繁榮をすて、精神をとつた。元祿といふ時代にわたつてひらかれた精神の榮花は、すてた繁榮と次元のことなるものなることが、實現されて實證されたのである。世俗近世を通じて云はれた「儒者貧乏」の語は、日本の久しい諺となつた。この諺の意味するところは、世俗の繁榮よりも精神の文明を尊しとし、窮極に於ては、近代の制度組織やその慾望を道義的に批判し、「近代」をその基底に於て否定する立場となる。朱子學を棄て陽明學に入り、あるひは古學を唱へて孔子に還るといつた、學派の分立の根柢には、すでに早く近代の根柢批判に通じる判斷があつた。それは「近代」の未だ開かれぬ時代ゆゑ、近代のことばで批判するといふことは、當然誰も思ひ及ぶわけがない。

近ごろは情報過剰の時代といはれ、過剰の原因はことばの紊れにもとづくところが多い。しかし情報の過剰に心勞し、その重荷に身心困憊することは、あながち今に始つた現象ではないのである。いはゆる亂世とは、言葉が紊れ、情報過剰といふ時代である。さういふ亂世相を脱出するために考へられる人間の智惠には、いつの時代にも一様に共通のものがあり、まづ文明の原初に歸らう、祖師その人に復古しようといふ思想である。これが文藝復興《ルネサンス》の考へ方の根柢にあるものである。しかしこの根柢に深淺のあつたことも史實が證してゐる。その深淺は、さまざまの條件にもとづき、時には次元の異るものとさへ思はれることがある。仁齋の如く師傳をうけず、自ら獨學した人は、本來の原典籍に代々の註釋がつみ重ねられ、つひには倉一棟ほどの書物があるといふ事實を認識し、それに對し、毅然と處置しうるだけの心得のあつた人である。しかも國學の面では、かういふ心得は、契冲、眞淵をへて、宣長に到つて、まことに神業を思はせるものがある。仁齋は獨學の自由人として、諸多の註釋を原因として派生する學派を溫厚に避け、觀念の形態化をこばみ、古學をたてて孔子の心に直ちに接するといふ願ひから、過剩情報といふ亂世相を脱して、一擧に先王の代へかへらうとしたのである。この文藝復興的傾向を、輕薄に人間の復興と云つて了つた時、歐洲の近代社會は、底しれぬ腐泥の沼へ二歩三歩とあゆみをすすめてゐたわけである。

三

光廣は名家の人だつただけに、學殖もふかく、雅俗を問はず、淸濁にも頓着ないやうな人物だつた。才能は奔放不羈だつたので、宮中の女官たちと次々に問題をおこし、たび重なつてつひに慶長十四年に敕勘を蒙つた、三年にして許されたが、この間に東下りをした。

これらの事實をふまへてかかれたのが「竹齋物語」だといはれてゐる。「國家よろこびながき時とかや、そのころ山城の國に、藪くすしの竹齋とて興がる法師一人あり、其の身は貧にして」都ではやらないので、下僕のにらみの介一人を伴つて、治療をしながら東下りをする。滑稽を主としてゐるが、その皮肉には曲があり、文章はのびてゐる。意あつて舌不足なところは、文章に對しても興がるところにとどまつたからと思はれる。よほど稀代の文才者だつた。竹齋物語は、かうした形式の近世文學の原典で、後に續出したものは趣向これにならひ、敍述を低俗化したのみといふものが多いのである。またこの作品に描かれた世相を示す風格、藝能、あるひは俗謠、俗語を自在に交へ、時の人情の評判などの記事は、時代の公的な記録とは異つて、當時人心の相から歴史の實をよく傳へてゐる。諷刺や皮肉も輕く描かれてゐるところは、その作者の品位をあらはしてゐる。この藪醫者竹齋の奇妙な治療術は、痛烈に時代そのものを馬鹿にした。しかもあへて云はず、慷慨を言擧げるさへ大人氣ないといふやうな氣持を、隱遁士の氣分で描かれてゐる。その心境は世情を逃避してゐたのでなく、その身ながら放浪にゐたのである。

このころの俗謠では、隆達節の小唄には哀れがある。その哀れの根據には文化的雰圍氣を思はせ、白晝闌けた風光のやうな人情が、餘韻としてあつて、後期江戸風の浮華な頽廢とは異つてゐる。桃山時代の頽廢と、文化文政以後の江戸遊里にかもされる頽廢とには質の上の異りがある。文學観上頽廢をよしとするのは、それが創造をふくみ、いさぎよさのイロニーである時に限つて云つてきたのであつた。天保頃の頽廢は、ただの媚態の一種である。虚無觀も革命の氣分も、その陰影さへとどめない。媚態は繁榮の一様相であり、それは現狀權力に臣從する有形無形のものの一様相に他ならない。この權力には左右はない、進步でも保守でもない、今といふ現狀に對してその身をよせきつてゐる態度にすぎない。その狀態は功利や利己に通じ、時代の繁榮に追從してゐるものである。近代に於ては、さういふ態度を文學上のリアリズムと呼んだ。幻のものにすぎない「今」に一切をおくこの態度は、凡そ文學とか文人の名稱にふさふものではない。

伊勢物語を似せた戲作の「仁勢物語」も光廣の作だといはれてゐる。「竹齋物語」はその薨後に世に出たものである。世上の名聲や利を求めて文をつくつた人ではなかつた。名門のゆゑに五歲で昇殿を許され、二十一歲の時は左中辨藏人頭となつてゐる。そのうち世間に鬱結退屈し、惡友を寄せつけての放埒の生活が目に餘り、敕勘を蒙る。しかし許されて後は、三十八歲で權大納言、四十二歲で正二位、そして六十歲で薨じた。その性恬淡で物欲のない人であつた。名門の若者の中には、たまたま亂を好んで勇猛のものがあつても、さうした人の多くは物欲に恬淡である。品性下劣にして現世の物欲の塊りの如き當節の人が、その己の心術を以て古人を測り歷史を語ることは、この世最大の犯罪であり、その本人に於ては最低の悲慘無慚の心の狀態である。

「恨之介」の物語は、そのころ都にかくれもない五人の好色の青年の中で、一番心細い男だつた葛の恨之介の一代記を古物語の筆法で敍したもので、この原型は光廣の作といはれてゐるが、その原作がどこまでのものだつたか、次々に出された刊本の文章に、增加變化が多いのでよくわからない。恨之介が死に、その戀人の女性があとをおつて自殺する。古物語を摸したものだが、血なまぐさい描寫を平氣でしてゐるのは、光廣の風儀に遠いと思はれるところである。血なまぐさい描寫にあくまで平氣だつたのは、殺し合ひを尋常とした時代世相の反映と解釋するものが多いが、戰國の武士の果敢無い風俗のあらはれは、女があと追ひの死にいさぎよかつた氣質の方に濃かに出てゐると思はれる。しばらく時をおいて近松門左衞門が相對死を美しく描いた心中物の出現は、武士社會を支へてゐた觀念形態を、人間の根柢に於てくづした。實にまことの文學とはかかるものだつた。

光廣の作つた「目覺草」は、それまでの戲作めいたものとは、その趣き一變の隨筆集である。その批評の文章には端正なものがある。自跋に寛永第二季春日烏丸大納言光廣と署名されてゐる。この文章には心得に達した風格が出てゐる。「身づから見し、聞しことを、今有のまゝに、いひたれば、まめやかに、おもしろくなん覺えける、」と書いてゐる。「のちの世の山のみちの、いましめとぞ思ひ侍る。」後人のためにしるしおくといふ思ひから書かれたのである。「心の起は、をのがさま〳〵に、さとりて知るべし」と結んでゐる。

紀伊藩附の重臣だつた三浦爲春が、五十二歳で致仕して後の作である「あだ物語」は寛永十七年二月に刊行された。鳥の世界にかりてしるされた寓話物語だが、大覺寺宮をへて後水尾院の叡覽に供し、御製の跋を賜り、また光廣も跋を添へた。これは近世の小説の歴史で非常な大事件だつたのである。讀本の類が至尊に認められたといつた見地から、世上その地位の認識を新しく高くするのである。俳諧も後水尾上皇によつて、その位置を一擧に文壇の上にのせ得た。かういふ事實を舊封建時代の風習と考へることは、必ずしも當らない。今日の藝術家は苦心努力して藝術院會員の地位を獲得し、名刺の肩書に會員たることを印刷する。今の藝術院はもともと帝室技藝員より發し、帝室の御用作家たる意であつた。それに列することを、藝術家の願望と思ふか、又誇りとするかなどは、その人の主觀の問題にて、第三者の特に云々すべきところでない。そして藝術院會員となることによつて、新聞はこれを大きくたたへ、その藝術家の社會的地位は高まり、製品の市場價も向上することは、今日見る通りである。近世の俳諧や小說が、後水尾院の叡慮に認められて、その存在始めて定まり、さらに社會的評價が高まつたといふ事實を、よこしまな形でながめることは、史實に誠實の態度といへないのである。またそれが封建的事大主義といへないことは、今日の藝術院を例としてもわかるところで、この古の風俗心理は、今日もなほ一段旺盛のものとして殘つてゐるのである。本願寺が敕願の寺として認められんとし、くりかへして行つた上部工作も、この時代の一事實であつて、失敗にもこりず、多年にしてその本望を達したものである。

後水尾院は、先帝後陽成院が、森嚴な經學や國典に專ら好學の御氣風を發揚されたのに對し、極めて廣大な趣味の領域に御心厚くあらせられた。文藝學術の高尙な領域から、香道插花など風流生活の諸藝能に及ぶ、一切の風雅生活に於て、近世初頭の中心であらせられ、さらに以後の日本の美的風流生活の源流となられた御存在だつた。桂離宮よりも、修學院離宮は、一層上皇の御風懷に卽するところ多かつたかと思はれる。大和帶解の山村御殿は上皇の内親王の御好みの造園であり、奈良の傳統文化の恢弘の上で逸し得ない一乘院の眞敬法親王は、上皇の皇子にいました。御系譜の上では第二十六皇子となつてゐる。眞敬法親王は御父陛下に似て、文明と文化の歴史の上で、堂々英雄の性格をもたれ、しかも高雅な文人にあらせられた。その氣品の凜とした優美さは正しく皇室の傳統そのものである。

水戸光圀は、同じ日、同じ太陽の下に現はれた史上稀有の英雄だつた。光圀公は大日本史の編輯を發願し、今日に及ぶ水戸學派の根基をつくられた。亡命の人朱舜水を保護し、楠子碑を建てられた。大日本史の編輯のために全國の社寺等より史料を借りた時、その返却に當つては、必要のものには、補强修理をほどこされた。和漢風教上の古典を旨として第一義の文學を尊ばれたが、別に下河邊長流に萬葉集の全釋を懇望された。長流は氣まぐれでそれをなさず、代つて契冲の偉業として完成された。初稿さらに改稿された「代匠記」がこれである。あるひは宮崎安貞の「農業全書」に、國の寶として推賞する序文を書いたのも光圀公である。「農業全書」は、その插圖の版畫もやさしく、世間に云ふ文學書以上に文學的情緒のゆたかな書物である。安貞自身が隱遁詩人風の氣質の農學者だつた。長く諸國を旅行し、各地の篤農家に實地に學んで著作したのがこの「農業全書」で、後に福岡藩に招かれ、農地の開墾に苦心の經營をへ、その地田園に隱者のくらしをして終つた。「農業全書」の成つた翌年、元祿十年の秋、七十六歳だつた。光圀の薨じたのは、元祿十三年の暮七十三歳である。楠子碑の建立は元祿五年八月。朱舜水のなくなつたのは天和二年八十二歳、この年の春は西山宗因七十八歳で歿し、闇齋もこの秋六十六歳で死んだ。後水尾法皇の崩御は延寶八年八月十九日御齡八十五、綱吉の將軍宣下はこの年七月である。天和二年は元祿五年からさかのぼり十年まへである。延寶八年は天和二年の二年まへである。蕃山は元祿四年秋七十三歳で逝き、西鶴は元祿六年秋五十二歳で死んでゐる。この年の夏には朝鮮人の竹島來漁を禁じた。翌元祿七年二月卑猥な著作の出版を禁ずる令が出され、その年十月芭蕉が五十一歳でなくなつた。

國學の恢弘

一

幕府は修史を志して、林道春及び其子鵞峰に命じてつくらせたのが、「本朝通鑑」である。正保のころより着手され、寛文十年になつた。この書は、わが朝の始祖を呉の太伯の後とした、尊外卑下の情、冥妄を極め、今日より見れば笑ふに耐へないものだが、水戸黄門は一見して驚き、これを詰つて公刊を禁じた。ここに光圀は修史局をおのれの小石川邸に移し、彰考館となづけ、「大日本史」の修史に着手した。

正保元年は元和偃武より二十九年目である。亂後の文明は流行の面ではなほ混冥に紊れてゐた。芭蕉の所謂亂極つて治到る直前の樣相では、流行の學藝は權勢に密着してゐた。新奇をおふ世俗流行の先頭は、これを客觀視すれば、狂ひ病んでゐる。時勢に密着したつもりの俗學者流とか、曲學阿世の徒といはれるものは、その樣相に於て、そのなすところ、思ふところ、往昔も昨今も大差ない。今日の歴史學といひ、歴史學者と稱して時勢におもねるものの、尊外卑屈の發想による冥妄の滑稽は、殆どが呉太伯の流さながらである。これが冥妄をさまし、或ひは破邪顯正するに當り、當今、學藝界に黄門の如き巨大の高峰の無いところが、未だ亂極るに到らぬ所以である。元祿の文明が定着するについては、元和偃武よりほぼ五十年を要してゐる。その間の我國文明は、都に後水尾院がいまし、關東に水戸黄門が嚴しいものとしてあつたことが、國と民族の幸ひであつた。

貞德の衣鉢をついだ文人として、北村季吟のやうな溫厚な國學大家がゐたことも、日本の文學史の永遠の流れを象徵した現象と思へる。芭蕉は季吟に學んだ。芭蕉の歿後も季吟はなほ生き永らへて、その大部の學業の上積みをすることに營々と怠らなかつた。季吟は近江の人にて、家は醫だつた。貞德の門に入つた時は十九歲、芭蕉と西鶴はこの年に生れた。契沖はこの時二歲だつた。山之井集四卷を著したのは季吟二十五歲の時で、三十歲で大和物語抄六卷を著した。近松門左衞門、向井去來、榎本其角たちはこの年に生れた。寬文に入つてから、土左日記、伊勢物語、和漢朗詠集と次々にその註釋を刊行した。源氏物語湖月抄の完成は延寶二年で、この年には枕草子春曙抄が刊行され、翌年には湖月抄を刊行した。ついで天和元年に百人一首拾穗抄四卷を、翌二年には八代集抄一百八卷を印行した。これらの事業を見ても、まことに超人的な學人だつた。近世に於て、わが國中世の古典の文藝は、みなこの人の努力によつて、精密の註釋を加へられ、やうやく一般の讀解しうるものとなつたのである。元祿の文明の開顯に當つて、かやうな人があつて、かかる辛苦と努力の大事業をなしとげたことは、その絢爛の文明の根柢をなす原因にて、後人が如何ほどに感謝しても足れりとは云ひ得ないものであつた。明治大正とへた我々の自ら學んだ時代にさへ、明治につくられた字典の恩恵を別としては、季吟、契沖の學恩によつて、古典の學びはその殆どが行はれてゐたのである。

季吟の生家は相當の富家にて、それが彼の學業と學問上の事業を支へた。その富もつき、天和三年六十歳にして京へ移り住んだ時は、そのためにすでに貧窮してゐた。當時の季吟の貧苦を想像させる歳暮の書簡を、私は歳末には必ずかかげて、敬拜をつとめることを戰後の例としてきた。

當時漢儒の學者を召聘好遇することは、幕府を始め諸雄藩のしきたりとなりつつあつたが、國學の學者に對してはその例が未だなかつた。元祿二年烏丸光雄の推擧によつて、やうやく幕府に登用された時も、名目は醫官として、歌學所出仕を命じられた。年二百俵、翌年には三百俵を加俸された。子の湖春にも僅少の扶持が下つた。寶永二年歿した時は八十二歳、湖春はそのさき元祿十年に死去してゐる。しかし季吟の晩年は漸く平安な暮しだつた。

下河邊長流は如何ほどにも天才的な文人だつた。大和宇陀郡の出身である。契沖が兄事したことは、「萬葉集代匠記」の著作の由來、及びその「代匠記」との題號によつてもわかるところである。長流の十卷の「萬葉集管見」を見た光圀は彼にその全釋を乞うた。契沖が代つてこの業をなし終つたのである。日本の文學の歴史が、すみずみまで明るくなつたやうな、輝しい仕事は、かういふ經過で生れた。後に本居宣長を國學へ誘つたことから、わが國の歴史と精神の上でも格別意味の深い契沖の「百人一首改觀抄」も、殆ど長流の説を傳へたものである。改觀抄は大部の著作でないが、國學者の宣長の誕生の機緣となつたといふ點で、まことに尊い近き世の古典である。

定家卿が隱居の小倉山莊で撰ばれたといふ百人一首は、その後何百年にわたる年代を通じて、日本の家庭にあつて、日本の文明の歷史を幼童に敎へるうへで、精密廣大多邊に利用された。それは日本の古典文學時代の、通常の歷史とともに、文明と文藝の本の流れを明らめ、この國の基本の道義から、人倫の情緒に及んで、民族の感情の濃かなものを敎へる敎本として、その德用はよみとられた。敎材としてといふ觀點からいへば、古今東西、いづこの國の人も思ひ及ばなかつた著作だつた。代々の文藝の人々が、さういふ活用を、緻密に構想して、つみ重ねていつたのである。百人一首の註釋の歷史は、日本人の創造力の歷史といふ觀さへもつのである。

契冲は二十歲餘りのころ、大和の長谷寺で修學してゐたが、何事があつたか、室生の龍穴へゆき、岩にわが頭をわれとうちつけて死なうとした。これほどの人のなさんとしたことについて、その理由のほどをみだりに想像することは愚意に詮ないことである。若い契冲が死なかつたといふことが、私には靈異にあふに似た思ひをもつて感動されることであつた。この人が死なずして長流と親しんだといふことは、わが近世史に重大な決定的影響を及ぼしたのである。何時か幾日かは、契冲は死んでゐたのである。後の契冲は、「いかでわれむかしの人に似てしかないまの佛はたふとくもなし」といふ歌をつくつてゐる。「近世畸人傳」は契冲を評して「千歲の一人」とたたへた。契冲によつて、國語の法則は殆ど正され、その文法によつて古代の文藝が、誰人にもたやすくよみ味へるやうになつた。學者としての仕事以上の、文人としてなすべきことをなされたのである。しかしながら後鳥羽院以後の代々の詩人は、みな多少はさういふ志の仕事を文學の上でしてきた。文人の悲願、文學の目標は、彼らにあつてはいつも太陽の如く輝いてゐたから、その常住の貧苦も困乏も、その心のゆたかさのまへでものの數でなかつた。罪なくして配所の月を見んといふ思ひは、本邦文人の一つの安心を形成したものだつた。早くにさういふ心をもつて、それをわが身の處理と觀じ、流浪の旅を生涯とした西行の生成の理を、後鳥羽院が「誠あり」と批評され、芭蕉はこの御一言に、つひの生命と生涯をかけたのである。純なやさしい隱遁詩人の近世の先驅の一人だつた。この上人は日本の文學と文人の深層の心深草の元政上人も、封建の大名の連枝といふ身分をすてた人だつた。悲劇や失意に追はれるといふこともなく、つつましく隱遁の風流に入つた。それは日本の文學と文人の深層の心をおのづから證したものと云ふべきである。上人は蕃山や季吟とは文雅のうへで相許してゐた。竹林の中の庵室で、詩歌をつくり、琴を彈じて、志を樂しませた。當時は儒家さへも、一かどの人物は、みなかかる風雅の手だれだつた。日本の文學史の深層はかういふ流れにあつた。一世の教師といはれた教育者も、さういふ深層の文雅の流れを心にしまつた存在だつたのである。幕府の御用作家となつた老いた探幽にしてすら、その描いた草花帖の寫生圖には、可憐な感傷の文藝がこまやかに見えてゐるのである。

二

大和の俳諧師松意が江戸に下つて、談林軒と稱し、宗因を開基として談林派の中心となつたのは、江戸にやうやく人心が發生し始めた證だつた。時代は移る、やがては霸府の地江戸が文藝の上でも、その中心となるだらうといふ豫感の動きを示してゐる。江戸初期の俳壇の名士だつた言水と才麿も、みな大和の人で、江戸へ下つた。今の大和の櫻井市といふ、大和山中の入口にある町の魚商人が、江戸へよびよせられて魚河岸をひらいたのも、「東京市史稿」に明記されてゐるといはねば、人が疑つて當然といふやうな話である。木綿ものを江戸へ賣込んだ大手の商人も、大和の三山地帶の者らだつた。江戸の女が、麻の着物から木綿へ變つたのが、浮世繪の描く女の姿態の原因となつたといふことは、風俗史の話題で、これはつひに文學の新しい妖しさに變貌しなかつた。四代將軍の後期から、文人にして世俗にも志のある者らが、上方から江戸へ下つていつたが、元祿の文藝の中心はなほも上方にあつた。文化文政をへて、天保のころに、漸く霸府の地にも、一箇の文明らしいものが圓熟する。しかもそれはそのまま明治の變動期へ傾斜してゆくのである。

談林の俳人の中では、その世俗の大きさから云つて、大坂の西鶴だつた。當時は前川由平も多少名を知られてゐた。しかし彼の名は、その門人に今宮の來山があつたことから今では記憶されるのである。來山は伊丹の鬼貫と親しかつた。伊丹派の俳諧は、談林の風儀のもので、蕉風のものでない。それは士風の有無といつた觀念ではわけられない。

談林の云ひすました調子は、くらしの心のうがちかたで、芭蕉の後年の「輕み」に多少通ふものがある。芭蕉が輕みといふことを教へてくれたあとだから、談林の本懐を私はそのまま納得する。俳句とか俳諧の思ひとしてこれを納得するのである。芭蕉の輕みの論は、文學とは、文學論とは、かかるものかと感嘆するのみの考《カウ》である。まことに芭蕉はおそろしい人であつた。

　多少の皮相的知識人のわるふざけは、必ずしも談林の俳人だけの弊ではない。今の世間で似而非なる學者は、當節の風儀で、尊外妄想の極み笑ふに耐へないことを、大眞面目でなしてゐる。談林の惡ふざけや駄洒落や、たかだかの語呂合せも、本人が滑稽と下座を意識してゐるだけ、心性にやさしさがある。まだしも文明は喪失してゐなかつた。

　談林派の開祖は西山宗因とされてゐる。松意の師匠だつた。談林を賑はしくした活動家は松意の方だつた。宗因の時代は貞門開基より五十年をへて、漸く俳風一變の氣配が動いてゐた。しかし宗因の作風は、貞門を基調としてゐるやうである。肥後八代の加藤家に仕へ、主家沒落の後、京都伏見のほとりに住み、里村家で連歌和歌を學んだ。當時貞門の有力者だつた松江重頼とも親しくしてゐた。延寶三年江戸へ下つて田代松意と共に興行した「談林十百韻」が、新風樹立の談林の旗旆となる。この序文は松意が氣負つて誌したものである。冒頭宗因の「さればこゝに談林の木あり梅の花」の句をかかげた。宗因の人がらはおだやかで、自身では俳諧を從とし、連歌師ととなへることに誇りをもつてゐた。和歌を道の主體と觀じ、俳諧は風雅に入るの方便と考へてゐたのである。代々の先蹤の悲願に隨順することを生成の理としたのである。これを自覺の不足といふのは不敏による酷であつて、貞德は國文學史上最も高い德人として、謙虛の眞悟を開いた史上にも數少い文人の一人だが、その貞德は、己を歌人として、自ら任じてゐる。ほぼ同じ考へ方に卽したものである。

談林をして俳諧の新風とし、一派として組織したのは、松意の氣質からである。それが江戶風だつた。覇府の地の人心に於て、その流風は、文藝としては卑俗に低下し、亂脈の調子となり、それは宗因の本意でなかつた。宗因は天和二年三月七十八で歿した。この年天和二年の暮に芭蕉の深川芭蕉庵は燒けた。天和四年が貞享元年甲子歲で、卽ちこの秋甲子吟行の旅に芭蕉は出發する。この年は卽ち芭蕉の甲子吟行によつて、俳諧史上のみならず、わが日本の文學史の上で記念すべき大切な年となつた。それは芭蕉の本質が忽ちに輝き出した年である。舊來の芭蕉の變貌轉身とは云はぬが、驚くべき開顯が忽ちにして起つたのである。

貞門の物附に對し、結果的に心附を主とした談林の風儀は、芭蕉によつて一變して、異質に近いまでの微妙な附味にかへられたのである。「談林十百韻」に

　　爰にあら神千年の松

　要石なんぼ掘つてもぬけませぬ

　　鯰の骨を足にぐつさり

はきために瓢簞一つ候ひき

肱をまげたる裏店の秋

この種の心附は蕉門の附方に通じるが、風趣とさらに態度では異質である。まづ神といふ言葉から鹿島神宮の地震抑への要石を聯想する。ぬけないといふことばから、足にささつた魚の骨を思ひ附き、要石が地震のもとをなす鯰を抑へてゐるとの俗説から、ささつた骨を鯰のものと見立て、その場所がはきためとし、はきために瓢箪が一つころんでゐるのが、異様で不思議の興味をひいたことから、その瓢箪にかかはる顔回の逸話を思ひ出し、その縁で陋巷に住む清貧の高士をきめつける。この附合せぶりは、飛躍といふ點で、蕉門の附け方にすなほに移り、談林では觀念の新奇追究に終つたものが、蕉門では心の深みへと、ものの見方が變つてゆくのである。かくて漸く文學の種子が明らかに輝くのであるが、しかも芭蕉は過去先人の所作が、風雅道を啓蒙し文藝を教化しようとした點を十分に尊重し、俳諧の益は俗語を正すにありとまで云ひ切つて、先人の國語尊重の信念に感動の情をこめた。國語の規範を立てて、これを流布せんとした俳諧師のその愛情を、高く評價したのである。芭蕉はかくの如く舊時代の人々の悲願を尊んだが、西鶴の風儀に對しては、そのただ卑俗の關心を、品下るものと排斥したのである。

西鶴のかいた散文も、一行一句の文中に高尚な感情をふくむ文學や文章ではなかつた。どこからでも血のほとばしるやうな、生命の流れた文章ではない。文學とか文章といはれるものの本質は、少くとも元祿文壇の到達してゐた最高觀念としては、人生永劫の寂寥感にひたと卽身し、生命の無限の觀念としての、未生と他界をつねにともなつてゐるといふことへの感動、あるひは激情、ないしさういふ境地の人に、深い慰安を與へるものの謂だつた。

西鶴の散文は、さういふ文章ではない。その着目の新奇も、人生の本質にふれることのない世間話の輕口にとどまつてゐる。商家の子女にやうやく有閑の時が生じ、寝ころがつてよむにふさはしい通俗讀物が、元祿の泰平繁榮の世相の中で流行した現象が西鶴だつた。しかし一時代の通俗流行文學が、時代を超えて再び行はれるのは、通俗文學として民衆によろこばれてゐるからではなく、文學の眞義に全く不感症な學者が少くないといふことの證明にすぎない。明治文明開化の以後は、本來文學觀が消滅し、文學史觀が墮落した、さういふ現象が、文明開化の學問の方法論から西鶴へと赴いただけのことである。

しかしながら西鶴作の多數讀物の中で、「置土產」のみは文學の眞體を示すに近いものである。これは歿後上梓されたもので、果して西鶴の著作かと、私はかつて疑ひの眼をむけたいものを感じたことである。

三

元祿時代を頂上とする前後の文學の大きい特長の一つは、國家自覺の意識だつた。この自覺は、戰國時代の後期にひろまつた、吉田神道の攻擊性のものでなく、思ひも樣子も極めて沈着にて、事理を窮めるといふ形のものだつた。しかしこの傾向にも、山崎闇齋や淺見絅齋のやうな儒家の場合と、國文系の文人の場合とでは、氣質的な差異があつた。國學の系統では、風雅をたづねて國がらの道を知るといふ形をとる。これが江戸の末期、維新前後には、その國學の内部で、別途に二分する。

　慶長敕版の日本書紀の清原國賢の跋文に「蓋神道者爲㆓萬法之根柢㆒、儒教者爲㆓枝葉㆒、佛教者爲㆓花實㆒、彼二教者皆是神道之末也」とあるのは、氣負つて激しい文言とうけとれるが、これを日本國及び日本人の歴史事實を云つたものとして見れば、極めて當然の史實と解される。また後に本居學派で展開した道の考につとれば、事は過激の言ともならぬ。あるひはさらに、鈴木重胤が說き起さうとした延喜式祝詞の講義の思想を原理的にひろげてゆけば、本末論の方も必ずしも獨斷のものとならない。宣長大人の苦心は、神儒のわかちよりも、神道と老莊の說を分つことの方にあつた。黃老の思想に思ひを及ぼせば、この本末の辨は、今日の思想論として合理的に解明できるものである。昂揚した元祿の學藝界の思潮には、近代の一邊倒といふ心理がなかつた。この點清原氏跋文を文字の表面を追つて、ことさらに今日風の偏狹に解することは、危險を伴つた獨善となる。この獨善には卑屈感の變貌に他ならぬといふ場合が、ままあつたことである。元祿の詩壇に徂徠があらはれて後も、儒者の間には、清明よろこばしい類の文學者を見ない。漢人の本土に於ても、詩文の人はみな黃老の連といはれてゐる。唐宋詩文の盛時が、またこれを證してゐるともいはれるのである。

　文樂淨瑠璃の作者だつた近松門左衞門の文學は、外見上は非力な人間の本性の激しさとか強さを描いたことから、新しい發想を文章の上に造形した。それが一般の市民民衆によろこばれたのは當然のことである。權力や武力の强さといふ、尋常世間とは別の、人間性のもろくして無力の如く見られるものの根柢にあるものや、また終末に到るものの、たくましさやつよさ、しかも前者にはつひにないところの美しさを描き出した。權力政治のつくりあげた最高の儀式が、最終に於て、つひに美でないといふことと、それが現實世界で如何にもろいかを、無から生じ無に歸るものを、生命の實相と觀じた時の美しさを描くことで、ありありと示した。幕府といふ霸道を根柢に於て瓦解せしむるものを、大近松は描いた。この作者も市民の求むるものにこたへて筆をとつたのである。問題はその態度にあつた。大近松は文藝は神祇である由來を知つた保守の人だつた。この保守の精神が、斬新の父、革命の母となる理を、大近松の文章自體が示してゐる。嫋々とした情緖や心情の描寫のをはりは、生死も併せて、一切の現實のものを以て如何ともなし得ない、人間の情の一途のつよさたくましさを、それを聞くものの心の髓にまでとどく方法で歌ひあげた。當時の權力政治では、その政治は殆ど儀式となつてゐた。この權力政治のうへから見れば、はや最高の格調の高雅な形式とおもへる當時の儀式政治も、古の「朝廷」といふ樣式にくらべるなら、本物と模擬のものといふほどの區別があつた。この區別は、美と文明の本質論を明らかにするものでもあつた。季吟の辛苦獻身によつてつくりあげられた王朝古典文學の註釋によつて、王朝の文藝を讀むことの出來た讀書人たちは、おもむろに「朝廷」が道德と美の實在であることを、あからさまに納得し得たのである。わが國の道の本姿は、風雅にあらはれるといふ事實認定は、道德の學となり、國家や政治の本質論ともなり、美観の竟極でもある。大近松はその創作上の心得から、その態度が端正であつた。元祿の二大思潮の一つだつた神道については、思想としてでなく、くらしの上でその古式に則つてゐた。今一つの方の國家意識の原則については、考へず、然して知つてゐた。

國學に於ける自覺意識は荷田春滿から賀茂眞淵のあと、眞淵の教へた萬葉調は、古心と古語の關係を誤解した多くの亞流を生んだ。古人の心を以てけふを生きるか、けふの己の思ひを古語であらはすか、時に當つて憤激の情は、そのいづれの側にあらはに創造的にあらはれるであらうか。

四

芭蕉は伊賀の人である。支考が云つた伊賀四姓は、伊賀一國を支配した藤堂釆女家の本姓保田氏、服部氏、藤林氏、百地氏、柘植氏、柘植の支族にて戰國以後有力となつた福地氏、これらのどれどれを呼んだか分明でない、藤堂釆女家は藤堂藩が伊賀の主族だつた保田氏を懷柔してたてたもので、この黨は賴朝公以來一貫して由緒正しい反幕府の黨だつた。芭蕉の仕へた藤堂蟬吟の本姓も藤堂家でない。足利末期名門といはれた多賀氏が祖である。藤堂家は家の品位を高める目的で、名家の子弟を迎へて養子とした。三井家との關係もその一つである。

芭蕉は柘植氏から出た松尾氏の出である。支考がこれを、桃地の黨といつたのは間違つてゐると、鄉土史家の岡村健三氏は云つてゐる。伊賀は今でも大和國と一つである。戰國のころは、今は櫻井市の地域となつてゐる長谷寺の與喜天神が、俳諧の大きい中心地だつた。ここを發して染田をへて伊賀上野へ出た道は、俳諧の一つの大通りだつた。これは戰國の頃の話である。岡村翁は、芭蕉が蟬吟に仕へた以前から、季吟にも學び俳諧の素地があつたことを考證してゐる。この「芭蕉傳記考」は、鄕土の人でなければなし得まいと思はれる、精密と興味のある記錄である。勿論これを批評する知識を私は持たない。

鎖國といふものを道德の見地から評價して、かういふ狀態でなければ、芭蕉といふこの人はあらはれなかつたにちがひないと私は思ふのである。しかもこの最も平和な時代に、これほどの偉大の人物を生んだといふことは、たしかに古今東西の奇蹟である。釋迦も孔子も亂世亡國の中から出現したのである。あくまでも泰平の日にゐて、芭蕉のなした激しい慟哭は、現世を超越した彼岸他界の永劫の所作である。永劫の生命が現世にあらはれた時の、はるかに遠いもののおそろしさを思はせる。人口に最も膾炙した芭蕉の著名の句を列擧して難じた子規は、ただその人の血氣と未熟を示したのみにて、その子規の説の一々を反駁し、永劫のものにふれた悲劇の詩と讚へた萩原朔太郎氏の批評は、眞に文學を語られたものであつた。

芭蕉の魂が大きく展かれたのは、「甲子吟行」からだつた。西行のあとをしたふ旅の終り、とくとくの水の西行庵から吉野山へ下つてくる時、日ははや暮れ近い。芭蕉はこの時、山中名ある舊蹟名所の數々をおきて、ひたぶるにまづ後醍醐天皇の御陵に詣でる。この條は鬼氣迫るほどに激しい文章である。古來吉野山を訪れた詩人英雄無數の中で、塔尾陵を拝したのは、芭蕉が嚆矢の人であつた。森侯の院庄櫻樹碑建立より早く、水戸公の湊川楠子碑ははるかに後である。楠子碑建立の志をもつてゐたといふ益軒も、塔尾御陵參拜を記錄としてはのこしてゐない。これも習俗にさからふ芭蕉の精神と、その文學の現はれとも思はれる。慶長この方版を重ねて國民によまれた太平記は、詩人の熱い詩情として、始めて象られたのである。一句一事の問題でない、芭蕉の歌つた詩情が、太平記に通ふのである。芭蕉は木曾義仲をかなしみ、その墓の傍に自身の墓を定めた。

俳諧に於て、殊にただ一人の人だつた。前後にくらべるものもない。蕪村の天才を以てしてものの數でなかつた。その俳句は、すべてに史上に超越してゐる。それらは一人の作者の優作でなく、今にしてはすべての人のものである。ただ一人の作者の作つたもの、見た美しさやあはれではない。劫初から永劫に及ぶ民族の生命を咏嘆して慟哭したやうな作品がならんでゐる。

芭蕉の文章も亦、前人未踏のものだつた。後代の俳文は、みな若干くづれ又甘えてゐる。芭蕉は勇士の名にふさはしい俳諧者を愛した。同時にまた、世に容れられぬ世間のよけものを盲愛してゐる。未練があつてはならないといふことが、人に教へた創作の態度だつた。その作品批評の心得も、近代の文藝批評の考へ方や態度と全く異つてゐた。それは士風とか武士道といふ觀點のものでない。賴朝の時を始めとし、代の變つた六波羅の時代、あくまでも現實の權力政治に反抗してきた、伊賀の黨の血統の變貌とも思はれる。どこの國にもある人の氣質感情の南北二つの道、南朝によせてきた歷史の心は、その一つの方の現はれである。

芭蕉の文章の氣合は、去來の處女作と思はれる「伊勢紀行」に加へられた加朱のあとによつて、その心構は解されるやうである。これは貴重な遺品である。芭蕉は現世の榮達を棄て、さらに佛道に入ることも拒むと云つてゐる。この二つを併せて避けたのが芭蕉だつた。佛をそしるのではない。神信心にもぬかりはなかつた。むしろ懸命だつた。僅々十七文字の詩形に生涯をかけ、わが世に於て十句もなしうればと云つたその人の心は、ただ恐ろしく畏いばかりである。

去來は芭蕉の門人の中でも、その精神の高さで拔群の人だつた。若い日の去來は武藝一途だつた。人にも知られた。やがて俳諧一途に轉じてからも、神道の數々の奧儀傳授をうけ、兵學の傳授にも心を傾けた。有名の儒家に生れながら、神道を修めた。これが元祿といふ時代の風儀だつた。父の喪中墓參の歸途、岡崎聖護院の邊で彈傷をうけた暴れ猪に追はれる農夫の難に出遭つた。喪中墓參歸途といふ點に煩悶したが、咄嗟に判斷し、暴れ猪に眞向ひ、一刀のもとにうち殺した。ことなく百姓の生命を助けた。芭蕉は近年來に悟つた「輕み」について、伊賀の人々には全く反應がないことを嘆いた。それをかき送つたのは、ただ一人の去來だつた。芭蕉最後の年である。芭蕉にとつて去來はこのやうな人だつた。いさぎよい森嚴の俤の勇士、しかも風雅の心まつたう素直な俳士だつた。

後の蝶夢法師は、芭蕉と蕉門顯彰流布に生涯をかけ、文獻蒐集上でも驚くべき大事業をなしとげた。わが俳諧史上に功勞第一の人であつた。法師は蕉門無數の俳人の中から、去來、丈草を雙璧とした。私もこの批判を適正と思ふ。芭蕉生存中は、無慮數十人の英雄の俳士が天下各地に散在してゐた。日本の歴史の上で、未曾有の壯觀だつた。膳所の菅沼曲翠は、芭蕉門下で勇士とたたへられた俳士の一人だつた。その妻女も文藝の名媛だつた。曲翠は藩を毒する一人の姦臣を、鎗を以て我家の玄關で打果した。その者が、江戸藩邸の重臣として赴任するための挨拶に來た朝だつた。曲翠は一切は私闘によるとしるした遺書をしたためて自刃した。その長子も罪せられ、切腹を命ぜられ、家はとりつぶしにあつた。曲翠の妻は岸和田の生家へ歸る道中記を殘してゐる。藩臣中志のある者は、私闘としるした曲翠の心中に聲をのんで沈痛した。蕉門の俳人には、曲翠の志に通ふものを、多少己の一念とした人士が少くなかつた。人々の作句によつてその志は後世にも理解できるのである。元祿の文化の樣相は、かういふ精神を根柢としたものであつた。元祿といふ時代は、水戸光圀、契冲、芭蕉、あるひは大石良雄、かうした一人々々が國史上無雙と評すべき人々が多數より集り、しかもその創造力は、何時でも暴發する如き狀態をつづけた時代だつた。暴發はただの打上げに終らず、瞬間ののちに、玲瓏の山容を築いた時代だつた。

文藝の新しさ

一

新しい時代の發動は、古典への回歸から始つた。これが文藝復興《ルネサンス》といはれるものの、最も素朴な實質である。長流、契冲は、とりわけて古典的な思想の文人だつたが、一面では後の文明開化期の文學者に見る以上の斬新さがあつた。この性格は文學上の天才といふべき人々に共通するところとも思はれる。近世後期の蕪村、秋成といふ二人の文人を例としても、これほどに古典的氣品を保ちつつ、斬新潑溂の文學は、明治文壇を通じて及ぶものがないとも見られる。氣品とは傳統の文明の身についた現はれのやうである。この人々のもつた、その人さまざまの生々しいその新しさの因は、彼らの精神に於て、文人としての志すところにあつた。元祿以後、小說といはれるものの讀者が廣くゆきわたり、それらの讀物本は忽ちのうちに多數刊行され、その流行の作者も、大凡に數へて數十人位にもなるが、今日讀むに耐へるものとしては、やうやく馬琴の武俠小說にとどまるかの如くである。馬琴は高尙の學人で、廣い趣味の持主であり、自ら志のある人物を以て任じたから、時間や空間を無視して、まことの心ある人々にわが思ひをのべたのである。己の思ひの文學を、永遠と循環の天道においてゐたのである。けふの目のあたりの歡樂に滿足できるていの、戲作者風儀の卑俗人でなかつた。

文士といふものには、當節の人氣に迎合して、その著作が流行することに滿悅して終るやうな人も多いが、距離も時間も念頭になく、遙かかなたなる魂にわが情をつたへ、なほその反應を自得できるやうな性のものもあつたのである。けふの人氣に滿悅するものも善人である。中期以降の江戸の市民文學は善人の風俗小說にかたより、從つて總じて低調卑俗となつた。誇り高かつた縣居《アガタヰ》門の名士たちの詩文にしても、その文學に對する態度と心緖に於ては、上方の古學派の人々とあまりにもへだたりがあつた。すでに異質にあつた。江戸の人士の風流遊戲が、將軍の威光に服從したといふのではなく、鎖國下の文明の泰平になれ切つたのであらう。しかし縣門の文人たちがつくりあげた擬古文と、蕉門この方の俳諧者たちの描いた俳文といふ文章は、鎖國文明の造花であつた。しかも文藝を全く失つたものの手になつたものではなかつたから、同時代の讀本類の通俗小說などにくらべて、はるかにいさぎよい美しさはある。芭蕉の文章は、これらの擬古の文章や俳文の上に超越し、前人未踏だつた。驚くべきことには、最もはげしい達人の生きた文章を、最も泰平の時に示されたのである。何一つの執着もない不死身、どこをついても血のふき出すやうな激しさ、この翁の文章は、今來古往つひに同類のものにあはない。

賀茂眞淵は遠州岡部に生れ、始め親戚の女子を娶つたが、その女が早く死亡した後、濱松の本陣何某に入夫した。しかし二十八歳の時、妻と一子を殘して上京し、荷田春滿の門に入つた。春滿の歿後は江戸に下り、延享某年、田安宗武に仕へた。眞淵翁五十歳ほどのころである。眞淵の東下によつて、江戸文壇が始めて形成されるのである。それ以前の連歌師里村氏などの東下は、繪師や能役者の類の藝能御用作家としての出仕であつた。元祿の大和俳諧師たちの東下は時早きに過ぎた。儒者が幕府や諸侯に仕へたのは、權力の面での結びつきが專らであつた。眞淵の東下によつて、正統文學の持續を旨とする文壇が出現したのである。國學者が權力者と結ばれた例は、殆ど趣味教養面であつた。國學者は儒者が權力に仕へて政治に介入する例に追從しなかつたのである。縣門のこの風儀は、東下の檀林とも、江戸座蕉門とも、おもむきの異るものがあつた。幕府に於ける里村家の場合や、後に季吟が幕府の祿をうけた例とは異つた形で、眞淵は宗武に優遇された。やがて縣門といふ雰圍氣が出現した時、この文壇の風姿は、徂徠の學塾の蕩々の風儀とはまた異つたものがあつた。

江戸の正統の文壇は縣門が根柢となつた。江戸縣門の俊秀たちの集團は、わが文學史上の一箇の偉觀だつた。同門の本居宣長、荒木田久老など、上方の學者は、江戸派と全く異質の人々である。別箇の文學をうちたてた。江戸の縣門は江戸人の最も高尙な風流生活の色彩となり、述志の風懷はうすれた。從つてその學問は停滯し、文學は伸展しなかつた。彼らの遊戲生活を非難するわけでないが、彼らが流行を一歩退いて、おのれにかへつた時のさびしさが思はれる。かういふ縣門の詩人的雰圍氣の中から出た建部綾足は、多少奇矯のその性格のやりばを、片歌の再興に唱へた。このこころは、上田秋成の煎茶道中興と色合の上で異りがある。秋成の批判精神や反骨といふものと、綾足のさういふ態度や表現には、わが國の文學史を近い時代で考へる時の解釋に對して、一箇の暗示がある。生れ育つた文化の環境、つまりは歴史の差異である。

眞淵が所謂萬葉調の和歌をつくることを說いたのは氣分的だつた。江戸縣門の人々にはそれは斬新風と見られた。これは古心古事の問題の外だつた。强ひて歌論とすれば、始めから、抽象化され觀念化される性質の時務主張だつた。ますらをぶりとかたをやめぶりの別ちは觀念的で難が起る。この風儀は明治の文明開化をへたあとの國粹文學運動に到つてやうやく甚しくなる。本居學派など上方のみやびの論とは本義の上で別があつた。古人のこころを今にするために、古事をあきらかにするといふ上で、長流や契冲、宣長、信友といつた人たちと、情も學も、性格上でのちがひがあつた。さらにいへば人生觀も異つてゐる。その人々の生きてゐた日々の生活觀が、生産者の生活にもとづくか、非生産者の生活觀にゐたかの差異としても考へられる。生産者といふことの基本型は、わが東洋に於ては水田に米をつくる生活であり、これが天道好還といふ永遠の信の根柢の生活である。また非生産者とは士大夫や商家のくらしである。わが朝廷が永遠だつたのは、その祭祀の基本として、生産生活者の一年のくらしにもとづくといふ考へを持續されたからである。それは建國の根源神話だつたのである。天上の神の皇孫に對する敕語だつたのである。それは政治の德でなく、この世に於ける德といふものの根柢を、生活の道に極めつけた思想だつ

た。江戸の最も繁榮泰平の日につくられた縣門の風雅が、文藝上で圓熟して、都市生活の

面で、日常の行儀と一體化するのは、眞淵の歿後、實に世上の物情騒然たる文化文政期以

後だつた。

二

宣長翁には萬葉調といふ類の概念は大事のものでなかつた。萬葉調の歌を心がけること

によつて、人は何程かの觀念上の古心を得るかもしれない。しかし古事に卽した古心でな

くては、その意味はない。道あるわが國に於ては、神代ながらの手振りは今にあり、今に

於てなほそれが生命を支へる根源といふ考へ方は、延喜式祝詞のことばによつて初めて實

證されるものではなく、農のくらし、村の祭りの一年と、それをたしかめる藝能が、永遠

を感じて何ごともなく親から子へと傳つてゐる。傳つてきたことをも、傳つてゆくだらう

ことも、あへて深くは意識せず、ふとした時のはずみに、何事もない安心としてあらはれ

る。その時の聲は叫びや祈りではない、不逞な吐息のやうに、全く輕い悟りでゐる。そこ

には怖ろしい神は存在しないのだ。わが身が沈んでゐるといふ意識のうらから、變革の絕

叫が生れることは、江戸の縣門を遊戲的とみたその內部人の抵抗から生れる他なかつた。

その時代ははるかにおくれてくる。

山縣大貳の處刑されたのは明和四年八月廿二日、四十三歳だつた。直接原因は江戸城攻

略の兵法を講じたこととされてゐるが、竹內式部を初め連坐する者少くなかつた。大貳は

「柳子新論」の中で、柳子曰、政之移二于關東一也、鄙人奮二其威一、陪臣專二其權一。爾來五百有餘年矣。人唯知レ尚レ武、不レ知レ尚レ文。不レ尚レ文之弊、禮樂並壞、士不レ勝二其鄙倍一。尚レ武之弊、刑罰孤行、民不レ勝二其苛刻一、と極めて痛烈に時務を論じ、その說正鵠にて、旨としてただ王政復古の大義をはばかりなく主張した。天無二二日一、民無二二王一。忠臣不レ事二二君一、烈女不レ更二二夫一。必ず尊王斥霸の見識を烈しく表現した。大貳は闇齋學派をうけた人で、彼の學問氣風を慕ふ者は多く、敬する者また多かつた。京都の藤井右門とは特に親しく、諸侯の中にも賓師として尊ぶものがあつた。この人望が幕府の彈壓の原因だつたのである。八代將軍吉宗が江戸城に入つた時、綱吉時代よりつづく文藝復興の旺んな新機運を抑壓せんとし、法は家康遺法を復興し、學に於ては實用の學をとる。經學の學者を嫌つたゆゑに、有志の學者の江戸を去り、居を京に移したものが少くなかつた。これが西國の青年武士に遊學の便をひらき、ひいて維新の一因をなすのである。

大貳が當時の江戸に於て直截激越に尊皇斥霸の論をなしたのは、まことに封建の學界に於て、勇士の一大先驅者といふべきであつた。大貳の言ふところの文とは朝廷を意味し、ひいて文明そのものを併せ意味した。しかし江戸の學者文人は、國學の人々をもふくめて、宣長の學派や、さらには土佐の鹿持雅澄のやうに、皇國のみやびについての見識に未しいものが感じられるのは、風土の性格に由來するものかとも思はれる。

宣長翁は伊勢松坂の人にて、出生當時の家業は木綿問屋を營んでゐた。始め宣長は醫學を修めるために京に上つた。堀景山に朱子學を學び、武川孝順について小兒醫者の術を學んでゐるうち、たまたま契沖の「百人一首改観抄」をよんで驚きを味ひ、それより契沖の著作を次々に求めて學び、やうやく歌まなびのすぢをわきまへさとるに至つたと、自身でその追憶をしるされてゐる。その以前からも、宗派神道者流の書物にはふれてゐたが、契沖の學問によつて始めて古典の眼をひらかれ、ついで眞淵の「冠辭考」を知つたことが、宣長といふ文界未曾有の偉人の出現を決定したのである。

宣長が眞淵に會つたのは、寶暦十三年、松坂の一夜のみといはれてゐる。書簡によつて教を乞うてゐた。この松坂の一夜は、眞淵は六十七にて、宣長は時に三十四歳だつた。宣長はこの夜古事記の研究を發願し、翌明和元年三十五歳にして、「古事記傳」の稿を起し、寛政十年六十九歳の時につひに脱稿した。前後三十五年、全巻四十九册、その全部の刊行されたのは文政五年である。宣長はわが國史上にも最も驚異の偉人だつた。神の如しといふべき人を、平安朝の後の武家執權の時代を通じて定めるなら、さきにあつては大楠公と、今ここに云ふ本居宣長大人の二人である。日本の文學と精神の歴史の上で、宣長ほどの廣大無邊の大人物は、その人がゐたゆゑに信じられることにて、實に想像を絶した天才であつた。古道と古心をあきらかにし、國典の正學をおこし、古の朝廷の禮樂の儀式典禮を見えるが如くに再現された。古の文明を顯彰されつつ、日本文學の美觀の眞髓をあまねく教へられた。「古事記傳」の著述は人間のなしうる大業の極致を示されたが、源氏物語の理解に於て、前人未踏の純粋の美の立場から、日本の美觀と文學の本質を說き、この二面を併せ拜する時、人間の業になし得たところのものを、ただ驚異として味ふのみである。かかる人をつくりし造化主への怖れに畏むばかりである。國語の文法を正しい原形に復原されたことは、天造といふことへの畏怖を、國體の自信として、志ある人々を開眼した。明治維新への自覺と決意の根柢のものは、ここに巨大な學業の成果として、きづかれたのである。その論を立てられるや、果敢にして極めて激烈、しかも全體の感じは溫容の大人だつた。この激しさは、みやびと同體に溫存し、異論を斷伐するに當つては、言々句々過激を極め、火を噴くが如くだつた。しかもその出身の關係から、國土の生活に直接に結びつく土着の思想は、身についたものがあつた。「祕本玉匣」の根柢をなす經綸の論は、二宮尊德も學びついだ思想だつた。享和元年四月、七十二歳の宣長は、懇望に應へて上京した。閑院宮、妙法院宮に召されて和歌を上り、中山大納言その他多く堂上公卿に招かれて古典を講じた。四條寓所で、萬葉集や源氏物語や祝詞を講義した時は、堂上の諸卿を始め、かりそめにも心を學事に寄せるものは、その席に列せんと競ひ立つた。この年六月十二日松坂に歸り、九月十八日に病を發し、廿九日の曉になくなられた。十月二日山室山の墓地に葬つた。

宣長が源氏物語の論に、もののあはれを說き、舊來の儒風の道德觀や佛者の信仰方便の觀念說を退けて、人は何事にまれ、感ずべき事にあたりて、感ずべきこころをしりて感ずるを、もののあはれをしると云ふ、とのべ、源氏物語もこのもののあはれの表現にほかならぬと說かれたのは、舊來の歪說を一掃する卓說であつた。皇國に道といふのは、道德の說でなく、ものにゆく道そのものだと說かれたことも、まことに心の安らぎとなる。儒者の道徳説などの批判に於て、説の根本にあるものを漢ごころとして排斥したのは、方法論としての意味からも正しく當然だつた。今日こそとくと考へるべきものがある。なほ宣長の母者人は淨土教篤信の人といはれてゐる。女らしいかしこさのある賢母だつた。

宣長が黄老の思想と、皇國の道を辨別した論理は、極めて精緻で、その古道の解、ならびにもののあはれの實體を悟る上の手がかりとなるものである。宣長がその學問處世の上で、藩利民福を計るなどといふ儒者に共通した方向に全然興味をもたなかつたのは、その學風や態度氣質から當然のことと思はれる。また朝廷盛時の美的雰圍氣をその形の方から子細に描き出されながら、唐風の制度政治の體系や思想などに何の興味をもたれなかつたのは當然だつた。宣長の思想にもとづいて、所謂道徳とか政治の考へ方を説くものは、鈴木重胤の「祝詞講義」に歸すべきであらう。重胤は平田篤胤の門に列つたが、平田派の氣質にそぐはぬところがあつたらしく、その横死については云々の推説もあるが、最期の悲慘は語るに耐へない。ただ彼の著作の延喜式祝詞の講義は、宣長の「古事記傳」と、雅澄の「萬葉集古義」と鼎立する近世の三つの大文學である。しかし「祝詞講義」も「萬葉集古義」も、宣長の古學開顯があつたゆゑに出現したものであつたことは、重胤がその著述の中で、宣長への敬慕と感謝をしばしば語り、つひには宣長はまことに神の如き人であつたと嘆息してゐる。この宣長を念とした時の咏嘆は、篤胤の著作中にも見えるところである。重胤は延喜式祝詞を以て、これこそ皇國の大法を示すものにして、國の憲法なりと説いた。かりに政治經濟の論としての面をとれば、宣長の道の思想を最も近くにゐて最も明らかに示したそのものである。

鹿持雅澄は土佐の人、生涯貧窮にゐて、「萬葉集古義」の大著をなした。これは國學の萬葉學の前代の一大集成にて、その著述の趣旨としては、皇神《スメカミ》の道義《ミチ》が言靈《コトダマ》の風雅《ミヤビ》に顯現することわりをのべるとされてゐる。文明開化ののちに起つた文藝學の方法の以前のものには、訓詁の上でも別趣の重大事が藏されてゐる。萬葉集の白文の訓讀に於て、さういふ見識とか志節とか、又世界觀上のものの作用影響が如何にして現はれるかを、私は三十年餘以前に二三實例を示したことがある。考證上いづれをとるか決し難くして、又學者の心と志が訓を決定する例は、「古義」と「新訓」をくらべても多數氣づくところのものがある。雅澄翁の萬葉學の好もしさは、日本の文學の大きい流れの、上古以來貫道する所以を、精緻の考證と引例によつて示されたところにて、私は少年の日、始めて萬葉集を學ぶ時、たまたまこの書籍をたよりとし、これがことわりを知つて以來、俗説の萬葉調論を年久しく排斥し來つたのである。

所謂萬葉調を旨と偏狹にとなへた歌人は、前代にその例殆どないのは、前代の有名歌人は、みな古典に明るく、文學の歴史に通じてゐたからであらう。縣門の才人才女がみな詩人風となつたのに對し、本居學派の側は、門下に對して、まづ生業をおろそかにせじと教へられた程ゆゑ、詩人の亞流風儀を殆ど見ない。宣長翁の門下は大凡六百人と數へられてゐるのである。

江戸期後半の歌人として著名の人には、良寛、元義、曙覽と數へられ、みなその人柄に曲ある人々だが、私はその人々を難じるのではないが、良寛よりも、加納諸平《モロヒラ》を好み、平賀元義、橘曙覽よりも伴林光平《トモバヤシミツヒラ》を愛惜する。私の見るところでは、伴林光平こそ近世第一の大歌人である。

三

蕪村と秋成と並べて思ふと、もつとも新しい文藝の雰圍氣が眼のまへにひらかれる思ひがする。その新しさは萬葉集の歌や作者のあるものにみられる、永遠のわかさ、その新しさといふものともさまことなるものである。今日生きてゐる詩人歌人の誰より、蕪村の文藝の世界は、はるかに遠い日に、今のものより近代のものであつた。ただかういふ場合の近代の語感は、西洋史の近代より、はるかに人の情になつかしく、しかも高踏的ですがすがしい。それは開拓地や植民地をおもはせる近代ではない。工場の機械や煙突もなくなつた、超音飛行機の影の消え去つたあとの印象を描いたやうな新しさではない。この新しさはただこの二人の詩人の世界だけがもつてゐるものかもしれない。しかもただの個でなく、廣大な普遍性が感じられる。

蕪村を芭蕉にくらべるのは酷と思ふ。秋成は馬琴のやうな大小説の作者でない。しかし人生の晩年に近づいて、秋成の純粋な小説の文學が、どれほどにかなしいものかを、私は絶對といひたいやうな狀態で痛感してゐた。「菊花の契り」のやうな小品は、その文章も無雙であつた。整然として正確であり、しかもしみじみと心にひびく悠久の美しさが、にほふ如くにただよつてゐる。その文學の優雅さは、しかも一言一句が嚴肅にて威儀の正しさを具へてゐるのである。この文章の造形は、弘仁の木像の凜とした威嚴さへ及ばぬものをそなへてゐるのである。私は先年造形美術の歷史を著述しながら、心に一ところの侘びしさを味つた。文章にあつては、深く廣く、狹く深く、淺く廣く、狹く淺く、その間に技法や動作を要しない。近世最大の畫伯だつた富岡鐵齋翁は、繪師の稱を嫌はれ、自らは學人ととなへ、その繪畫には必ず仁義道德を稱へる善言佳語を揮毫された。文も書も絕佳だつた。國初つてこの方の陶工といふべき河井寬次郞翁が、多くの詩文を殘し、それらが陶磁造形の作品に勝るとも劣らぬ生鮮の生命と魂との廣大永劫の世界を藏してゐることは、文學の歷史的本願を無心に示されたものと思はれる。「何にこの師走の市にゆく鴉」元祿二年の作なる、芭蕉のこの十七文字に、蕪村の描いた無數の烏の圖をくらべることは甲斐ない。五千字の文章を以てこの十七文字の世界を描くことは、如何なる人にも不可能である。文學の世界に於て淺きが深くなり、狹きが忽ち廣くなる自由さは、他の造形藝術を天地にひき離す。その因は一つには作者の志にあつて、時流流行への追從からは、文學はもともと生れないもののやうである。さういふ實例を知らないのが志あるものの安堵である。わが國の神話の中の句の「初國小《ハツクニ》さく作《チ》らせり」の一言葉、こんなかなしい詩句は、常人につくれる文言であらうわけはない。實にこれぞ神の詩である。芭蕉の十七文字に蕪村の當時有名の繪畫をくらべるの愚は止める、蕪村の句の繪畫的なるものの數々は、近世三百年間に描かれた誰の何の圖よりも、純粹繪畫だつた。今を去る二萬年と推定されるころに描かれたといふ人類の繪畫から始り、我國にあつては何千年といふ以前から、今日に傳つた繪畫の原型とその本願を知つてゐるといふ立場から、今日の若者が純粹抽象の繪畫を、何故色彩の繪具で繪畫の如く描くことに心勞し、あげくに破れかぶれになり終るのか、その心情の混亂と矛盾の無反省が不思議に思へるのである。救ひのイロニーは文章だけの世界のものである。

私は秋成の小品に、人の一代の悲みを同調痛感したのである。しかしその悲みは、人を一段と深く悲ましめ、かつ不幸の心を慰め又癒す德用があつた。秋成は圓滿の人でなかつた。その性格の偏窟は、第一本人にとつて重荷だつたと思はれる程である。しかも學問が好きで、文學を大切にした。秋成は宣長を嫌つた。眼のまへにある山のやうなものが、やはり人であることに耐へなかつたのであらう。多數門人が集ることも、秋成には腹の立つことだつた。「ひが言をいふてなりとも弟子ほしや乞食傳兵衞と人は云ふとも」こんな狂歌のやうなものをつくつて、宣長を罵つたのはあはれである。宣長といふ偉人は、かういふあはれつぽさのない強い人だつた。いつまでも、最も低級の相手と本氣で論爭するやうな氣魄の人だつた。宣長が藤井貞幹の歪說を論難した著作には「鉗狂人」といふ激しい題を附けてゐる。鉗は、くびがせとか、かなばさみと訓む文字で、狂人の口をふさぐといふ意味であらう。

秋成の生母は、大坂北の新地の茶屋の女だつた。享保十九年の出生といふが、その父は不明とされてゐる。さういふ出生だつたが、年少より一通りの教育をうけ一通りの遊びも知つた。俳諧を試みたり八文字屋風の戲作小說のまねごとをしたりした。三十を過ぎて、眞淵の門人の加藤宇萬伎につき、古學を學んでからのことである、「雨月物語」を著し、國語文法の研究に心を傾けた。文法の學問といふ點では、眞淵門下でのただ一人だつた。晚年の身邊は全く不幸で、最後は京に移り住み、七十六歲の高齡だつたが、貧窮のなかに歿した。筆のままに不平不滿を書きちらし、世にある知名人を片端から罵倒してゐるが、さういふ一面を以てこの人の本質と見るのは不當で、ただのすねものや、人に交らぬひねくれ性の持主といふだけでは、「雨月物語」のやうな文學は描き得ないのである。自分自身を虐げるやうな風があつて、これも目の前にきてゐて誰にも見えない新しい時代の弊を、早く自らの身心で認めたといふべきものであらう。

蕪村は高邁な詩人だつたが、その唯美主義にはきびしい性があつた。このおのれ自身の心に對する謙虛さが、彼の唯美の風儀の因と見える。「芭蕉去つてその後未だ年暮れず」といふやうな句の態度は、まことに美しい心緒で、尊いとも思はれる。彼の芭蕉に對する情をのべたもので、しかもその心緒に、凛としたをごころのつつまれてゐるさまが、よくわかるのである。

四

蕪村は享保元年大坂に近い毛馬村で生れたといふが、その少年時代については何も知られてゐない。俳諧者によつて五十回忌を營まれた時、すでに始終不明になつてゐた。俳諧の作品は晩年十年程のものがすぐれて、また美しい。生前は繪師としての名が高かつたやうだが、自身の俳諧に對する執心は深く、「昔を今」「玉藻集」のやうな編著となり、又「芭蕉附合集」の著作もなした。蕪村が芭蕉によせた敬慕の情は、蕪村の天稟のたのもしさを示すものである。また古典の文學に對する愛惜は、その身ながらな味ひ方では、これほどに美しいその世界に住めた詩人といふのも、過去に類ない程だつた。

早野巴人が京都へ入つたのは、享保の初めだつた。巴人は其角の門人だつた。當時の京都はまだ貞門全盛の時代である。巴人は京に止ること十年、再び東歸した。そのころに蕪村は鄉里を出て江戸に遊んだ。かうして巴人の門に入つたのが、蕪村の俳諧の因緣となつた。その數年ののち寛保二年六月に巴人は病歿した。時に蕪村二十七歲だつた。巴人の故鄉下總結城に赴いたのが、彼の放浪生活の始りだつた。主として結城を中心に、東奥の邊地にも漂遊し、その畫業に努めてゐた。その間ほぼ十年、三十六歲の冬飄然と京に現はれた。

當時の京都の俳壇では淡々が、業俳者流の無意味な約束ごとを破る自由な新風を唱へ、權門勢家を門流にひき入れ、その强もてな人がらで勢を張つてゐた。他方では、賭博俳諧が流行してゐた。それはやさしいものではなく、中にはそのため財產を破る地方人さへあつた。俳諧興行をたねにした賭博だつたが、その俳諧當事者にかかはりあることでなかつた。つひに京都所司代が干涉し、三十何人かの胴元のやうなものを認可した。全部を禁止することが出來なかつたのはわけがあつたのであらう。淡々はかういふ時流の中で、俳諧の繁雑な定めを打破する新風をとなへ、相當の人士に歡迎せられた。かういふ狀態の京都へ蕪村は流離の生活のはてに住みついたのである。

蝶夢が五升庵を營んだのは明和三年師走だつた。この庵を建てた時伊賀の俳友から蕉翁自筆の「春立つや新年ふるき米五升」の短册をおくられたので、これをよろこんで五升庵となづけた。「よしやその翁の隱操はまねぶべくもあらねど、新年に古米五升の貧困の味をしもわすれまじと」と命名の心得を、その「五升庵記」にしるしてゐる。新年には新米がでるものだが、なほ古米を食ひ殘してゐるのは、よほど固陋の家風の豪農の風俗だつた。以前の物がたい豪農のくらしでは風の厄もことなくすぎない限り、その年の新米に手をつけないのが尋常だつた。しかし蝶夢のよろこんだのは、蕉翁の貧操の方だつたのである。この時代の政道の規準では、成人一日玄米五合を確保することを政治に信ある證としてゐた。

五升庵へ入つたのは蝶夢三十六歲の時だつた。蕪村はすでに五十歲である。蝶夢が義仲寺無名庵を再建したのは明和七年で、門人の井上重厚を入れた。重厚は嵯峨の人で、去來の落柿舍を今の形に再建したのはこの重厚だつた。蝶夢の指導である。蝶夢は芭蕉門下では丈草去來を尊んでゐた。この評價は正しい。去來發句集も蝶夢が苦心して蒐集したものだつた。重厚は嵯峨の名家の人で、去來と姻戚といはれてゐる。

蝶夢の出生來歷も定かでない。八歲の時に京都の時宗の法國寺に入り翌年得度した。十三歲の時淨土宗の阿彌陀寺中の歸白院へ轉じた。この寺で貞門俳諧を知つた。蝶夢が蕉門に眼をひらかれたについては、開悟の逸話が傳つてゐる。蝶夢が芭蕉翁を敬拜したほどに、先賢に仕へた人は、わが國文學史上の例としても比類なかつた。蝶夢はただ一途だつた。翁と蕉門の名士たちの遺作遺墨の類の蒐集もした。それは蕉門に對する功績にとどまらず、わが俳諧史上二なき偉業だつた。蕉門關係の俳人の遺作は、蝶夢の努力によつて多く世に傳へられた。それのみならず芭蕉關係の俳書を數々上梓し、翁の百回忌を催した時は、その規模の廣大さに於ても、日本の文學史の上での盛業だつた。月々の翁の命日には、京都から、義仲寺の墓所に必ず詣でた。その業蹟の廣大さ、誠實さ、實に感動すべき人だつた。

天明の大火の時、阿彌陀寺も燒亡したが、蝶夢は市中を歩いてゐて、燒け殘つた阿彌陀寺の梵鐘が、古物商の店頭に出てゐるのを見た。寺の住職が賣り拂つたのである。蝶夢はひどく悲んで、店主をさとして寺へ戻させる一方、燒けおちた本尊の片頰を灰の中からさがし出して、これを首にかけて諸國を勸化すること數年、この片頰を補刻して丈六の本尊佛を再建した。また天明飢饉の時には粥施行をした。

かういふ法師だつたから、蕉門の普及を全國にわたつて及ぼし得たのであらう。事業に對しては精密、先人を敬して至誠、その人柄は溫厚篤實であつたが、强烈に一貫する熱意を生涯藏してゐた。尋常業俳の人でなく、しかも眞に俳諧の正風を大切にすることを知り、それを實行して前後に類なく、後世に甚大の德をのこされたのである。わが國の二つの俳諧の名所なる、嵯峨の落柿舍と義仲寺無名庵の維持は、蝶夢法師の遺志である。この溫厚の學僧を、伴蒿蹊は「近世畸人傳」の續の方にしるし、「若き時はすこぶる放蕩なりしかども俳諧を好むこと人に過ぎ」と書いてゐる。兩者には親交あつたのである。蒿蹊は近世の文學史上に逸し得ない異色の才能人である。

大和郡山藩の大夫柳里恭は、全く別箇の氣質の文人だが、文藝武藝遊藝から賭博のわざに到るまで、諸人のなす藝能一切にわたり多能多藝の才人だつた。しかもいづれにわたつても有羞高雅の氣品をもつた人品だつた。江戸風の風流通人の同列ではなかつた。

筑前福岡の二川相近も鎖國の產んだ畸人の一流だつた。年の始めに必ず君が代の歌を書き、藩士の身分にかかはらず、門を閉して三十年一度も家の外に出なかつたのは、詩仙堂の隱士石川丈山を拔き出てゐる。丈山は自由の浪人だつたが、相近は主人持だつたのである。しかし封建の世襲大名には、たまたま滅法大樣の大人物が出現した、松江の不昧侯と名人如泥との逸話なども、なつかしい時代の文藝談である。二川相近の書は堂々たる偉品の風格、近世の一高峯であるが、この人の門人なる大隈言道は、近世歌人中の異色にて、好ましい作者である。

志士文學

一

　明治元年、「殉難前草」、「殉難後草」、「唱和集」が刊行され、翌二年その「遺草」、「拾遺」と續刊されたことは、維新の先驅の志士たちの吟咏を殘した有難い事業だつた。壬申の亂に於ける萬葉集、南朝の宗良親王による新葉集、それらについで明治維新に先驅した志士たちの詩歌は、かうしてわが日本の文學史の上に大きく殘されたのである。これらの吟咏は、文學史的意義に於ても、そのさきの國學のつくりあげた文學につづくものである。明治の文明開化とともにあらはれた多くの新文學と、これら前代の文學とを比較することは、今日の批評と文藝觀の上で、一つのゆるがせになし得ない任務と、私は思つてゐる。

　明治の文明開化以後の日本の文學史は、二つの政治文學を殘した。一つは民權運動前期の通俗政治文藝であり、今一つはロシヤ革命に刺戟せられた共產主義の宣傳文學である。いづれも文藝本來の人の情の自然に發する以前に、政治目的といふ虛僞が先行したため、今日からこれを見れば、文學と稱しうる點まことに寥々たるみじめさである。そのころに舊時の志士の氣風をまもり、西南役の精神の殘影に生きたやうな、一派の硬派浪人の中に、その文藝意識の薄いところに、却つて文學の風懷の現はれを見る思ひがするほどである。今日のことばで所謂右翼左翼のけぢめの曖昧な狀態にゐて、在野精神のみを尊んだ氣質の中で、文學は危く、しかも蕩々とした雰圍氣をかもして、生きてゐたといふ狀態が見られる。舊封建社會が變動した直後にあらはれる國際的現象として、所謂文化史的な「十九世紀」は、各國各民族が自國の民族作家をはぐくんだ時代であり、民族の大作家たちは、その要望に感奮興起して、壯大なロマンを描いた。「小說」の時代はここに成立したのである。その反面では、人間として偉大な作家が、高度の意味での教養小說風な發想から、高い次元で「人間」を描く一種の私小說をものした。

この間にあつて、わが文明開化の小說家たちは、西歐の民族國家の大作家の如く、小說を一大ロマンスとして構成する上で見るべきものなく、主として小我の世界を私小說として描いたのは、文明開化風の思考から、人も國も後進國の意識を去り得ず、先進國に追ひつくのに忙しかつたからであらう。わが在野精神は、この時に當つて、反權力であつたが、また反文明開化に他ならなかつた。

明治の文明開化の啓蒙的指導者の中には、器量すぐれた實行者も若干はゐたが、いづれも文學上では粗野の人といふ域を出でず、日本の文學の風雅な傳統は、殆ど解されてゐなかつた。天心、子規といふ、二人の文界稀代の英雄を見ても、わが日本の文學の風雅の傳統には全く目をふさいだ人と見える。次の代のアララギ風の文藝觀は、また同期の大凡の所謂純文學系の作家と共通してゐたが、彼らが私小說といふ文學をつくつた時、そこには私といふ形で、小さい我は描かれたが、人間の第一義のものには全然無關心だつた。それは謙虛さと愛情の缺如と思はれる。また萬葉調をいふことはよいとしても、源氏物語や淸少納言などにあらはれた平安朝廷の文藝に無感覺だといふことは、あたりまへに日本の文學をわがものと受けとつてゐる者には、議論をするまへに、をかしいと思はれた。さういふ議論はつまらないことと思ひ、無意味とも、さらには不本意な罪惡の因となるものの如くにも思ふ。

本居宣長の敎へられた漢ごころを排する文學觀は、前代の維新の志士の間では、身に卽して濃厚に生きてゐたのである。かういふことがらは、維新の志士たちの各自でのこした厖大な詩歌文藝を見ればわかることだつた。これら志士たちの藝文を明治以後三代の文學と比較することに私は今日の意義を思つてゐる。私はそれを忘れたくないので、一人でも口にするのである。この意義は日本の文學史をうち立てる上で、私は重大と考へるのである。

伴林光平が、吉野の陣中でつくられた歌のこころは、朝廷の風雅を恢弘するものであつた。奈良の獄中で、萬葉集をそらんじながら、同囚の志あるものに敎へられてゐた頃、その作られた歌には「古今集」的なものが多かつた。光平翁は後に京都の獄に移され、斬殺されたのである。

吉野山中を脫出した光平は、一兩日は三輪山麓の茶店に身をひそめてゐたが、つひにそこを出られる。十餘家家祿併せて百九十萬石が動員された「姦賊」の軍兵の充満する大和平野を横ぎつて、生駒山中に入られた。ここの峠に關所を構へてゐた奈良奉行所役人たちは、先生が目のまへの國境一つを越えくれることを待ち願つた。光平翁は幾度も往還し、地理は明るい。この時五十一歲の光平翁はすでに悠久の生命に生きてゐたのであらう。翁は役人のまへで峠の茶店に入り、ゆるゆると食事をとり、あげくに役人を招きよせ、歌をかき與へたりされた。役人たちの多くは、この高名の國學者を畏敬してゐたのである。他領へ脫出されることを願つてゐた。しかしかかる際で、あくまでのがれて生命を永らへることが、眞に生きるの道なるか、はた功を以て榮達にかへる思惑なるか、その機に際する判斷を豫め慮ることは、難しい平常心の態度である。當時光平は畿內一帶にかけて數百十の門下をもつてをられた。天忠組擧兵の報を大坂できくや、全く取るものもとりあへず、深夜そのまま出發し、ひたみちに步きつづけて、翌夜五條陣營に到着した。この間の行程二十餘里である。天忠組は「天誅組」とも稱へてゐる、光平は天忠組と書いた。

光平は僧家の子だつたが、幼年兩親を失つた。中村良臣といふ、本居大平の系統の赤穗の國學者の、伊丹にひらいてゐた塾に學んだことが、國學への近づきの始りだつた。たまたま因幡の僧無蓋がここに來つて、ことだまの道卽ち國語文法の講義をした時、大いに驚きかつ悟るところあつたと云はれてゐる。紀伊の加納諸平とは特に親しかつた。その生涯の本願は山陵の復興にあつた。天忠組義擧にはせ參じたのは、その平素よりの心構への畏さ、ただ信義といふやうな尋常の言葉では云ひたりない。この光平は近世第一の大歌人であつた。

光平は土俗の民心とそのくらしの氣持を、あくまでかなしむことの出來る人情と、高貴な皇朝の風雅にかなつた、こまやかな文學を身につけてゐたのである。その生ひ立ちが河内の貧寺の子だつたことが、最も高度な文藝の自然の因となつたのである。私はさきの章で、元祿時代のあとにつづく文學史をのべ、その出身さへ不明な、草かげからあらはれ、しかも最も美しく清らかな文業をなした、いくたりかの人々の傳をしるした。元祿のあとは、かういふ日本の自然《オノヅカラ》の時代へ、文學の頂上は移つてゐたのである。光平が維新第一の大歌人だつたのは、庶民のくらしのこころを身につけ、それがそのまま精神の高邁さに通じてゐた。しかし考へてみれば、わが國では、庶民とはさういふ存在だつたかとも思ふ。宣長翁が漢ごころを捨てよと申されたこともかういふ地盤からの發明と思はれた。元祿以降、國學の時代の文學は、單なる下級武士の發奮からうまれた變革的政治思想ではない。さういふ發奮といへば、そこには政治權勢への關心が下ごころとしてあるといふのが、いつはりないところだらう。文學はさういふものの下ごころをゆるさぬ。それあつては文人や文學は生れぬのである。

光平翁の天忠組の仲間で、その身近にゐた親しい人々は、大體大和の志士たちだつた。もう青年の年代をすぎた人が多かつた。三十代は當時に於て壯年の思慮分別の圓熟の年配だつた。しかし光平ほどの一代の大家で、五十歳を超えて二子の父なる人が、青年の血氣の行動に加ることとは、尋常の志とはいへない。その陣中で記錄方軍議方の役に當てられた。

二

郷士の志士には士分のものなく、農工商の出身者たちだつた。林豹吉郎は宇陀山中の鑄物師の家に生れたが、たまたま西戎東侵の事情をきき、家が鑄物師だから、大砲を作つて外寇にそなへんといふ志を立てた。この匹夫の志は神の如く高貴である。そのためにまづ蘭學を學ばんとした。大坂の緒方洪庵の塾へ炊夫として入り、ひそかに蘭書を學んだ。次いで長崎にゆき、高島秋帆のもとで製炮の術を修めた。彼の製圖した大砲の圖は、今日も澤山殘つてゐる。風雲激化したころ、郡山藩は彼を聘して大砲を鑄造させた。しかし諸藩よりの任官のすすめには應ぜず、われは國士、その羈絆を受くるは北闕のみといつて、金《カネ》判《バン》などを鑄て、辛く衣食の資を得、貧乏に甘んじてゐた。天忠組に加つた時は四十七歳だつたのである。私は彼の書畫の遺品を見て、その高踏の氣品に驚いた。

乾十郎がゐなければ天忠組の擧兵は出來なかつたと私には思へる。その月餘の轉戰を可能にした組織者だつた。彼の出身は大和五條で、家業は宿屋だつた。長髪して常に鐵扇をたづさへ、時人はこの人を由比正雪に擬した。初め五條の森田節齋に學んだ。節齋は當時の文壇に高名の儒者だつたが、非常の豪傑だつた。十郎をつれて吉野川原で人を集め實戰の訓練までさせた。光平は天忠組に加つたが、節齋はつひに赴かなかつた。私は光平に頭を垂れるが、節齋を難じることは出來ない。思ひ上つた若者はいつの世にもゐる。さういふものに對して全く無關心で、ただ永遠の生命に生きたやうな光平でも、その陣中記なる

「南山踏雲録」の中では、さうした者らに對する少々の不滿と憐憫の情のまざつた述懷をしてゐる。節齋は、佐倉宗吾是日本男兒と大書したやうな考への人だつた。犧牲先驅捨石といつた類のことばを好んで口にする人々の間では、ことばは同じ一つでも、具體的になると兩端相容れぬものもある。正義を實踐することは、まことにただ悲劇である。しかしこの思ひはまことの文學と相通ずるのである。近世に於て眞に文學といへば志士の文學である。

十郎は後に梅田雲濱の大津の塾へ遊學した。按摩をして學資にあてた。十郎は性格豪放、しかも着想秀拔の人で、中川宮に、吉野川の水を大和平野に流す立案を建議した。それによつて二十萬石の増産を計畫した。幕軍に對する畿内の戰略からこれを考へた。そのさきにも中川宮を後楯にいただいて、紀州藩が徵してゐた紀ノ川の筏税を廢止させた。紀州藩から大いに憎まれ、大坂で水漬けにあつてまさに殺されんとした時、勝海舟に助けられたことがあつた。遺品は少いが詩書畫にすぐれてゐた。この草莽の人は、維新史を通じて最も革命家らしい果敢な人物であつた。その發想は實に雄大奇拔だつた。

四十人餘りの正義の士が死を決してたつ時、大和一國は戰場と化し、百九十萬石の兵力三萬五千と月餘に亙つて戰ふことが出來るといふ事實を示したのが天忠組だつた。さういふ正義の士の戰へる地盤つくりを實行し、その力を教へたのは十郎だつた。彼はおそるべき執拗さで、細心緻密に、土着勢力を組織した。しかもその方法をうらづける態度風格は、いかにも革命家らしい大樣快活のものだつた。高杉晋作はこの動亂の始終をながめて、自ら恥づべきものを憤りと一つにしたと思はれる。晋作は風流兒の一面をもち、詩文の作には格調見事なものがあつた。その學問にかくまで努力したことが、不思議とも又切なくも思へる。

柳弄二輕風一華弄レ烟　一雙胡蝶飽二香眠一
閑人曝レ背晴窓下　憶起江南買レ醉年

十郎はこんな詩を作つた。

いましめの繩は血潮に染るともあかきこころはなどかはるべき

この歌に絶叫はないが、じつと耐へて自身に語つてゐるのが悲壯である。十郎が天忠組に加つたのは三十六の時で、姙娠中の妻を陣中に伴ひ、炊事や傷兵の手當をさせた。十郎は醫學を修め、開業したこともあつたのである。妻女は陣中で男兒を出産した。敗走の時妻子は紀州藩兵に捕へられたが、紀州藩は兩人を妻の實家へおくりとどけた。

日本の文藝復興の一つは元祿のころ漢詩から始つた。詩書畫が文人の資格とされてゐた。維新へ進行する時代氣分が濃厚になつてきたころは、和歌がその三絶の上におかれるやうになつた。貫名菘翁ほどの大家が、還暦をすぎた齡で、師を求めて和歌をならつたのは立派だつた。かういふ儒者の敬虔な氣風は、維新を成就させた因とも思はれる。

光平の歌は非常に美しい。その出身のゆゑに、身についた國の民のくらしの底邊のあたたかみが、あはれに歌はれてゐる。さういふ世帯に風雅を移したただ一人の人だつた。史上無雙と思へるのである。

六田川《ムツタ》渡《ワタ》しまつ間の手ずさみに結びて放つ青柳の絲
あばら家の籬《マセ》の姫百合一はなはそむけて咲くもあはれなりけり
誰が宿の春のいそぎか炭うりの重荷にそへし梅の一枝
短か夜の月の影透《ス》く玉盃《タママリ》に酒はたゝへて汲むべかりけり
まど近き一むら竹の小夜嵐うき世の夢のへだてなりけり

かういふなつかしく、かなしい歌にすぐれてゐる。亡き母の里を訪れた時の歌、

むかし思ふ袖よりかけてたちばなのこのくれやみに小雨ふり來ぬ

母の生家には橘の木があつた。光平の父は出生の二日前に歿し、六歳で母を失つた。

たらちねの母が手ふれしたちばなの蔭なつかしみ來て見つるかな

同じ時の作である。

ますらをの屍草むす荒野らに咲きこそにほへやまとなでしこ

十津川陣中から知る人の許へと書き送つた、いはば辭世のかきおきとなる歌であつた。「南山踏雲錄」の中には、入つてゐない。軍資輸送の謝狀ゆゑ、その書翰は火中にしたと云はれてゐる。陣中で同志の小川佐吉の胴服の背にこの歌を書いてやつた。佐吉は大和から長州に逃れ、元治元年その師なる眞木和泉に従ひ天王山で幕軍と戰つたが、敗れてここを逃れ、慶應二年京師に入つて幕軍と戰ひ、明治元年伏見の戰で傷を負つてつひに起たなかつた。三十七歳だつた。光平の「南山踏雲錄」に「小川佐吉良久は久留米藩なり。柔和丁寧《ニシテ》、而存《ス》二大義《ヲ》一。去六月夜脱藩の時、一世の別れなればとて、三歳になれる男児の、何心な

げに、母の乳房を含て眠れるを、やをら抱上て、愛見《メデミ》しを、今はとなりて放せども放れず。「此ものありては、大事ぞと思ひて、妻なる者の膝の上へ、投付て立去りしよし、潜に己にかたりぬ。義氣の堅實なること可レ仰」と誌してゐる。

光平の歌には慷慨悲憤の激しいものも多いが、述志といふ上では、風雅についての歴史的感覺を逸脱せぬといふ節度があつた。これが幕末の志士の文學に一般として云へるところである。維新をなしとげた大事の一點である。

　大山の峯の岩根に埋めにけりわが歳月の大和魂

眞木和泉が、禁門の變の時、天王山で死に臨んでの辭世の歌である。元治元年七月天忠組義擧の翌年であつた。

　身を棄て丶千代は祈らぬ大丈夫もさすがに菊はをりかざしつ丶

光平の吉野陣中、重陽の日の作である。この日は翁の五十一回誕生日に當つてゐる。菊ををりかざすのは長生の故事によるのである。死士ゆゑに菊にも長壽にも無關心とはいはぬのが、風雅の歴史的感覺である。己は死士たりとも君の爲、世の人とともに祈るのである。

述志の文學は、かの高頂の危路を瀬渡りしてゆくものの如く思はれ、水上をゆく佳人の幻影とは異り、危くしてひしひしと畏いものが感じられる。しかし足はいつも土をふんでゐた。

光平は武藝の修業に極めて熱心だつた。光平が教の上で畏敬した伴信友の心構に似てゐる。信友の歌は、ただ一途に威儀正しい姿勢を求めた。興味や面白味など一切放下してよしとされた。所謂文學的敍情さへ意とされない。かうした信友の考證の學問とその成果は、文學的興味をあへて人に强ひることなく、しかも文學的にして詩的感興の無限なものだつた。文藝の金銀珠玉を惜しみなく無盡藏にちりばめた、精緻無類の文學を建築したものだつた。天平の海彼渡來の錦も、三月堂の寶冠も、平等院の天蓋も、かうした文學にくらべては、まことにものに形あるものは皮相と云ひたいやうな、僭上の言葉さへ出てくるのである。

山岡鐵舟の「西鄕氏と應接之記」は、戊辰の歳官軍の充滿する道中を駿府に赴いて、西鄕隆盛に面接し、江戸城明渡しの交涉の素地をつくつた時の回顧記錄であるが、幕府瓦解最後のこの一文は、一代の大文章である。時代の終焉のすさまじい氣配と、生死の最も緊迫の精神を、さりげなく描いて身心を緊張せしめるものがある。鬼氣を思はせた。五千字餘りの文章だが、一時代の文章を代表するものの如く思へるのは、それを描いた人物が、その志と精神に於て、一時代の最も激しい頂上にゐたからであらう。志士にして描く文章は、正に文章は經國の大業の眞義を悟らせる。鐵舟がこれをしるしたのは、明治十五年三月であるが、事件事情については知らず、氣魄と精神の激しさは、きのふの如くうつされてゐる。巧緻の技巧は何一つないが、文章とはかかるものと申したいやうな一文であつた。鐵舟は安政五年三月三日、「生死何れが重きか」と題した一文を草し「全體俗人は、智慧過ぐるが故に、死を急ぐか、死を懼れるか、妙に困りものなり」と書いてゐる。この文と前記戊辰の文をひきくらべたいといふのが、私の希望である。また明治十八年十二月三十日、書法についての文章をしたためたが、その末尾で、本年正月以降此月此日に至る迄約一年間に、額面掛幅を合せ、總數十八萬一千餘を揮毫したと數へて、「嗚呼熟々既往を回想すれば、眞に夢中の大夢、人力も亦不可思議なるもの哉、驚嘆して筆を擱く」と書いた。鐵舟はかうした人だつた。

三

本居宣長が漢ごころを排したのは、神道國學を學問と稱して、漢ごころを去り得ないもののことも考へたうへでの論理の明らめだつた。ものにゆく道そのもののありやうを敎へられたのである。道の論議でなく、道そのもののありのままを、その道はものにゆく道なることを説いた。古語古歌を學ぶことは、その意味をただ知ることでも、萬葉調の歌をつくるためでもない。萬葉集の人々が傳へのこされた自然《カムナガラ》を、今生のいのちの相としてたしかめ、その今の古のこころにたちもどるためである。

おもほさぬ隱岐のいでましきく時はしづの男吾も髪さかだつを
かまくらのたひらの子等がたはわざはそがの馬子に罪おとらめや
大君をなやめまつりし多夫禮《タブレ》らが民はぐくみて世をあざむきし

これらは「玉鉾百首」の中の宣長の歌である。北條泰時を許容する考へ方は、宣長にとつて最も怖るべき、又憎むべき漢ごころだつた。泰時を認める思想は、わが國の學者の傳統の一つだつた。儒風の思想から云へば許されねばならぬとした。北畠准后さへ新帝に對し奉つて、善政といふ觀念をお教へするのに、これを認める如き口吻である。准后は、この善政の思想を第一義のものとして認められてゐたのではない。それを教訓のための方便と申せば、言葉のつつしみに缺けるものである。正統論のたてまへの論理が准后の第一義とされたものにて、これが大きい柱として立つてゐる。みだりにさかしらの議論をさしはさむべきでない。

大東亞戰後、わが國の傳統的な詩情は著しく衰退し、今日の一般風潮は、一箇青年の英雄が、爽快に天下を風靡し、一代の風儀を變革して、しかも忽ちの間に悲劇的に終焉するといふ事績よりも、老年にしてなほ物慾の類に妄執し、幻の權柄を長く持續したといふことに感心する傾向が、表面に出てゐる。老醜の欲望は見苦しい。しかしかういふ目下の風潮は、勝者に媚びるものの一つの表情である。元和偃武ののち五十年にして元祿の文藝が復興するのは、勝者强者に媚びるの風を醜しとする文學觀が、人心に恢弘したあらはれである。實質上の支配權力に媚びるものと、媚びによつて得るところなく不遇におかれたと思ふ者が、同一次元で反對的な一大虛妄權力の觀念をつくり、さらにそれに對して媚びるものとの、この二つの媚びが、いつも現世の葛藤の因となる。例をあげるのは味けない。人は今日の自身ないしその周邊を見渡せば、思ひなかばにすぎるものがあるだらう。由來文學者は、偉大な敗北のために、その天稟の聲を文字の上にあらはした。勝利者をたたへるのは大むね御用文學の性格である。御用文學のみが存在し、それのみが存在を許される國が今日は多數である。ただ一人の專制君主のまへで演奏し、その權力者の常住の不安心をたまたまその時にいやしうれば、それによつて藝術家の稱號を得るといふが如き事實は、東洋に於ては、陶淵明の昔より、未だ例なかつた。支那に於ては、その大陸を支配する民族はよしんば交替しても、詩人といふ存在は、みな黃老の思想に心をよせ、さらにその思想を放下した時に、まことの詩文の人とされてゐる。道の論をしてゐた時期を脱出して、道をゆく人となる時が、文學と文人の正念の場である。

溫厚無二の如き宣長が、最も激烈な、かつ絕對的で戰鬪的な態度を文學として描いてゐることが、眞理の苛酷さを示すのである。高杉晋作の文人的氣象は、その言行にも極めて好ましいものが見られた。何かの大と何かの小を併せてゐる。それは膽大小心などといふことばで云ひ得ないので、何かの大、何かの小、と云つたのである。大に中せんとする狀態で、彼は忙しく今世を去つていつた。中するといふのは稚月が滿月になる進行のさまをいふのである。滿月は中である。滿月になる晚でも、以前の子供らはお月さまはまだ年稚いと、滿月に中することをやめさせようとはやし歌をうたつた。歌は願ひごとをいふものである。願ひごとをこひ、ひきよせる。かういふ歌を少しゆきすぎる時、匹夫の志をのべるといふ自覺は、當然のこととして、その時の負目を覺悟する。しかしこの覺悟は神を犯すことではなかつた。このけぢめこそわが國の風雅が、歷史感覺として、深層の大磐石をなしてゐた所以である。人心の問題としては、この神を犯す云々は、各自個々の倫理である、人間であることを維持してゐる論理である。人は畜生であつてはならない。その人の人たる所以を瞭然たらしめてゐる自然律である。この律は人のなす論でなく、人の常住歩みゆく道である。明治憲法は犯すべからざるものを規定したが、この原文はわが神話と古典にあつた。しかしこの近代の文言を、原文古典によつてよまうとした憲法の學者はゐなかつた。讀み方を知らない時、不磨の大法といふ觀念も、空中に瓦解してゐる。今日の新憲法は國語文章として、論理的な正法に從つてゐない、不完全曖昧のものだから、少し複雜に讀めば、問題が起り、その時は原文に照し合せねばならぬといはれてゐる。國で公布された憲法に外國文の原文があるといふのである。これは現象である。それは正常な人の常識では存在せぬ現象である。

四

高杉晋作は明治維新を早くした第一人者だつた。ただ一人をればよいといふ類の人で、それが實にただ一人ゐたのである。そのこと自體が最も文學的な事實だつた。吉田松陰は詩人である。一度は自身でも、政治經濟の學を廢し詩文と哲學へゆかうと考へたことがあつた。大和八木町の谷三山を訪れた時、三山の學問と風格に非常に心ひかれたのである。森田節齋がこれを叱り、またすかして、松陰も初一念にたちかへつたといはれてゐる。この話は松陰の極めて清淨にして美しいところと思ふ。萬人共通の人間的な弱さなどといふ近代の邪議の入る餘地はない。松陰のこの場合は高貴な人間性の犯すべからざるものにゐたのである。犯すべからざるものは、人工のものでない、ただなる觀念でない。これを觀念とおもふのは、そもそも漢ごころである。松陰はその最後の斷罪の場でも、なほ至誠通ぜざるなしと信じ切つてゐた。見事とか立派といふ以上に、神々しい。井伊大老などに、この聖といふ存在のこころがわかるわけはない。大老は教養ある善人のやうだが、不幸にも今生に於て最も低次元の政治權力と心中せねばならなかつた。元祿の大近松が描いた心中物は、今生を永遠の生命の一瞬と見定め、永遠に還る姿、生命の本姿を最上の美しいしらべで描いた。このしらべが幕府瓦解の大きい力となつたといふ舊幕臣福地櫻痴居士の見識は憎いばかりである。

中齋先生は松陰先生とさほど似てゐない。中齋先生の擧兵の檄文は近世三百年間にわたり、最高の文章の一つである。その文中の一點に到つた時、遠い以前の年少の私はまことに慟哭した。今もその文章をそらで考へると、今生今世の觀念は消え失せる如く、もともと未熟の平常心はすでに千々に碎けて混沌の狀をひき起す。このやうなことごとしい表現によるか、につこりと默るか、それ以外の表現や態度を私は知らない。私の周圍の年配者にとつては、中齋先生は歷史上の人物でなく、近い身邊を通してのゆかりの英雄だつたのである。我々の年配の者の曾祖父母が、中齋先生や天忠組の志士と向ひあつて坐り、我々はその傍に侍してゐた。こんな印象が、文學の普及せぬ時代や地方では、容易にあつたことのやうに思ひ、それがいつか實際のことと自らおもふに到るやうな例が、よしんば方々にあつてもそれはをかしくない。このことは曾祖父母たちの話術に、文學の魅力と創造力があるのではなく、生れついた我々の想像力が、すなほな時は、濃厚に文學的で、いつも太古の人のやうに、今なほ神話に生きてゐる證といふべきである。

近世の志士文學の先蹤は申すまでもなく高山彦九郎であらう。詩文和歌にすぐれ、久留米で自刃した理由については、何も語られてゐない。それが理由を推慮して云ふものは多く、みな無意味である。氣概は高山と云へば、今も多數日本人は、百年もきのふの如く、感動を新しくする。理由を云ひ、意味を説くものには、大むね感動がない。自刃の時四十七歳。その六日まへ、林子平は幽囚の中で死んでゐる。子平には歌集があり、別に「籠居詠草」がある。松平定信のために罪囚の身となつた時の歌は、

武士のふかき心は白川のあさき流に沈む身ぞうき

憂國憤懣の情にたぎつてゐただらうに、しづかに歌はれてゐる。卽ち志あくまで固い人だつた。昭和初年地方の政治運動で獄に入れられた老農夫は、「プロレタリア文學」の短歌をつくらず、梅が咲き鶯がなくといつた陳腐な月並の和歌をつくつて、幽居のなぐさめとしてゐた。さういふ人々は當時のインテリたちより幽囚にて初一念につよかつた。これは當然なことのやうに思はれる。

林子平、高山彦九郎、それに「山陵志」の蒲生君平をならべ、寛政の三奇士といふのは、その日本人らしい好ましい人柄のゆゑである。彦九郎にも君平にも、京都で足利尊氏の像を鞭つたといふ傳説がある。これは傳説であらう。三人の奇士に共通することは、いづれも學問に於て當代の第一流だつたことである。學問をするとは何であるかを知つてゐた人たちである。その努力は苦痛でなかつたのである。

伊藤左千夫は高山彦九郎の和歌の書を得て感動した。常にもゆかしき人のひとしほなりしを、その歌をよんで、「いよいよゆかしさを加へぬ、晴の朝、雨の宵、此の文字を壁の間に掛けをれば、おのづから心もゆるやかに、胸のすがしさをおぼゆ」といつて、歌一首をかきつけてゐる。

み歌にし君をしぬべば藤原や寧樂《ナラ》の御代なる人にしありけり

伊藤左千夫が明治以降三代を通じてのただ一人の大歌人たりといふ相は、かういふ心術にあらはれてゐる。かうした文人の心得はのちのアララギの名ある歌人の誰一人にも見られぬところである。

賴山陽の史論は多くの人々に熱讀され、讀者を感奮興起させた。その感動は直接の行動に赴かせるものがあつた。文章の力として、これほどのものはなかつた。それはただに讀みすてられの流行作家でない。山陽の文章を通俗的といふ者がゐるが、かういふ淺薄な物知りたちは、この點を誤つてゐる。かうした物知りは、心が汚れ病んだ者どもである。山陽の史論を聲あげて朗讀した人たちは、自身の中の日本の歴史を體外へ働きとして押し出した。そして死をおそれることを知らず走つた。この文章は、煽動の文學でない。山陽は輕薄な煽動の政治文學をかいたのでない。外史の北條氏の項で、奥州に亂起るの一行をよるし、これが士にして幕府に反する嚆矢だといふ記述をよんだ時、私は少年だつたが、自分の體が一瞬床上から飛び上るやうな感動を味つた。山陽は何を如何になせとは書いてゐない、無心に理由なく、少年の體を床上から飛びあがらせるやうな文章を、彼自身の體にもつてゐたのである。

當時海内第一の漢詩人といはれた梁川星巖は、志士の間に於てその首領の觀があつた。晩年京に定住する迄は、詩人として諸國を流寓すること久しかつた。安政大獄の始る三日前、ころりで忽ちこの世を去つた。時に七十歳。その人がら生涯にふさはしいやうな往生だつた。

老の身の終る命は惜しからじ世にいさをしの無きぞ悲しき

辭世はこの和歌だつた。幕府はくやしく思ひ、妻の紅蘭女士を捕へて拷問したが、これは見苦しいだけの話である。

藤本鐵石は備前の人で、天忠組の總裁である。畫家としての名が高いが、光平はその詩賦と草書をほめてゐる。大和路へは早くより入り、所々に出入工作してゐた。義擧の土臺をつくつた人の一人だつた。吉野郡の鷲家口で戰死した時は四十八歳だつた。最後の戰ひぶりは勇ましく敵をなやました。その辭世、

君が爲身まかりにきと世の人に語りつぎてよ峰の松風

土佐の郷士吉村寅太郎は、鷲家口で討死した。二十五歳だつた。「寛仁大度、能愛ㇾ人、能敬ㇾ人」と光平は評してゐる。戰鬪に當つて非常の勇士だつた。寅太郎の脱藩の時、その母はひそかに誡めて「丈夫何の別意ありて、郷士を去らざる、事もし遲くせば、須く母の劍下に死ぬべし」云々。「奇代の女丈夫と云ふべし」と光平は誌してゐる。

秋なればこきもみぢ葉も散らすなりわが打つ太刀の血けぶりを見よ

「鷲家にて血戰の砌」の作である。

光平は「南山踏雲錄」を奈良の獄舍で九月二十七日から十月十日迄にしるし了へた。この十數日後に京の六角の獄に送られ、翌年二月十六日西之土手で十八人の同志と共に斬られた。この獄中の隣室には生野義擧の平野國臣が囚はれてゐて、互に和歌を贈り無聊をなぐさめてゐた。國臣の獄中咏は殘つてゐる。國臣も當代の歌道の名家である。その櫻島山の歌は、人口に膾炙してゐる點では、宣長の敷島の大和心の歌と雙璧をなしてゐる。

文明開化の超剋

一

生き死を思はないところでのべられてゐた詩歌文藝が、若者の生涯を動かした時代は、維新の新政府の出現によつて直ちに一變したわけでない。西南の數々の變に倒れた若者たちは、頑迷固陋の保守派といふよりも、かなり斬新な教養のゆたかな人々だつた。神風連にしても、十年戰爭の人々にしても、その或る者は蘭語の字書を書寫したりして、西洋の學問に無關心だつたわけではない。荒尾の宮崎八郎は、西南戰爭の熊本隊の首領の一人だつたが、ルソーの民約論を始めてよんだ人だらうといはれてゐる。この人の二人の弟が、民藏、滔天で、いづれもアジアの獨立革命に挺身して生涯をささげた。かうした心意氣はこれらの人々のみでなく、大西郷の下野の心を、おのが信念とした使命觀をもつ人々に共通してゐる。ここで一見異樣で、或ひは矛盾かともおもへる心懷が、維新からつづく新政時代の若者の間にあつたのである。進歩とか革新とか保守とかいふ考へ方の區別が單純になされる時、歷史は無智のしるしとなる。

明治の文明開化の考へ方は、アジアの獨立に對して同情的でなかつたのである。アジア大革命の挺身者は、超保守の國粹家たちだつた。彼らは明治維新を、國際的規模で考へ、日本の自主獨立は、アジア全般の諸民族の自主獨立の一端と見るか、あるひは據點とするといふ考へ方をした人々だつた。最後の將軍慶喜公の態度が、まことに淸らかで潔くあつたことが、維新に直面した日に、外國干渉を排除し、日本の自立が大きくすすめられた因である。慶喜公はその最も重大な時點で、我が家の先祖傳來の精神を守り、それを實行されたのである。これと同じ系列の考へ方で、日本の獨立を守り貫くといふ考へ方の人々が、保守的で固陋と見られてゐる。氣質上さやうに云へば云ひうるものがあつた。これが異様か、矛盾かと云ふ所以である。

維新當初の大きい風潮は、日本の近代化をすすめるための文明開化の動きだつた。舊來傳統のものは破棄され、舊來の學問を廢して、英國流の功利主義の實學を學ばねばならぬと說いた。この考へ方は、歐洲の「近代」に早く追ひつかうとするのみのものである。「近代」の思想は、富國强兵を國是とし、海外の四方に市場を爭ひかちとることによりなり立つもので、そのゆき方は侵略といふ言葉でいつてもよいものである。神風連の學んでゐた洋學や國際智識を以て、この新しい思想の道義的謬りを指摘し得ても、近代をめざす富國强兵の考への人々は、決してききわけはしない。こちらが疲れあきらめるほかない。冷靜無比な結論的な行動を、一見の暴擧に表現するより他なかつたやうにおもへる。事物の根柢を分析することは、ずゐ分こまごま說明した上で、相手はつひにわからぬ、わからうとせぬといふことがわかるものである。政治的なことに關して特にこれが甚しい。何故わからうとせぬかと考へたとき、肥後人の血の氣の過剩の人々の中に、聖者の如くいさぎよい天性の人があつた。加屋霽堅はさういふ死に處しても歸するが如き人であつた。一つの代表的日本人の性格としてしづかに尊敬される。神風連はすべて詩人であつた。

宮崎八郎は鹿兒島私學校の東京出張所の如き役割りをした「評論新聞」の主筆として、「半分は戰《イクサ》を製造し後の半分は戰に荷擔した」と德富蘇峰は云つてゐる。植木學校をつくつて、民約論を講義し、一頃は熊本の民權論の溫床をなしたが、この一隊を率ゐて西南戰爭に加つたのである。二十七歲で戰死してゐる。

明治初期の新聞記者の系譜は、輕率な判斷でいへば、保守的と思はれる。民權論をとなへ、アジアの解放獨立を眞劍に考へた。八郎の弟の滔天は孫文と結んで、「三十三年之夢」の惠州事件の立役の一人となつたが、この革命は忽ちに敗北したのである。文明開化の實學派の系統の文壇に對し、これら西南事變系列の福本日南、あるひは多少趣きの異る正岡子規といつた新聞記者關係の文士の系譜は、人がらに興味あり、文學上の業蹟もあつて、今日回顧して、思想的にも、精神面に於ても、さらに時務見識上からも、多く學ぶべきものがある。しかもこれらの人々は氣質的に國粹家に屬する。保守の人々が、過激な變革を實行したのである。文明開化の實學派の及ぼした影響と、いづれが、日本人の生き方の上で內面的に甚大なものを殘したかは、今日の評家史家が、決意を以て對すべき觀點のやうに私には思はれるのである。

明治維新をなしとげた志士たちの、尊皇攘夷の精神は、内は霸道を廢して王道を恢弘し、外に對してはアジア各國の轍を踏むことなく、我國の獨立を確保するといふにあつた。この國家獨立の原理と、その事實の確立は、維新當面の課題だつたが、南洲翁の退去によつて、有志の反省から、明治維新の精神が、アジア諸民族を西洋の侵略より解放し、大アジア獨立の革命であるといふ思想が、理念として生れた。しかもそれを推進するに當つての、明確な戰略論も組織論も無いに近かつたのは、それを必要とせぬ茫漠とした正氣がゆれ動いてゐたからである。詩人文人の心からわき起り、多くの若者がその同じ思ひを胸中の火として、まづ走り出したといふ感じである。しかしこの理念を自明として、確認の論をのこさなかつたことから、後の學者の混亂の論議を起すのである。かういふ混亂を、虛妄として無視する激しい實行者の氣魄こそ、前代の革命の文士の身上だつた。明治初期から征露聖戰の期間にわたつて、最も大切な文學の歷史は、文明開化の實學主義者の思ひ附の試みにあるのでなく、これらの西南志士系統の詩心の流れにあつた。それらは政治の流れとして、政治の歷史に閉鎖しおくべきものではない。天心、樗牛、獨歩といつた文人たちの氣風をつなぐ底邊とも考へられ、目を轉じてみれば、鑑三、二葉亭、さらに鷗外、漱石、にも一脈を通はせるものである。藤村、晩翠の心底にあつた正義人道觀も、窮極には先代の維新の心から流れてきたものであつた。またこのことは自覺ともなつて、これらの詩人文人の世界觀のかなめとなつてゐたことを次々に示された。

明治以來の文學の歷史の本筋は、明治の文明開化と、その論理や態度、考へ方に抵抗し、また批判者だつた、在野精神の人々の手にあつた。天心は多少あらはな云ひ方で、詩心はさびしい浪人の心に宿つたと云つた。初期より明治の新聞記者の氣質には一つのものがあつた。政治を論じて、それは非政治的な詩心だつた。彼らは國内の權力に追從しなかつたし、まして外國の政權の支配を喜んでうけるなどは思ひ及ばぬことだつた。かくあるものが雄々しい文章を守り、しからざるものはさまざまの事大主義に於て、御用文學の筆を、曲學阿世にあやつつたのである。民族や人道や、あるひは人間や大丈夫のために雄渾の文章を草したのは、維新志士以來の系譜である。子女の歡心に甘えた小說の類は、すでに今日尋常人の讀書に耐へないものとなつた。過去の遺品の中に何を日本の文學としてみるかは、今日以後に生きてゆく精神の課題である。

二

明治維新の原理だつた、霸道を排し王道を恢弘し、國家の自主獨立をかちとるといふ行動は、西南役の挫折ののちには、有志の若者たちによつて、東亞全土にその活躍の天地をひろめた。この精神にはいささかの功利もない。文明開化の實學功利主義者やその系統の考へ方では、この純粹は理解されない。そしてこの對立が、大東亞戰爭分解の悲劇にまでつづくのである。

日清戰役は、漢人に滅淸興漢の自覺を起した。日露戰役の勝利は、アジアのみならず、西洋の侵略と支配下にあつた世界中の民族に、その解放獨立の希望を與へた。明治三十年前後の東京は、さうしたアジアの解放と獨立の志士たちの策源地となつた。これらの外國志士たちを支へたのは、文明開化をめざす日本近代化の實學派ではなく、外見上保守固陋視された右翼國粹家たちだつた。西南諸役を象徴とする維新精神の動向の純粹を守る人々は、國粹派と見られ、實は蕩々たる浪曼家たちだつた。この國粹家たちは、獨逸學派の國家主義者とは、心緒の上で全くの異質だつたのである。大アジア革命を進めることを理想とした浪曼家の系譜は、大東亞戰爭の渦中で、國内分裂のもとに悲劇的な狀態に陷つてゐた。文明開化以來の實學主義につちかはれた人々は、聖戰といひながらも、自身の發想に從つて功利的判斷に陷る。西南戰爭の悲劇をひき起したものと同じ狀態と原因のものをもち、大東亞戰爭遂行の内部は、低迷する違和の狀態で、戰爭をすすめねばならなかつた。この悲劇延長は、昭和四十六年現在の我國に依然としてなほ殘存する狀態である。明治維新は未だ終了してゐないのである。そのことは當今の悲劇の深さと、現在の狀態の危機を痛切に思はせるものである。

大東亞戰爭を戰つた時の國内の人心には、上下階級の對立とは別箇の、西洋近代の發想に從ひ、文明開化の實學の功利觀によつてこの戰爭を考へた者と、維新の眞精神をうけついでアジア解放を人道の光榮とした者との間の、氷炭相容れ難い對立があつたのである。戰ひは一つだつたが、戰ふ人の精神は、相容れ得ぬ對立にあつた。この內の戰ひの勝敗は、緒戰の以前に、すでに一方の偉大な敗北として、その負目を負ひ、それを心の底に耐へて戰場へ赴くほかなかつた。この時戰爭は大なる悲劇である。しかしこの悲劇は光榮と誇りをもつてゐる。死を怖れない。印度パキスタンを始めとして、二つの大陸の植民地の獨立が次々に生れたのは、偉大な敗北があつたゆゑである。しかし彼らの獨立が自力の勝利でなかつたことから、この偉大な敗北の人道上の自覺をどこの何人がもつてゐるだらうか。彼らの何人かにさへ、その反省がない時、外見の勝利の歡びは却つて無慚の因である。正義や誠實よりも、功利謀略を優先せしめることは、不安の持續に終り、人民悲慘の結果をみちびくのである。

我國に於ても、大東亞戰爭を侵略と解してゐる人々は、「近代」の發想によつて、己を律してきた人々である。その人々は近代の人として、侵略以外の考へ方や行爲をなし得ない人々である。その日常性の思想は功利であり、その學理は實學主義である。明治維新の心をうけついだものは、大東亞戰爭こそ廣大なアジア解放の聖戰であり、且つ人道の光輝の實踐と信じ、その戰場を榮光の場と觀じ、今もその戰ひをつゞけて止む時がない。この戰ひの武器は、廣大無邊である。兇器を必要とせぬ戰ひであると、かく云ひながら、この言葉に私は胸の痛む思ひがする。日本の近代の文學史は、西洋の近代を追從するために試みられた文明開化の、實學や功利主義を旨として、西洋近代に近づかうとした、恥多い人々の、ゆき方とその結末との、敍述に終つてはならない。「學問のすゝめ」「小說神髓」からつゞく系統の、文學の「近代」化の「進歩主義」を、私は同胞的な恥辱とする文人である。わが日本の文學史は、この系列を一排し、風雅を知る志士の浪曼家の系譜をあからめるにある。たとへば正岡子規に、私は夥しい批判をもつても、この人を、尊敬する對象として、わが日本の文學史の上に祭るのである。子規は日本の文藝の最高唯美の風雅に殆ど無縁の人だつた、西洋の近代に對しても殆ど內的教養がなかつた。しかも彼はわが文藝史上の英雄だつたのである。年少にして一世を風靡し、短命のままあざやかに世を去つた。傳統の風雅に無緣にして、西洋の近代にも內的教養として無感覺だつた文界の英雄の續出したのは、明治文明開化期の一大偉觀と云つてもよい程の現象だつた。その英文の方が巧みだつたやうな、內村鑑三、岡倉天心も、さういふ英雄だつた。この國粹家だつた二人の文人が、開國の歷史を通じての日本の國際人だつた。この人々は子規の如く短命でなかつたことが、詩人的運命のさはやかさにものたりぬのであらうか。鷗外、漱石すら、後の佐藤春夫、萩原朔太郎とくらべるなら、西洋の近代についての感覺で、明治と大正の甚しい差を感じる。大正の二人の最も近代的な文人は、傳統の風雅の感覺に於てまことに空前であつた。しかもこのことは知識教育と殆ど關係のないことだつた。わが國のまことの近代の風儀は、西洋の「近代」と異質であつた。このことは將來の文明に對するわが希望のよりどころとなる。私の考へる風雅は、日本主義でも國粹主義でもないのである。主義でなくしてみちである。

三

列強に伍して侮られず、恥づかしめられず、又犯されることのない國をたてるといふ、興國の氣運と昂奮に於ては、わが明治の國民上下全般にその意氣があつた。權力の爭ひや、主義の對立などの現象は、むしろ國家の歴史的運勢全般より見れば第二義の問題である。わが國の史上の過去に於ても、明主のもと兵氣充滿し、國勢伸張した時は、幾度かあつた。二千年の昔を考へる必要はない、維新前後も王氣と兵氣いり混つて、別ち難い大變亂の時代だつた。一國の建國の狀態を見る時、まづ興國の氣風の密度をさとることは評家の主旨となすところで、興國の氣運のあふれるところを見ず、權力の上下流動のみに關心をよせるのは、世界の大局をあやまり、自國を危きに導くもとである。權力の流動は、おのづからにして消滅するのが例である。一人の生命よりも、一國または一民族の生命が、廣大にして長久なることは自明である。

明治の興國精神をまづ象徵した文藝は新體詩であつた。まことにそれは國家興隆の明治の行進曲であつた。しかしこの行進曲の早くから內包したものは、西洋の近代へ追ひつくべき文明開化といふものへの、精神的批判であつた。文藝の系譜を生命の觀念から了解した初期の志士文人たちは、明治維新を完遂した彼らの學問上の淸純な道義觀とその心術から、事もなく西洋「近代」の實體と由來と、また近代史上のアジアの實相を直觀してゐた。ここから生れた悲愁の詩情と慷慨の歌は、維新直前からのわが文藝の志と直通するものであつた。さういふ觀念を極端に高い調子で歌ひあげたのは、土井晩翠である。晩翠は悲愁と慷慨を超え、さらに拒絕に到る。近代の實體をアジアの文明五千年の悲願から判斷した。西洋にはただ一つ無いものがあつた、最も大事なただ唯一のものだけを彼らは持たない、それは後にガンヂーの長嘆息したものである。晩翠は慷慨と拒絕を超えて、つひには東洋文明の宗教的雰圍氣へ沒入したのである。祈るより他の方法がないと知るところまで深く入つてゐた。

晩翠と島崎藤村の詩の異るところは、初期に於ては「近代」に對する見識の差異にあつた。晩翠は第一義の世界に第一義の態度で對する見識だけで歌つた。藤村は個人の問題にわが身を沈め、小說によつて漸次に第一義の關心の原因から說き進めようとした。いづれもまことに明治の人であつた。

新體詩が開拓したものには、「近代」といふ思想の導入があつた。自由民權の喚起があつた。そしてそれはまた日清日露の兩戰役を戰ふ人心の行進曲であつた。日清日露の戰ひは日本の獨立を確立するための戰爭だつた。世界史以來、わが國の日露戰爭を批難し得る國も民族も、この世界に存在する筈はない、そのやうな道義の戰爭であつた。明治の人々の歌つた、日本の獨立のための軍歌、アジアの自主解放を叫ぶ慷慨歌、これらの新體詩の明治の沈重な勇壯さに、保守の情緖が濃厚だつたのは、早くも南洲翁の時代からきざしてゐた、「近代」と「近代國家」の根柢への批判と拒絕のゆゑである。そして明治の軍歌の有愁の情緖は、偉大な敗北といふ狀態から、不敗のものを歌ふ態度のあらはれであつた。アジアの運命と悲劇を、今こそ廢止する時機に當つてゐる、との自覺の反映であつた。

しかもその新體詩は、時の人々にとつて、斬新な西洋文藝の詩的情緖のことぶれともなつたのである。蒲原有明と薄田泣菫の、古典的にして最も斬新な詩文學は、その高踏性に於ても、この時代の文學の頂上のものとなつた。國木田獨步が、新體詩が全國津々浦々に普及してゆく狀態を描いた、「獨歩吟」の中の文章は、詩文學といふもののさかんな生命をありありとうつしてゐる。その事實も眞なるべく、この文章は、文學を表現して餘すところのない觀がある。新體詩創造期に當つて、新體詩の主唱者たちは、詩文學の文明開化の論として、西洋の韻律論にまで發展させた詩論をのべた。

この種の進步主義に反對したのが、當時桂園派の大家だつた池袋清風で、その詩歌論は、文藝に傳統の存在をさとし、却つて若い新體詩人の誘ひとなつたのである。清風の門下だつた湯淺半月は、新時代の基督教徒だつたが、古今集長歌を範としたといふ「十二の石塚」によつて、新體詩に久しぶりの藝術の香芳を賦與した。舊約聖書の史話を材としたこの詩篇で、半月は自身の宗派の教義よりも、わが國の古來の土俗の情緒を娯しみ、孝心や仇討の情を、傳統の情感に卽して美化してゐる。この作品にひきつづいて落合直文の「孝女白菊の歌」が上梓された。この眞に驚くべき長篇の詩は、傳統の抒情をくりかへしくりかさねた敍事詩として、明治の文學を象徵する大作品たるにとどまらず、明治の人と時代への驚嘆の情をよび起すのである。これにつづくのが森鷗外との共著になる「於母影」で、わが國の古い歌謠のかなしくあはれな調べは、久しぶりに新時代の新文藝として、生れかはつてきたのである。鷗外はこのころから、次第に、わが國の文壇の最高の教師となられるのである。鷗外の文學性格は、ただ新をとるのでも、ただ舊をとるのでもなく、風雅を旨として、趣味をたのしむやうだつた。古今東西の文藝の風姿に、おしなべての興味をもち、且つそれをわがものとして表現し得た天稟才能の作家は、史上にも比類ない存在だつた。

江戸風の講談も、西洋近代の小説も、室町期の歌謠も、その手によつてたちどころに描き得たこの才能とは、一體何ごとであらうか。明治が大きくゆたかな時代だつたことを、まのあたりに現證したやうな、偉大な存在であつた。直文の門下が與謝野鐵幹である。

宮崎湖處子も基督教徒だつた。わが國傳統の生活から生れた情緒を、つつましく、なつかしく、多少粗野に表現したところ、好ましい作者だつた。陶淵明とワーズワースの兩家をあはせてといふやうな、不逞な自負もたのもしい。

文明開化の進歩主義的詩學は霧消し、傳統の風雅や情緒を描き出した文藝が、同時代の人にもよろこばれ、若者を文藝に誘導し、今日に於ても、なほその文藝的生命を保つてゐるのである。生命を失つた文藝は、かつて如何ほどに世にもて弄ばれたとしても、もはや文藝の名に價ひしない。一般に文藝の生命とは、人の心をよびさまし、魂を太らせ、よろこびやかなしみ、あはれやなぐさめを與へたり、ひき出し得るものの謂である。

日露戰爭直前の明治文學は、まことに盛時の文學だつた。泣菫、有明らの高踏的な古語復活は、新體詩創始者の詩學に對する完全な反抗だつたが、かういふ文藝の傾向を、國粹主義とか復古傾向と簡單にいふやうなことは、文藝上ではまことに幼稚で粗末な議論である。文藝の世界の見識は、「語るはわかき九百年」と、九百年の歷史を、なほ稚いと歌へるところにある。「百年もきのふの如し」であつた。朝の間に天平の人と相語り、席をかへずして瞬時に桃山の文士と談笑できるのが、趣味の世界の尋常時である。肘をまげる如くに、天上から地上へ往還するのも、詩人の日常であつて、これをたまたま特權といふのは、政治學辭典より借用の言葉の用法にすぎない。人の性の卑しきものを卑しとすることも、人權は平等などと云つてゐる世界とは、別の精神の世界の住民のものの考へ方である。

四

藤村の詩は、その出發時に當つては、「近代」への信奉と、近代のヒユーマニズムへの信賴を歌ひあげた。これはまさしく明治の青春の歌だつた。近代への批判も、近代に傷ついたもののあることもとらへてゐなかつた。その若さに於て當然かもしれない。晩翠が一心禮拜の巡禮者ならば、藤村は歷史の上の、さまざまな時と思ひの遍歷者だつた。東洋の何千年間に多くの遍歷の詩人がしたやうに、彼もつひにはかへるべきところへ歸つていつた。わが國の遍歷詩人は、この世の富や權力のあるところをさして遍歷することをせず、歷史の流れの中に浮んだ、さまざまの精神を次々とめぐるのである。わが國は、一系の天子を君として、一家、一國、一民族、萬世一系の歷史には切れ目がない。かういふ歷史をもつ國に於ては、歷史は風景と一つであつた。芭蕉の旅の案內書は、曾良の證文によれば、千年の昔にしるされた神名帖だつた。芭蕉は旅先であつた人を、この人物は富んでゐるがいやしくはない、と云つた。富を卑しとし、權力を醜と見たのは、東洋文人の一般論として正しいと思ふ。日本の文學史は、かういふ一般論の上に流れをなしたもので、七十の老爺となつて天下を掌握した人物をたたへるのは、わが朝の文學の本願にない。わが國の文學は、木曾冠者や源義經の如く、二十三十のわかざかりに、忽ちに天下を風靡し、何のつぐなひをうけることなく、悲劇に終つた英雄の一瞬の生命を描くものである。古くは日本武尊がわが文學の象徴の英雄にましまし、最高詩人におはした。十九歳の北畠顯家が宸筆敕書を賜り、東北の子弟五萬の兵を催して疾風の如くに鎌倉を陷れ、西上したのはその二十歳の時、その翌年は討死してゐる。いづれも數へ年である。

近代の詩文學の原理は、「近代」の中にあるもので、愛國といひ國粹といつても、その原理を「近代」にもち、その原理が「近代」の範疇内にあるなら、それは日本の道義の立場ではない。わが「新體詩」は、明治十年代の創草期に於て、早くも文明開化への別れを、詩論と詩作の上で併せて實踐した。それは作者の理論が訣別の宣言をしたのではなく、作者の内部の詩人が實踐して了つてゐる。「近代」とその西洋文化の本質への絶望は、すでに早かつた。絶望は憤激と同體だつた。詩人の日本はアジアであり、アジアを自負し自覺してゐたのである。世紀末は彼らの精神に於て、もはや絶望でなくして冷靜の批判であつた。近代を超剋する原理を、詩人は魂によつて直觀してゐた。日本の文學史は、この時に當つて輝くのである。世紀末の自覺は、豫言者の自覺へと轉じ、大なる東方の光りを拜してゐる。

晩翠の「黑龍江上の悲劇」と「登高賦」は、明治三十三年六月、露國將軍の指揮する軍隊が「平和の淸の民五千」の老若男女を一擧に殺戮した事件に慷慨して作られた詩である。勿論兩國平和時の暴虐事件だつた。前篇は百行以上、後篇も數十行の長詩で、露人の野蠻を憤り、「人間歷史ありてより星移り行く五千載、進化のあとは短くて禽獸の域遠からず」

と嘆じてゐる。基督者の內村鑑三も、別の場合に同じことばをのべてゐる。晩翠の昂る慷慨は一轉して長嘆息となり、さらに變じて祈りとなる。「黑龍江上の悲劇」の中では「十九世紀の靈」をよび出し、その「銀鬚輝く巨人」の鮮血のあとをのこす足をみつめて、汝は何ものかと問ふ、これは憤りを超えて、悲痛を象徵してゐて、かなしい。

「十九世紀」は偉大な世紀だといふ精神史の評價を、まともにうけとつたところから、わが文明開化は盲目的に進められたのである。さうした場合の政論家や、現世に功利主義の人々は、時世に追ひつくことには心を費すが、ことの動機や根柢を道義的に問ふことはしない。かういふ究明の態度や設問の立場を、彼らは保守主義とよび、これを固陋とさげすんだ。これが文明開化の考へ方である。この文明開化はまた、進歩主義とも合理主義とも稱したのである。明治といふ時代は、この精神上極端に異質のものが兩立してゐた。進歩主義者は極端に功利的となり、そのことを自らは知らず、また道義的な立場は異常なまでに精神的になつて、頑迷を德とした。「近代」の後進國の性格の現はれともいふべきだらうか。この極端な分離兩立が、却つて國運の隆盛をいたすといふ異常な現象をひき起したのが、明治時代といふ、國運急上昇の活力が、民全體にゆたかな一時の特色であつた。かういふ現象は今なほ世界にその類を見ないのである。ただ一つの「近代」を原理とする國に於ては、晝と夜の二つの世界の王者が並行するか、政治と陰謀の表裏の王者が争ふかであつた。

日露戰爭の勝利のあと、わが國人の間に云ひやうのない一種の虛脫感が起つたといはれるのは、必ずしも勝利におごつた表象とはいへない。多年の心勞の疲れともいひ切れない。この一種の悲哀觀は、文明觀上の反省を伴つてゐたのである。すさましく深刻な勝利の悲哀である。道義が勝利しても、勝者は悲哀を味ふ。それは道義なるゆゑかも知れなかつた。そして衆生病むまへに菩薩先づ病むの現象は、この時にも起るのである。

文學は「十九世紀」的な大小說の主題を失つた。有閑娛樂のための文學は隆盛となり、若人の眠りを醒す詩文よりも、人を眠りに誘ふ詩が、人口に膾炙する。大きい惡を描く氣力を失つた口舌の徒は、小さい我意の辯解に辛苦した。心理描寫は自身の神經衰弱症の記述を云ひ、文學に心理を描くと强辯して、惡意の邪推を執拗にくりかへした。私小說といふを暴露小說かと思へば、それらはみな自己保全の辯解小說で、自身の眞姿を文學に表現する代りに、自分を都合よくして、專ら他人を歪め描いてゐるばかりである。個人の成長や人格形成を描いて、廣大な、歷史的な、教養的な、社會的な、大文學をなした十九世紀西歐作家のひそみにならひうるやうな、大小說家が出現しなかつたのである。現實主義のリアリズムは、現實を寫すものでなく、政治的徒黨の立場からする歪曲だつた。それは卑小な現世利益を目標として、徹底した偏向の立場をかきつらねたのである。

二十年代と三十年代の、日本の獨立のための二つの戰爭の終了のあと、志のある青年たちのあるものは、文藝より興味ある世界と行爲に誘はれて、大陸から北方や南方諸島の、地圖に見えない土地を步いていつた。この夢多い若者は精神の大東亞共榮圈を漸次に描き出してゆく。國內でもやがて青年將校まで現狀維新のために起ち上り始めた。精神の王國として、大東亞共榮圏を描いてきた若者たちには、功利の思惑は毛頭もなかつた。彼らは生粋の浪曼家ばかりだつた。大東亞共榮圏を、大東亞功利圏と思ひ込んで、さうして了つた人々も、本人としては決して惡意の人でなく、文明開化の實學の許で育てられ、功利を日常の信條としつけられた人々だつた。彼らはつねに不安で、心貧しい、不幸な人々だ、他界や精神の國の心術を知らないから、世界も人も、みな自分と同じと思ひ込んでゐる。これは世界を憎惡と不幸にする根源である。この人々が功利主義を教へることばは、合理と進歩を主義とする者のことばと一つだつた。これが「近代」の惡相の一つである。

三十年代に開花した明治の文學は、二つの戰爭に前後から光りと誇りと自覺を與へたが、底は悲愁のしらべだつた。その主體となつた精神、卽ちその日の浪曼家たちの心緒は、二つの戰爭を超剋することが出來なかつた。浮世の現象をおいて、第一義のものをめざし、未生と未來といふ二つの他界に生命の本質をみた詩人の思想、世俗にいふ浪曼主義と分たねばならない、その人たちの浪曼派的立場の運動は、つひに明治三十年代の戰爭を超え得なかつたのである。戰爭に勝つも、敗けるも、軍人にゆだねるのである。戰爭を超えることは文人に强ひられてゐる。文明の完遂はこの道以外にないからである。

日本の文學の未來

一

關東震災の後にも、江戸の文化の名殘は市井にかそかに生きてゐた。大御所さまのころは、といふことばを、そのころ市井の老女の感慨の中できいたことがある。家齊將軍のことである。ざつと八十年昔である。その老女の生れぬ世の記憶はいぶかしく、しかし疑ひはしない。江戸の小說本の作者は、文化文政ごろから天保の晩年には、殆ど歿してゐた。一つの時代の終焉の證のやうでもあつた。浮世繪の最盛期には、人情本といはれる類の小說も殆どそれとして完成してゐたが、一時代の基本の造形は墮落してゐたが、細工の技巧は、驚くべき完成に到つてゐた。爲永春水の描いたやうな小說のこまやかさは、文學としてさ程のこともないが、時代のものであつた。爛熟した流行のものであつた。さういふ流行のものに、無意味と知つても、知らずとも、精根をつくすのは職人氣質のよさである。案外本人にも滿足があつたのであらう。それは一つの時代の泰平の條件ともなる。文章も細工物も一つだつた。繪畫にも木彫にも同じ氣質があつた。浮世繪時代の文化は、人間の思ひつきに、氣質や精根をあらはした點で、その當時の世界で最も緻密で優美で時に奇拔のものだつた。當時の我國は鎖國時代だつたが、その鎖國の道德的根柢は、まだくづれさるだけの外的條件がととのつてなかつた。そのころの歐洲の諸國では、植民地の爭奪のために、多殺兵器の製造と、戰爭に勝つ謀略にあけくれしてゐたのである。これらの軍國時代の歐洲を、先進國だとうけとつたことが、わが文明開化の推進力となる。

天保の改革では、柳亭種彥が呼出しをうけ、田舍源氏の絕版を命ぜられ、春水は同じ時に手鎖の刑にあつた。しかしこの天保十三年に二人とも死んだのである。文化文政から最盛期に達した江戶の文物をうちこぼつといふことは、開國の準備のために強ひられた政治だつたのである。文明開化の本心とは、成り立ちのちがふ先代の文化だつたのである。

天保改革で一期を劃した文物の餘風は、明治の前期の文藝界に依然としてつよくその底にのこつてゐた。文明開化の新文學は、どこから生れるかわからぬままに、それを生み出すために、いろいろの觀念や主義や思想を、文藝の內容にうつすことを考へたが、なほ文藝觀上では江戶の戲作者の仕法に停迷してゐたのである。所謂言文一致體の普及によつて、そのみちはやうやく解放される。

しかし文明開化の思想的混沌の激しさにもかかはらず、文藝の實態に關しては、さほどの激動は無かつた。深刻を描くといつても、千年の日本の文學を眺めてきたあとには、いづれも遠い以前、近い昔にあつたものとさほど變りばえのないものである。鎖國下のむだ花のやうな造花の精緻な技巧は、文明開化の中でなくなり、最後の遊藝の類が、その多彩な頽廢の美を傳へたのである。

江戸末期の最も頽廢的な、あるひは風流泰平の文物が、幕臣旗本あたりを中心にして、その仲間うちから生れたことを、簡單に町人の文化などとは云はぬ方がよい。京の町方の人々は、朝廷の千年むかしの風雅を、大金をかけて贅澤に摸することを、京の文化と心得てきたのである。町家の隆替は激しいので、數代にわたる文化はうまれ難い。文明開化を指導した帝國大學系の學者の文藝觀が、文學不在の思想論だつたことから、過去の文學を學ぶに當つても、觀念形態でわかつ以上の方法をさとらなかつた。和歌や漢詩を弄び、祝詞や經典に、皮膜虚實の間に、無か虚かの美の世界に、まかせきりに生きてきた國の心というものを、全く知らない理論家といふのが、文明開化の指導者として出現したのであつた。樋口一葉のやうな少女が、かういふ國のむかしの文藝的情緒を思ひ出して、描いた文章が却つて凜として生きたものと、今日からはよみとれる。少女は新時代を昂奮して知つてゐたが、新時代の內容については何も知つてゐない。

一代前の種彥は旗本だつたので、學者としても一流の教養があつた。一葉女史は、百人一首を土臺にして培はれたやうな、日本の家庭にあつた女性の文學的教養を、つつましい情緒としてもつてゐた。ただそれによつてなつかしいことを描いたのである。少女は人生とか世情といつたものを、讀物の低次元で考へたのでない。無理なことはしなかつた、無理を求めてはいけない。それは日本の家と女性の文學といふ上で、今なほ好ましい高い意味のものであつた。江戸の文化の最後の花のやうな作者だつた。田舎から新時代の東京に出てきて、新時代の文學をかく野望のために、イデオロギー的に、その偏向だけに、一生をすごして了つたやうな、後の時代の肌のあれすさんだ多數女流文士を束ねて、この一人の少女の思ひにあつた文學の世界の美しさに及ばない。あるひは彼女らは、文學の無緣の衆生にすぎないのかもしれない。

二

子規が和歌俳句の改革を唱道した時は、俳句を後の所謂藝術的俳句にするやうなことを考へたわけでなかつた。「日本」から出た俳句の作者には、藝術的な俳句をつくるやうな思ひ附とは別箇の、一種の志を述べるために句作をする人々が少くなかつた。さういふ心境で俳句をつくるといふことは、今日に於ても行はれてゐる。所謂俳壇といふ仲間の外で本當の俳士と俳諧は今も殘されてゐる。これは子規の型を追つて、學び摸したのでなく、その氣質氣概の共通する人々の間の事情と思はれる。

それらはこまやかな文學といふものには遠いかもしれないが、氣象に創造的な大らかさがある。さうしてこのやうな氣概が和歌に於けるよりも、俳句の方に濃厚になつたことは、維新を境とした變化であつた。江戸末期に流行の時代をむかへた漢詩は、明治時代に於て最も盛んとなつた。それは漢詩の作法などに頓着せぬものだつた。その作詩の作法に衒學的になると、もういきのよい和風漢詩が消滅するのは當然である。流行期に簡單に魅力を失ひ、かた寄つた同好者間の玩弄物となつたのは、明らかな新時代の一つの相かもしれない。

第一義の觀念の上で、不平にゐて志をのべるといふ俳句が、一つの氣質の人々の間で傳つてゆき、その心境が和歌より俳句によつてあらはすのがふさはしいと思はれたことは、舊來にない現象だつた。その人々の思ひの指すところは、悟りでも風流でもない、しかし一見さういふ風に見えて、心いくらか安らかになるといふところで、一番の短詩形をかりたのは、明治以後文學の一つの丈夫ぶりだつた。

子規の門下の高濱虛子は、俳人としてもその規模の大様さに於て、明治以降三大文壇を代表して國の歷史の上に數少い巨人とおもへるが、この人は珍らしい封建の俳士であつた。文章に於ても、その作品は生涯を一貫してゐた。晩年の文章には心こまやかなものがある。和歌の伊藤左千夫は比較的早逝したが、雙璧とすべきかもしれない。しかし封建の士氣のゆとりに於ては、左千夫は素朴な人にて、虛子は頑固のやうに見える。

今日では芭蕉の本の何十百倍と出版される讀物文藝の類が無數にある。しかし今日に於ける芭蕉ほどに、人の思ひの文學となつた存在は、いつの時代にもなかつた。子規が芭蕉を排して蕪村を揚げたのは、子規の氣質とかかはりなく、新しい文明開化の子規に於ける現象だつたと思はれる。しかしこのことは子規の文質に對しての評價に關係することではない。今日の芭蕉に對する多くの人の思ひといつたものには、わが日本の文學の歷史の眞實がある。今日の俳人が、芭蕉の心になつて俳句を作つてゐるのでないとか、學者が芭蕉の文學の思ひと無關係のところで、芭蕉の何かを調査してゐるだけだといふやうなことも考慮に入れたうへで、なほかつ今日の日本人の文學として一番大きい存在は芭蕉である。このことを日本の文學史の眞實を示すものと云ふのである。

しかし明治以降の俳人の中でも、談林の氣分が全くなくなつたわけでなかつた。むしろ曲のある人物が、談林の氣風を好んだ傾向さへある。一民族のもつた文學の系統は、數々の大事變大變亂をへても、一つの時代を通過したあとには、依然たる舊習の力強さがのこる。明治以降の新しい時代に、新しい文學はいくつも出現しなかつたのである。作家はそれ以上に稀有であつた。

俳句に不平の志をひらき、いつも國家社會を第一義に考へてゐる、明治以來の新聞記者の俳句の風儀には、談林に傾いてゐる外觀のものが多かつた。明治俳句の新風は、その時代の新聞記者の手になつた。俳文壇外のすさびだつた。談林になかつた新談林派の風懷は、日本人の好みの一つである。彼らがその鬱結を展く詩形を、和歌に於てなさず、俳句に於てみつけたことは、文學史上の比較問題としてみれば、いろいろのことを暗示するのである。そこには政談演說と言文一致との關係も認められる。

この時代に於て、日本の文學の一つの哀切な氣質は新聞記者の心にあつたのである。彼らの書いた放縱に似た文章は、時務情勢をのべたままに、今日よむに耐へるものが少くない。かういふ現象は、明治以前から、明治に生れた一かどの新聞記者に通じる特色だつた。彼らには、第一義の關心と、その志があつたからであらう。それが時務論をかつがつ文學たらしめたのである。多くの三代の流行文學は殆ど雲散霧消したにもかかはらず、以前の新聞記者の文章はまだ生きてゐる。かういふ氣概者の風懷が、俳壇歌壇とは別の世界で、一つの祖先傳來の詩形をわがままにあつかつて、己の憂愁をひらいた。和歌に述志の風儀が復活するのは、文學史的現象としては、大東亞戰爭開始以來、それも歌人ならざる人々、若者の國風としてである。この國民的大歌集の片貌さへ、未だ我々は知らない。

大東亞戰爭下には多くの軍國の文藝がうまれた。世すぎのためのいつはりのものとは云へない。濃淡はともあれ、みな一樣の感動によつて描かれたところをもつてゐた。その日、三浦義一氏の「悲天」の歌と、大木惇夫氏が、南方の島で歌つた海原の詩集に、私は國史を象徵する文學を感じた。これが戰爭を象徵する二つの名作であつた。そして戰後二十年をすぎたころ、淺野晃氏が、「天と海」で大東亞戰爭を一つの長篇の詩にうたつた時、私ははからずもその作品に民族の神話を感じたのである。

大木氏の詩集「海原にありて歌へる」は、昭和十七年十一月一日、ヂヤカルタのアジヤラヤ出版部で上梓された。その中の「戰友別盃の歌」は、

言ふなかれ、君よ、わかれを、
世の常を、また生き死にを、
海原のはるけき果てに
今や、はた何をか言はん、
熱き血を捧ぐる者の
大いなる胸を叩けよ、

満月を盃にくだきて
暫し、たゞ酔ひて勢《キホ》へよ、
わが征《ユ》くはバタビヤの街
君はよくバンドンを突け、
この夕べ相離るとも
かゞやかし南十字を
いつの夜かまた共に見ん、
言ふなかれ、君よ、わかれを、
見よ、空と水うつところ
默々と雲は行き雲はゆけるを。

南支那海にて軍輪送船上の作であつた。これが現地軍新聞「赤道報」にのつた時、若い兵士たちはうばひあつて切抜き、手帖にはさんで内ポケットに祕めをさめた。

當時の時局下に生れた戰爭文學の他に、多くの國民や、戰場の若いつはものたちが、志をうたひ思ひをこめてのこした詩歌の類は、幾萬とその數も知られぬ。それらは家々に、あるひは知る人の心に、今なほひそかにしまはれてゐるのである。私はその一端を想像する。この分散してゐる幾萬とも知れぬ歌の數々こそ、國史を通じての大歌集である。編輯する人なく、公刊する人なくとも、嚴として國の歴史に存在してゐるのである。

三

自然主義の流行は、明治の文明開化の最大の産物だつた。その功罪の評價はともかくとして、明治後半期からその後の文學を通じての約束ごとのやうにもなつた。自然主義によつて文明開化の文學は初めて造形の方法とよりどころを得たと思ひこんだのである。寫實主義は、子規が寫生といふ言葉で、文藝制作の基礎方法としてとなへた。尤もその風潮はすでに江戸後期には、主として町繪師の仲間で制作上のよりどころとされてゐる。學問的には元禄の文藝復興は、實證の方法を尊び、觀念の踏襲をいち早く脱出してゐたのである。將軍家宣が新井白石に求めた學問は、實證主義とよぶべく、むしろその至れるものであつた。そのころは生寫《イキウツシ》といふ言葉が、後の寫生に通ふものである。元禄初期の談林にして、定型逸脱を辭さなかつたところにも、さういふ思想が多少あつたのである。

しかし寫實主義が、自然主義となり、さらに轉じて現實暴露とか、人間性の尊重といふ形に進むと、おのづから一つの選擇が偏向としてあらはれる。現實を規定するのである。これが偏向であるのは、それがイデオロギーによるからである。しかもこの偏向は流行である。さうしてここに到つて、それは亦寫實をはなれた、新しい固定觀念にすぎないといふこととなる。

舊來道德の權威を失墜させるといふことは、封建時代から新時代に移る時に諸方面にあらはれた。さういふ混亂は、後から見ると比較的表面的な現象だつたことがわかる。しかしその日に於ては、疾風怒濤と感じられるといふことにも十分な意味がある。歴史は様相をかへてさういふ現象をくりかへし、しかし陸と海との區劃する渚の線は、山を越す大浪も犯し得ないのである。

自然主義の場合は、文明開化初期の現象でなかつた。文明開化の場合は、生活や社會の經濟上の變化に卽應することに急だつたので、我國の近代化としての富國强兵の國策の場合には、價値轉換を過激に主張するものは少かつた。自然主義の主張は最も濃厚な形で、如何にも文學らしい形で現はれてきたのである。文學はいつも時代の變化に先行するものである。

明治維新後の世相が、底邊で安定してゐたのは、政權の勝敗と關係なく、國民が各自に於て、心を一つにして、國の運命を荷つてゐたからである。維新の外憂を經驗した人々の當然の考へ方である。しかし明治の二つの戰役の勝利のあと、國民の意識の中に一種の空虛感が起つた。それが明治の自然主義を陰氣なものとした原因だつた。そのころの作者たちが、文學といふ目標の造形に執拗にすぎるまで執念を傾けたのは、國を興す時の氣運にめぐりあつてゐたからである。

明治の文學を、日本の文學史の見地から見て、その一點といふこととなれば、明治天皇御集があるといふのは、私の判斷停止の救ひである。文學の風雅が、威嚴を示すものといふ點で、まことに頂上のものであつた。蘇峰翁の「近世國民史」は、明治以來三代の文學の、最も大きい代表作品かと思ふが、これを讀み通してゐないのが、あるひは生涯の遺憾となるかもしれない。同時代の文士の作品でも、林房雄氏の大作「西郷隆盛」、これも私は讀み通してゐないのが氣になる。

これは文學、それは非文學の低俗讀物といふ區別は、戰後の作家のかく武將談と、封建の武人がかいた言行錄とをよみ較べる時、文字を解する人なら、わかることである。感動して魂が太るところに文學の生命がある。またそこには創造の芽がある。自分が天地の始めにおかれたやうな開闢の氣分になれないものなら、詩歌も文藝も演劇も、ただの空しい虛僞のもの、形骸の枯骨にすぎない。學問にしてもこの外のものではない。人間が藝術といふことばに分類されるものをつくり出して何千、何萬年。造形の美術は、嚴密に云へば神話を說く教材掛圖のやうに思へる。東洋の佛畫さへ、ふとして經典の圖解だつたとおもへる時がある。偶像崇拜を輕んじる一つの考へ方を、私は多少異つた意味で肯んじるところがある。神話が文學の極致最高と思はれるのは、在るといふことを疑ふ餘地ないところの眞實があつた。比喩や寓意とするから大事を謬る。かういふ感じ方は、聖道門でなく淨土門と云はれるだらうか。私のはただ自然《カムナガラ》と思ふだけである。

現實を凝視するといふ考へ方には、始めから色がついてゐた。現實のくらさや因果因緣の不吉なものを描くといふことは、過去何百年に、佛教の說教師が、經典の繪ときとして描いてきたものと、趣旨の大體は變りない。ただ政治的な見解を加へて、民權とか、自由と云ふ、流動的な時代のイデオロギーだけにたよることが文學の立場とすれば、文學は誰の救ひともならぬだらう。文學の使命は救ひであるのが當然だが、時の流行に投じて、世に媚びて版を重ねる文學、通俗的な娯樂の讀物に文學の名を冠することも、通常の現象である。多くの人によまれる小說本を書くといふことも、その作者の滿足である。しかし史上の文士が文學にかけた本懷には、それ以上のものがあつた。明治から二代、三代と生きてきた文士には、さういふ本懷を意識した人が何人かあつた。戲作者の心意氣に徹するといふことも、職人氣質とか職人冥加といふ考へ方として見て、ただの賣文より次元の高さがあつた。

元祿の小說と、天保の小說をくらべると、西鶴と春水のきめの異りは、時代の全體文物の情趣の反映である。今の時代を過去にくらべるなら、元祿より天保にくらべる時に警世の意趣がこめられる。封建の小說作者は、直接法の意識を示さないで、面白いとして讀み本をつくつてゐた。誰でも知つてゐることを、少し品下つた形で描けば、書肆がよろこぶといふ呼吸も知つてゐた。春水の本は遊蕩の手びき書だとして彈壓された。文學上では、遊蕩文學が不可といふわけでない。その時點では文化革命が必要だつたのである。權力の行ふ彈壓的政治を、革命とか改革とよぶ時代があつた。その革命は、文化の本質と何の關係もない。政治といふ一つの暴力のあらはれにすぎない。さういふ時に於て、言論や文藝の自由などを口にすることは、むしろ笑止である。他に對し自由を强要する者は、いつも自らは他の自由を蹂躪する傾向者だつた。これは近代の權力政治の移り方にもよく現はれてゐる。江戸の戲作者たちは、さういふ點で、卑屈なみせかけをして、內實は不逞だつた。明治になつてからの文士には、かういふ點で、その姿の一變した如何にも淸潔と思へる人が、數人はゐた。明治といふ時代は聖代であつた。その數人の清潔な文士の中には、ただ情痴を描いただけで、明治の戰ひの勇將たちにも劣らぬ、英雄の勇士の資質を身を以て示した人もゐた。さういふ文士が幾人かゐたといふことが、明治に生れた文學の立派さをあらはすのである。かういふ作者の人品の評價におろそかで、その作品から作者にむなしいイデオロギーや、時の流行の主義や思想をさがし出し、これが文學の評論と思つてゐることも、さびしい現象である。

四

露伴の描いた「觀畫談」と、谷崎潤一郎氏の「蘆刈」には關係がある。影響といつたことばで云へば間違ふ類の關係である。前作があつたから、後作が出た。しかし面と向つて、自己を描いた後作である。谷崎氏のこの文章の中の風景の描寫は、所謂名文と思ふが、自分の考へとしては、同じ得ない。この二作をくらべると、觀畫談が神仙の世界なら、後作の方は狐狸の世界である。狐狸の類の妖異世界を輕んじるのではない。蕪村の好んで描いた狐狸の世界は、人ぐささにうすかつた。蕪村の場合は、京洛市井のものを、風流界へかへした相だつた。淡泊な感情で、己を忘れる始末となつても、人の世のなりゆきと思ひきるやうな、洗煉された市民社會の雰圍氣があつた。吉井勇氏の文學と谷崎氏の文學も、文士の生き方からいへば、全く對蹠的である。露伴の「連環記」は前人未踏の小説であるが、舊時代の伴信友の「長等の山風」はさらに驚嘆に耐へない文學であつた。

佐藤春夫氏の晩年の「シヤガール展を見る」といふ作品をみた時、神仙でも、狐狸でもない、もう一つ別の世界がはつきりとうけとれた。それは淨土他界と現世とに、けぢめのないやうな世界といふことであらうか。他界そのものの嚴然としたリアリズムといふことにもなる。先生が淨土教に關心をもたれたのは、かなり長い歳月があつた。このシヤガール展の作品前後の數篇には、以前は多少思想的に說く氣構へもあつたやうな點が、全く自然に流露して世俗の證のないところで、動かし得ない世界を描き出してゐることに、私は深く感銘した。しかしそのことを思ひつつ、かつて西歐近代風とおもつてきた、初期の短篇小說の若干を讀みかへした時、作者の出發に、すでに早くその氣分のあつたことを知つた。まことの文人といふものは、また不思議な存在である。

蕪村の描いた狐狸のまやかしの世界と、多少時代のずれる浮世繪師の勇んで描いた魑魅魍魎の圖とのちがひは、藝術家の品性のちがひである。藝術が卑俗に媚びてゐるか、人心と相擁するものなるかのちがひでもある。人の欲望を醜く描くだけでは無意味である。天保の町繪師にとつて最も印象のつよかつたのは、蘭醫系統の彩色人體解剖圖だつたとも思へる。しかしこの印象だけでは、まだ、文學でも藝術でもないのである。

川端康成氏の「眠れる美女」は、實證のない世界を精密無比に描き出してゐる。しかしこの小說はそんなこと以上に怖ろしい小說である。作者は何を描かうとしたか、直接にきくことをせぬからわからない。その答は一層何もないことばで返つてくるやうな氣がする。東西古今といつてもよいが、まづ限定して近代の小說を亂暴に分析すれば、心理學か論理學、それに少し低下すると政治思想を描くのが能で、文學の藝の方では殆ど稀薄である。普通の文學常識で手のつかない作品、作者の思ひにも全く手がつけられない、怖ろしい小説を私はよんだと思つた。そのさきに「岩に菊」の小説には、安堵したところがあつた。眠れる美女の怖ろしさには、もう安堵がない。東光上人が、あいつは全く鬼だよ、と申されたが、うべなるかなと私も心をふるはせた。しかしその川端氏の初期の掌の小説といはれた短篇をひらいてみると、さういふ怖ろしい眼の斷片としたものが一杯ある。みな美しいが、きらきらと光つてゐる。その文學の性質は、おのづからに生れた、美しい詩歌文藝ではない。人間の思考力や創造力を、ものにあてて、それを微分した最尖端の樣相のやうなものだ。さういふ眼がふつと見つめてきたものを、人の一代にひつくるめて、一箇の小説作品にくみあげたことに、私は人の怖ろしさを感じた。この怖ろしさは、作者一人のものなる怖ろしさでなく、人間の藏してゐる天來の何ものかに對する怖れと思はれた。

三島由紀夫氏の最後の四卷本の小説は、小説の歴史あつてこの方、何人もしなかつたことを、小説の歴史に立脚した上でなしあげようとしたのであらう。さういふ思ひが、十分に理解されるやうな大作品である。川端氏の非常に近くにゐた人だが、人間の小説の歴史の上に新しいものを加へようとした小説家の考へ方としては、全く對蹠的なものに見える。それは方法について云つてゐるのである。三島氏も、人のせぬおそるべきことを考へ、ほとほとなしとげた。そこには人間の歴史あつてこの方の小説の歴史を、大綱一つにつつみ込むやうな振舞ひが見える。人を、心に於て、最微に解剖してゆくやうな努力は、私に怖ろしいものと思はれた。三島氏ほどの天才が思つてゐた最後の一念は、皮相の文學論や思想論に慢心してゐる世俗者よりも、さういふものと無縁無垢の人に共感されるもののやうにも思はれる。その共感を言葉でいひ、文字で書けば、うそになつて死んで了ふやうな生の感情である。

これらの戰後に出た小説の文學を頭に描く時、なげきつつも、憂ひつつも、ひそかに私はわが國民の創造力と構想力と、その發現とに、未來をかたく確信するのである。戰後作家の長篇多作の驚くべき動物的エネルギーも、いつかは變質向上の未來をもつかもしれない。

五

藤村や花袋のやうな、抒情的な詩人が、却つて自然主義文學の分類に入れられる代表的な作品を書いたのである。またこの人々は、次の時代の子供のことを考へて、その作品を描いた。若く死んだ紅葉は、舊時代の文士のいさぎよいところを傳へてゐた。何ごともない美辭麗句の中に、人の心に緊張を與へるやう肝要をこめた文章を描いた。紅葉に師事した鏡花も文人として心のをゝしい人であつた。新作なれば必ずまづ師の靈前に上つて香を燻じたといふ逸話は、己に對してきびしい、また強い文人の心構だが、むかしの人の尊さが感じられる。その文學は一筋の道である。

明治から大正に移るころは、僅の歳月の間に面目を一新したやうに、近代の西歐の風儀と思はれる斬新さがあらはれ出た。「白樺」の人々の營爲は、近代洋畫も十三、四世紀もといふやうな廣さのものだつた。もう西洋の學藝が、身についたやうな時世風が起つてゐたのである。しかし白樺といつても、つひには武者小路實篤氏一人に落着するやうである。この一種の神性をもつた、尋常の尺度に合はない人柄は、一箇の巨人である。千家元麿の詩にあらはれた天稟の美しさを云つても、茫とした巨人は、大きい雰圍氣をもつてゐるのである。

帝政ロシヤの民族作家たちの作品が、日本人の心の底ふかく入つたのも、期間僅だつたが、その潛在の影響力は極めて大きく、有爲の若い文士たちの最も文學的な地盤を形成した。ロシヤの國情の近代國家としての後進性から、我國人と一つになるに近い共通感情が、その作品の底にあつたのであらうか。スラブの民の原有が、アジア的だつたことが、大正改元前後の青年の心情に親しかつたのであらうか。

大正といふ時代は短い期間だつたが、一般的停滯感にありながら、賑はしさがあつた。大正天皇はその書に於ては、三代を通じての最高にいましたが、詩人的性格に富んでをられた。天皇の御集は、「神まつるわが白妙の袖の上にかつうすれゆくみあかしのかげ」この大正十年の御製でとぢられてゐる。時代に卽しても、象徵的な御作である。しかしこの御製は名品である。大正十二年の東京地震のあと、時代も風俗も、そして文藝も一變するのである。前代につづく名家は、一貫して作風をかへなかつたが、時代相は大きく變化を見せた。皮相の變化は人目を驚し、さういふものの影響は、後に少しづつ思ひ出される。

西歐文學の飜譯は、この時代に入つて一つの新しい文體をおのづからにつくり出してゐた。明治といふ意識に重い時代からの解放感のあつた時の風儀は、文體の上にも影響した。さらに飜譯の文體も、堀口大學氏のなしたやうな造形が國際的な斬新型と無條件にうけとられたことが、自然主義の文學にいき苦しさを感じだした人々を心情的に解放した。高地の空氣の稀薄なところは詩の天上に近いが、地下の酸素のうすい洞穴は、人間の希望の對蹠とならないのである。堀口氏は晩年に至つて東洋風大詩人である。

川端氏や横光利一氏の新しい文學の動きと同行した中河與一氏の「ゴルフ」のやうな作品は、かつてなかつた、めづらしい、しかも日本の王朝文學以來の傳統を新しいものとしたやうな小説だつた。

昭和改元直後の芥川龍之介氏の自殺は、一つの象徴的事件をなした。このころから無産者階級の文學といつたものが、プロレタリア文學と云ひかへ、政治的へといよいよかたよつて流行を作つていつた。その端緒の葉山嘉樹氏のかいた作品は抒情的で浪曼的な佳品だつたが、さういふ傾向が嫌はれ、リアリズムといふことばで、粗惡なインクの赤黑二色で、曲のない太線に描いた醜いおどかしの繪が、革命的と信じられるやうになつた。それらの繪畫の共通性は内外ともデツサンができてなかつた。スラブ民族は繪畫では全く貧困極度だつた。さうして時代一般にもエロ・グロと稱するものが流行してゐた。

かういふ時代の、昭和初期の文壇では、プロレタリア文學に對する藝術派といはれた文藝の系統から、小林秀雄氏、河上徹太郎氏が、いづれも各々の獨創的な文藝批評をかいた。

川端氏の文藝批評も、舊來の文藝學や藝術論が、思ひ及ばなかつたことだけを書いたのである。このことは文藝批評といふものが、始めて自立し、領域を定めたといふ意味である。

しかし文學界の一般的流行では、プロレタリア文學とそのリアリズムが漸く壓倒的だつた。その理論は粗雜で、政治局の決定にそつて、文學作者はただ從順であればよいとされた。政治の權力の決定した方針に、文學は無條件に從ふものであるといふ形の文士の考へ方は、わが國では、封建時代にも、明治大正時代にもなかつた。昭和初年プロレタリア文學に於て、日本の文壇に始めて出現したその考へ方は、一時代を風靡したのである。しかし當時の學生たちで左翼に加つたものは、多く白樺流の人道主義の洗禮をうけてゐた。

かういふ時代に政治關心にゐて、異質の評論をなすことを好んだ尾崎士郎氏のやうな人が、「人生劇場」の如き奔放な小説を描きつづけて、政治の絶對面を斬る文學といふやうなことを口にしてゐたのは、ことばまことに不十分だつたが、こころはわかるものがあつた。小説人生劇場とよみ合せるなら、その壯心の躍動が一段とよくわかるのである。その舌不足の曖昧さを、氣分的に意氣軒昂として理解する雰圍氣も、明治の民權派の雰圍氣とは別の形のものとして、文學的な形でつくられていつた。かういふ世界の政治感覺は、プロレタリア文學とふれあふ一點もなく、その陰氣を吹き拂ふものがあつた。

昭和七年早春に東京と京都の帝國大學の學生十數人でつくられた「コギト」は、プロレタリア文學の雜誌のみが風靡してゐた中で、藝術派として分類される始めての新しい文學雜誌として現はれたのである。東大一年生だつた肥下恆夫氏が編輯責任者だつた。田中克己氏が、敍事のことばがそのまま抒情となり、爽かな可憐さをただよはせた新しい詩風を展いた。しかし同人伊東靜雄氏の詩はまだ詩壇一般からは理解されなかつた。「コギト」同人の何人かも加へて、昭和九年、「日本浪曼派」は中谷孝雄氏が中心となつて生れた。神保光太郎氏、龜井勝一郎氏らも、同人だつた。太宰治氏、檀一雄氏など、舊來文壇常識からは意表外の小説をかく青年たちも加つた。この昭和九年二月に日本プロレタリア作家同盟が解散したことになつてゐる。この時作家同盟の會計責任者は、中谷氏夫人の平林英子氏だつた。責任者の知らない間に、役員外の同盟員たちによつて、解散の通告が新聞紙上にのせられ、本人はその朝の新聞で始めてそのことを知り驚いたと、私に語つた。　（大尾）

後記

この本の第一章「序説」は、昭和四十四年八月號の「新潮」に掲載し、昭和四十六年十月號の二十四章を以て、全篇を終つた。各章は雜誌掲載の時の一回分である。

第十六章「南朝の文學」は、昭和四十五年十二月號であつた。「新潮」の發行日は前月七日が例にて、この十二月號は十一月七日に發行され、この月の二十五日に三島由紀夫氏が自刃した。私が三島氏を始めて知つたのは、彼の中學生の終年時であつたことと、その時は三島氏の恩師なる清水文雄氏が、彼を伴つて拙宅を訪れたといふこととを、事あつた後に、清水氏から承つた。三島氏の自刃の日は、夕方からの時雨が一時はやんだが、夜更けになつてから激しい雨となり、終夜ひさめと降りしきつた。三島氏の檄文並に命令書は、日本の文學の歴史を考へ立言するに當つて、一箇眼目となすべきものにて、わが日本の文學史の信實である。

安政六年十月二十日、獄中の松陰先生は書簡を以て、門下の入江九一氏に「天朝の御學風」の恢弘と樹立を遺囑された。嚴肅峻切の回想と反省の末に、先生の窮極に悟入せられた志を述べられたのである。私はこの義を以て、わが日本の文學史の永遠の思ひとするのである。先生刑死の七日前に認められたこの書簡は、入江氏の手にわたらず、入江氏はこれを披き讀むことなくて、禁門戰爭に討死したのである。

本書の後記は、昭和四十七年四月十五日校正竟つて誌す豫定であつた。然るにその二三日前より健康の上にいささかの不調あつて、終了に到らなかつた。翌四月十六日は久しぶりの晴天にて心身の爽かさを感じた。この日は四月の第三日曜日なれば、拙家毎年の慣例として、佐藤春夫先生の春日忌を營む。この日も多數參集して、遺筆の前に、餝御供その他海山の供物を奉る。その書幅は半折二行に「都大路は我に衣なく馬に艸なし　歸らざらめや山に老いまし」とあり、はじめてわが山の家を見られて、まさに君にふさふべし、と仰言あつていただいたものであつた。來者は互に、今日は今年最後の花見なりと、洛の内外、途上の花の風情を語り合ふ。わが家は高地の丘の上ゆゑ、四圍の櫻はなほ花やかさを殘してゐた。晝すぎの氣溫は暖く、鶯がしきりに囀つた。法樂の歌會と琴奏樂のあと、六時過より夜の宴に入る。かたがた例より早く終り、九時過には大方の人は去つた。この夜は彌生三日にて、松林にかかつて小倉山にかたむく三日月の輝きは、かかる美しき風景、今生にまた眺めうるものかと、私は感動に耐へなかつた。この感動のつづきに、川端康成氏の逝去の報をきいたのである。

今は遺筆となつた「佛界易入魔界難入」の全紙大幅の軸を床にかかげ、心しづめに一炷を熏ず。この夜つひに歸らず、わが家に泊つた少女たちは、軸に對つて心經を誦した。十六日から十七日にうつる時間だつた。家うちが漸く寢しづまつたあとに端坐してゐると、およづれの如きだつたことも、次第に意識にのり、わが身をおほつて迫つてくるものの氣配に、身ながらをののく思ひだつた。月はとくに沒した闇のなかへ、わが魂のあくがれゆくがに、心はただみだれ、みだれるばかりである。

昭和四十七年四月十七日誌す。

〈解説〉

鎮魂のための文学史

古橋信孝

私が保田與重郎を読んだのは、角川選書で昭和四五年一月に復刊された『日本の橋』が最初である。もちろん、その前から保田與重郎の名は知っていた。特に大岡信「保田与重郎ノート—日本的美意識の構造試論—」(『抒情の批判』晶文社、昭和三六年)が強烈な印象をもっていた。今でも、この書物は大岡の最もすぐれた批評の書と思っているだけでなく、日本浪曼派論、保田與重郎論としても価値の高いものと思う。大岡は、保田の抱えたのは日本の近代の問題そのものだったという。戦後、いわゆる右翼思想がかんたんに批判され、切り捨てられていったのに対し、大岡は昭和十年代、プロレタリア文学運動が弾圧され衰退した後に出てくる日本浪曼派の若い文学者たちの、芸術そして古典に向かわなければならない営みの必然性を論じ、しかも戦争になだれこんでいく状況に対して批判をもてなかった構造を論じたのである。日本語の文学とは何かを考えようとしていた当時の私には指標になりうる批評だったといえる。

私が『日本の橋』を読んだのは、一九六〇代末から七〇代初めにかけての、いわゆる全国学園闘争の時期である。その時代は戦後の左翼思想、近代思想への疑問や批判が噴出した、いわば戦後思想の転換点だったと思う。『日本の橋』の復刊もそういう雰囲気のなかでのものだったろう。私がそのころ購入した本でいえば、『和泉式部私抄』も昭和四四年に復刊されているし、昭和八年から四二年に書かれたエッセイを集めた『日本の美とこころ』も四五年に出版されている。その流れは民俗学の流行とも一致する。しばらく前に柳田国男、折口信夫の全集が出され、また伝統的な地域社会への関心がもたれ出した。経済的な繁栄によってある程度の安定がえられた後、日本的なものの批判と欧米の思想の移入一辺倒だった社会への見方が変わりつつある時代だったのである。

その頃は、私は保田のよい読者とはいえなかった。保田の非論理的ともいえる文体のあざやかさに、ひきつけられつつも、だまされる感じがしてむしろ敬遠されたのだ。

今回、この解説を書くことをきっかけに、あらためて何冊か読み直し、さらに『日本の文學史』を読んで、文体についての評価はまちがっていなかったと思いながら、戦後の思想を相対化する手がかりになりうるという印象をもった。それが、今、保田與重郎文庫が刊行されているということの意味とかかわるのだと思う。

『日本の文學史』は、昭和四四年八月から四六年一〇月に『新潮』に連載され、四七年に単行本として刊行された。まさに戦後思想の転換期に書かれたことになる。手元に編集部から送られてきた保田の大木淳夫への手紙のコピーがある。『日本の文學史』を出版するにあたって、大木の「戦友別盃の歌」の引用の許可を求めたものである。

雑誌にのせた時は御承諾いたゞく余裕ありませんでしたので、のせなかつたのですが、本になる時は必ず入れたくおもひ、(これが私の「日本の文學史」の趣旨でした)改めて御承認お願い申上ます。

と、保田は承諾の要望を書いている。大木の「戦友別盃の歌」を載せることが「『日本の文學史』の趣旨」だったというのである。『日本の文學史』の当該部分は、

大東亞戰爭下には多くの軍國の文藝がうまれた。世すぎのためのいつはりのものとは云へない。濃淡はともあれ、みな一様の感動によつて描かれたところ

をもつてゐた。その日、三浦義一氏の「悲天」の歌と、大木淳夫氏が、南方の島で歌つた海原の詩集に、私は國史を象徴する文學を感じた。これが戰爭を象徴する二つの名作であつた。そして戰後二十年をすぎたころ、淺野晃氏が、「天と海」で大東亞戰爭を一つの長篇の詩にうたつた時、私ははからずもその作品に民族の神話を感じたのである。

大木氏の詩集「海原にありて歌へる」は、昭和十七年十一月一日、ヂヤカルタのアジヤラヤ出版部で上梓された。その中の「戰友別盃の歌」は、言ふなかれ、君よ、わかれを、／世の常を、また生き死にを、／海原のはるけき果てに／今や、はた何をか言はん、／熱き血を捧ぐる者の／大いなる胸を叩けよ、／滿月を盃にくだきて／暫し、たゞ醉ひて勢《キホ》へよ、／わが征《ユ》くはバタビヤの街／君はよくバンドンを突け、／この夕べ相離るとも／かゞやかし南十字を／いつの夜かまた共に見ん、／言ふなかれ、君よ、わかれを、／見よ、空と水うつところ／默々と雲は行き雲はゆけるを。南支那海にて軍輸送船上の作であつた。これが現地軍新聞「赤道報」にのつた時、若い兵士たちはうばひあつて切拔き、手帖にはさんで內ポケツトに祕めをさめた。

當時の時局下に生れた戰爭文學の他に、多くの國民や、戰場の若いつはものたちが、志をうたひ思ひをこめてのこした詩歌の類は、幾萬とその數も知られぬ。それらは家々に、あるひは知る人の心に、今なほひそかにしまはれてゐるのである。私はその一端を想像する。この分散してゐる幾萬とも知れぬ歌の數々こそ、國史を通じての大歌集である。編輯する人なく、公刊する人なくとも、嚴として國の歴史に存在してゐるのである。

というものである。長くなるので詩は改行せずに引いた。ここには確かに『日本の文學史』の趣旨がほぼ尽くされている。一つは志をもって若くして死んだ者たちへの鎮魂、そして無名の人々のなかに生きてきた歌の姿を記すことである。

昭和一八年生まれの私は、戦争は知らないが、白衣に軍帽の傷痍軍人が物乞いをしていた戦後は知っている。駐留軍のジープに子供たちが群がりお菓子を投げ与えられたのもよく覚えている。私は悔しくて拾えなかったのだった。母の姉の夫は二人の幼ない娘を残して戦死し、家族は貧しい生活を強いられていた。私には、自由とか民主主義、反戦などというより、悲しさ、悔しさ、死や誇りを感じたのが社会について物心ついた最初なのだ。後に知ったのだが、私たちの世代は小学生の頃、戦記物を読んでいた者が多い。一つ一つの戦いの戦死者の数を読んだときの悔しさと傷み、戦士の誇りと死を読んだときの悲しい感動などがわれわれの心の奥で育まれた。

戦後の、日本はまちがっていたという批判は、そのような死者たちの死をどう鎮めたのだろうか。死者たちが無駄死にしたというのだろうか。死をむだにしないために、戦前の軍国主義を批判する。だまされた死を死んだということが死者の尊厳を認めているわけがなく、鎮魂になるわけがない。私もどちらかというと社会主義的な思想に傾きながら、心の奥でこの想いを抱え続けていた。そして、この想いに応えられる思想はほとんどなかったといっていい。保田の『日本の文學史』はその無名の死者たちへの想いを語ろうとしていたのである。

本書のモチーフとして、保田は、

ただ美的藝術として皇大神宮の造形をうけつぐ思ひ、さういふものが志としてわが美術史の根幹にあると私には云ひ得なかつた。文學の場合には、古事記から始つて、古の王朝を一貫してきた文藝の道と、それをうけつぐだけを悲願とした代々の文人の流れがあつた。それを云ふだけで、わが生き甲斐ともなるほどの、きらめくやうな人の心と志の歴史である。

と、美術史で書きえなかった「志」を文学史で書くことを語っている。この「皇大神宮の造形」とは、皇大神宮が「一番うつくしい建物だといふことが、絶對的な觀念となる時、一體われわれの造形美術の歴史は何だつたかと、かうしたことを考へると、われわれの心は一種のあやしさにまぎれておぼれる感がする」と書かれることと対応している。こういう最高の美が「歴史」以前にすでにあったというのが、保田の論の根拠になる。始まりに最も美しく本質的なものがあれば、その後の歴史はただそれを受け継ぐだけになる。しかも、最高が神代にあったのだから、人は同じものを作ることはできない。絶望的なその受け継ごうとする意志が「志」なのだ。

　ここには、戦前から戦中にかけての時代の凄絶な美や生き方への感受性が感じられる。そして、それを戦後に語るのは、数百万の戦死者たちを歴史のなかに位置づけ、鎮魂することに繋がっている。『日本の文學史』は、そういう死者たちの死に価値を与えるために書かれたのではないかと思われるほどだ。もちろん、われわれは、保田のように皇大神宮の建物を最高の美と感じることはできない。しかし、人が個人を超えたものへの「志」に殉じることの美はわかると思う。ならば、われわれはいかに死者たちを鎮魂できるのか。

　現代はそういうものを否定し、個性や自分らしさを価値にしている。自分の意見をいうことを強いられ、声高に正義(?)を主張する者が大きな顔をする。しかし、自分を超えるものをもたなければ自分を客観視できないから、自分の意見などもてるはずはなく、社会の表層的な考えがますます支配的になる。正義とはその表層的な俗論だ。批評が成り立たなくなり、創作も低迷している理由でもある。個人を超えるものとして人間という概念があるにはあるが、自分の利益を追求することは必ず他人と衝突し押し除けなければならないから、人間は後めたさや負を背負い込むことになり、価値を与えにくい。自分を超えるものを失えば、個人は生きる価値を自分にしか考えられない。究極的には自分がいつ死のうが、他人を殺そうが自分のかってだ。そして、誇りももてない。したがって現代が問われているのは、その自分を超える価値をいかにもてるかではないのか。

『日本の文學史』において、保田は「志」を軸に据えて、歴史を個人の生き方と死から書いている。それらの自分を超えた価値に殉じた者たちの生き方と作品の累積が文學史である。われわれの教えられてきた文学史は、人間は同じというイデオロギーを前提にして、いわゆる歴史状況のなかに作品を羅列するものでしかない。そして、作品を歴史のなかに置いてみれば、まったく異なる価値観や世界観をもつ人々の悩みや傷みがみえてしまう。そこで、私自身は歴史状況をいかに表現しようとしたかという言語表現の価値の歴史を書くことにしたが、それでもなぜそれを語らなければならないのかとしばしば不安になる。個人を超えるものを確信できないし、共有される保証はないからだ。もはや、そういう価値を皇室や古代の神々に求めることはできないし、国家に求めることもできないし、さらに人間におくこともできない体験をもってきている。そして、自分を超えるものに価値をみつけられないゆえ、美だけでなく、自己の価値も見出せなくなっている。だからこそ、本書は、いわゆる右翼思想などという決まり切った評価を超えて、そういう価値を思い起こさせ、読む者の心をうつのだ。